文春文庫

彩り河

長篇ミステリー傑作選

上

松本清張

文藝春秋

目次

彩り河　上

松本清張　長篇ミステリー傑作選

本作品の中には、今日からすると差別的ととられかねない表現があります。しかしそれは作品に描かれた時代が抱えた社会的・文化的慣習の差別性によるものであり、時代を描く表現としてある程度許容されるべきものと考えます。本作品はすでに文学作品として古典的な価値を持つものでもあり、表現は底本のままといたしました。読者の皆さまが、注意深くお読み下さるよう、お願いする次第です。

文春文庫編集部

首都高速料金所

五月十六日の夜九時ごろである。この時刻、首都高速道路霞《かすみ》が関料金所は中だるみといった状態である。十時半になると、料金所は乗用車で混み合いはじめ、十一時から一時までが混雑のピークとなる。銀座のナイトクラブ、キャバレー、バー、飲み屋などの客が帰宅するころだった。

ラッシュになると、料金所の入口に車が無秩序に殺到する。ここにはブースと呼ばれる赤塗りの、細長い、ちょうど列車の車輛のような通行券授受施設が四つある。内回り線に二つ、外回り線に二つ。そのいずれも全開となる。車の群れは南の官庁街の坂道を上ってくるのと、西南の虎ノ門方面からくるのと、西の赤坂方面の道を上ってくるのと、さらに東の有楽町方面から国会議事堂前を回ってくるのとがある。車の四つの川がゲートの前で合流して溜まり、洪水のようになる。ドライバーたちは一秒でも早く料金所の前に近づこうとひしめき合う。その前方がトンネルに入る下り坂となっているので、あたかも狭い下水管の入口に溢《あふ》れた水が少しずつ奥へ吸いこまれて行くぐあいだった。料金所の年とった係員がてんてこ舞いする時間帯である。

それが二時間後にせまっていた。ゲートを通過する車がしだいに増えていたが、まだ列をつくるほどでもなかった。係員たちは、坂下に遠くひろがる街の灯と、夜空に黒々とそびえる議事堂前の木立の皺《しわ》を浮かした外灯を眺める余裕が十分にあった。

井川正治郎は内回り線ブースの赤い箱の一つにいた。事実、これは車輌といっていい。ほぼ三分の一に仕切った前方が料金徴収の実務室で、後方三分の二にロッカー、着替え室、湯沸かし場、トイレなどが付く。その横がせまい通路になっているのも、車輌製造会社が寝台車の要領で製作したと想像できる。普通はブース一つに定員二名の係が詰めている。

窓口に立つ一人は回数通行券の一枚をドライバーから受けとる役だった。現金を出す乗用車には四百円と引きかえに領収券一枚を手渡す。新たに回数券を求める客には綴込《とじこ》みの一冊を渡す。横には計算係が机の前に坐っている。机の上には剰り銭《つ》が用意してあって、客が出す一万円札、五千円札、千円札に応じて即座に支払いが出来るように区分し積まれていた。窓口に立つ者を「立ち番」、計算係を「坐り番」と云い慣わしていた。「立ち番」と「坐り番」は三十分交替だった。「坐り番」の机の中にも剰り銭の準備がしてあった。午前八時の勤務開始前に会社から現金が渡されている。係は二十四時間勤務で、朝八時から翌朝八時までだった。交替はそのときで、下番した者はその泊り明けの日と翌日が公休となっている。三日目の午前八時の出勤には、また別な料金所に配置される。こういう勤務の回転《ローテイション》であった。

料金所の係員は首都高速道路公団に直属しているのではなかった。彼らが所属しているのは、その業務を公団から請負っている民間会社で、これは十三社あった。一社について料金所をそれぞれ八つか九つくらい担当していた。したがって一社の係員が料金所の勤務を一巡するには二十四日か二十七日くらいかかる。

井川正治郎は、一年前にその委託会社の一つに応募して採用された。

勤務員は会社を定年で退職した年配の人々ばかりだった。仕事は老人むきだ。初任給十三万円、昇給して月額平均十八万円になる。ボーナスは年間五十三、四万円である。年寄りの再就職にしては優遇のほうだ。

採用にあたっては本人が資性温厚であることと、身元が確実であることが条件である。五十五歳以上だとたいてい温和になっている。人生に対する「諦《あきら》め」に近い。圭角《かど》はとれている。再就職にあたっては、「家でぶらぶら遊んでいても退屈で仕方がない」「少しでも身体を動かしていないと老化がすすむ」「まだ心身ともに若い。もっと働きたい」「自分の小遣い銭ぐらいは自分でかせぎたい」「老後の再就職にしては仕事が楽だし、外聞も悪くないから」というのが応募者のほとんどの理由であった。

井川正治郎の履歴書を見て、考査にあたる会社の人事課長は彼にきいた。

「五十六歳ですね。京都大学経済学部卒。ほう、五十歳で東洋商産株式会社の取締役兼管理部長をお辞めになっていますね。東洋商産といえば一流の会社じゃありませんか。

どうしてお辞めになったんですか」

「一身上の都合です。具体的にいえば、たとえ役員にさせてもらっても会社勤めを続けるよりは自分で仕事をしたくなったのです。それに、わたしの才能からしても、東洋商産で常務になるような希望もありませんから。五十五を過ぎて、ヒラトリ（平取締役）のまま解任されるよりも、思いきって自分の会社をつくりたくなったのです」

「一年後に大阪で貿易関係の会社をつくられていますね」

「わたしはそこに書いてあるように兵庫県の生れで、大阪に知人が多いのです。京大に入ったのもそのためです」

「で、その会社も三年で解散されていますね」

「やはり見通しが甘かったのです。大きな組織にいるのと、外へ出て独力でやっているのとでは万事が大違いでした。それで東京に妻と共に引き揚げました。二年間遊びました」

「料金所勤務ははたで見るほど楽ではありませんよ。三日に一回が二十四時間勤務ですからね。隠居《いんきょ》仕事と思われたら大間違いです」

人事課長は、六十歳には見える井川正治郎の顔を眺めた。

「わたしはこれでも健康には自信があります。毎朝一時間はジョギングをしています。わたしの家は中央線の国分寺ですから、府中《ふちゆう》街道を走っています。三日に一度の二十四時間勤務ぐらいはちゃんと出来ます。まだ隠居の心境ではありません。深夜には、仮眠もあるのでしょう？」

井川正治郎は背骨を立てるようにして云った。

「交替で仮眠が五時間ほどできます」

「それなら大丈夫です。勤務あけの二日間は休みですからね。いまのように家でぶらぶらしている状態では、精神も身体もいかれてしまいます。ぜひ働かせてください」

井川は、再就職志望者のだれもが云うようなことを述べた。

「しかし、東洋商産のような会社の重役さんをご自分からお辞めになったのは惜しいですな」

人事課長は井川の履歴書にもう一度眼を落して云った。

井川はすぐには答えられなかった。人事課長の表情には、井川がその一流会社を自発的に退社したのは、社内の派閥争いに敗れたのではないかという推測が浮んでいた。常務になれる見込みがないと洩《も》らした彼の一言がその暗示になっている。事実は、そのとおりであった。

「料金所の勤務員には、大企業の幹部だった人や、部長クラスだった人が居られます。新聞記者や役人だった人なども居りますよ」

人事課長は、それらの人たちの経歴からも井川を察していた。

「なかには過去の栄光をひけらかす人がないでもありません。それは困るのです。ここに入られたら、まあ昔の軍隊と同じでしてね、以前の社会的地位はないことにして、無心で働いて下さい」

わたしは敗残者です、と口から出かかったのを井川は云い直した。

「以前のことはみんなもう記憶から消えています。ここの定年は六十歳でしたね。あと四年は十分に勤められますよ」

「定年は六十歳ですが、健康な方は六十五歳まで延長できますよ」

入社後の二週間ほどは研修期間だった。それが済むと各料金所に順々と配置されるローテイションに組み入れられた。

車の通行が激しい料金所のブースは大型で、わりあい閑散な料金所のそれは小型になっている。勤務員たちは大型のを「巡洋艦」と呼び、小型を「駆逐艦」と称していた。軍隊経験者が多いので、そういう呼称を使っていた。人事課長が「ここに入ったら軍隊と同じで、前歴を忘れ、みんな平等だと思いなさい」と云った言葉に思いあたった。

勤めはじめて分ったことだが、勤務者はいずれもある意味で和気あいあいとしていた。というのは、だれもが年とっての二度の勤めという同じ境遇からくる親近感があるからであった。もう浮世の欲も得《とく》も捨てている。家に蟄居《ちっきょ》する退屈脱《のが》れと自分の健康のためと割り切ってしまえば、同僚間の競争も何もなかった。ここでは出世の道もない。ましてや派閥も存在しない。

が、この近親的な「団結」も、一皮むけばお互いが自分の境遇そのものを相手に見ているようで、自己嫌悪に陥りやすく、深い交際にはなれないのである。友情はブースの中だけであって、外に出ればそれが消えてしまうような状態であった。いうなれば彼らの間は至極淡々としていた。

雑談といえば、当り障《さわ》りのないものに限られていた。軍隊経験者は、陸軍ならば大陸の戦場やインパール作戦の戦場を語った。海軍ならば東南海域の戦場やラバウル基地の話などをした。みんな部分的な話で、笑い声は伴わなかった。青春は悲惨な埋没の中にあった。

「ありがとうございます」

「ご苦労さまです」

窓口の「立ち番」は通行券を受けとるたびにドライバーに云う。直接に客に接するだけに、叮嚀《ていねい》に、と教育されていた。

トラックの運転席は、窓口と同じ高さとなって運転手の顔と対《むか》い合う位置になる。大型トラックだと見上げるようになる。乗用車の運転席は低いからこちらから見下ろすようになる。井川の経験だが、ドライバーは通行券を握った手を窓口へむかって突《つ》き出すだけで、徴収員の顔を見ようともしなかった。現金を出して領収券や回数券と剰り銭を受けとるときも同じであった。一秒も早く料金所の前を通過したい運転者の心理もあったが、こちらが制帽・制服という機械的な人間だからである。鉄道員、郵便配達人、警官、ホテルのボーイなどと同じに制服に人間の存在がかくれていた。いわば「見えざる人間《インヴイジブル・マン》」であった。

そのため、車に乗った友だちも、近所の人もこちらの姿に気がつかなかった。帽子の庇《ひさし》が眉《まゆ》の上まで蔽《おお》い、頭髪のぐあいも額の特徴も隠されている。顔の上が無ければ、消えたのにひとしい。制服がさらに姿を隠している。それと、料金所に勤めていることを知らないのが多いから、まさかそこに居るとは考えてもいないのである。

この無機物ともいえる存在の虚しさはやはり侘《わび》しかった。仕事も自動販売機のように単調である。過去が終り、諦めの中に静かに生きているとはいえ、心の空虚はどうしようもなかった。

それを埋めるために、同僚の一人は語学を勉強しはじめた。活用する目的ではなく、自分の心を充たすためだった。ロンドン・タイムズが読めるほど英語をマスターし、フランス語、ドイツ語、スペイン語を克服した。ある者は哲学の勉強をしている。ある同僚は漢籍と取り組んでいる。「史記」「論語」「淮南子《えなんじ》」「文選《もんぜん》」にまで及んでいる。それが井川の今夜の同僚中田であった。中田は制帽を脱ぐと、尖《とが》った頭がきれいに禿《は》げ上がっていた。そうした勉強は、すべて彼らの心の支えであった。口では、頭の訓練が脳の老化を防ぐと云っていた。

——午後九時の霞が関料金所である。

井川は内回り線のブースにいて「立ち番」であった。内回り線は芝、飯倉、渋谷方面につながる。午後五時を過ぎると、この料金所の忙しさに備えて、二ブースの定員三名が二名増員されて五名になる。二名は七時ごろから仮眠所のベッドで五時間の仮眠に入っていた。この順番はお互いの話合いで決められる。

「坐り番」は中田であった。

一分間に三台の車が通過した。ラッシュにはまだ時間があった。「ありがとうございます」「ご苦労さま」と云える余裕はあった。忙しくなれば無言のうなずきになる。

白い乗用車のあとから赤い車がきた。国産車だが、外車なみの値段に近い高級車だった。運転席には女がすわり、横に男が乗っていた。女は濃いサングラスをかけ、派手な色の洋装だった。

料金所の前で停まって、窓口へ一万円札を握った手をまっすぐに伸ばした。一方の手はハンドルにかけている。

「九回券をちょうだい」

どの運転者もそうであるように、彼女は徴収員には一瞥《いちべつ》もくれず、まっすぐに前方を睨《にら》んだままであった。こちらからは車の窓を見下ろす位置だった。

和子だ、と井川にはすぐにわかった。東洋商産を辞めてから七年ぶりであった。

井川は黙って一万円札をうけとり横の計算係の中田に渡した。中田が机の上の剰り銭をあらためている間に井川は帽子の庇を額に下げた。

とっさのことだったが、ある発想が彼に走った。彼は九回券の回数通行券の一回ぶんを指で切りとると、その緑色の表紙に鉛筆で一つのマークを手早く書いた。

中田が千円札六枚、五百円札一枚、百円硬貨三個を井川に渡した。井川はその金に回数券を添えて、女客の手に握らせた。指が震えた。その震える指に女の指が触れた。七年ぶりの感触であった。

女は何も気づかなかった。黙ってハンドバッグの中に回数券と剰り銭とをしまった。金の数だけは見たが、回数券には眼を走らせなかった。無言でアクセルを踏んでスタートさせた。

井川は窓から首をつき出して車の後部を見た。トンネルの奥に車が吸いこまれる直前、街灯の光が白いナンバープレートの黒い数字を浮き上がらせた。首を引込めると、すぐに数字をメモした。

動悸《どうき》がまだ搏《う》っている。助手席に坐っていた男とも七年ぶりの対面だった。いまは東洋商産の社長となっている高柳秀夫であった。七年前は井川と同じ平取締役で経理部長であった。あのころからみると、すっかり肥《ふと》っていた。貫禄ができていた。

それだけではない。和子の横に悠然と坐っている態度が彼女との関係を語っていた。回数券と剰りとを和子が受けとる間も、彼女と話も交わさなければ、表情も崩《くず》しはしない。その落ちつきは夫婦の間と同じであった。

同乗している男が高柳秀夫でなかったら、井川に回数券の表紙に特殊なマークを書く着想が浮ばなかったかもしれない。たぶん黙って彼女を見送っただけで終ったであろう。

走り書きのサインは暗号であった。曾《かつ》て和子がナイトクラブに勤めているとき、二人が共同してつくり、他の客の前で素早く交わす愛の暗号であった。回数券の表紙に書い

たのはその一つで、

《これからいつものところで待っている》

という二人だけのサインであった。

明日にでも回数券をハンドバッグからとり出したとき、和子はその表紙の暗号を見るだろう——。

「いまの車の女のひと、知っているんですか？」

回数券の表紙に暗号をつけることまでは気がつかなかったろうが、井川が窓から首を出して見送った様子などを見て、中田がきいた。

「いや、別に」

「そうですか」

次の車がきて窓の前に手を出していた。それがあとからあとからとつづいて忙しくなった。「坐り番」となった井川の頭は、半ば真空状態になって、金の計算を間違えそうだった。

中田があとからメモをくれた。

《越鳥眷恋《けんれん》して南枝を想ふ　文選》

女の家

午前八時、霞が関料金所の交替が終った。

首都高速道路公団に専属する民間会社のマイクロバスは受持ちの各ランプを回って、料金徴収員の交替員を昇降させ、港区白金《しろかね》にある東都ハイウエイ・サービス会社の料金計算所に戻る。

二十四時間の勤務を終った年寄りたち（五十五歳以上、六十五歳まで）は、バスの中にぐったりとなっている。腫《は》れた眼をし、黒ずんだ脂《あぶら》が皮膚に浮び、皺《しわ》が一日にして深くなったようだった。五時間の仮眠はあっても年には勝てなかった。白髪がふえてゆく。

服を着かえた井川正治郎は外に出る。これから家に帰ってゆっくりと寝て、明日は休養し、明後日は高樹町《たかぎちょう》の料金所に勤務する。いつもだとそのようにして国分寺の自宅に電車でまっすぐに戻るのだが、今朝はその気になれなかった。計算所の近くでコーヒーを飲んだ。モーニングサービスでトーストが付く。それを半分齧《かじ》ったところで店内の赤電話の前に歩いた。妻の秋子の声が出た。

「用事ができた。これからよそに回るからね。夕方までには帰るよ」

「大丈夫ですか。お疲れになっているでしょう？」

妻の声も年々嗄《しやが》れてきていた。なるべく早く帰ってきてくださいと妻は云った。

じつは仮眠の五時間が熟睡できなかった。昨晩は塞《ふさ》いだ眼に、車にならんだ和子と高柳秀夫の顔がちらつき、いつまでも消えなかった。七年の間に決定的な敗者となっている自分を知った。

動悸がしずまっていない。睡眠不足のためだけではなかった。あの光景を見た昨夜九時からの昂奮《こうふん》がつづいているのだった。

――和子は、九回巻綴《つづ》りの緑色の表紙に鉛筆で書き入れた暗号サインをいつ見るだろうか。あのときはそれに眼もくれないでハンドバッグの中に突込んだ。

眼もくれないといえば、こっちの顔も彼女は見なかった。料金所の老徴収員に注目するはずはないのだ。そのかわり自分は制帽の庇の下から和子の顔をよく見た。すっかりきれいになっている。七年間の経過が逆行していた。クラブのホステス時代貧弱だった彼女は、見違えるように充実した身体になっていた。あのときが二十五歳だったから三十二歳のはずである。充実しているのは豊かな身体だけではなく、それに付けたきらびやかな装身具と高級な洋服も同じであった。光るような顔だった。垢抜《あかぬ》けた化粧法でもあったが、白い皮膚の内側から光沢が出ている。

すべては運転する彼女の横に泰然として坐っている高柳秀夫の育成にちがいなかった。

一万円札を受けとり、九回券と剰《つ》り銭とを渡す一分たらずの間だったが、両人は一言《ひとこと》も話を交わさなかった。それぞれが自分の態度をつづけていた。しかしそれは夫婦のように安定した仲であった。余計な口をきく必要のないものだった。

和子の現在の生活が高柳社長の交際費で賄《まかな》われているのはいうまでもない。東洋商産の社長交際費が相当潤沢であるのを井川は在社当時から知っていた。総務部長を務めたこともある役員だから、それくらいのことは手にとるように分る。それに高柳秀夫は前から派手な性格であった。

和子にはきっと銀座のナイトクラブをやらせているに相違なかった。その開店資金も経営費も社長交際費からの流用だろう。が、その店はあまり大きくないにちがいない。あまりに目立つと高柳社長は疑いを招くからだ。疑惑はどこまでも避けねばならなかった。しかし店内は豪華だろう。

井川は和子との関係を慎重に秘《かく》して、退社するまでだれにも知られずに済んだ。ホステスに出す金ぐらいたいしたことはなかった。大阪に行ったので、和子との間は自然と切れたが、高柳もそのことは今も気づかずにいるだろう。むろん和子が秘密にしているからだ。

「クラブ・ロアール」というのが彼女がホステスで働いていた銀座の店だが、そのころ高柳もよくその店を使っていた。高柳からいろいろと誘われているというのを井川はベッドで和子からよく話されたものだった。彼女のおかしそうな忍び笑いを聞くたびに彼は高柳に優越感をもち、寝物語では二人して高柳を嘲弄《ちょうろう》した。

　大阪に去っている間に、和子を高柳に取られたと井川は知った。高柳が奪ったのではなく和子のほうから彼に寄って行ったのだろう。縁が切れたと同じだったから、井川が和子に抗議を持込む筋合いではなかった。井川に去られた和子がだれかを頼るのは当然だった。ただその相手が、在社当時からのライバルの高柳秀夫だったことに井川の衝撃があった。

　和子がナイトクラブの経営者になっているとすれば、それは銀座にちがいない。昨夜首都高速道路霞が関料金所を通過したからである。ただ、それが午後九時だったのはいかにも早い。クラブやキャバレーやバーなどの帰り客が霞が関に殺到するのは十一時から午前一時ごろの間だ。してみれば、あれは高柳が営業の途中から和子を連れ出して、いっしょにどこかへ行くときだったのであろう。和子の化粧も支度もあきらかに店に出ていたときのものだった。

　行くといってもいまさらホテルでもあるまい。たぶん和子の家であろう。住所はどこだろうか。あの高級車が通ったのは内回り線入口の料金所だった。環状線だと谷町、飯倉、芝公園のランプから浜崎橋ランプの内回りになる。高速二号線だと、途中で岐《わか》れて、天現寺《てんげんじ》、目黒、戸越《とごし》のランプを経て第二京浜国道につながる。第三号線だと高樹町、渋谷、池尻、三軒茶屋、用賀のランプを経て東名高速道路につながる——。

　九回綴りの回数通行券表紙に走り書きした暗号サインに和子は昨夜、家に帰ってハンドバッグを開いたときに気がついただろうか。それとも、今日の昼間にでも見つけるだろうか。

暗号は和子と二人で共同作成したものだ。《愛している》という精神的なものから《いっしょに帰ろう》《これからいつものところで待っている》という実行の打合せにいたるまで五、六種類があった。ちょっとみると、簡単な楽書《らくがき》に似ている。マッチ函《ばこ》の端、ナプキンの隅《すみ》といったあり合せのものに鉛筆のすべったような線だから、だれにも分らない。昨夜和子に渡したサインは《これからいつものところで待っている》だった。

これからいつものところで待っている——サインが眼に入ったときの和子の驚愕が井川に想像できた。まるで亡霊が現れたような気がするだろう。どこで七年ぶりの暗号サインを渡されたかははっきりしている。霞が関料金所に曾《かつ》ての男は立っていた。姿が見えなかったのも幽霊そのままだ。しかも対手《あいて》はこっちの顔も、横に居る高柳の顔も凝視していた。

冷水を浴びせられたような戦慄のあと、激しい狼狽《ろうばい》が和子を襲うだろう。料金所に来て井川の存在をたしかめる勇気はない。むろん高柳に訴えることはできない。それには井川との過去を告白しなければならなかった。そのことは和子の現在の崩壊になる。《いつものところ》とは、新宿裏のラブホテルである。今もその家はあるだろう。彼女にとって気味悪い恐怖であった。

和子はどうするか。道路公団に訊《き》き合せて彼が詰めている料金所に電話してくるだろうか。昔の仲をとり戻すのではなく、別れたことを正式に云うためにである。七年前、別れ話をお互いがはっきりと交わしていなかった。井川が大阪へ行ったので、いわゆる去る者は日々に疎《うと》しのたとえで自然消滅の形であった。しかし、別れ話を明確にしておかなかったことは、中断的な継続をも意味する。一方から復活の宣言が可能なのだ。

だが、和子はたぶん電話してこないだろう。それは自滅につながりかねない、と彼女は思う。あくまでも沈黙を守るにちがいない。

井川は料金所で働くようになって一年になる。その間に、車で通過する和子を見なかったのはふしぎなようだが、しかしそれはあり得ることだった。

勤務は、各ランプの料金所を転々とする。霞が関に当るのは二カ月に三回くらいの割合であった。それも「坐り番」のときや仮眠の番のときは窓口に居ない。「立ち番」として窓口にいても、ラッシュ時には客の顔をのぞくどころではなかった。領収券を渡し、回数券を取る手もとの注意が精いっぱいであった。昨夜は、車が空《す》いている九時に和子が通りかかったから彼女の顔を見ることができた。

和子からの電話が期待できない以上、こちらから接近してみようと井川は思った。

しかしこの時の彼には、彼女との仲を回復しようという気持はまったくなかった。こっちは負け犬である。いまさら女とヨリを戻そうとは思わないし、戻せる自信もなかった。ほんらいなら自分のほうがひっそりと姿を隠しているべきだろう。料金所の制服《ユニフォーム》を着ているように。

ただ、何らかの形で和子にこちらの存在を知らせたい。存在は意志の伝達であった。それでなくてはあまりに寂し過ぎる。

喫茶店で個人名電話帳を借りて繰った。山口和子というのが本名だった。「クラブ・ロアール」では「鈴子」と云っていた。本名を知っていることは強かった。

「山口和子」は電話帳に六つ載っていた。豊島・駒込二—一九、渋谷・広尾二—五六、板橋・赤塚二—三五、目黒・自由が丘二—三二、大田・田園調布四—七、足立・本木南一—二四。このうち豊島区、板橋区、足立区の山口和子は除外してよい。残るのは渋谷区広尾、目黒区自由が丘、大田区田園調布の三つだ。いずれも高級住宅街がある。

井川は、書き抜いた三つの電話番号に順次ダイヤルを回した。

広尾の番号では男の声が出たので、黙って切った。自由が丘では年とった女の声だった。田園調布では子供の声が出た。どれも井川からは口をきかなかった。

広尾の男の声は高柳秀夫かもしれない。彼の声はもう忘れているし、電話では肉声と違っている。まだ九時すぎだった。昨夜から泊まった高柳が残っている可能性がある。出社前かも分らないのだ。迂闊《うかつ》には言葉が出せなかった。

和子の声なら七年前まで電話で聞き馴れていた。昨夜も料金所で「九回券を頂戴」と云った和子の声は以前のままである。ただ、それに貫禄のような調子が加わっていた。

自由が丘の声は太かった。五十以上と思える。和子の母親は早く死んでいる。田園調布は七、八歳くらいの女の児の声で、「もしもし、山口でございます」と云った。和子にはそんな子供は居ない。高柳との間に生れたとしても、せいぜい三つか四つのはずだ。

井川は喫茶店を十時に出た。まずこの白金から近い広尾の番地をたずね、それとなく家を見ようと考えた。広尾は天現寺のランプに近い。

広尾二丁目は以前からの屋敷町であった。ゆるやかな勾配《こうばい》の道の両側には、長い塀をもち、植込みの繁りをのぞかせた高級住宅がつづいていた。行く手に聖心女子大があった。

和子をひとりで住まわせるからにはしゃれた小さな住宅かマンションだろうと思った。該当番地に来てみるとマンションはなく、小住宅もなく、路地もなかった。「山口和子」の家は旧式の日本家屋であった。

井川は渋谷駅に出て東横線で自由が丘に向かった。電車の中ではさすがに身体がだるくなったが、神経のほうは冴《さ》えていた。自由が丘は高速道路だと目黒のランプになる。

自由が丘駅前で正午になった。駅前に昭明相互銀行支店があって、陳列窓に「人類信愛」の標語のようなものが出ていた。広尾を歩き回って時間をとったのと、脚が疲れくたびれていた。昭明相銀近くのコーヒー店に入ってひとやすみした。食欲はなかった。コーヒーの刺戟《しげき》を必要とした。

女店員に自由が丘二丁目を訊くと、北の方角だという。商店街は狭く、高尚な感じであった。レストランと婦人服店とが目につく。坂道を上ると、商店街が切れてすぐに住宅街に入った。ここも緑が多かった。井川は車が通るたびに運転席を眺め、後部のナンバープレートを見送った。番号は昨夜料金所で書き留めてある。

この一画には大きな家が多い。生垣《いけがき》につつじが咲いていた。旧《ふる》い屋敷町は近代建築の新住宅地に変りつつある。質屋があった。高級住宅街に質屋があるのはそぐわないようだが、この質屋も赤い化粧煉瓦の建物であった。小さな紺ののれんが看板代りに入口にさがっていた。

勤務明けの身体をひきずって坂道を上るのはこたえた。眼蓋《まぶた》の裏が渋《しぶ》を塗ったような感じであった。気は張っていても睡眠不足は争われなかった。

「自由が丘家政婦会」の看板が出ていた。この住宅街ではどの家も家政婦を必要とするのだろう。井川は、自由が丘の山口家の電話で聞いた年輩の女の声に思い当った。あれは母親ではなく、家政婦だったのではないか。希望が出てきて、さらに番地を拾って歩いた。

大通りの交差点のほかに路地があった。角が広い屋敷で、路地の奥に小さな住宅がならんでいた。この地域一帯が閑静なのだが、路地はもっと静かであった。電話帳の番地に近かった。

「山口」の標札のかかった家は、その路地を抜けて、もう一本裏の広い通りにあった。南欧ふうな白亜《はくあ》の家であった。二階のテラスも窓枠も玄関も門も、ロココ風な設計が施されてある。家はこぢんまりとしている。垣から出た糸杉の新緑と蘇芳《すおう》の花の紅とがとり合せになっていた。どの窓もカーテンがひかれ、細い線で透かし彫りのパルメット文様の入った白い鉄門は閉じられていた。いかにも女の館といった感じであった。あたりに声も物音もなかった。

横にガレージがある。シャッターはあいていて、赤い高級車が展示場のようにその中にぴたりとはまっていた。道路側に見せたナンバープレートが正面だった。メモした番号と合致した。

ふと眼を落すと、角のゴミ箱の中に包紙が皺になって捨てられていた。「パリ婦人服店」の名がついている。この婦人服店なら、ここへくる途中に見かけた。

車がガレージにあるからには和子は家の中に居る。高柳秀夫がまだそこに残っているかどうかはわからない。和子がふいと窓を開けて外を見そうな気がした。姿を見られるのを恐れて、井川は家の前を急いで離れた。よその家から急にピアノの音が高く鳴った。

井川は女の家を突きとめた満足と、その前を野良犬のように嗅《か》ぎまわった自分の情なさとが心に錯綜《さくそう》した。だるい脚を動かして坂道を下った。その向うには高い建物を交えた商店街の海があった。商店街を海にたとえると、住宅街との境が渚《なぎさ》になろう。その渚に打ち上げられたように小さな婦人服店が角にあった。「パリ婦人服店」。さっきの包紙の店であった。和子は高級品は銀座で、当座間に合せのものは近所交際《つきあい》を兼ねてその店で買っていると思われた。

井川はその店に入った。いちばん安い既製服を女房のために買った。

「銀座の高級クラブのママさんですわ」

「パリ婦人服店」の女主人は、客の問いに和子のことを教えた。彼女は顧客《とくい》のことを誇らしげに云った。

「クラブ・ムアンのママさんです」

「ムアン」の店

渋谷に引返したとき三時になっていた。自由が丘駅からの十五分の電車の中で井川はうとうととした。日ざかりの中を広尾と自由が丘の住宅街を歩き回った疲労が睡眠不足を加えていちどきに出てきた。

駅に降りて、食べもの屋がいっぱい眼についたが食欲はなかった。三時から夜の九時ごろまでをどうして過そうか。家に戻る気持はない。帰宅すれば出にくくなる。

パチンコ店に入ったが、三十分ほどで出た。台の前に坐って手を動かしていても後頭部に溜まった眠気が意識を霞《かす》んだものにさせ、首がひとりでにうなだれた。心臓が妙な具合になってくる。頭痛がした。

料金所では勤務中、車の排気を吸っている。身体にいいわけはなかった。ワイシャツは一日で黒くなり、カレンダーも燻《すす》けている。そのぶん料金所の人間も吸っているのだ。

気分が悪くなってきた。

道玄坂《どうげんざか》を上る横丁で、「紫雲荘」と看板の出た小さな旅館に入った。自由が丘の婦人服店で買った女房の服の包みを持っている。

「お伴《つ》れさまは？」

女中がきいた。

「伴れはありません。睡《ねむ》いのです。八時になったら起してください」

女中は変な顔をした。井川は上衣とズボンを脱《と》っただけで沓下《くつした》のままダブルベッドに転んだ。夢も見なかった。

ベルで眼が開いた。水で顔を洗うと、頭が軽くなっていた。頭痛も癒《なお》っている。前の鏡に自分が居た。白髪が光っている。眼の下がたるみ、鼻の両脇から口辺にかけての皺が醜く深かった。額、眼尻、頰の小皺が葉脈のように走っていた。

この顔で和子に会いに行くのか。彼女に憐みをかけられるようで、もう止めようかと思った。煙草を二、三本吸って考えたが、そこを出てから乗った地下鉄は銀座線であった。車内では自分の服装に気がひけた。

九時近くになっていた。まだ早い。新橋で降りて、時間潰《つぶ》しにその辺をぶらぶらするつもりだった。帽子を売る店が開いていたので、思いついてその中に入った。

「ベレー帽をください」

女店員がショーケースの上にそれをならべた。

五十七センチとすぐに云えたのは、料金所の制帽のお蔭であった。濃紺のを取って頭につけ、店員がさし出す鏡を見た。人相が一変したようだった。道玄坂の旅館の鏡で見た顔よりも若くなっている。帽子が変貌の役をした。料金所の制帽はその効果の典型であった。

金を出すとき財布の中をのぞいた。一万円札が二枚と千円札が数枚あった。ベレー帽代に一枚の一万円札がくずれたが、これだけあればいくら高い値段でもビール一本ぶんの勘定には間に合うだろう。

自由が丘の婦人服店の包みを帽子屋の紙袋の中に入れた。和子に見られたときにまずいことになる。

ベレー帽を深めにかぶって店を出た。白髪が隠れ、顔が変ったと思うと気が軽くなった。和子もすぐには分るまい。芸術家のようだった。

牛ドン屋を見つけて入った。肉が盛られ、脂こい汁に染まった飯を残さずに食べた。無理もなかった。今朝八時半にトーストをかじっただけである。煙草を吸うときにポケットから出たマッチがさっきの旅館のものだった。癖で無意識にポケットに入れたものと見える。

銀座通りの西に来たのが九時四十分であった。まだ早いけれど、これ以上は待てず、胃も充分になって脚の怠《だる》さも除《と》れ、前よりは元気が出ていた。

電話帳では「クラブ・ムアン」は銀座七丁目になっていた。広い道路の両側にビルがならび、両側の小路の奥にネオンが光っている。ビルの下から頂上まで梯子《はしご》のような形で看板の灯がついていた。梯子段の一つ一つが区切られた店名で、日本名と外国名とが交錯していた。店の名はビルの出入口にも格子模様にならべられてあった。ナイトクラブ、料理店、天ぷら屋、スナックバー、すし屋。広い通りの対《むか》い側にも同じようなビルがあった。

広い道路の両側に乗用車が早くも列をつくって駐車していた。自家用車と営業車がそれぞれの店に入った主を待っている。曾ての井川がその待たせていた身であった。心が疼《うず》く。

歩道を男たちが数人ずつ黒い影でかたまってゆっくりと歩いていた。横では店の客を女たちが賑《にぎ》やかに送り出している。洋服、和服の若い色が混じり合い、外にこぼれた明るい光が背後にあった。姿のきれいな女や、眼をみはるような美しい顔があった。ここにも七年前の井川自身が居た。そのころを想い、井川の身体の中を風が吹き抜けた。

めざす店の名は容易に見当らなかった。横丁から裏通りに回った。ここにも同じような店が蝟集《いしゆう》している。通りはうす暗いが、両側に灯の花壇がつづいていた。きょろきょろと見回して歩く井川は、手を組んだ男女に何度か突き当りそうになった。

「お客さん。どこのお店をおさがしですか？」

ネッカチーフで顔を包んだ背の低い女がチューリップの花籠《はなかご》を抱えて、彼の眼の前に立っていた。

「……クラブ・ムアンと云うんだけどな」

「ムアンはこっちじゃありません。表通りですよ。ご案内します」

方向を変えて歩き出した花売りの横について歩いた。

ベレー帽を見上げて、お客さんは小説家なの、画描きの先生なの、と女は訊いた。小娘に見えたが年とっている。

「お花を買ってよ。ムアンのママさんにあげるお花を」

井川は千円札一枚を出した。

「花は要らないよ」

花籠の女が連れてきたビルの広い間口の横には、たしかに「クラブ・ムアン」の名が光に映し出されていた。最初に歩いた通りに面していたのだが、どうして見のがしたのだろうか。看板が上品で小さすぎたせいかもしれない。この種のビルは華やかな店を専門に容れていて、夜も出入口が開放されていた。

井川はエレベーターの前に立った。店の名が十二階まで出ている。「ムアン」は四階であった。エレベーターを待つ客が七、八人集まった。

ふと見ると、客たちの横に、ガードマンがかぶるような庇《ひさし》付きの焦茶色の「制帽」に同色のジャンパーとズボンをつけた男が控え目に立っていた。革の長靴まで茶色だった。瘠《や》せて細長い身体である。

「ジョー君」

客の一人がその男に声をかけた。

「今晩も精が出るね」

ジョーと呼ばれた男は、制帽を脱《と》って深々と上体を前に折った。

「いらっしゃいまし」

髪を短く刈り上げた頭であった。三十四、五くらいだった。

エレベーターが降り、待っていた客たちが全部乗りこむのを、彼は直立不動で見送った。

「行ってらっしゃいまし」

彼の垂れた頭を閉まったドアが消した。

どこかの店のボーイのようだった。が、ボーイにしては服装《いでたち》がそぐわなかった。

四階で降りたのが、井川を含めて五人であった。他の四人は中年で、いかにも社用族といった格好と態度だった。通路の両端に区切った店がならんでいるが、かれらの方角は正面だった。突き当りは重々しい鉄扉のような黒いドアだった。上に「クラブ・ムアン」と金属文字が横にならんでいた。ドアに「会員制」の銅板が貼り付けてあった。

四人の客の先頭が勢いよくドアを開けて入ると、三人の背中がそれにつづいた。井川がためらっているあいだにドアは閉まった。

店に入っても、井川はすぐには和子と顔を合せたくなかった。なるべく目立たない席に坐り、ホステスたちの間から和子を眺め、そのうちにこちらに気がついてやってくる彼女と会う形にしたかった。いきなりでは突然すぎて彼女もおどろくだろうし、自分としても店の様子を見たうえで心の準備をしておきたかった。それだけの余裕をもちたかった。たぶん和子は回数通行券表紙の暗号を見ているにちがいない。少なくとも自由が丘からこの店に出てくるのに目黒の料金所を通過したはずだから、回数券をとり出した際にあの暗号が眼にふれていなければならない。

ドアを煽《あお》るように開いて二人の客が出てきた。どちらも恰幅《かっぷく》のいい年輩者だった。見送る女三人は、ドアの近くに佇《たたず》む井川を客だと思って目礼したが、女の一人が不審そうな表情をした。見馴れない顔だったからだ。

その五人がエレベーターのほうへ歩いて行ったあと、井川は思い切って重々しいドアを開けた。酒倉のように洋酒の瓶《びん》を横にして何列にもならべた飾り棚が壁になっていて、店内はすぐには見通せなかった。が、中の照明がほのかに映え、話し声と笑い声とが洋酒棚の衝立《ついたて》の向うから洩れている。

出迎えのホステス二人が、いらっしゃいませ、と井川の前に現れたが、彼の顔を見るとその微笑が消えかかった。

「あの、前にどなたかとごいっしょにお見えいただきましたでしょうか?」

「いや、はじめてです」

和服の女は井川の姿をじろりと見た。

「少々お待ちください」

奥へ入った。

「いま、お席があるかどうかを見に行きましたの」

残った赤い服の女が、とりつくろうように云った。

髪をきれいに分けた蝶ネクタイが出てきた。マネージャーか何かの、三十二、三くらいの頰のこけた男だった。

「失礼ですが、どなたかのご紹介でいらしたのでしょうか？」

井川の服装と新しいベレー帽とを胡散臭《うさんくさ》げに眺めた。

「いや。誰からも。ひとりで飲みに来たんだよ」

「てまえどもの店は、会員制でございまして、会員か会員のご紹介以外のお客さまはご勘弁を願っております」

頭も下げずに蝶ネクタイは云った。

「断わるのかね？」

井川は思わず強い声を出した。今朝から歩き回っているのだ。その苦労のあげくがこの仕打ちか。

「申しわけございません。当店の規則とさせていただいておりますので。はい」

慇懃《いんぎん》だが、語調の底に威嚇《いかく》的なものを響かせた。女は逃げていた。

「ぼくにはべつに会員の紹介者はいないが、ここのママとは知合いだ」

井川は蝶ネクタイを押しのけるように云った。

「え？　ママと？」

彼は眼をみはったが、すぐ疑わしそうに井川を見据えた。いい加減なことを云っていると思ったらしかった。

「失礼ですが、お名前は？」

井川は詰まった。ここで迂闊に名を出したくなかった。

「ママに会えばわかるよ。君が頑張るなら、ここにママを呼んで来なさい」

「ママはいま手が離せませんので。……お名前をうかがえば取り次ぎます」

蝶ネクタイは両肩を張った。

このとき、洋酒瓶の壁の横から賑やかな声といっしょに二人の客が女たちに送られて出てきた。井川は顔を横に振って脇へのいた。旧知のだれに遇《あ》うかわからなかった。ここへくる客は、高柳秀夫の関係で東洋商産の者が多いにちがいない。が、偸《ぬす》み見たところでは客二人の横顔は知らない人間だった。どこかの企業の幹部といった風采《ふうさい》であった。

そのうしろからホステスたちの先頭を歩く和子が井川をちらりと見た。ベレー帽のためにはじめは分らなかったようだが、やがてそれが誰だかを知ると、和子は息を詰めた顔になった。瞬間だったが、足がとまったほどであった。

ママのこの変化を、目ざとい蝶ネクタイが見のがすはずはなかった。彼はすばしこく和子の傍に寄ると、早口で何か耳打ちした。和子がそれに短くささやき返した。

彼女はそれきり井川へは眼もくれず、女の子たちを従えて客のあとに急いでつづいた。ドアは風を起して閉まった。

「どうも失礼しました」

蝶ネクタイは井川に軽く詫《わ》びた。さっきの傲慢《ごうまん》が、新しい好奇心の眼に変っていた。

「どうぞ、こちらへ」

酒瓶の飾り棚の前がフロアへの通路になっている。井川が蝶ネクタイのあとから緋《ひ》の絨緞《じゅうたん》を歩いてゆくと、折れ曲ったところでいきなり華やかな情景に接した。三段くらいの低い階段の下に広い床《フロア》がひろがり、テーブルがほとんど間隔を置かないくらいにならんでいた。それぞれのテーブルには革張りの長椅子がとり囲み、シェードの深いフロアスタンドが配置されていた。天井は星空のような間接照明だが、大きなフロアスタンドの下から射す灯がそれぞれのテーブルの上を明るく照らし、まわりの客たちとホステスらの半顔を浮き出していた。

「ここで、お待ちください」

蝶ネクタイは、階段下のいちばん隅の狭いテーブルに井川を導いた。そこを指示されたというに近かった。まだ時間が早いせいか、テーブルの三分の一ほどは空いていたのだから、奥に席は十分にあった。隅の席はそこだけがぽつんと離れていて、まるで隔離されたような感じであった。

井川は帽子屋の紙袋を傍に置いた。

あまり美人でないホステスが一人、彼の横にきてすわった。

ビールをたのんだ。財布に二万円そこそこしかないのを考えなければならなかった。

「さっき、ぼくをここへ案内してくれたのはマネージャーかね？」

「あれは副支配人です」

支配人と副支配人とが居るとはたいしたものだと井川は思った。もっとも副支配人とはいってもホステスを客席へ配分するなどの役にすぎない。蝶ネクタイに黒服の男は、見たところ六人くらいで、それぞれがテーブルの間を往復していた。

「ちょっと失礼します」

ホステスは彼に会釈《えしやく》すると椅子を起《た》ち、向うへ歩いて行った。ひとりになった井川のテーブルに、お絞りとビールと突き出しとをボーイがいっぺんに運んできた。

舞台のような階段の上に和子とホステスたちが再び現れた。さっきの客を送った戻りである。井川は胸を躍らせて身構えたが、和子は奥のテーブルのほうへまっすぐに顔をむけたまま、彼には一瞥《いちべつ》もくれずに前を通過した。和子のその横顔は硬かった。

が、奥のテーブルに行くと、彼女はたちまち客たちに身体を折って笑いかけ、白髪の客の腕にやさしく手をかけ、滑り落ちるように脇に坐った。井川のほうへは一度も顔をふりむけなかった。

仕打ち

出入口に近い階段下の隅の席にぽつねんと井川は坐っていた。狭いテーブルにはビール一本と突き出しの皿がある。ビールは瓶に三分の一ほどになった。突き出しは、料理店が出すような柴漬《しばづけ》だったが、それも小皿に半分となった。

まわりを見ると、どのテーブルにもブランデーのグラスやウイスキーの水割りグラスがならんでいた。客は少ない席で三人、多いのは十人ぐらいテーブルを囲み、ホステスらが間にはさまっていた。一人で来ているのは井川だけであった。

賑やかな話し声と笑い声とが一体の騒音となって模糊《もこ》とした煙草の煙の中に湧き上がっていた。客層は中年以上だったが、井川と同じ年輩の男はかならずといっていいほどグループの中心に悠然と坐っていた。まわりの後輩はまるで釈迦《しゃか》の弟子の如く中心人物の談話をめぐってさざめいていた。その横にはかならずきれいな女がいて座をとりもっていた。そういう小さな星座がいくつもあって、店のはなやかな宇宙を形成していた。

井川にはホステスのだれも寄りつかなかった。横に帽子屋の紙袋が置いてあるだけである。蝶ネクタイどもは銀盆を肩の上に指で器用に支えてテーブルの間を泳いでいたが、井川には見むきもしなかった。さきほどの副支配人は支配人らしい口髭《くちひげ》の男といっしょに奥のほうに佇立《ちょりつ》し、まんべんなく店内を見渡していたが、隅のベレー帽には知らぬ振りをしていた。

和子はそうしたテーブルの間を渡り歩いている。一つところに落ちついて客と面白そうに話しこんでいるかと思うと、すぐに立って次のテーブルに行った。そのくりかえしの巡回では、どの客席もママの和子を歓迎し、彼女がくるとそのテーブルは活気を呈した。

和子は井川を無視しつづけていた。彼はビールのコップに少しずつ口をつけた。そうしなければ一本が忽《たちま》ち空《から》になり、代りを頼まねばならなかった。勘定が気になった。小皿の柴漬に箸《はし》を動かす。そうでもしなければ間《ま》がもたなかった。

井川はときどき眼を挙げた。そこから眺める和子に、七年前の記憶が出てくる。詮《せん》ないことだが、ここにじっと坐っていればそれを思い出さないわけにはゆかなかった。

あのころの和子は、貧弱なホステスだった。外見でも肩瘠せ、胸うすく、色気に乏しかった。それが今や銀座のクラブを経営するママとしての幅ができている。頬はふくらみ、胸も腰も張って、全身に情感がみなぎっている。フロアスタンドの下に近い席に坐ると、彼女の化粧も衣裳も反射して一斉に耀《かがや》く。抑制した嬌態も堂に入っていた。柔軟な、落ちつきはらった身のこなしで客席を渉《わた》って歩く姿は自信たっぷりである。従業員数十人を指揮して威厳があった。

隅のテーブルに上体を屈《かが》みこませている井川は、ひそかに視線に入る和子にあらためて驚歎した。七年の間に女はこんなにも成長するものか。手品を使ったとしか思えない。だが、手品師は高柳秀夫であろう。和子の養成者は彼だ。社長の交際費が手品のタネになっている。この店の開店だけでも六千万円はかかっていよう。きれいなホステスを揃えるには他の店からスカウトをしただろうが、女たちへの前渡金《アドヴァンス》や回転資金などを合計すればどのくらいになるだろうか。見当がつかなかった。

自由が丘の家はまた別である。あの家にしたって土地つきで一億円以上はしていよう。東洋商産のような会社の社長交際費から出るにしては金額が大きすぎる。そんなに交際費があるわけはない。どこかで高柳は無理をしている。外部には知れない秘密の捻出源があるのではないか。

高柳の腕はその部長時代から同僚として井川は知っていた。競争に敗れたのも結局は手腕の違いであった。高柳の才能と性格からすれば、いまは東洋商産のワンマン社長になっているに相違なかった。独裁権を振るえば、社長の機密費はどうにでも調達できるものだ。

江藤達次はどうしているだろうか。井川はそれも想う。江藤社長も独裁であった。社は江藤体制に統一されていた。江藤社長に取り入ったことも抜擢《ばってき》されたことも、高柳が先んじていた。高柳が平取締役から常務になったとき、江藤社長は井川を料理屋に招待して云った。

（君と高柳君とは同期だったね。こんど高柳君を常務に昇格させることにした。君に異存はないかね？）

（社長の方針です。異存はありません）

井川は下をむき唇を噛んで答えたものだった。江藤社長は、井川と高柳とが合わないことをかねてから知っていた。

（そのうちに高柳君には専務になってもらう。いまのところ、彼をぼくの後継者にしたいんだよ。それでも君に異存はないかね？　社全体の和のため、いまのうちから君の気持をたしかめておきたいのだが）

（社のためでしたら）

井川は真暗い心になっていったんはそう返事した。

（しかしね、高柳君がそうなると、彼は君が使いにくくなる。君は彼と入社が同期だし、それに彼は君が苦手らしい。君は社のためを思って虚心坦懐《たんかい》だろうが、高柳君はあのとおり強い性格だからね。これは例《たと》えだけどね、役人にしても一人が次官になると同期の局長連は本省から出されるのが慣習だよな）

（社長は、ぼくに本社を去れと云われるんですか？）

色をなして井川は江藤社長を睨んだ。

（系列会社の専務のイスがあるが。ゆくゆくは君がそこの社長になる含みでね）

（お断わりします）

頬をひきつらせて井川は叫んだ。

高柳が社長になったとき、その子会社の社長で甘んじることはとうてい我慢できなかった。高柳が親会社の権力でどのような意地悪をしてくるかわからない。その高柳へ阿《あ》諛《ゆ》することに我慢ならなかった。いや、その前に子会社の専務になったところで自分の寿命はないのだ。翌日、辞表を出した。


しかし、現在の高柳にはふしぎと嫉妬が起らなかった。嫉妬は、対等かそれに近い僅少な距離の場合に生じるが、こうまで絶対的な隔絶になってしまえば、もう他人のように平静でいられる。敗北した人間は去勢される。だから、日ごろは思い出しもしない江藤達次前社長とのやりとりのことが、客観的に記憶として浮んでくるのであった。

それもこうして隅のテーブルにつくねんと坐っているからである。

和子にむかってはさすがに高柳に対するのと同じ気持にはなれなかった。未練からではない。未練をもっても仕方のないことだった。ただ、最後の言葉を交わしたい。昨夜、霞が関料金所で見た和子の姿からこんな気持になった。

大阪から東京に戻ってだいぶんになるのに、和子に会いたいという心には少しもならなかった。見たのがいけなかった。現実の情景が、深い底にもぐっていた意識を掘り起した。

別れ話をはっきりとつけていないというのが彼女に会いに来た井川の理由であった。ずるずるとなっていたのでは、足の裏にべたべたしたものがくっついているようで、彼女も気分が悪いであろう。それをすっきりとさせてやろうというのだ。が、理由であれ口実であれ、要するに別離の前に最後の親しい話をしたいからであった。和子にむかって高柳との仲を叱責するのでもなければ、皮肉を云うためでもなかった。彼女を放《ほう》って大阪に去り、以後音沙汰無しにしたことの落度はこっちにある。むしろ謝りたい。そうして現在の和子に心からおめでとうと云ってやりたい。まったく皮肉なしにである。また皮肉が云えるような現在の自分ではなかった。気持よく話し合って別れたい。彼女だって後腐れの懸念《けねん》がないと分ったら、どんなにか安心だろう。

だが、和子は依然としてこっちに足をむけなかった。相変らず向うのテーブルからテーブルへと移っている。それも客と長いこと話しこむのである。わざと時間をかけてこっちへは来ないようにしている。彼女は視線を向けることもなかった。

井川は和子のいまの心理を推測してみた。おそらくここに坐っている自分が彼女には大きな重圧になっているだろう。自分にその気がなくとも、向うは威嚇と感じているかもわからない。それを避けようとして遁《に》げているのだ。誰にも助けを求めることはできない。胸の動悸が激しく搏《う》っているだろう。顔から血の気が引いているところは巧みな化粧で見えず、脚の震えは客たちへの嬌態《しな》で隠し、眼をこっちから逸《そ》らせているのは恐怖をのがれるためだろう。それはここには来ていない高柳秀夫に対しての恐怖でもあろう。

そんなのではないのだ、和子よ、ちょっとだけこっちに来なさい、静かに話そう、十分ばかりでいい、以前の関係をまわりの者に気づかれるような態度は決してしないから、安心してここへおいでよ。

が、いくら井川が心の中で和子に呼びかけても、向うに通じることではなかった。井川はビールの残りをコップに注いだ。

しかし、和子にしても客席ばかりに居るわけにはゆかなかった。帰る客は見送らねばならない。入ってくる客は迎えに立たなければならない。そのため彼女はテーブルで客の相手をしているときでもその視線は、客の立ち上がる気配と入口のドアの開閉に絶えず光っていた。

とくに帰り客にはホステスたちといっしょに彼女は入口のところまで送らなければならなかった。和子にとって都合の悪いことに、井川は出入口に近い低い階段の下に坐っていた。これはいやでもその前を通らなければならない位置にあった。

井川は和子が眼の前を通る機会を待ちうけた。そうしてその機会は何度もあった。けれども彼女は客を送り出すときは客の向う側にかくれて歩き、戻る際はホステスたちと夢中に話し合って、顔をまっすぐ前に向け、通路の横に腰かけている井川にはまったく気がつかないふりをした。彼のほうから立って、和子の前に立ち塞《ふさ》がることはできなかった。

時間が経つにつれて入ってくる客が多くなった。この店は繁盛していた。それまで空いていたテーブルが次第にふさがり、隅の井川の席近くまで客の占めるところとなった。ボーイの動作と、女たちの移動が忙しくなった。が、新しく入ってくる客を当然迎えなければならないママが、ホステス任せにして向うのテーブルから動かなかった。

井川は思いついて帽子屋の紙袋から妻の洋服の包みをとり出した。紙包みには自由が丘の「パリ婦人服店」の名が模様のように入っている。その包紙は彼女の家の横にあるゴミ箱の中に入っていたのと同じだ。これだと彼女の眼を奪うだろう。

この計画は成功した。客を送った帰りに和子の視線がこの「パリ婦人服店」の包紙に引きつけられて、愕然《きょうぜん》となった。彼女は思わず井川の顔に眼をむけた。自分の家の近くまで来ている事実に、恐怖とも不安とも知れぬものがその表情に奔《はし》った。

が、それも瞬間だった。和子は素知らぬ顔にかえると、奥に近いもとのテーブルに戻って行った。客がふえて店内は華やかな騒音が高まり、ママのにこやかな顔がその賑わいの中に動いていた。

蝶ネクタイのボーイが銀盆にビール瓶を乗せてこっちへ歩いてきた。そのビールが井川の前にとんと置かれた。

「ママからです」

ボーイは云った。

和子のサービスというのだった。突然のことに井川は一瞬ぼんやりとなったが、次に何ともいえぬ感情が湧き上がった。奥に眼を遣ると、和子はこっちに背をむけて肥った老紳士と話しこんでいた。

ボーイが空いたビール瓶を持ち去ろうとするのに、井川は云った。

「ついでだ、突き出しのお代りももらおうか」

ボーイは仏頂面《ぶっちょうづら》をし、返事もしないで向うへ行った。

井川は鉛筆をとり出し、テーブルにある店のマッチのラベルの端に暗号《サイン》を書いた。

《話がある》

七年前までは和子と共通の言葉だった。サインの形は他人には鉛筆のいたずら書きにしか見えなかった。

柴漬の小皿を運んできたボーイの銀盆に井川はそのマッチを乗せた。

「ママに渡してくれ」

彼は低声《こごえ》で云った。ボーイは怪訝《けげん》な顔をしたが、黙って奥へ歩いた。

こっちから様子をじっと見ていると、ボーイは坐っている和子の傍にしゃがみこんでマッチをそっと渡し、短く耳打ちした。和子はさりげないふうに聞いていたが、変化は見せず、どこかの会社の重役らしい肥った男と話のつづきに興じていた。

この店は社用族がほとんどのようだったが、その中には東洋商産の者が入っているだろう。しかし、高柳秀夫の姿はやはり見えず、井川が知っている社員の顔もなかった。

とにかく和子はボーイの渡したマッチを手に握っている。暗号のメッセージを見たのはたしかだった。昨夜の高速道路回数通行券の表紙とは違って、これは眼前にある光景だから確実であった。

やがて、さっきちょっと井川の席についた美しくないホステスがにこやかに近づいてきた。

「あら、おビール如何ですか」

お代りのビール瓶をとりあげた。

彼女はコップに注ぎ終わると、小型の白い封筒をそっと井川にさし出した。

「ありがとう」

「これ、ママさんからですわ」

小さな声で云い終わると、にっこりと笑って立って行った。

井川はうつむいてテーブルの蔭で小さな封筒を開いた。あっと思ったのは、中に昨夜の高速道路回数通行券の表紙と、いま渡したばかりのマッチとが入っていることだった。和子の書いたものは何もなかった。

井川は奥へ振りむいた。和子の姿はどこにもなく、彼女の居た席には着物の女が替っていた。

血が下にさがってゆくのを井川は覚えた。血管を伝って頭の血が下降してゆくのが自分でもわかった。脳貧血を起しかけている。

和子の仕打ちに激怒するのではなかった。敗残者の意識が彼を打ちのめし、虚脱状態にさせた。彼はふらふらと立ち上がると、出口へ歩いた。

横にレジがあった。その前に立った。

「会計を」

懐に手を入れた。

「けっこうでございます」

レジの女は手もとの伝票を見て云った。横に副支配人の男が立っていた。

井川は、ふらふらとした足どりでドアに歩いた。小型封筒は出たところで捨てた。もう役には立たないものだった。

見送るホステスは一人もなく、彼はひとりでエレベーターに乗った。エレベーターが地底にむかって落下して行くようだった。

車の誘導人

井川正治郎はビル一階の広い通路を外へむかった。そこではよその店の帰り客らといっしょになったが、皆は肩をそびやかし、見送りのホステスをまじえて酔った声で高らかに話し合っている。靴先を見つめて歩くのは井川一人であった。外に出た。すぐ前が車の群れであった。駐車は客待ちのためだ。腕時計をのぞくと十時四十分だった。ナイトクラブ、バー、料理店などの客がそろそろ帰りはじめる時刻であった。

車の列をぼんやりと眺めている井川の横にガードマンがかぶるような「制帽」の男が来て立った。ジャンパーもズボンも長靴も茶色であった。この男なら井川が一時間前に四階の「クラブ・ムアン」に昇《あが》るときエレベーターの閉まるドアの前に頭をさげていた。ジョーとだれかが彼の名を云っていた。混血の顔ではなかった。

「もうお帰りでございますか？」

直立の姿勢でジョーは井川に云った。背が高く、ひきしまった身体をしていた。制帽の深い庇の下にある眼が遠い灯に光っていた。彼は井川の顔を憶えていた。

「お車の番号は？」

ジョーは訊いた。井川が車を待たせているかハイヤーを呼んでいるかしていると彼は思い違いをしている。しかし七年前までの井川は事実そういう身分であった。

「いや、いいんです」

片手を振って逃げるように歩き出した。一方の手は自由が丘の店の包みを持っていた。女房の服が入っている。

商店のシャッターが軒なみに閉まっていて歩道は暗かった。街灯の列とネオンの光とが頭の上にある。歩く人々の肩にほのかな照明が動いていた。

十一時に近かった。国分寺の家に帰る最終電車の時間が井川の頭をかすめた。腰も脚も石を付けたようにだるいのに、神経だけが冴えていた。

中田の家が池袋にあるのを思い出した。赤電話に寄った。隣りの赤電話にはどこかのホステスが笑いながら話している。

妻の秋子が出た。

「今夜は道路公団の料金会社の人と飲んでいる。終電に間に合わないから、中田さんの家に泊めてもらう。明日の朝早く帰るからね」

中田は漢籍を勉強している同僚だった。名前も人柄も前から妻に話してあった。

「大丈夫ですか、勤務明けで疲れてらっしゃるんでしょう?」

秋子は気づかった。

「疲れているからそうするんだよ。皆と飲んでいるのもたまの付合いだから、仕方がないよ。明日は公休だ」

すぐ横の、若い女の派手な声が受話器から秋子の耳に聞えそうで気になった。

「そう。無理しないで気をつけてね」

外泊の云いわけも七年ぶりであった。大阪ではがむしゃらに働いた。倒産前は死ぬ思いで連夜駆けずり回ったものだ。

秋子の返事に安心して井川は赤電話を離れた。中田の家に泊まるつもりはない。財布に一万七千円は入っている。安ホテルに泊まるには十分だ。バーが最後の客を送り出すのは、あと一時間くらいか。新橋の駅前道路に来ていた。路地の奥にいろいろな赤提灯《あかちょうちん》が見える。その一軒に入った。小屋のように狭い店内には洋服の背中がならんでいた。油の臭いと煙草の煙がこもっていた。

割烹着《かっぽうぎ》を付けた体格のいい中年女が、カウンターの中で手を動かしながら入ってきた客の顔をのぞき、高い声で迎えた。横の瘠せた女が、焼鳥を焼いていた。井川は二人連れが出て行った丸イスに腰を下ろした。

「焼鳥をもらおうかな」

割烹着の女は上眼遣《うわめづか》いに井川の人相を見定めるようにし、近くの客もベレー帽の彼に視線を投げた。

見るからに客のほとんどがサラリーマンだった。上着を脱ぎ、ネクタイを解き、シャツの袖をたくし上げ、ウイスキーグラスやコップ酒を手にしていた。三十代と四十代が多く、それに二十代と五十代とがまじっていた。

「酒をください、コップで」

焼鳥には胡椒《こしょう》のきいた甘辛いタレが付いていた。

先客たちはそれぞれが大きな声で話している。オーちゃんとかエーさんとかの符牒《ふちょう》が飛び交うていた。この場には居ない人間が話題であった。上役や同僚らの共通した噂は、話し手にも聞き手にもどこかで利害関係とつながっている。わざと無関心を装っていても真摯《しんし》な表情がこぼれる。それを酒でかくそうとしている。

ああやってるな、と井川はコップを傾ける。二十年前と変らない。三十代のころ飲み屋でオダをあげていた自分がそこにいた。

冴えていた神経がしだいに鈍くなり、だるい身体に同化しはじめた。まわりの話し声がお経のように聞える。夢がはじまり、違った場面を見はじめた。

割烹着の女に井川は揺り起された。頬を腕に乗せて睡ったので、上着の袖口が涎《よだれ》でべたべたに濡れていた。ベレー帽が脱げ落ち、婦人服店の包みが脚の下にころがっている。うしろに新しい客が立っていた。

勘定を払って外に出た。路地をふらふらと歩きながら時計を見た。零時半になっていた。

広い道路のもとの場所に井川は戻っていた。

「ムアン」が入っている黒い四角なビルの影が道路を隔てて正面にあった。その道路を車の群れが隙間なく埋めていた。灯を消したままで動かない車がこの銀座通りの長い距離を道路いっぱいに占領していた。ハイヤー、自家用車、タクシー。黒い群れの中からヘッドライトを突然に点《つ》けるのは、客を乗せて動き出す車だった。前も両横も無法な駐車で塞がっている。クラクションは鳴らない。じりじりと車を進めて、この無秩序な溜りから抜け出そうとしている。

人間の影だけが両側の歩道を気ぜわしげに動いていた。バーや飲み屋の帰り客とその

まよっている。見送りの女たち。客の車を探す女が番号をメモした紙片を片手に、駐車の群れの間をさ

前のビルの下にある明るい空間を井川は一心に見つめていた。こちらは銀行で、シャッターの閉まった出入口の石段の上に立つと、車の屋根越しに向うが見える。動いているのは男よりも女が多かった。どの店もカンバンの時間であった。和子らしい姿はまだ眼に入らなかった。

どうしてこんなところに来て立っているのか。——井川は自分の心をあえて穿鑿《せんさく》しようとは思わなかった。自問自答は避けた。理屈ではなかった。彼女と話す機会をもう一度つかみたい、二分でも三分でも。——それで気が済むことだった。店であのような仕打ちをされたから、別れ話に決着をつける、といった気負ったものではなかった。

昨夜九時、霞が関料金所を通過した和子の運転する車を眼で追ったとき、坐り番の中田がくれた「文選」の一句が井川の頭に残っていた。「越鳥眷恋して……」中田は回数通行券の表紙に彼が何かを走り書きして渡したのを横眼で見ていたのではないか。中田の直感で車の主と彼との過去のつながりを推量したのだろう。

和子を眷恋しているのではない、と井川はいま心で中田に弁解していた。おれは落伍者だ。このとおり老いている。あんたと同じだよ、中田さん。ただ彼女とひとことふたこと話を交わすだけだ。それで過去の世界が完全にふっ切れる。あとは、あんたとあの

料金所で、この眼の前にあふれている車の大群の通過を事務的にさばくだけだよ。——

「いやあ、美事なものですなア」

暗がりから急に声がした。井川がふりむくと、男が一人、同じ石段に両手をポケットに突込んで立っていた。独り言ともなく井川に話しかけてきたのだった。

美事なものとは何を指しているのか、はじめ井川には分らなかった。その男は背の低い、ずんぐりとした身体つきで、丸顔に黒眼鏡をかけていた。その顔も身体も前面の車の大群に向かっていたので、その光景に驚歎しているのかと井川は思った。

「まるで神業《かみわざ》です」

男はやはり前を見つめたままで云った。

銀行の出入口の上にぽつんと点いたまるい灯がその男の頭と肩に光を浴びせ、街灯と対《む》い側のビルの下に断絶する遠い照明とが、男の前半分をおぼろに浮き出させていた。

「あそこに車の間を縫って走りまわっている制帽の男がいるでしょう？　見えますか。ほら、いま、ずっと向うの車の間に入って交通巡査のように両手を挙げて、群れの中に閉じこめられている一台の車をさし招いているじゃありませんか」

説明のとおりの光景が井川の眼にも映った。制帽が目印だった。「クラブ・ムアン」に井川がエレベーターで昇るときドアの前で敬礼し、出たときも彼に叮嚀に腰を折ったジョーであった。

前にはジョーを中心に変った情景が展開されていた。彼がピ、ピーと笛を吹き、両手で一台を招くにつれて、まわりをとり囲んだ車の群れが少しずつ移動し、誘導される一台のために路を開けてやっていた。無法に駐《と》まっている車は梃《てこ》でも動かないように思えたが、ジョーの手と笛はそれらをまるで自在に指揮しているようだった。

脱け出した車は、ジョーの誘導に従って徐行していたが、やがて道路のわきにぴたりと停まった。店から出た客とホステスらとがそこで車を待っているのだが、客は眼の前に横付けされた黒塗りの乗用車に満足そうに乗り込む。女たちが見送り、ジョーが不動の姿勢で車の窓に向かって敬礼した。車は速力をつけて走り出した。

が、そのとき「制帽」の男はもうそこになく、長靴の脚は敏捷《びんしょう》に反対方向に駆け、夜の昆虫のようにうずくまっている駐車群の中に分け入っていた。またもや同じ彼の挙動がくり返される。彼の手ぶり一つで蝟集した車の一団が崩れ、開かれた一条の水路を脱出の一台が滑り出す。

そのようにして協力してくれたまわりの車の運転手たちに彼は制帽を脱っておじぎをした。車の誘導は次々とつづき、客や女たちの待つ各店の前にきちんと停止させる。

交差点に信号機があり、赤と青の灯が一分間隔に点滅しているのだが、広い道路を不法に占拠する車の大群の前には何の役にも立たなかった。交通整理はジョーに任されているみたいだった。茶色に統一された制帽、ジャンパー、長靴。ジョーの身装《みなり》もまた一種の「制服《ユニフォーム》」であった。

「ね、たいしたものでしょう、あの男は。ジョーというんですがね」

きびきびした制帽の行動を眼で追いながら横の男は井川に云った。井川は自由が丘の「パリ婦人服店」の包み紙をさげていた。

「店に頼まれた番号の車を彼はたちまちのうちに見つけるんです。まわりの車を排除して、その車を誘導して当の店の前に横付けさせるんですからね。……ご承知のように客が帰る前に、店では電話でハイヤーを呼びます。ハイヤー営業所では迎えに出す車のナンバーをその電話で伝える。それを書き取ったメモを持った店の女の子が頃合《ころあい》を見はからって客を送り、車のナンバープレートを探すんですが、この通りの混雑ですから、すぐには見つかりません。ひしめいている車の間を血眼《ちまなこ》で探すのです。その間、客はずっと歩道に待たせられています。やっとその車を見つけても、客は車の駐まっている場所まで歩かねばならない。混雑に阻《はば》まれて車が身動きできないんですからね。客が乗っても車は容易に前に出られません。まわりを塞いでいる車がのいてくれないことにはね。そこを通してもらうにはこれまた時間がかかります。このラッシュの停滞は、帰りを急ぐ客にとって迷惑なことです」

単調な口調で彼は説明をつづけた。井川が聞こうと聞くまいとかまわないといった口ぶりであった。

向うでは制帽だけが笛を鳴らし、手を挙げて活躍していた。

「ところがね、いまも云ったようにジョーは該当ナンバーの車を見つけるのに二分とはかかりませんね。その在処《ありか》をめざして飛鳥のように駆けて行くのです。まるで前からその場所が分っているみたいです。彼のカンはすごいですよ」

相変らず次の一台を誘導するジョーの手ぶりをその男は眺めて云った。

「ほら、あのとおりです。これだけ押し合いへし合い車が集まると、信号なんか役に立ちませんからね。交通整理のお巡りは一人も出ていないでしょう。お巡りがへたに整理すると、かえって混乱が起きて収拾がつかなくなるのです。だから交番もこの時間帯の交通整理はジョーに任せているかっこうです。――では、お巡りとジョーとではどこが違うかというと、それは運転手たちに対する態度の違いですよ。警官は職権で指示するが、ジョーは協力を頼むとき運転手らに最敬礼するんです。そのほうが運転手にとってどれだけ気持がいいかわかりません。ジョーの云うことだからまあ仕方がないやということになります。彼はこの仕事をもう十年間もやっていますからね。夜の銀座にくる運転手たちの間ではすっかり顔馴染《かおなじみ》となり、名物男になっているんです」

「十年間も？」

井川はようやく口を開いた。

しかし、井川の眼は「ムアン」から出てくる女たちから離れなかった。ジョーの活躍よりもそのほうが彼には重要であった。

「もとは或る政治家のお抱え運転手だったということです。その政治家が死んだあと、ホテルの運転手をしていましたが、思い切ってこの仕事をはじめたということです。いまでいう脱サラの一種ですかね。しかし、この仕事を考えついた着想は美事です。アイデアがいいです。彼のほかには居ませんからね。現在は〝クラブ・プラッセ〟と〝クラブ・中庭〟と、それに〝クラブ・ムアン〟の三つの店と契約しているようです。そのほか客のチップが彼の収入です。ジョーは愛嬌がいいから皆に可愛がられているんです」

向うではジョーが「ムアン」の入っているビルの前に赤い車を誘導してきた。井川は胸を轟《とどろ》かせ、伸び上がって見たが、車に乗りこんだのは四人づれの男であった。灯の下で見送る女たちに和子の姿はなかった。

「ムアンのママはまだ店から出てこないようですね」

男が云ったので、井川はどきりとした。

「そろそろ午前一時です。もう出て来てもいいんですがね」

横に佇《たたず》む奇妙にモノ知りの男を、井川ははじめてまともに見た。

黒眼鏡の下にある眼つきは分らないが、頰がふくらんで、唇が小さかった。ネクタイをきちんと締めていた。

「ぼくもね、二時間前にはムアンに居たんですよ」

男はポケットに突込んでいた右手を出した。

「これ、拾いましたよ。ムアンのドアを出たところでね」

男の指に、井川が捨てた封筒があった。

「これは、あんたのものでしょう?」

横にいる男は手にしていた封筒を井川の指に押しつけた。

井川は声が出なかった。

「じつはね、ぼくもあのときムアンに居たんですよ。あんたが飲んでいらしたとこも、店を出て行かれるところも見てたんです。ぼくもすぐにあんたのあとから出て行った。ドアを出たところの足もとにこの封筒が落ちていた。あんたのものだとわかりましたよ。だってテーブルにいるとき、女の子がこの封筒をあんたに渡していたのを見ていましたからね」

井川は封筒をポケットに滑り込ませていた。指がひとりで動いたのだった。

あんなところに捨てるのではなかった。外に出て破き、道路傍のゴミ箱にでも叩きこむのだった。それができなかったのは、まだ和子への心があったからだ。店の前に捨てると客を送り出す和子の眼にふれるかもしれないし、ホステスが拾って彼女に見せるかもわからない。和子から返されたものを、その方法でもう一度送り返して、こちらの意地を先方に知らせてやりたかった。封筒に入れた首都高速道路回数通行券の表紙とマッチ――そこに書かれたものは両人だけが知る七年前までの記号であった。曾ての「愛のサイン」だ。

　それがこの得体の知れない男に拾われた。「落し物」だと思い違いして、いまその「落し主」に手渡してくれたのか。

　井川が横眼で見ると、男の顔も、サングラスの下の視線も相変らず正面の「ムアン」の建物に向かったままだった。

「ムアンのママは出てきませんなァ。もう出てきてもいいんだけどな。おそいな」

　腕時計を外灯の光にのぞいて云った。

「あのビルはね、サロン・ドートンヌ・ビルという名です。ビルの持主に画の趣味があるんでしょうな、そういう命名をしているのです。いわゆるバー・ビルですが、十年前に出来ましてね。入居店の区画は合理的にできています。ムアンは二区画分あって広いんです。前はポウゼというナイトクラブが入っていましたが、放漫な経営のために失敗し、五年前に山口和子さんが居抜きで買って店内を改造し、ムアンという名にしたのです」

　男の口からはじめて山口和子の名が出た。事情には相当通じているようだった。

　五年前といえば、自分が大阪へ去ってから二年あとだと井川は知る。和子はそのとき高柳秀夫の所有になったのか。いや、前の店を居抜きで買ってムアンの店を開いたのがそのときだとすれば、高柳との関係はそれ以前からでなければならない。そうでなければ、高柳がまとまった金を出すはずはないのだ。

するると高柳は五年前からすでに社長になっていたのか。社長でなければそれだけ余裕のある金が出るわけはない。当然に社長の江藤達次は会長に退いていることになる。

七年前に江藤社長と喧嘩別れの状態で東洋商産をとび出して大阪へ移った井川は、以来同社のことはなにも知らなかった。耳を掩《おお》っていたというのが当っている。腹が立って前の社のことは聞きたくなかったのだ。大阪での自営にがむしゃらに働いたのも、商売を軌道に乗せたい努力でもあったが、一つには東洋商産のことを忘れたいからでもあった。自分のほうは大手商社とは無関係な中小企業だ。経済新聞を取るほどではなかった。しかし、何も知らないその七年の間に変動があった。

高柳が社長になったとすれば予想外に早い。江藤が会長になって腹心の高柳を社長にし、意のままに動かして院政を行なっているということか。それとも江藤・高柳のコンビで東洋商産を運営しているのか。江藤達次はたしか今年六十四歳のはずであった。

記憶から捨てたいと思い、事実捨ててもいた東洋商産のことが七年ぶりに井川の頭に戻ってきた。が、空白の七年間は砂土層であり、そこに詰まった砂は触れるはしから崩れる。今の彼に東洋商産の実態は摑《つか》めぬものだった。——

正面対《むか》い側の黒く高いビル、いま名を聞いたばかりのサロン・ドートンヌ・ビルの階下の床はそこだけに明るい光が溜まり、男女の人影が動いていた。制帽と長靴のジョーは相変らず忙しく車の群れを飛び回り、笛を鳴らし、手を振って群れから車を一台ずつ引き出していた。が、誘導人がサロン・ドートンヌ・ビルの前に車を横付けさせても、それに乗りこむ中に和子の姿はなかった。

「おそい」

横の男が、和子のことを云った。

おそい。——それがまるで自分の胸が呟《つぶや》いたように井川に聞えた。

この男はいったいどんな用事で和子をここで待っているのか。「ムアン」に二時間前に居たことは彼自身がいま云った。なのに店を出てからまたここで和子を待ち受けている。目的がわからない。彼女に惚《ほ》れているのか。

「あんたはムアンのママと」

男は咳《せき》を一つして井川に云った。

「前からのお知合いですか？」

井川はベレー帽の頭を横に振った。

「そうですか」

男は疑わしげに井川の顔を見た。そこで一息ついて言葉をつづけた。

「ぼくはかなり前からお知合いかと思いました。失礼とは考えたが、じつは封筒の中のものをちょっと拝見したんです。封がしてありませんでしたからね。首都高速道路の回数通行券とムアンのマッチ。それだけしか入っていなかったです。まるで判じものでしたな」

前面の光景に動きが激しくなってきた。駐車の集塊が端から崩れ、徐々に数が減っていた。一時を過ぎていた。

回数券とマッチのサインに横の男は気づいてないと井川は思っていたが、やはり彼の声はそれに触れてきた。

「判じものといえば、高速道路の回数券の表紙とムアンのマッチの隅に妙な記号のようなものが走り書きしてありましたよ。ぼくははじめ何かの悪戯《いたずら》書きかと思いましたが、どうもそうではないようです。二つのそれは形が違うけれど、共通した法則のようなものがあるらしい。法則があれば、それは記号です。つまり当事者だけにわかっていて、第三者にわからないとすれば、その記号は暗号ですな」

「………」

「ぼくは、ムアンの女の子がママの云いつけであの封筒をあんたのテーブルに運んだのも見ていたんですよ。ところが、その前にあんたはボーイにマッチを渡してママに届けさせています。それもぼくは自分のテーブルから眺めていました。けれど、ドアのところでぼくが拾った封筒の中にはマッチのほかに高速道路回数通行券の表紙が一枚入っていた。そのぶんだけ増えているんですな。とすると、回数券の表紙は、以前にママが持っていたことになります。それにもマッチと共通する形の記号があれば、回数券の表紙はママからの返事ということでしょう。なぜかというと、マッチの記号のほうは今晩あんたが店のテーブルで書いたんですからね」

男は依然として前面を見つめ、口だけを横の井川に動かしていた。

「ぼくはムアンにはちょいちょい行っていますが、あんたの顔は今晩がはじめてでした。それなのに、あのような記号がママとの間に交わされているとすれば、ママとはだいぶん以前からお知合いのようですな？」

男の声はおとなしいが、ねちねちとしていた。

「そんなことをぼくに訊くあんたは、どういう人ですか？」

井川は初めて反問した。

男の推量はほぼ的を射ている。その組立ても理詰めであった。それも素人《しろうと》離れがしていた。

「ぼくですか」

男は黒眼鏡の下にある口もとを微笑させた。そこに外灯の光が当っていた。

「……名前は原田といいます。倉田商事株式会社の開発部長です」

倉田商事の名を井川は知らなかった。東洋商産を離れて以来、企業の世界から遠ざかっている。大阪に移ったことも東京の業界のことをさらにわからなくさせていた。

きょとんとした井川の顔がおかしかったのか、原田と名乗った黒眼鏡の男は、ほ、ほほほと女のような声で笑い出した。

「倉田商事というのは、あるナイトクラブの法人名です。その開発部長というのは、ホステスをスカウトする仕事なんですよ」

あっ、と思った。

が、そう聞いてみれば井川にもようやく男に納得がゆく。正体の知れない対手の様子が、その一言で解けはじめた。

銀座にはバーのめぼしいホステスの引き抜きを専門にする男たちが居るとは井川も聞いていた。だが、当の人間に遇ったのは初めてであった。堅気《かたぎ》でないその風貌も、粘液質的な話しかたもそれで合点ができた。さらに、この時間、原田という男がここに立って和子が出てくるのを待っている理由にも推測がついた。「ムアン」のホステスのだれかを引き抜くために、和子に諒解を求めようというのであろう。

当の女性とは話合いが成立したが、それには経営者の和子の諒承が必要なのにちがいない。無断で引き抜けないこともないが、そうなると店どうしにトラブルが起り、当のホステスもあとあとまで迷惑する。そういう悶着《もんちゃく》を生じないようにするのがスカウトマンの役目でもあるのだろう。

だが、和子は忙しくて、話し合う時間がない。スカウトマンの原田は「ムアン」にも客として行って粘《ねば》るが、和子のほうで彼を避けているのかもしれない。とすれば、和子はそのホステスが役に立つので、よその店にやりたくないのだ。そこで原田は和子の帰りを要して最後の談判をしようというのであろうか。

井川にはこれだけの想像は容易に浮んだ。

しかし、それのみではまだ井川に解《げ》せないところがある。原田と自称するスカウトマンは、なぜに和子と自分との間をしつこく知ろうとしているのだろうか。いかに封筒を拾い、中身をのぞいたところで、それはホステスの引き抜きと関係ないことではないか。それとも回数券とマッチに付いた記号を見て、にわかにこの男は好奇心を起したのか。

「ぼくは」

井川は「開発部長」に云った。

「ムアンのママとは知合いではありませんよ。あなたはなにかカン違いをしているようですね」

「はてな、ぼくのカン違いですかね」

原田は小首をかしげた。

「でも、回数券やマッチの記号は、ただごとじゃありませんよね」

「記号なんか書いてませんよ。鉛筆のいたずら書きですよ。ぼくは手もとが遊んでいるとき、無意識にいたずら書きをする癖があるのでね」

「けどね、ボーイの話だと、マッチはあんたがボーイに頼んでママに渡させたというのですよ。ぼくはあの場で、じっと見ていたが、ママの和子は一度もあんたのテーブルに来なかったですな。なんだか知らん顔をしてほかのテーブルばかりを回っていました。そのくせ和子はあんたの存在を意識していましたよ。意識して、あんたに近づかなかったというのは、何かの事情があんたと和子との間に伏在しているとぼくは想像しましたね」

「あんたがどう想像しようと勝手だ」

井川は腹を立てて云った。が、虚勢はかくしきれなかった。片手に持った婦人服店の包装紙が音を立てた。

「ぼくはね、バーのボーイやマネージャーなどをやってきて、店の女と客のいろいろな生態を長いこと見てきました。ホステスと客とが人知れず出来ているときは、その女は恋人の席にはすぐには行かないものです。自分の態度からまわりの同僚や客たちに仲を察せられそうな気がして、それが怕《こわ》いのですな。わざと寄りつきません。それでいて女はほかの席から男の様子をじっと見ています。早くその傍に行きたいけれど行けない。そういう心理です。恋人がほかのホステスにモテたり、男がそれに熱心に話しかけたりすると、遠くの席から嫉妬している。その女の様子がぼくらにはよくわかるんですよ。いくら隠していても駄目です。あんたを意識しているくせにあんたの傍に寄りつかないママの様子を見ていたら、それと共通するものがありました。あんたのほうは、あの隅の席で辛抱強くママの来るのを待っていた。けれどママは遂に来なかった。そのかわりビールはママからのサービスでしたね」

「……」

「ボーイからそう聞いたんですよ。ママの和子はね、経営者としては合理的な女です。

いわば吝嗇《けち》なほうです。そのケチな和子が、われわれには初めての顔の客のあんたに気前のいいサービスをする。しかも傍には来ない。だれだって、これは何かあると思いますよ」

「あんたは想像力のたくましい人だ」

「いいや、そうでもないですよ。最後がママからあんたへの封筒ですからね。それを見てからあんたは席を立ち、出て行った。ぼくにはなんだかメロドラマの一場面を見るような思いでしたよ」

「……」

井川が返事を失っていると、

「お、やっとママが出て来ました」

と、黒眼鏡は前を見て叫んだ。

まさに和子がサロン・ドートンヌ・ビルの一階から姿を現わしたところだった。そこだけに輝いている光を背に、彼女は足を停めて立っていた。

井川の動悸が昂《たか》ぶった。間の車の群れを分けてそこに近づきたかった。が、横には原田が居た。足が前に出なかった。

その原田もそこから動かない。スカウトマンとして女の子の引き抜きに和子と話の決着をつけると思われた原田が、意外にもじっとしているのだった。二人は、いっしょにならんで前を見つめるかたちとなった。

和子の姿が隠れた。ジョーの誘導する赤い車が彼女の前にぴたりと横付けとなったのだ。運転手席の黒い影は若い男のようであった。

ジョーは警戒するようにまわりを見回していたが、安全をたしかめて車のドアを開けた。和子が乗りこんだ。ジョーが制帽を脱《と》って、和子に向かい上体を九十度に折った。井川が昨夜霞が席料金所で見たその赤い車は、ジョーの最敬礼を受けて走り出した。

「今夜は、高柳秀夫が迎えに来ていない」

これは井川でなく、原田の声だった。

ホテルの朝食で

三日後の朝九時近くであった。

井川正治郎は、芝白金《しろかね》にある東都ハイウエイ・サービス会社の料金計算所を出た。昨日午前八時から今日午前八時までは高樹町の料金徴収所勤務だった。その前は霞が関だ。順番によって一回ごとに料金所が変る。

井川が下番した同僚と別れて近くの地下鉄入口へ向かっていると、街角から現れた男に呼びとめられた。

「もし、もし。お早うございます」

朝の光を頭と肩に乗せた男は、三日前の晩に銀座通りのサロン・ドートンヌ・ビルの前でいっしょに立っていた顔だった。あのときもそうだったように、今も向うから寄ってきた。が、その現れかたは、井川をここで待ち伏せていた様子だった。

あの晩は黒眼鏡に見えたが、今朝の明るい陽ざしの中ではそれは薄茶色のサングラスであり、その下に二重瞼のまるい眼球がまる見えであった。色白で、頬がふくらんでいる。倉田商事開発部長の肩書はバーのホステスを引き抜くスカウトマンの別称だと自分から説明した中年の男だ。

「ああ、あんたは……」

にこにこして眼の前に立った男に井川は遮断され、足さきをとめた。

「原田です。先夜はどうも失礼しました」

男は愛想よく頭を下げた。

最初のことだし、夜見たときはなんとなく不気味だったこの男も、晩春というよりは初夏の陽光の下で二度目に遇うと、案外に平凡なサラリーマン風であった。しかし、これは偶然の邂逅《かいこう》ではなく、この場所で帰りを待ち受けていたとしか思えないので、井川は原田につきまとわれている気がした。

それにしても自分がこのハイウエイ・サービス会社につとめていることがどうして原

田にわかったのだろうかと井川はまた気持の悪い思いになった。

「今日はベレー帽を脱いでおられるので、あやうく見間違えるところでした。大勢で会社から出てこられた人たちの顔を一人ずつ見ていたんですが。ベレー帽をかぶっていらっしゃるのとそうでないのとではお顔がまるきり違うもんですね」

いまの井川の頭は白髪まじりの薄い頭である。ベレー帽だとそれが隠れて若く見える。料金所での制帽もそうだった。駅員のような庇の深い帽子が額の皺まで隠してくれる。その帽子を井川はいま脱いで会社に置いて来たばかりであった。

「ところで、朝食はお済みですか?」

原田はのぞきこむようにして訊いた。

「いや、まだ……」

勤務日は、家で朝飯を食べ、昼と夜の弁当を持って出る。夜食は料金所建物《ブース》の狭い湯沸かし場で即席ラーメンなどを煮る。明け番の朝飯は家に帰ってからだった。

「いかがですか、ぼくも朝食はまだなんですが、ホテルのダイニングルームでいっしょにとりませんか」

「ホテルで?」

「トーストにハムエッグにコーヒーくらいでしたら、そうお手間はとらせませんよ。朝食は喫茶店などよりも一流ホテルで摂《と》るのにかぎります」

原田は腕時計をのぞいた。

「いま、九時をちょっと回りました。ホテルの朝食時間は十時までですから、いまから車で赤坂に行けば十分に間に合います」

「赤坂に？」

「ヒルトン・ホテルがいいでしょう。ぼくは車を持ってきていますから」

原田とホテルに行って朝食をとる義理合いはなかった。が、井川の心が動いたのは、あの晩に原田が「ムアン」のビルから出る和子の姿を見つめて最後に呟いた言葉だった。

——今夜は、高柳秀夫が迎えに来ていない。

和子のことを知っている男だ。ホステスのスカウトマンだからバーの世界に通じ、どの店の事情をも熟知しているのだろう。和子の状態をこの男から聞こう。それが高柳秀夫の現状を知ることでもあった。

睡っていた井川の和子への恋着と曾てのライバルへの敵愾心《てきがいしん》とが、スカウトマンの言葉で俄《にわ》かに目ざめてきた。

原田は、高速道路回数通行券の表紙と「ムアン」のマッチに印された記号にひどく興味を持っている。どうやら彼はあらぬ方に気を回しているらしい。朝食にホテルへ誘《じ》ったのもその説明を聞きたいためのようであった。相手がそうなら、それを道具に焦らせながら向うの話を引き出すことができる。もちろん記号の由来たる和子との七年前の仲をうちあけるつもりはなかった。

車は、二、三度は下取りしたと思われる使い古しのボロ車であった。井川は気持悪げに助手席に坐ったが、原田の運転は上手で、それに慎重であった。

車は天現寺のランプにかかった。料金所の前で井川は顔を反対側へそむけていた。今日の「立ち番」は知った男だが、井川には気づかず、前を見たままで運転席の窓から突き出す原田の回数券の一枚をもぎり取って、ありがとうございます、の声を残した。

「あんたがこの料金所に勤務している人だと、ぼくがどうして知ったかといえば」

原田はハンドルを動かしながら云った。

「封筒に入っていた首都高速道路回数通行券の表紙からですよ。あの表紙に付いていた記号はムアンのママの和子が書いたんじゃなくて、あんたが書き入れたものだと気がついたんです。それはあんたがムアンのマッチに書いた記号と同じようなものだったからね。回数券は和子が料金所で買ったものです。その表紙に他人が記号を書き入れたとしたら、第一に考えられるのはそれを売った料金所の徴収員です。……」

言葉を区切ったのは、スピードをあげた大型トラックが横をすれすれに追い抜いて行ったからだった。

「で、徴収員は回数券を山口和子に売るときに表紙にすばやく記号を書き入れて渡した。和子はそれをしまっていたが、表紙だけをはぎ取って、この前の晩に店に現れたあんたに記号のマッチといっしょに封筒に入れて返した、とこう推量したのです。そうなると、あんたは料金所の徴収員と考えるほかはない」

原田はトラックの尻を眺めながら冷静にハンドルを動かして語を継いだ。

「ぼくは首都高速道路公団に電話で問合せ、料金徴収業務は民間の下請け企業でやっていること、その従業員は、三日に一度は二十四時間勤務であること、交替は毎朝八時で、芝白金の料金計算所で行なわれていることなどを知りました。それで今朝、見当をつけて、あんたの帰りをあそこで待っていたんです」

「ぼくが昨日から今朝にかけて勤務だったのがどうしてあんたにわかりましたか？」

井川は前を見つめて運転者に訊いた。

「それはですな、あの晩あんたはひどく疲れた様子でしたからね。その前の晩からまるで睡眠をとってないみたいでした。そうするとその日が勤務明けだ、その次というと昨日が二十四時間勤務で、今朝八時が交替だと思ったからですよ」

話をしていると時間が早く経つ。飯倉料金所はとっくに過ぎ去って、彎曲《カーブ》した道路の前方からトンネルが近づいてきた。

トンネル内に橙色《だいだいいろ》の照明灯がつづく。二つに岐れた道を右にとって、上に出る。三日前に勤務した霞が関料金所の前を素通りする。

国会議事堂がのぞき、首相官邸の塀と警戒の機動隊の姿とが流れた。坂道をいったん下って森の多い道を上った。神社の崖を過ぎたところがヒルトン・ホテルの玄関であった。九時三十五分だった。

「お待ち遠さま。さあどうぞ」

原田が運転席から手をドアに伸ばすまでもなく、ホテルのページボーイが外からいっぱいに開けてくれた。

「いらっしゃいまし」

ロビーを通って鉤《かぎ》の手に回ったところがダイニングルームであった。日本庭園が見渡せる。窓ぎわには御簾《みす》が巻かれ、飾り紐《ひも》が下がり、勾欄《こうらん》の列がある。

「何をとりましょうか」

原田はメニューをのぞき、テーブルの下の脚を貧乏ゆすりさせていた。

「昨夜は夜どおしの勤務でお疲れになっているんでしょう? トーストのほかにトマトジュース、ハムサラダ、エッグ、それにコーヒーはいかがですか」

井川は云われるとおりにした。

渋い眼蓋、だるい腰。——五時間の仮眠はあっても明け番の朝にはいつも覚える疲労だった。これには年齢の進みも加わっている。

が、神経は起きていた。高柳と同乗した和子を霞が関料金所で見た夜の明けた朝とはまた違った神経の冴えである。これから原田との対決だった。こちらは彼の知ろうとするものを与えずに、彼からはすべてを得ようとする。——

「話をするにはこのホテルがいいですよ。まわりに外人客が多いですからね。聞き耳を立てられる心配がありません」

なるほど周囲は泊り客のほとんどが外人といっていいくらいで、日本人の顔は少なかった。外人は簡略な服装で、女も背中の割れたシャツにジーンズのホットパンツというのが混じっていた。

「ここにはよくいらっしゃるんですか」

井川は、原田の茶色の眼鏡を見てきいた。

「よくでもないが、まあたびたび来るほうではありますな。ぼくはこの外国租界のような雰囲気が好きでしてね。そういう人間はわりと多いですよ……」

オーダーした皿が来た。

「ところで、ぼくはまだあんたのお名前をうかがってませんでしたね」

原田はトマトジュースを一口飲んで云った。

「ぼくですか」

井川も甘酸《あまず》っぱい赤い液体を咽喉に通した。

「……川上というものです。よろしく」

偽名を云ったのは、和子と高柳のことがひっかかっているからだ。井川という姓は少ないほうだった。高柳が社長になっている東洋商産の元役員に井川というのが居たと人に思い出されては困る。この夜の開発部長の原田がそこまで知るとは考えられないが、要心にこしたことはなかった。また原田が東都ハイウエイ・サービス会社の料金徴収員の名簿まで調べているとは思えなかった。

「川上さんですか。いや、こちらこそよろしく」

はたして原田は何の疑念も持たずに頭を下げた。

「そこで、川上さん。この前の晩の話のつづきですが、あんたがムアンのドアのところで落した封筒の中身ですよ……、いや、あれはあんたが捨てたのかと思いましたが、そうじゃなくてやっぱりあんたが落したんですね。そうでなければ辻褄《つじつま》が合わない。今日、あんたに会うまでに、そう思い返しましたよ」

「どういうふうに辻褄が合わないのですか？」

「川上」の井川は、ハムサラダにナイフを入れて聞き返した。

「だって、あれに入っているのは連絡《レポ》でしょう？　山口和子と或る人物との連絡用暗号でしょう？　あんたはその連絡人です。その重要な暗号レポをあんたが捨てるはずはない。あれは落したんです」

井川はナイフの手をとめた。

ふしぎな嫌疑をかけられたものである。和子が秘密に連絡する相手とは誰のことを云っているのか。

井川は気持を変え、しばらくは原田の云う秘密レポの連絡人と思わせるようにした。

「想像はあんたの自由だが」

井川はまたナイフを動かしはじめた。

「あんたのさきほどの言葉だと、高速道路回数券はぼくが表紙に記号を書いて和子さんに渡したことになっている。マッチの記号もぼくがムアンで書いて和子さんに渡したという。そうすると、和子さんの書いた記号は一つもないわけですね。みんなぼくが書いて渡したことになる。そんな一方的な連絡がありますかね？」

「二つの記号は違っていますよ。和子はその記号を見るだけでよかったんです。連絡の内容が違っているんです」

　霞が関料金所で回数券の表紙に書いた記号は、

《これからいつものところで待っている》

であった。ムアンのマッチに書いたのは、

《話がある》

であった。

たしかに記号の形は違っている。

それを原田は思いもかけない解釈にしている。

「もしそうだとしても」

井川はハムの切れを口の中に入れた。

「では、なぜ和子さんが二つとも封筒に入れてぼくに返したのですかね？　なぜ、自分でしまっておかなかったんですか？」

「たぶん」

　原田もパンをちぎりだした。

「あんたに返すことが連絡人に対する和子の意思表示だったんでしょうね。ということは、あんたを通じての先方への意思伝達だったでしょうね。だから和子はべつに記号を書いたものをあんたに渡す要はなかった。返すだけでよかったんです」

「先方とは誰のことですか？」

「それをあんたからぼくが教えてもらいたいところです」

「わかりませんねえ。あんたはあの晩、今夜は和子さんを迎えに高柳秀夫が来ていないと云ってましたね。先方とはその高柳秀夫とかいう人ですか？」

井川は思い切って云った。

「高柳秀夫ですって？　は、ははは。そりゃ見当違い。あんな奴じゃありませんよ。高柳はカモフラージュに使われているんですよ」

「え、なんですって？」

外人のテーブルに爆笑が起った。

仮の姿

井川は原田の言葉におどろいた。

自分は四日前の晩に、和子が運転する赤いボディの高級車に高柳が同乗していたのを見ている。彼は助手席に悠然と納まっていた。短い時間だったが、そのあいだ和子と話を交わさなかった。あれは夫婦者か同棲者の態度だ。まるで倦怠期《けんたいき》にあるような落ちついた様子であった。

ことにそれが九時ごろだった。これから忙しい時間を迎えるというのにバーのママが店を早退するのは、男とよほどの仲でなければならない。井川の眼には自由が丘の瀟洒《しょうしゃ》な家が遺《のこ》っている。高柳はあの家に和子といっしょに帰るところだったのだろう。店を放っておいて早く引揚げるところはパトロンと愛人の関係である。高柳には和子とそこまで行く理由が十分にあった。東洋商産の部長（取締役）時代、彼は和子に惚れて「クラブ・ロアール」にたびたび現れていたものだ。自分が大阪に行っていた七年間の空白に、両人の仲がそこまで進行したことは間違いない。――

井川はそう信じているものの、原田の職業が銀座のスカウトマンであるのを考えると、一応耳を傾けないわけにはゆかなかった。彼は業界事情通の玄人《くろうと》だ。どんな話がその口からとび出るかわからなかった。

「川上さん、いいですか」

井川の半信半疑の顔を見た原田は、まわりの外人のテーブルにちょっと眼を配ったあと、前こごみになって云い出した。

「あのクラブ・ムアンは五年前の開店です。前の店を居抜きで山口和子が買ったんですが、そのときの権利金が三千万円を下らんでしょう。それに店の改装費が一千万円、ホステスを集めるための費用が千五百万円かかったとみている。上玉のホステスだと他店から引き抜くのにヴァンスが一人について平均三百万円はかかっているでしょうからね。それを五人集めたとしても、千五百万円は要ります」

スカウトマンは見積もった。アドヴァンスはホステスが前の店に負っている借金（客の未払い金に対する責任）返済に当てられる。

「それに回転資金を二千万円くらいは用意しなければならない。合計でざっと七千五百万円です。これは少なめに見てのことです。そのほかに自由が丘の家がありますな」

井川は息を呑んだ。相手はさすがによく知っていた。

「あんたも見ているはずだ、素晴らしい家です。自由が丘の高級住宅地のまん中だ。敷地こそ広くはないが、凝《こ》りに凝った建築です。三年前に建てたもので、敷地七十坪、当時で坪当り百二十万円はしたでしょうな、で、八千四百万円です。それに家が二階建てですから延べ四十坪はあります。建築に凝っているから坪当り八十万円はしている。三千二百万円です。土地と建物だけで一億一千六百万円ですな。それと、さっきの〝ムアン〟の店を開く費用七千五百万円を加えると、ええと、ざっと二億円ですよ」

井川は心で叫びを上げた。金がかかっているとは想像していたが、いま、原田に具体的に計算されてみると遥かに予想を超えるものだった。

「どうやらあんたは東洋商産の社長高柳秀夫が山口和子のスポンサーのように人に思わせたいようだが」

原田は井川の顔をじろりと眺めて云った。

「いくら惚れた女のためとはいえ、高柳にそれだけの金を出せる余裕がありますか。もちろん個人資産にはそれがない。出すとすれば会社の社長交際費でしょうがね」

そうだ、それを考えていたのだ、と井川は内心で云った。

「ところがね、東洋商産の社長程度では二億円も出せるような社長交際費はありませんよ。あんたは東洋商産の実態を知らないからそんな推測を持つかもしれませんが……」

原田はまだこっちの前歴を知っていない。井川はわずかに安心した。

しかし、原田の云うとおりであった。前社長時代の社長交際費は井川も知っているが、かならずしも大金とはいえなかった。多少の操作はやっていたが、とうてい女に二億円も出せるような巨額ではなかった。

「東証二部上場の東洋商産は、繊維商社では中位の、繊維問屋から大きくなった会社です。これがほかの大企業のように相当な数の子会社を持っているとか、トンネル会社をつくっているとかすれば、そっちのほうから機密費が捻出できますがね。東洋商産には子会社の倉庫会社があるくらいです」

そのとおりだ、と井川は心で返事した。その倉庫会社へ役員として転出するように当時の江藤達次社長から打診されたので自分は憤然として辞表を叩きつけたのだ。

「それにね、東洋商産の業績はここ四、五年来悪い。繊維業界のご多分に洩れずでね。この会社は高柳秀夫が五年前に社長になってから繊維中心から建材中心の業務に移ったが、繊維、化成品ともにもともと低調な上に、建材部門は産業資材悪化もあって、断熱材などの受注が、停滞というよりも、減退して非常に苦しいのです」

井川は思わずうなずいた。建材中心にするのは高柳の販売部長時代からの主張だった。繊維を主要商品にしてきた会社が建材や化成品などを兼併するのは一般の傾向だが、高柳の主張は不況から脱しきれない繊維部門を切り捨て建材・化成品に乗りかえることにあった。井川が高柳と衝突したのはこの方針に反対したからだが、両人に妥協性がなかったのはお互いの競争心からである。江藤社長が高柳に味方した――。

「東洋商産は資本金が十五億二千五百万円、総資産約三百五十億円、純資産約三十億五千万円、公募四千二百万株、一株当り百円とんで五銭、借入金約百十五億円、金融収支は十五億四千三百万円の赤です。これが最近の成績です」

原田は、サングラスを外し、ポケットからとり出した手帖を見て云った。

「銀行は、都市銀行二、地銀二、相互銀行一となっています。主要銀行がありませんね。純資産の一株当り百円五銭というのでも分るように業績が悪い。他の同じくらいの同業会社は純資産一株当りが二百円台です。これがまあ正常な成績ですな。メインバンクがないためとくに支援銀行がありません。都銀・地銀の四行が共同して融資をしているが、この業績不振のつづいているのを見てこれ以上の融資を渋っている。銀行に貸付金がだぶついているこの時期にね。そこで、東洋商産は金利が高くても相互銀行から金を借りざるを得なくなった。南海相互銀行というのですがね。東洋商産の現状はこういうことです。借金削減効果は当分出そうにありません」

井川はおどろいた。たかがバーのスカウトマンと思ったのに、まるで投資家のように商社の経営分析を行なっている。原田とはどういう男だろうか、と井川は彼の顔を茫然たる思いで見つめた。

その井川の眼を原田は別な表情の視線で見返した。彼には井川の茫然たる瞳が何か事実を隠しているように、ことさらにとぼけているように映っているらしかった。原田のその視線には穿鑿《せんさく》的な、疑わしげなものがあった。

「これだけ云えば東洋商産の高柳社長が和子のスポンサーでないことが分るじゃありませんか。他人なら表面を見てそう思いこむかもしれないがね。事実そのように高柳は或る人物のためにカモフラージュ役をつとめている。ムアンの店がカンバンになるころは、深夜でも彼は和子を銀座に迎えに行くしね。だれが見ても彼が和子の旦那だと思う。そういう偽装ですよ。……もっともこの前の晩、彼は来ていなかったけどね。何かの都合があったのでしょう」

原田はホステスをスカウトするのではなく、どうやら目下の目的は、山口和子の背後に居る或る人物、真のパトロンの探り出しにあるようだった。

「どうでしょうか」

原田の口調は急に親しげになり、しかし眼は狡猾《こうかつ》そうな表情を湛《たた》えて、テーブルの下にある膝を乗り出してきた。

彼は、どうでしょうか、と云ってから空咳《からせき》を二つほどし、大きな眼に愛想を浮べ、やさしい声で云い出した。

「あんた、和子のパトロンの名をぼくに内緒で教えてくれませんか？」

「………」

「失礼ですが、お礼のほうはうんとはずませてもらいますよ」

まわりには朝食時のあわただしい空気が流れ去り、客の数も減っていた。庭の植込みにそそいでいる陽が強くなって、ほどなく十時が近いことを知らせていた。

「そんなことを云われても、ぼくはなんにも知りませんよ。あんたはなにか思い違いをしているんじゃないですか？」

井川はおだやかに云い返した。

「いちおう、そうおっしゃるのは無理もありませんがね」

原田は受け流してから、あわてずに云った。

「山口和子のパトロンは財界でも相当な人物のようですね。第一に、和子に二億円もの金が注ぎ込める資力を持っている。次に高柳社長をカモフラージュに使えるほどの実力者。第三に、これが最も重要ですが、絶対に自己の姿を現わさぬことです。つまり和子との関係を極秘にしているのですな。このことは、その人物がスキャンダルを極端に恐れているからでしょう。この種のものは会社脅しの標的になりますからな」

彼の話を聞いていると、井川もそうした和子の隠れた大物パトロンの存在をだんだん信じたくなってきた。そのぶん高柳秀夫の影がうすくなってきたから妙だった。

「そういう大物の名をあんたに教えてもらうのだから、お礼ははずませて頂きますよ」

原田は、ねばねばした口調で云うと、突然イスから立ち上がり、テーブルに両手を突いて深々と頭をさげた。

「お願いします」

お願いします、と二度くり返した。

「みっともないから、そんなことをするのはやめてください」

井川は迷惑して云った。その強い口調に、原田はにわかに殊勝げな様子になってイスに腰を戻した。彼は自在に変化して対応できるようであった。

「あんたがどう思おうと、ぼくはなんにも知らないんですからね。あの晩、ムアンに行ったのも初めてですよ」

「川上」の井川は云った。

「そうでしょうか」

原田はわざとらしく首を傾《かし》げた。

「だって、あんたもあの店でぼくの顔を初めて見たと云ったじゃないですか?」

「ぼくだって始終あの店へ行っているわけじゃありません。ぼくの行ってないときに、あんたは行っているかも分らない」

「あんたも疑い深い人ですな。それじゃ、あの店の女の子にぼくが前から来ているかどうかを聞けばわかるじゃないですか」

「女の子に聞きました。見馴れない顔だと云ってました」

「それみなさい」

「でもね、ぼくは様子を見ていたが、和子とあんたとは、初めてどころか前々から熟知の間柄ですよ」

井川は、どきっとなった。が、つづく原田の言葉がその懸念を消した。

「というのは、あんたは和子とパトロンとの連絡係だからね」

「ぼくが連絡係だって？　連絡するなら東洋商産の高柳社長がするはずじゃないですか。あんたに云わせると、高柳社長は和子のパトロンに頼まれたカモフラージュ役だそうだから」

「うむ……」

「それに、仮にぼくが連絡係だとすると、和子の自由が丘の家にも銀座のムアンの店にも日ごろからたびたび行っていますよ。ところがぼくは自由が丘の家にも行ってないし、ムアンに行ったのは、あの晩が初めてだからね。そんな連絡係って、あるだろうか」

「何か異変が起ったんだな」

原田は口の中で云った。

「なんだって？」

「和子とパトロンとの間に何か異変が起ったとぼくは想像してますよ。それは高柳社長が間に入って役に立たぬことだった。そこで、日ごろは使われてないあんたが両人の間の連絡係となった」

「たいへんな臆測だな。気をまわすのもいい加減にしなさいよ」

「じゃ、もう一度おたずねしますがね、あんたがムアンの店で和子に渡した高速道路回数通行券の表紙とマッチの記号は何ですか、他人が見ても分らないあの暗号はどういう意味ですか？」

「あれは何でもないとぼくはさっきから云っているが、邪推にかたまっているあんたは信用しないだろうね。しかし、答える前に、原田さん、あんたの正体を教えてもらいたいね。スカウトマンというのは嘘でしょう」

「ほ、ほほほ」

原田は女のように口をすぼめて笑った。

「人間はときに応じて仮の姿にもならなければいけませんよ。ちょうどあんたが高速道路の料金所に勤めて世を忍んでいるようにね。あそこはうまい場所です。現代の関守《せきもり》ですよ。高速道路を利用するお偉方《えらがた》の車がみんな覗《のぞ》けます」

「冗談じゃありませんよ」

井川は吐き出すように云い、ずばりと訊いた。

「原田さん。あんたは総会屋ですか？」

「そんなことは訊きっこなしにしましょうよ。お互い、おとなの話をしましょう」

原田は眼もとを微笑《わら》わせて受け流した。

「さあ、お礼の金額はなるべくお望みどおりにします。もし、あんたが先方の名前を云うのがイヤでしたら、その人物の輪廓だけでもいいんです。教えてください」

ボーイが近づいて来て、朝食時間が終ったので、いちおうここを閉鎖すると告げた。

絢爛たるパーティ

都内超一流ホテルの広い宴会場がおよそ千人の財界関係者で埋まっていた。

会場の中央には高さ二メートル余の氷の彫刻が台上に聳《そび》えていた。一羽の鶴が嘴《くちばし》を天空に挙げ、両翼をせいいっぱいにひろげて巌上に立ち、その長い脚の下には甲に紋様を刻んだ大亀が匍《は》っている。蓬萊山《ほうらいさん》の老松が幹を屈曲させて枝を伸ばし、その先には層々と葉が三蓋松《さんがいまつ》式に繁っている。巌下には東海神仙の海が打ち寄せて波頭を上げていた。

透明で、精緻なこの芸術作品には会場の照明が燦《きら》めき、各部分に光の玉を溜めていた。それが台下を何段にもとりかこむ豪華なオードブルの花壇をひき立て、はるか正面舞台上を占める六曲二双の金屏風《きんびょうぶ》とも照応していた。

舞台の上辺には赤い薔薇《ばら》の造花にふちどられた横額が吊り下がり、紙には、「石岡源治君古稀祝賀会」の黒々とした書き文字が連なっていた。

五月二十五日、夕方六時からはじまった会が七時半近くになってようやく舞台上の記念品と花束贈呈となったのは、前の祝辞に時間がかかったからだった。経済連体同志会常任理事の古稀祝いともなれば、大蔵大臣、通産大臣、経企庁長官、日銀総裁をはじめ財界の巨頭連が次々と祝賀の挨拶をした。経連同（経済連体同志会）の常任理事を七年間もつとめてきた日本興産株式会社社会長石岡源治はマスコミの表現によると「財界の総理」であった。祝辞はいうまでもなく彼の日本経済界における功績を称《たた》え、七十歳とは見えぬ「若さ」を賞《ほ》め、今後ますます元気に活躍されんことを望むというきまりきったものだが、ある者は諧謔《かいぎゃく》たっぷりに、ある者は謹厳に述べた。

禿頭と顔面に脂《あぶら》が光り、精力的な身体をした古稀の主賓が洒脱《しゃだつ》な謝辞を云い終ったのが一分前で、いましも金屏風の前には振袖の美女が二人進んでいた。先頭は人気絶頂の映画女優で、燕尾服のホテル宴会場主任の介添を受けた彼女は、有志一同贈るところの主賓のブロンズ胸像を捧げた。

胸に金色の大徽章《きしょう》をつけた常任理事は相好《そうごう》を崩し、緋《ひ》のリボンに飾られたわが胸像を受け取って莞爾《かんじ》とする。女優と握手すると、満場から拍手と喝采が巻き起った。つづいて大きな花束を贈呈するテレビの人気タレントのときにもそれが湧き上がった。

前蔵相の乾杯の音頭により一同のグラスが挙がったあと、場内には俄かに気楽な空気が流れた。

舞台では「第二部」がはじまり、流派の家元が賑やかな囃子《はやし》と地謡《じうたい》に乗って「鶴亀」の仕舞を演じた。ひきつづいて著名な老女流舞踊家が静かな三味線と唄に揺られて目出度い曲目の地唄舞を舞った。が、それらに眼を注いでいるのは前に集まっている客たちで、うしろのほうにいる半数の人々はそれぞれ歓談に没入した。大臣連はひきあげていた。

会の性質上、集まっているのは企業や金融方面の会長、社長、役員といったところで、それも大会社や有名銀行といったところである。「財界総理」のお祝いの会だから何をおいても馳《は》せ参じたといったふうだった。これまで多かれ少なかれ石岡源治の世話にならない者とてはなかった。

「第二部」が終っても場内には琴の音がしばらくは流れていた。金屏風の端に二列にならんだ振袖姿の若い女性が弾いていた。歓談者はいくつかのグループに分れていた。主賓の居るメインテーブルのあたりは、どうしても大企業の経営者や大銀行の頭取や役員たちが集まることになる。それらが年寄りばかりとは限らなかった。近ごろは若返り傾向で五十代の社長がふえている。とくにオーナー社長には四十代の若い顔があって、彼らは胸を反《そ》らせてメインテーブル近くに来ていた。そのうちなん人かは自慢の夫人を伴れていた。その留袖姿は、人々のあいだを往復している妓やナイトクラブの女と競争意識をもっていた。

きれいどころと活字で表現される一流地の芸妓は、出入りする料亭のおかみに引具されたホステス役だった。おかみは若くても五十代、年とっているのは七十前後のがいた。なかには布袋《ほてい》のように肥満しているのもいるし、昔の名花を思わせる華奢《きやしや》なのもいた。彼女らは芸妓らに睨みをきかすというよりも、同業のおかみたちとひそかに張り合っていた。ふだん座敷の客に挨拶に出るときはわざと地味な身なりをしている彼女らは、こうした機会が高級な衣裳と宝石のくらべ合いになった。顔に親しそうな笑みを湛《たた》え、謙遜な挨拶を交わしていても、偵察に余念なく、心で勝敗を量《はか》っていた。

誇示と示威も行なわれた。七十前後のおかみは大会社の会長や社長と話すのに慇懃《いんぎん》なうちにも友だちのような昵懇《じつこん》を見せた。彼女らは五十代の社長にまるで母親のような態度を示し、オーナーの二代目を坊ちゃん扱いにして、先代のことを洩らし、その立派な成長ぶりに涙ぐむのだった。

おかみらは、粋人の名ある今夜の主役石岡源治と身内の者のように話を交わした。石岡は長唄の名手で、そのほうの名取であり、これも三味線の巧者前興銀総裁を地方《じかた》にして料亭の舞台にならぶことがしばしばだった。おかみたちは一流会社を固定客としてどのくらいの数持っているか、企業でいう占有率の見せつけ合いをこの会場でしていた。

そのことはナイトクラブのママたちも変りがなかった。若いだけに同業に対する敵愾《てきがい》心《しん》が露わだった。ほとんどのママは連れてきたホステスたちよりも自分のほうが魅力的だという自信があるので、化粧も着ているものもあでやかであった。頸《くび》に巻いている三連の真珠も、指に光っている二カラットから三カラットのダイヤもまがいものではなかった。バーのママどうしは、上面《うわべ》だけの仁義を心得た料亭のおかみとは異なり、挨拶を交わすことが少ないだけでなく、顔を合わさないように互いが避けてすれ違った。千人から集まった会場では好ましくない対手《あいて》がくるといつでも人の蔭にかくれることができたし、そこにはかならず店に来てくれる客の顔が二人や三人は居るもので、たちまち愛想をふりまくことに切りかえられた。こうしてママたちは引率してきた活発なホステスらを眼で督励し、サービスにことよせて会が終ったあとの誘致運動をさせていた。

メインテーブルの左右に両翼のようにテーブルがならんでいた。それにも羽振りのよい企業の経営者が集まって、談笑の渦を起していた。胸に参会章を兼ねた名札を垂らし、片手にグラスを支え、いくつもの輪をつくって立っていた。どのように軽口を利き、大口開いて哄笑《こうしよう》しても、一流企業家という体面的な気どりを失ってはいなかった。そこへ芸妓なりホステスなりが顔をのぞかせると、顔馴染の彼女らを上品な揶揄《やゆ》の対象にした。

上座だがその壁ぎわに近いテーブルには老体が集まっていた。老人たちは一流会社・銀行のOBで、いずれも曾ては社長・頭取をつとめた者ばかりだった。社長なり頭取から代表権のある会長となり、代表権を外された会長に転じ、相談役、顧問になり、遂にはその名誉的な肩書を失うというのが、世襲でないこの首脳部世界の慣習《ならわし》であった。

経連同常任理事も、大企業の会長、社長、専務、常務や都市銀行の頭取と幹部連も、まっさきにこの老人席に足を運び、鞠躬如《きっきゅうじょ》として敬礼した。彼らの大先輩ばかりなのだ。

曾て仕え奉った上長であった。鞄持《かばんも》ちもしたし、怒鳴られもし、また君の馬前で死すていの阿諛追従《あゆついしょう》もした。当時は虎よりも恐ろしかった君主は、いまや萎《しな》びて衰え、半ば老人性痴呆症的な顔つきになっていた。耳に補聴器を挿《さ》しこみ、手に杖を握って椅子にかけていた。かくて現役の表敬伺候《しこう》は、敬老精神からでしかなかった。

長老たちは、それでも料亭の老おかみがくると、落ちくぼんだ退屈げな眼が輝き、一時だけだが顔が紅潮した。彼らはおかみを捉えて放さず、楽しかった往時の話をして懐しがった。こういうことになると、ナイトクラブのママは世代が違うので料亭には歯が立たなかった。もちろん現世の権力からとっくに降りてしまったこれら長老連のご機嫌をとり結んだところでバーの商売の利益には一文にもならなかった。

それでも会話のできるのはまだいいほうで、何を云われてもただうなずくばかりの知覚を喪《うしな》ったような老人もいた。そのかわり食欲は旺盛であった。椅子に坐した白髪のわずかに残る元日本銀行総裁は、おかみや芸妓が持ってゆく皿の料理を片端から口に運んだ。頭が呆《ぼ》けてしまうと食欲が貪婪《どんらん》になるものらしかった。はたして味が分るのかどうか、とにかく食うためにこの妍麗《けんれい》なパーティにやって来たようなものだった。これが曾ては金融界に君臨して神聖帝王の偉称を得ていた同一人とはどうしても想像できなかった。

食べものは豪華ずくめだった。フランス料理はこのホテルのコック長が腕を振るったもので、氷塊から彫刻した鶴亀の芸術作品のまわりにならんでいる料理の花壇は他に四カ所もあった。大広間の両壁際には和風の模擬店があり、すし屋も天ぷら屋も焼とり屋も、また会席風な一品料理も、すべて有名店ばかりであった。

場内には、経済紙や財界誌の制限されたカメラマンが入っていた。メインテーブル付近にいる人たちは、どの顔を撮っても有名人物なのでカメラマンの活躍にも気が入っていた。出入口に近いほうに「大物」は少なかったが、それでも業界紙や専門誌のカメラマンは一般のマスコミには登場しない経営者の顔もよく知っていた。じっさいそこには東証第二部上場だが、もうすぐ第一部上場ができそうな企業の連中がいくつかのグループに分れてたむろしていた。銀行も地銀が多かったが、相互銀行社長の顔もあった。

元日銀総裁は、空《から》になった受け皿を若い芸妓に返すと、妙な顔をした。料亭のおかみがそれと察して寄ってきて耳もとできいた。

「おしもでございますか」

元総裁は無言でうなずいた。

おかみが指図して芸妓三人に元総裁のトイレ行きを介添えさせた。老人は今にも前に倒れそうな足どりで皆の前を通った。

出入口近いところにいる経営者たちは、もはや伝説上の神聖帝王となった元日銀総裁の通過に頭を次々とさげた。とくにそこにいる地銀の頭取や相互銀行の社長が感慨深い眼で、幼児にもひとしい元総裁の足どりを見送った。相互銀行社長といっても二人だけだった。太陽相互と昭明相互の二行は業界トップと二位で、その営業成績は都市銀行なみであった。周知のことだが、無尽会社のイメージが抜けきれない相互銀行を普通銀行に昇格させる運動は、この二行が音頭をとっていた。

「元総裁に秘書はついてないのかね」

その姿を見送って呟いたのは胸の名札に「昭明相互銀行社長下田忠雄」とある男だった。前額が剝《は》ぎとったように禿げていた。後ろの髪は白かった。

「秘書なんか居るものですか。ああして、会合とかパーティの招待状がくれば、おひとりで出て来られるのですよ。元総裁は家庭的には寂しい方でね。子供さんがいないので、奥さんと二人きりなのだそうですよ。で、つい、昔の財界の水が恋しくなって、こういう席へおいでになるんですな」

胸の名札に「太陽相互銀行社長坂元延夫」とある、薄い白髪をオールバックに撫でつけた男が云った。

「だが、そう云っちゃなんだが、はた迷惑な話ですな。ああしてトイレに行くにも看護婦役が必要となってくる。ご本人はすっかり恍惚老人になっておられるからお分りにならないでしょうが、ひょいと躓《つまず》いて倒れられたらそれきりということも考えられなくはありませんからね。そうなると主催者の責任になります」

「まったく。神聖帝王すらあのとおりです。お互い年はとりたくありませんね。辞めたあとは家に引込んで草むしりか魚釣りでもしていることですな」

二大相互銀行の両社長は意見を同じくしたが、かねてからの激しい闘志はここではおくびにも出さなかった。

壁ぎわの椅子に腰をおろし、ひろげた股の間に太いステッキを軍刀のように立てた肩の細い男がさきほどから会場の人々を見回しながらにやにやしていた。五十六、七くらいで、眼がくぼみ、頬が削《そ》げて病み上りのようだったが、その張った顎が彼の強引そうな性格を想像させた。胸に「清水四郎太」の名札をさげていた。主宰する専門雑誌を持っている経済評論家であった。

清水は椅子から立つと、ステッキを杖がわりにそろそろと歩き出した。口辺に微笑を浮べながらも人を物色する眼だった。

「清水先生」

甘い声で呼びかけたのは上背のある五十女で、白粉《おしろい》の下に小皺がよれていた。銀座の著名なクラブのママで、派手な顔だけに色褪《あ》せた大女優を想わせた。店は政財界人や文士が集まることで有名だったが、現在はややさびれていた。

「お身体、もうおよろしいんですか」

彼女は背中に手を置いて経済評論家をやさしくのぞきこんだ。評論家は糖尿病を患い、先月退院したばかりであった。

「ありがとう。そろそろお迎えが近いと思っているんだがね」

「あんなことをおっしゃって」

「まあしかし、生きているかぎりは元日銀総裁のような姿にはなりたくないね」

その元総裁が芸者たちに手を引かれ、腰をささえられてトイレから戻ってきた。

「今晩は、総裁」

評論家はステッキを床に突き立て、恭々《うやうや》しく頭をさげた。元総裁だが、「前官礼遇」の敬称だった。しかし評論家は、その人が日銀総裁のときはその金融政策を攻撃し、その前の銀行頭取のときはその凡庸さを非難したものだった。

「あ、う、う」

元総裁に曾ての攻撃家が識別できるわけはなかった。メインテーブルに近い窓ぎわのもとの椅子によちよちと歩いて坐ると、指をテーブル上の料理へまっすぐにむけた。

「まあ、まだ召し上がるんですか？」

「う、うん」

大丈夫かしら、と女たちはおかしさ半分で、心配そうに顔を見合せた。

評論家はそうした元神聖帝王を尻眼に見て、総合商社では第二位の和興物産の「社長天野敬親」の名札の前にすすんだ。

「やあ、天野さん、しばらく」

「しばらくです。清水さん、お元気になられて何よりです。病院にはお見舞いにも上がれなくて……」

「社長秘書室長さんにきていただいて、けっこうなお見舞品を頂戴して恐縮です」

「副社長西尾利雄」と名札のある四十七、八の男が立ち上がって評論家に席を譲ろうとした。

「いや、けっこうです。どうぞそのまま……」

評論家はステッキを立ててあたりを睥睨《へいげい》した。

「倉前商事会長小山金吾」「副社長上坂祐一」「常務足立文二」の名札を下げた胸がならんでいた。倉前商事は総合商社第十一位である。

人の群れを隔てて「栄光産業会長浅尾和明」「社長高沢幹一」「専務平野小一郎」の名札がちらちらしていた。栄光産業は総合商社第十三位の序列にあった。

宴会場にて

宴会場に、黒服蝶ネクタイと緑色服のボーイ三人が人々の間を、目立たぬように急ぎ足で回りはじめた。彼らは、客たちの胸の徽章に下がっている名前をのぞきこんでいた。が、千人からの参会者なので、三、四人くらいの手分けでは発見が容易でなかった。

太いステッキを突いた清水四郎太は、ちょうど元通産事務次官で現在或る国際貿易機構の会長と立ち話をしていた。この人は現役の次官時代には事実上の「通産大臣」、ほんとの大臣は「次官」と云われたくらいの実力者であった。

人と話を交わしながらも眼を八方に向けるのがこの経済評論家の特質だった。病み上りではあるが、その瘠せた顔からは精悍《せいかん》な表情がまだ失われていなかった。これまで各企業の弱点をつかみ出し、経営者らの無能を衝き、自己の主宰する経済雑誌に毒舌を振るって財界を震え上がらせてきた名うての人物なのである。

もっとも、かれには対策の方法があると一部ではささやかれていた。その意見を持つ者は、彼の経営雑誌に見られる筆の微妙な変化を指摘した。

会話を交わしながら四方にこっそりと視線を配る清水の注意深い眼が、折からボーイの探し当てた参会者の姿をのがすはずはなかった。ボーイに耳うちされて、混雑する会場を出て行ったのは昭明相互銀行の下田忠雄社長だった。前額部に髪はなかったが、後頭部に白髪が揃い、いい体格だった。

評論家は小首をかしげたが、それによって国際貿易機構会長との会話がちぐはぐになるようなことはなかった。彼は座談会の司会の名手でもあった。

下田忠雄は廊下に出た。同じフロアにならんだ宴会場には結婚披露宴があるらしく、拍手が鳴っていた。

下田は廊下の片隅にある電話室に入った。ボーイによって外された受話器をとって耳に当てていたが、とたんに昂奮した様子になった。先方は指示を仰いできたらしかったが、下田はそれに怒鳴っていた。その声はボックスのガラスドアに遮《さえぎ》られて外に洩れず、ただ、その後ろ姿の身ぶりが見られるだけだった。うしろに白髪がかたよっているけれど、整った顔だった。

それを外から眺めている者がある。結婚披露宴の客ででもあるのか儀式用の白いネクタイをつけた黒服で、廊下の片側に佇んでいた。いかにもボックスの電話が空くのをそこで待っているふうであった。

けれども礼装の小肥りの男は、さきほどから「石岡源治君古稀祝賀会」会場と何某家結婚披露宴会場との中間の廊下をぶらぶらと歩いていた。頰のふくれたその顔は、ほぼ一週間前の晩に銀座の「クラブ・ムアン」の前で井川正治郎とならび、ママの山口和子を待っていた「原田」であった。

両方の宴会場の境を一種の礼装で徘徊《はいかい》するのは、古稀祝賀会の参会者とも見えたし、また結婚披露宴の参列者とも見えた。何かの用事で、たとえば人を待つためにひとり会場を抜けて廊下を往ったり来たりしているように映った。

原田は、電話ボックス内の下田忠雄の様子をさりげないふうに見つめていた。無声映画みたいにその身ぶりから話を想像しているようだった。

電話は下田が話し出してから三分間くらいで終った。受話器を掛けて、くるりとこっちに禿げた額をむけ直したときは、外の原田の足は結婚披露宴のほうへ二メートルくらい移動していた。

下田昭明相互銀行社長は、ぷりぷりした様子でボックスのドアを排して出ると、廊下を大股に歩いて古稀祝賀会場へ戻って行った。下田には、結婚披露宴会場へぶらぶらと近づいている原田が眼に入らなかった。原田のほうは下田を途中で振り返った。

下田忠雄が八時十五分ごろもとへ引返したとき、会場はまだ混雑のつづきだった。話し声と笑い声とが一つに溶け合って吹抜けの高い天井にこだましていた。帰る客はなく、あとから来た客で人数はむしろふくれ上がっていた。

その中を割って、女たちにつき添われた元日銀総裁が幼児のような足どりで出てきた。料亭のおかみと芸妓二人が看護婦のようにつき添っていた。両側に立つ者で頭を下げるのがいたし、挨拶の声をかけるのもいたが、元総裁にはそれらの知人がまったく弁別できないようであった。ただ食べものにすっかり満足した表情だけはあった。

会場に戻ったばかりの下田昭明相互銀行社長も元日銀総裁の退場に敬礼した一人であった。相互銀行は過去において日銀から何の恩恵をも受けていない。その世話になってきたのは都銀や地銀である。その都銀や地銀は、相互銀行が大蔵省に運動して普通銀行に昇格するのを抑えている。けれども曾て金融界に君臨した神聖帝王の威厳に対して下田社長も思わず腰を折らないわけにはゆかなかった。

このとき清水四郎太がステッキをついて傍に近づいてきた。

「やあ、下田さんしばらく」

経済評論家はにやにやしていた。

「あ、清水先生」

下田はふりむいて、すこしあわてたように頭をさげた。

「ご病気と承っていましたが、もうおよろしいんですか。お顔色もよくて、お元気にお見受けいたしますが」

「ありがとう。わたしもね、そろそろ経済評論家の看板をおろして、いまの雑誌を後進に譲りたいと思っていますよ。元日銀総裁のような姿にならないうちにね」

皮肉な視線を元総裁の去った出入口へ送って云った。

「とんでもありません。先生にはまだまだ活躍して財界のよきアドバイザーになっていただかなくてはいけません」

下田は中高《なかだか》な鼻に皺を寄せて如才なく云った。が、さきほどの昂奮がどこかに残っている様子だった。

「よきアドバイザーか憎まれ口屋か、どっちか分りませんがね。多分後者でしょうな。わたしも相当敵をつくってきました。不徳のいたすところです」

「良薬口に苦《にが》しでしょう」

「そうですな。とかくよい忠告は敬遠されます。これは一般論ですが、ワンマン経営者の欠点は部下の忠告に耳をかさないことですね。諫言者《かんげんしゃ》は遠ざけられる。そこで面《おもて》を冒して言う者がなくなる。これは企業がおかしくなる第一歩ですな」

「さっそくのご教訓ですね」

「いやいや、あなたにもワンマン社長の評判はありますが、相互銀行としての実体には揺るぎないですな。あなたはキリスト教の信者でいらっしゃる。昭明相銀のモットーが信愛精神で、それを大衆にむけて大きく掲げていらっしゃる」

「恐れ入ります」

下田は評論家におじぎをした。

「近ごろは相銀のモラルに対して風当りが一段と強くなったようです。この際です、クリスチャンのあなたあたりに頑張ってもらわねばなりません」

「清水先生、どうぞお手柔らかに願います」

下田は苦笑いしながら上体を前に折った。

横から若い女がグラスを乗せた銀盆を二人の間にさし出した。

「いかがでございますか」

評論家がその顔を見た。

「おや、どこかで見た顔だな？」

「クラブ・花壇の栄子ですわ。先生、ずいぶんお店にお見えになりませんわね」

顔を斜めにして嬌《しな》態をつくった。

清水は盆の上から黄色いレモン・ジュースのコップをとった。

「あら、そんなものでよろしいんですか」

「身体がまだ十分に癒ってないのでね」

「それでお店に長いことお見えにならなかったんですのね」

「ママは来ているかい？」

「あっちのほうのどこかに居ますわ」

ホステスはその方向へ顔をむけたが、その間に相互銀行社長は経済評論家に目礼して人ごみの中に消えて行った。彼のどことなく落ちつかない後ろ姿を清水四郎太は見送った。人々はほうぼうでかたまってもいたし、移動もしていた。

「いまの人、知ってるかい？」

「いいえ。だって、ウチのお店にいらしたことがないんですもの」

「そうか」

「あら、ママ、あそこに居ますわ、先生」

ホステスは指さした。

「……ほら、鶴亀の台のずっと右の端、おすし屋さんの屋台の前で女の子と話しているでしょ？」

「間にいる人が邪魔になって、よく見えないな。あっ、そうか、あれか、相変らず婆さんの厚化粧だな」

「ふ、ふふ。お口のほうはお元気ね」

「おや、ママはいやに気むずかしい顔をして、若い女と話してるじゃないか」

「あの子、もとはウチの店に居たんです。それが、半年前にクラブ・ムアンというよその店に移ったので、いま、叱言《こごと》を云ってるところでしょう、きっと」

「よその店に移った女の子に遇って、いちいち文句を云ってちゃバーのママはつとまらないだろう。ことにきみんとこのママは、銀座ママのなかでも大先輩じゃないか。貫禄にかかわるんじゃないのかね」

「いいえ、ちがうんです。ウチのママはけじめをはっきりとつけてやめる女の子には何も云いませんわ。不義理をしてやめた子にはきびしいんです。とくに移った先が〝ムアン〟ではね」

「はて、どういうことだね？」

「〝ムアン〟の店がウチの店からごく近いからでしょう。不義理をして目と鼻の先にあるお店へ移ったのが、いかにもママには面当《つらあ》てのように思えたからですわ」

「〝ムアン〟のママというのは若いのか？」

病み上りの経済評論家はやせた顔に好奇心を示した。

「若いわ。ママよりずっと。それに美人ですわ。前はどこかのお店に居てナンバーワンだったという噂ですわ」

「それだよ、きみ。ママは相手にヤキモチを焼いているんだ」

評論家は観測を下した。

「さあ、それはお答えの限りではありませんわ」

「しかし、それだったら、あの子を引張った〝ムアン〟のママにじかに文句なり嫌味《いやみ》を云うがいい。そのホステスが来ているくらいだから、〝ムアン〟のママもここに来ているんだろう?」

「それが見えていないらしいんです。わたしも会場をあちこち歩き回っていますが、〃ムアン〃のママを見かけないんです。お店のほうが忙しいんじゃないかしら」

「店が忙しいって、きみ、この会場には一流のバーのママや料亭のおかみが競ってきている。女の子だけを出してママがこないという法はないよ」

「そうですわねえ」

「一流といえば、〃ムアン〃はもう一流の店になっているのかね?」

「わたしの口からは云えませんが、〃ムアン〃ができたのはわずか五年前でしょう。そ
れがこんな財界人のパーティに出られるようになるなんて、すこし早すぎると思うんで
す。そのこともウチのママにはかちんときているんでしょう、きっと」

「〃ムアン〃のママには財界人のスポンサーが付いているのかね?」

「よくわかりませんわ。これは噂ですけど」

ホステスはまわりの顔を見て、清水の耳に口を寄せた。

「え、東洋商産の……」

「あら、大きな声を出さないでよ、先生」

「東洋商産というのは、まあ二流の会社だが、へえ、そこの社長がねえ……」

「イヤだわ、先生。そんな高い声を出して」

「大丈夫。そういう二流会社の経営者は今晩のこのパーティには来ていない」

清水はステッキの頭に両手を揃えて乗せ、天井の大シャンデリアを見上げて思案するようにした。

「ここには参会できないような二流会社の経営者の後援で〝ムアン〟が出られる。それなのにそのママは店の子だけを出して自分は出ない。はて、ママとしては顔を売るいちばんいい機会なのに……」

企業を診断するような経済評論家の呟きであった。


ホテルの宴会場ロビーには、黒留袖姿の婦人や紳士の群れがあった。いずれも引出物の風呂敷包みを提げているのは、いま終った結婚披露宴の帰りであった。古稀祝賀会のほうは同じ留袖でも華やかな色になっている。

何番、何々様のお車というボーイのマイクの声がつづく。呼び出された車は駐車場から次々と出てきて、ロビー前の裏玄関にとまった。まだ順番を待っている友人や知人らに、お先に、と賑やかに挨拶して車に乗る者、待たされ者どうしで談笑している者。華燭の宴が果てたホテルの、いつも見られる風景だった。

車を持たない者、または迎えの車のない者は、宴会場から正面玄関のほうへ向かってぞろぞろと歩き、そこでタクシーを拾う。

派手な色の洋装や裾模様の婦人、その夫という一団のあとから、痩身白髪の紳士が引出物の風呂敷包みを片手に提げて、とぼとぼと歩いていた。伴《つ》れもなく、話しかける者もないといった独り姿であった。わりと背の高いほうで、それが何やらもの想わしげにわが靴先を見つめて歩いている。肩が前に曲っているように見えた。

「あの、恐れ入ります。江藤会長さん、江藤さん」

追いかけるようにして来て、うしろから呼んだのは、これまで宴会場の廊下を逍遥《しょうよう》していた「原田」であった。

豊かな白髪の頭が足をとめてふりかえると、まるっこい身体の男がにこにこして近づいてきていた。江藤と呼ばれた男がこの初めての顔に会釈《えしゃく》を返したのは、風呂敷包みこそさげていないが、真黒い服に慶事用の白いネクタイを付けているからで、同じ結婚披露宴にいた参会者の一人だと思いこんだのだった。

「ああ、やっぱり江藤会長さんだ。東洋商産の会長江藤達次さんではございませんか？……どうも、しばらくでございます」

原田は老紳士の顔を見つめ、勝手にしゃべって、なつかしそうに頭をさげた。

前に遇った人でも忘れることがある。江藤達次は相手があんまり親しげに云うので、名を問い返しもできず、頭の中で記憶をまさぐりながら、中途半端な微笑で応じた。ことに結婚披露宴に同席した縁である。

「会長さんもお元気でいらっしゃるようで、何よりでございます」

「どうもありがとう。けど、わたしも年をとりましてね。以前ほどの元気はありませんし話している間に、思い出そうとしていた。

「何をおっしゃいます。まだお若くていらっしゃるのに」

「新郎の父の栗原君が大学時代の同級生でしてね。いまだにつき合っています。で、その息子の結婚披露に招《よ》ばれましてね。ひさしぶりに晴れ晴れとした気分になりました。あなたも栗原君の……？」

そのへんから記憶の手がかりを求めていたが、

「いえ、わたしは新婦の田辺さんのほうでして……」

相手は云った。

披露宴会場の前には、両家の名が出ているので、原田がそう云うのは簡単だった。

「はあ、さようで」

新婦の側の招待客だったら、記憶の手がかりにはならなかった。

「会長。お迎えのお車は？」

「そういうものは、いまのぼくにはありません」

江藤会長は寂しそうに笑って云った。

寂しき会長

このホテルの表玄関ロビーは、絶えざる人の出入りで落ちつかなかった。

「久しぶりにお目にかかったので、すこしお話をしたいのです。こんなところで立ち話もなんですから、お茶でもいかがですか。喫茶室がすぐ奥にありますが」

原田は江藤達次を誘った。

「はあ」

「お急ぎのご用がありますか」

「いや、用はありませんが……」

「じゃ、二、三十分くらいはよろしゅうございますか?」

「はあ」

江藤はぼんやりとした顔つきでいる。老人特有の無表情だが、相手が誰だか憶い出せず、曖昧《あいまい》な気持からであった。

結婚披露宴から提げてきた引出物の風呂敷包みを原田に持たせても、江藤の歩行は遅かった。それでも、絨緞《じゅうたん》の通路を踏むその足どりには威厳を見せるものがあった。

喫茶ルームは広々としていて、中庭に面した大きな一枚ガラスには懸崖の飛瀑が迫っていた。窓ぎわの席に坐ると、江藤の白髪がまるで人工滝の飛沫が結晶したように映った。

「さきほどちょっとうかがいましたが、会長さんには社の車が付いてないのでございますか？」

原田はふくよかな頬に微笑をひろげて訊いた。その眼鏡の奥にある二重瞼のまるい眼は、江藤をいたわるようであった。

「はあ。ありませんね」

「それはまたどういうことでございますかね。東洋商産ともある会社が。……会長さんは五年前に社長の椅子を高柳秀夫さんにお譲りになった。そのときはたしか代表権のある会長でしたね。世間では江藤会長がいわゆる院政をおやりになるものと思っていましたが」

どこかの新聞の経済部記者だったかな、と江藤はまだ相手がはっきりと憶い出せなかった。社長のころはずいぶん人に会ったものだが、近ごろは老化現象につれてもの忘れが進んでいる。

「会長になったときは代表権がありました。しかし、それは一年だけで、高柳君によって次から代表権のない会長になりました。タダの会長になったとたんに、会社はぼくに付けていた車をとり上げてしまいました」

運ばれてきたコーヒーを一口すすったとき、江藤は顔をくしゃくしゃにさせた。

「それは、少々ひどうございますね。高柳さんはあなたのおかげで社長になれたのでしょう。いわばあなたのほうには足をむけて寝られないほどの恩を受けているのに、どうしたことでございましょうね？」

原田は同情する眼で訊いた。

「人の考えは分らぬものです」

「けど、会長は社長時代に高柳さんを高く買っておられたのでしょう？」

「そのとおりです。後継者は高柳君しかないと思っていたくらいです」

「それは高柳さんの手腕だけではなく、高柳さんがあなたに忠勤を励んでおられたからでしょう？」

「忠勤を励むといえば語弊《ごへい》がありますが、何ごともぼくの意をよく体して仕事をしてくれました。ぼくの片腕だったのです」

「そうすると、当時の社内には高柳さんしか人物らしい人物は居なかったのですかねえ？」

「うむ……」

老会長はしばらく考えるように天井の一角を見つめていたが、ぽつりと云った。

「居なかったわけでもありません。しかし、結局はぼくの鑑識《めがね》違いです。だれを責めることができません」

自嘲があった。

「これはほかの会社でよく聞くことですが……」

原田は云いにくそうに口を切った。

「社長に忠勤を励むナンバーワンが、その社長によって自分が社長にさせられますね。新社長は代表権のある会長になります。会長は院政を行なうつもりだったのですが、新社長は自己の思うように人事異動をやって、二年後には社内を自己体制にしてしまい、会長を完全に棚上げしてしまう。そういうことが普通の例のようによく聞きますが、高柳社長と江藤会長さんのばあいもそれに近いのでしょうか。……いえ、こんなことをお訊《たず》ねするのは、さきほど会長さんが、いまの自分には会社から車がつけられてないとおっしゃったものですから」

「その例のとおりですよ、わたしの場合も」

江藤達次は自然と顔に血の色を上せた。彼はここで思いがけなく憤懣《ふんまん》をぶちまける話し相手を得たようであった。もはや相手がいかなる素姓《すじょう》であるかを忘れたようにみえた。

「わたしが代表権ある会長の期間は、さきほどちょっとお話ししたように最初の一年間でした。そのあとは代表権を外されました。高柳君の力がそれほど強くなっていたのです。ぼくにはまったく意外でした。それというのも、ほかの役員や幹部社員たちが、高柳新社長の方針に追随したのです。つまりわが社の経営方針を従来の繊維から建材へ転換しました。ぼくは繊維は行き詰まっているが、これはわが社の伝統的な商品だし、いまは不況でも将来かならず立ち直ると信じています。その不況時を乗り切るためには建材併用で行くつもりで、それを主唱していた高柳君に社長を譲って社内の人心一新を図ったのですがね。ところが高柳君は社長になると完全に建材中心に移行させ、化成品や産業資材販売に主力を置くようになりました。ぼくがそれに反対すると、彼は役員連を語らって、ぼくから代表権を剝奪《はくだつ》してしまったのです。まあわが社のそれまでの業績不振は社長時代のぼくの責任であって、そうされても諦めざるを得ない点もありましたがね。しかし、高柳君にそれほどのパワーがあるとは気づかなかったのがぼくの不覚でした」

「ははあ」

「それでもね、代表権をはずされてもあと一年間くらい、まだ高柳君は人事面でぼくに多少は遠慮していたのです。それが彼が社長になった二年後には、社内体制を自己の派で固めてしまいました。僅《わず》かでしたが、ぼくの派の残留組もみんな配置転換、閑職などに追いやられてしまいました。車もね、代表権のない会長になった翌日から取り上げられてしまったんですよ。いまでは、会社の車に乗りたいときは、総務部長にぼくが直接電話して頭を下げなければ配車してもらえない状態です」

江藤会長は、コーヒーを飲むのを忘れて語った。

このとき、喫茶室横の通路を、老紳士たち五、六人が、年とった料亭のおかみやひいきの芸者ら十人ばかりを連れて歩くのが見えた。経連同常任理事石岡源治の古稀祝賀会が終って大部分の参会者は宴会場前から車で帰ったものの、まだ一部はホテル内を逍遥しているのだった。ホテルには一流装身具店などのテナントがならんでいるので、買いものでもするのか、そっちへ流れている。

その一群が通過する間、江藤会長はコーヒー茶碗を口に当てていたが、その手はかすかに震えていた。

「結婚披露宴の隣りの大広間では石岡さんの古稀祝賀会がありましたね」

原田もその行列が過ぎるのを見遣《みや》って江藤に云った。

「そのようでしたな」

江藤は弱い声で返事した。

「さすがは財界世話役の祝賀会です。参会者は約千人、大臣連も顔を見せていたし、大企業の会長・社長、大銀行の会長・頭取などがキラ星のように集まって豪華なものだったらしいです。いま女どもを引具して通ったのは……」

と、原田はその会長たちの社名と名を挙げた。

「同じ会長でもぼくとは天地の相違ですな。……もっとも、あのような大会社とわが社とは比較にもなりませんが」

江藤達次は歎息した。

「いや、そうでもありませんよ。大企業の会長でもすぐに相談役や顧問などにされて社長に遠ざけられてしまいます。そうかと思うと、会長でも人事権を握って社長をロボットにする人もいることはいますがね。会長によりけりですね」

「ぼくが入る会長室がどういうところにあるか、想像ができますか？」

「いえ、それは……」

「代表権のある会長のときは、ビルの五階で社長室の隣りでした。次が専務や常務などの役員室。……それが今ではね、一階の隅で、庶務部の隣りですよ。そこは用務員の溜り場でもあるのです」

「え、庶務部の隣り？」

「五階が手狭になったというので、庶務部の隣りを改造して一坪半ばかりの会長室を急ごしらえしたのです」

「それはひどい」

原田は眼をみはって思わず云った。

「押し込めですよ。会長室にはだれも来ません。役員も幹部社員も。うっかり話しにくると社長派から睨まれますのでね。みんな忙しいといって寄りつかないのです。曾てはぼくの社長時代におべんちゃらを云っていた連中がね」

「ゴマすりに限って、眼先が見えるというか、変り身が早いのですね。人情、紙の如しですか」

「ぼくが会社へ行くと、そういう意味でみんなに迷惑をかけるので、めったに出社しません。ぼくも面白くないから行かないのです」

江藤会長は、いまや愚痴のこぼし相手として原田に親近感を持ってきたようだった。

「いま景気のいい会長さんたちといっしょに通って行った料亭のおかみさん連中を見て思い出したことです。ぼくが社長時代に使っていた料理屋は、あれほど一流の料亭ではなかったのですが、それでも社長交際費から相当に費《つか》っていました。代表権ある会長のときもあまり変りなかったのです。それがタダの会長になり下がったとたんに交際費が出なくなったのです。それで料理屋から請求書が行くと、経理ではこれは社費では認められないので、会長のポケットマネーで払ってもらえといって突返す」

「それはまた極端なやり方ですね」

「仕方がないから料理屋のおかみか女中頭かが手土産を持ってぼくのところに集金にくるんです。ところが会長室は一階隅で用務員などがいる庶務部の隣り。おかみや女中頭が初めてその部屋を見て、びっくりするやら、同情するやらしてね、とうとう集金のことは云い出せずに、手土産だけをぼくの机に置いて逃げ帰ったものです」

会長はまた寂しい微笑を洩らした。

江藤達次のあわれなうちあけ話に、言葉も出ない表情の原田だった。が、

「その交際費のことですが、東洋商産の社長は交際費が相当に予算に組みこまれているものですか？」

と、顔を前に出してきいた。

「とても大企業なみにはゆきませんが、それなりにはあります」

「ははあ」

原田は何か考える瞳《め》になった。

「けど、業績が悪化しているので、ぼくが社長をしているときよりも交際費は締められているはずです。それがどのくらいか、棚上げされた会長のぼくにはまったく分りませんがね」

「そんなに社の業績が悪いのですか？」

「悪いです。主力を繊維から建材に移行したときは日本の高度成長期でしてね。工場設備の拡張、住宅・マンションなどの急増で、建材はよかったのです。それで高柳君は図に乗って、繊維部門をほとんど切り捨ててしまいました。ぼくはその方針に反対で、さっきもちょっと云ったように繊維と建材との両建てにすべきだ、建材に偏《かたよ》ってはいけない、バランス主義でゆくべきだと云ったのですが、実力なき会長の云うことなどてんでとりあげようとはしませんでした。ところが案の定です、高度成長が幻のように終ると、建材の受注は停滞どころか下降線です。それがもう五、六年も続いています。同業ではどこでも産業資材の悪化に苦しんでいますが、ウチではとくにひどいです。銀行借入金の軽減も当分見込みはありません。……このままだと、悪くすると倒産の危険もなくはありません」

実権を社長に奪われた会長は、まるで他人事《ひとごと》のように云った。

「東洋商産のメインバンクはどこですか？」

「主力銀行はありません。それはぼくの社長時代からの方針です。主力銀行から口出しされるのを嫌っているからです。都銀と地銀と合せて八行ぐらいありますが、みな同じくらいの融資シェアです。八行が平均しているので、いうなれば対銀行の等距離政策ですね」

「相互銀行が一行入っていましたね。南海相互銀行というのが？」

「南海相互銀行というのは、ぼくの社長時代からの取引で、これはぼくと同郷の九州に本社があっていわば義理の取引です。そういうわけで金融シェアは他の地銀よりも少ないです」

「現在は、多くの銀行が逆利ザヤで困っていますね。銀行には貸付資金がだぶついていますね。東洋商産の借入金は、その八行からでしょうが、この際、どれか一行がメインバンクになって借入金の軽減を支援してくれないものでしょうか？」

「いまとなってはそれは無理でしょうな。いくら銀行が逆ザヤで困り、融資資金が過剰でも、よほどの見通しがないかぎり、リスクの多い貸付には踏み切れないものですよ。ことに東洋商産との従来の取引状態ではね」

「となると、東洋商産はどうなるのでしょうか。金融機関からのバックアップがないとなると、会長さんの云われるように将来倒産の危険がくるのじゃないのですか？」

「いや、ぼくはね、東洋商産がよくここまで持ちこたえてきたと思いますよ。主力銀行も無しにね。むしろ高柳君は健闘していると思いますよ。内実にはどういうカラクリがあるかわかりませんが」

「カラクリといわれると、たとえば町の金融業者から融資をうけて急場を凌《しの》いでいるとか……？」

「いや、そんなことはありません。そこまですると、社はいっぺんに倒産してしまいます」

「とすると、高柳社長はどういうことをやっておられるのでしょうか？」

「わかりません。ぼくには何も教えてくれませんから。役員たちも報告してくれません。ぼくとしては高柳君には不思議な才能があるとしか云いようがないのです」

「会長。高柳さんは女性が好きですか？」

「さあ……」

「女性のきらいな男はいないでしょうが、仮にです、仮に高柳さんが惚れた女性に社長交際費から二億円を出したとします、そういう交際費が東洋商産にありますか？」

「二億円ですって？」

江藤会長は、囲まれた皺を押しやって眼玉を剝《む》き出した。

「とんでもない。そんな交際費はありません。社長交際費が出ても、せいぜい年間一千万円足らずでしょうな」

原田は腕組みし、テーブルの下の足を貧乏ゆすりさせはじめた。

刺戟

ホテルの広い喫茶室は若い男女客が多く、愉しい会話がはずんでいた。

「年間一千万円そこそこの社長交際費では、高柳さんが二億円もの金を一人の女性に注ぎこむことはとてもできませんね」

見たところ原田もその愉しげな表情の仲間に入っていた。が、相手の江藤会長は眉間《みけん》にたて皺をつくって訊き返す。

「高柳君が女に金を出したというのはいつごろからですか？」

「五年ぐらい前かららしいです。内容を云いますと、銀座のバーを居抜きで買いとって店を出させ、これにかけた費用が概算八千万円くらい。そのあと自由が丘の高級住宅地に家を買い与えています。あの辺は土地代が高いです。建築費を入れると、約一億二千万円は要しているでしょうね。で、ほぼ二億円です。しかし、家の方が三年前ですから、その後も女性に月々の金が出ているはずです。が、大きな出費はいまの約二億円です」

原田は云って、コーヒー茶碗を抱え、眼鏡の下から上眼づかいに江藤達次の顔を眺めた。

「五年前というと、ぼくが社長から会長になった一年後だ」

江藤は顔面神経痛のように顔をくしゃくしゃさせて呟いた。

「ちょうどその時分になりますか」

「信じられない話だ」

「しかし、会長、銀座のバーや自由が丘の家は事実ですよ。女性の名はしばらく伏せますが」

「家や店のことは事実かもしれない。だが、高柳君がそうしたとは思えない。いくら高柳君が独裁社長でも、わが東洋商産にはそんな余裕はありませんよ」

「社長だけが自由になる機密費は？」

「機密費といえば裏金《うらがね》からの支出です。それもないです。東洋商産は子会社が少ない。だから子会社との取引を偽装して裏金をつくることはできない。トンネル会社もないので、したがって社長の懐に金が入ることもないです」

「何か別なしくみはありませんか？」

「あとは、何らかの名目で会社の金を流用することですが、これは少なくとも経理担当役員や経理部長と組まないとできませんな」

「高柳社長はワンマンでしょう。役員や経理部長に云うことを聞かせることぐらい簡単じゃないんですか。どうせ連中は社長に絶対服従でしょうから」

「さあ。……」

「会長。あなたは曾ての部下だった役員や経理部長をまだ信頼されているようですが、高柳体制になってからどんどん変質して行っているんじゃないですか。だれしも保身に汲々《きゅうきゅう》としますからね」

「しかし、それだと、まかり間違うと背任罪に問われる」

「ワンマン社長ともなれば、だれしも多かれ少なかれそういう危ない橋を渡っているんじゃないですか」

「だが、女に注ぎこむために高柳君がそんなことをしたとは、やはりぼくには考えられないがね」

江藤はまた顔をくしゃくしゃさせた。

「失礼ですが、それは社長が会長たるあなたに何も報告しないので、あなたがご存じないからではありませんか。銀座のバーと自由が丘の家の件がはじまった五年前といえば、あなたが代表権をはずされた頃ですね」

「会長の代表権の実体は曖昧なものです。商法の規定では代表権のある会長・社長・副社長・専務などが共同して会社の運営を行なうとなっているが、じっさいは実力の問題ですね。社長が人事権などを握った実力者だと、会長の代表権などは世間に対するお飾りのようなものです。だからぼくなどは一年ではずされてしまった。代表権のある会長のときから、高柳君はぼくに当り障りのないことしか報告しませんでした。だから、ぼくが何も知らないとあなたに云われるとそのとおりだが……」

江藤は白髪頭を伏せ、骨張った指で、こめかみを揉《も》んだ。

「では、高柳社長が背任まがいのことをしなかったら、それ以外にどういう金の捻出方法が考えられますか」

原田は江藤会長の様子を気の毒そうに見て、訊いた。

「借金ですか?」

「それも社長の地位を利用してするなら背任行為です」

会長はそのままの姿勢で答えた。

「では、高柳さんが自分の金を出したのですかねえ?」

「高柳君の父親は旧制中学校の教師でした。親ゆずりの資産はない。処分しようにもその土地も持たない。もちろん社長になってからの収入だけでそんなに金がたまるわけはありません」

まだ耳の横の生え際《ぎわ》を指で揉んでいた。

「でも、高柳社長が女に家を与えたり、バーを出させたりしているのは、たんなる噂ではないんですがねえ」

「高柳君は、その女性の家に入り浸りになっていたり、バーによく現れているのですか?」

「彼女の家に入り浸りではありませんが、一週間か十日に二度くらいは出入りしているということです。そのバーにもよく飲みに行っていますが」

「おどろいた話だ」

社を憂えている会長は唸《うな》った。

「会長」

原田はテーブルの下で膝をすすめるようにした。

「さきほどあなたは、高柳社長は健闘している、内実にはどういうカラクリがあるかわからないが、と云われましたね？」

「うむ」

「それは会長のご存知ないところから社長が金を借りて東洋商産を支えている、そういうことでしたら、その借入金の中から二億円を割《さ》いて女性に与えたというカラクリも考えられますがね」

「それは絶対にない」

老会長は顔を屹《きっ》とあげて断言した。

「さっきも云ったようにウチの取引銀行は八行だが、みんな等距離の取引です。とくに主力銀行がないから、その方からの特別融資もありません。いずれも堅い銀行ばかりだから、変な融資は絶対にありません。それに、社長が二億円も抜けるような融資となると、少なくともその十倍くらいの融資をうけなければならない。そういう取引は考えられない」

「でも、よくあるじゃありませんか。金融先と結託して、たとえば八億円ぐらいを借りたことにして、そのうちの二億円をポッポに入れる手段です」

「そんなバカな。ウチの取引銀行がそんなことをやりますか。そんなことをやるのは、いかがわしい金融機関です」

「そのいかがわしい金融先から社長は表に出ない融資を受けているんじゃないでしょうか？」

「想像できませんな」

「しかし、東洋商産の業績はよくないです。普通に考えて、現在の八行からの融資額だけでは運営が行き詰まると思われます。どうしても援軍が要る。それがいかがわしい金融機関であり、会長の云われる高柳社長のカラクリではないですかね。そうだとすれば、二億円のペイバックぐらいは平気で行なわれそうに思われますがね」

名前も素姓もわからぬ男からこれほど自己の社について立ち入った質問を受けても、江藤会長は相手を咎《とが》めるではなかった。いくらか頭脳が老化していたが、それだけではなく、相手が自分の立場に同情してくれているという親近感で心が占められていた。

「考えられない」

会長は小首を振って低く云った。

「……そういう金融機関から融資を受けていれば、いくら何でもわたしに事前の相談があり、でなかったら事後の報告があるはずだがね。高柳君でなくても、経理担当の小林常務からでも」

「経理担当の常務は小林さんとおっしゃるのですか。しかし、小林常務さんも社長の意を体して会長には何も云わないんじゃないですかね」

「そのとおりなら、ぼくは完全に無視されている」

会長はまたまた顔をくしゃくしゃにした。呻吟《しんぎん》に変って怒りが顔に噴出した。

「ひとつ、会長が社長や常務を追及されたら如何ですか、会長権限で」

「無駄です」

会長は憤りの下から絶望の表情を見せた。

「ぼくが訊いても、のらりくらりと逃げるにきまっている。会長権限は無きにひとしいです。……それに、ぼくが高柳君らの気に入らない口を出しすぎると、今度こそ相談役にされます」

寂しき会長は自嘲気味に変った。

「今度こそですって？」

「ぼくはもう会長を六年やっている。高柳君は去年の暮あたりから相談役の話をちらつかせていますからね。相談役になったら完全に隠居です。もう復帰の見込みはなくなる。……」

「復帰ですって？」

原田は意外なことを聞いたように江藤の顔をじっと見た。

「男はね、年をとっても山気がなかなか捨てられないものです。それにぼくは六十四歳です。頭はまっ白いが、それほど年を取ったというほどでもありません」

「偉い。会長！」

原田が拳《こぶし》でテーブルを叩いたので、コーヒーの残りがこぼれた。

「……その意気ですよ」

「東洋商産はぼくが大きくした会社です。会社が可愛いですからね」

「まったくです。高柳さんに壟断《ろうだん》されることはありません。会長でおられる間に、高柳さんに巻き返しをされてはいかがです？」

「しかしね、気持だけはそう思っても、現実となるとむつかしいです。東洋商産は高柳派で固められている。これがよそのように伝統ある大企業だと、いわゆる長老クラスのOB団がいて、その力をかりることもできるが、わが社にはそういうのがいません。気持だけをぼくが持っていても結局は夢ですかな。無力な者のはかない夢だな」

会長はまたしても気弱になった。

「会長。あなたはさっき、ご自分が社長のとき、高柳さんのほかに人物がいなかったわけでもない、と云われましたね。その人、いまどうされていますか？」

「さあ、あれ以来音信不通なので、どうしていますかね。子会社の役員になってくれとぼくが云ったのに腹を立てて七年前に辞めたきりです。なんでも大阪に行って自分で事業をはじめたとは当時噂に聞いていましたが、そのあとのことはわかりません。多分、うまくいってないのでしょう。いまになってみれば、高柳君よりも彼を択《えら》ぶべきでした。ぼくの目利き違いでした」

「その人、お名前はなんというのですか？」

江藤会長は視線を下にむけた。

「過ぎたことです。本人にも気の毒だし、ぼくも辛いです。名前は云わないでおきましょう」

「仮定の問題ですが、もしその人を見つけて協力してもらうと、高柳体制を揺るがすことができますか？」

「さあ、どうですかね。第一、今ごろぼくがそんなことを頼んでも彼は乗ってこないでしょうな。ぼくを恨んでいますから。また、かりに彼の協力を得たとしても、一人くらいの加勢では高柳体制がゆらぐことはありませんよ」

「すると、会長は座して相談役を待たれるのですか。そして顧問、縁切りの道を歩かれるのですか？」

「………」

「高柳社長にはスキャンダラスな面があります。まだ具体的にはわかりませんが、詳しく調査すると判明するでしょう。さきほどから話に出ている不透明な金融問題からしてそうです。暗い面はもっと出てくるでしょう。それこそ高柳さんの堅陣を突き崩せる砲撃になりませんか？」

江藤の首と肩が衝動的にもぞもぞと動いた。

「今まではお話しするのを控えていましたが、高柳社長が一人の女性に二億円もの金を注ぎこめるとは、実はぼくも思っていません。女のスポンサーは別に居るはずです。とすれば、高柳さんはその影武者にされているのです。真のスポンサーと女性との連絡係もいます。ぼくはその人間をそのバーで見ています。暗号連絡です。本人は表むきは或る会社につとめていて、かなりな年配ですがね」

「え、高柳君が他人の影武者になっているって？　それはほんとう？」

江藤はおどろきを見せた。

「おそらくね。高柳社長たるものがですよ、唯々《いい》諾々《だくだく》としてそんな痴呆《こけ》役を引きうけているのは、その女性のスポンサーによほどの義理を受けていると考えなければならない。この義理を重圧という言葉に置き換えてもいいです。これこそ高柳さんの暗い面につながるものだと思います。現在はそれがもやもやとしていて、実態がまだぼくにもわかりませんがね。会長、そこが摑《つか》めると、しめたものです。七年前に社をやめて大阪へ去ったその人材をさがし出して協力させれば、会長が高柳さんを追放して復帰されるのも夢ではなくなります」

「いったい、あなたは誰ですか？」

眼が醒めたように会長は初めて問うた。

「名前は原田といいます。お察しでしょうが、ジャーナリストです。どこの新聞社にも出版社にも属していませんが、寄稿はしています。そのほうが拘束されないで、自由ですからね」

「あなたは高柳君関係を調べてそれを書くんですか？」

「書くとはかぎりません。ただね、高柳社長の暗い面がぼくの調査で出てきたら、まず会長にお知らせしますよ。それで会長の社長復帰が実現すれば、ぼくとしてもうれしいです」

「ありがとう」

江藤達次会長は頭をさげた。

「あなたがどういう人だかまだよくわからないが、とにかく今夜は大きなインパクトを受けました。それに対して礼を云います」

互いが別れの挨拶をした。

原田が江藤会長の引出物の風呂敷包みを取ろうとすると、会長はそれをさえぎって自分で持ち、原田が出口へ送るのも叮嚀に断わった。通路を歩いて行く後ろ姿も、虚勢ではなく実際に元気そうであった。あきらかに原田の息吹きを受けた結果であった。

五分ほど時間を置いて原田がそのあとから出口へ向かった。通路には、貴金属や陶磁器や古美術や絵画などのテナントの高級店がならんでいる。

その高級陶磁器店に、財界世話役の古稀祝賀会帰りの一流企業の社長たちが、料理屋のおかみや芸者らと入っていた。女たちが買いものをねだっている。

その財界人のなかに経済評論家の清水四郎太が太いステッキを床に突いて立っていた。清水は、ウインドウのガラス越しに通路を歩く原田の姿を認めると、おや、というように、その頬の落ちた顔を振りむけて眼を光らせた。

ママのお休み

雨だった。強くはない。濡れた傘や車が街灯にきらめき、歩道と車道の境に水が光ってゆるく流れていた。なま暖かい五月下旬の、夜九時ごろであった。

入居しているバーの看板が市松模様でならんでいるビルの入口に「原田」が歩いてきた。

「いらっしゃいまし」

張りのある男の声が迎えた。

防水外套を着たジョーが腰を折っている。三角頭巾の中から眼を笑わせていたが、肩に雨滴が溜まって、黒い外套に艶をつけていた。

「今晩は。ジョー君、精が出るね」

原田も愛想を忘れなかった。

「ありがとうございます」

ジョーは大股で先に立ち、エレベーターのボタンを押した。「クラブ・ムアン」の四階だった。客の顔を二度以上見れば、どの男がどの店へ行くのか憶えている。エレベーターの前は原田一人だった。

「雨降りだと、やはり人が少ないんだね」

「さようでございます、どうしても……」

つづけて何か云いかけてやめたのは、折から函《ケージ》が下りてきただけではなく、ちょっと躊躇《ちゅうちょ》の末にあとの言葉を呑んだ感じであった。

四階の通路を右に歩いた突き当りの、重々しいドアを原田は押した。店内の闇と光と声とが彼に向かって来た。

原田は隅に腰をおろした。社用族でも常連客でもない彼はこれで五回目の現金払いであった。そういう客がたまにはある。

原田は店内を見渡す。客は少なかった。ホステスの数のほうが目立つ。マネージャーが席に案内した。ボーイも遊んでいた。

ウイスキーの水割りを注文して、

「静かだね」

と、もう一度まわりを眺めた。

「ええ、いつもよりは」

三人付いているホステスのうち、肥った女が原田のためにマッチを擦って云った。

先客たちはおとなしく飲んでいる。店の中にこもる煙草の煙もうすかった。喧騒はなかった。

「雨のせいかね?」

「そうでしょう、きっと」

「それとも、まだ時間が早い?」

「そうね。でも、ぼつぼつ時間だけれど」

ホステスは小さな腕時計をのぞく。九時二十分であった。

山口和子の姿が見えなかった。

「ママは?」

そこいらに出て行っていてもうすぐ戻ります、という答えを期待していたが、

「すみません。お休みなんです」

と、別の女が頭をさげた。

「今夜だけかね。明日の晩は現れるの?」

女はためらいがちに、

「明日の晩もどうですか。ご病気で四日前からお店を休んでらっしゃるんですけれど」

と、運ばれてきた水割りのグラスを前に進めた。

「病気というと、どういう？」

「風邪です。熱があるということですわ」

「へえ、いまごろ風邪かね？　ママ、寝冷えでもしたのかな」

「熱さえ下がれば出て参ります。あと二、三日くらいで」

店に客がいつもより少ない理由がわかった。ママが休んでいるからだろう。

「ムアン」は和子がスターになっている。客の全部が彼女を張りに来ているわけではないが、それでもママが居ないと光を失ったようである。ママは客にとっても、従業員にとっても重心になっている。客はなんとなく面白くない顔で飲んだり話したりし、女たちに活気がなく、ボーイらもだらだらとした態度だった。

五人組の客が出て行った。遺したテーブルの様子からして長居の客ではなかった。ほかの席の客にも落ちつきが見えなかった。ママの休みを聞いて、早く切り上げたい様子だった。その休みが四晩もつづけば、常連の客足は落ちる。雰囲気がなんとなくお通夜のようだった。

「十日ばかり前の晩、この店のマッチをママに渡したお客さんが居たね？」

「……」

「ほら、ママもそのお客さんにそっと封筒を渡したじゃないか」

女三人はぼんやりとした顔で憶い出そうとしていた。原田は向うにかたまっている女たちを見つめてから指摘した。

る女性だ」

「あ、あのひとだった。鯉幟《こいのぼり》のような模様の洋服をきて、横むきにお客さんに笑ってい

「あら、ルリ子さんだわ。でも、鯉幟とはひどいわ」

三人の同輩が笑った。一人が指をあげてボーイを呼んだ。

あまり美しくないホステスが席を立ってこっちに来た。

「そのお客さんのこと、憶えているわ。ママから封筒を渡すように云われて、テーブルに運びましたから」

女は、同輩が自分の服をじろじろ見て忍び笑いする意味を知らずに原田をまっすぐに見て云った。

「あのお客さんの名前は？」

ヒルトンホテルに誘って食事を共にしたとき、「川上」と聞いた。が、ここでは別の名を云っているのかもしれない。これは自分が「原田」と称しているので、先方もそれが本名かどうかに疑いがあるからだった。

「名前は知りません」

ホステスは答えた。

「だって、あのときが初めてのお客さんですもの。その後もお見えになりませんわ」

はてな、と原田は思った。後で来ないのはともかくとして、あの晩が初めてという「連絡係」があるだろうか。——

水割り一杯を飲み、女たちにも軽いものを振舞って原田は、じゃ、またね、と椅子を立った。女の一人が紙片を持って先にレジへ小走りに行った。その勘定メモを見てレジの女が金額を云い、原田がその金を払っている間、蝶ネクタイの男がすこし離れたところに立ち、彼を監視するようにその横顔を睨んでいた。

ビルの表に出た。雨はやんでいなかった。

雨合羽のジョーが振り返って原田に近づいてきた。

「あ、もうお帰りでございますか」

「ママが休んでいるんでね。長く居ても、なんだか面白くない」

頭巾の中でジョーが口をすぼめて笑った。

「みなさん、そうおっしゃいます」

「知っていたのかね？」

「四日前からムアンのママさんがお休みだとは存じていました。でも、店にお越しになるあなたさまにそれを申し上げてよいものかどうか。ママさんがお目当てではない、と叱られるかもしれないと思いまして」

「ママが目当てだ。はっきり云ってね」

「それはどうも」

「風邪をひいたと女の子が云っている」

「はい」

「熱もあると云っていた」

「そうだそうでございます」

「ママが休みなのでお客さんも少なかった」

「存じております。わたくしがここでエレベーターまでご案内しておりますから」

「ママが病気だと、こちらがご心配だろうな」

原田はそっと親指を立てて見せた。

「は、どなたさまで？」

ジョーは曖昧な表情をした。

「きみがとぼけるのは無理もないが」

原田はジョーの濡れた肩を引き寄せて低く云った。

「知ってるよ。東洋商産の社長だ」

「……………」

「高柳さんだよ」

ジョーは返事をせずに鼻皺《はなじわ》を寄せて微笑した。それが返事であった。

「ムアンがカンバンになると、高柳さんがよく迎えに来ていたじゃないか。きみはサービスしていたね」

「わたくしはお店と契約しているので、ドア・ボーイ役としてママやお客さまにサービスするのが仕事でございます」

ジョーは高柳のことには触れずに答えた。

原田は顔を上げて軒先や外の灯に光る雨の線を眺めていた。駐まっている車も、走る車も少なかった。男の傘の下に赤いレインコートの女が身を寄せて歩いている。向うで回転するキャバレーの黄色い灯の連鎖が間の邪魔物なしにきれいに見えた。

こういう閑散とした夜は車の誘導に神業《かみわざ》のようなジョーの働き場もないにちがいなかった。

「ジョー君」

原田は前の姿勢に戻って云った。

「ムアンのママが風邪で休んでいるというのはほんとうかね？」

ジョーの瞳が一瞬だが激しく動揺した。それを見てとって原田のほうが、おや、と思った。次に当て推量が適中《あた》ったと感じた。

「ムアンの女の子から何かお聞きになったので？」

ジョーが小さな声で訊いた。こちらが意外なくらいだった。

「はっきりとは云わないが、風邪とも違うような口吻《くちぶり》だったね。……女の子らはみんな元気がなかった。店ぜんたいが沈んでいたね」

あとの言葉はそのとおりであった。事実、その空気から得たヤマかけでもあった。

「ジョー君。三十分くらい時間はないかね。十時半という時刻だが、いま忙しくなかったら、そこのスタンドバーをつき合ってくれませんか？」

酒好きと見ての誘いだった。

「わかりました。こんな雨の晩です。ヒマですから、そのくらいでしたら」

「ぼくは原田といいます」

スタンドバーは路地奥にある。店の中に入ってしまえば、客たちの耳がならんでいるので話ができない。そこへ歩いて行くまでの会話であった。

「ジョー君。ムアンのママの病気は何だね？」

この通りは狭くて暗かった。つき出た軒先から雨だれがしきりと落ちていた。路地には水溜りができ、泥濘《ぬかるみ》になっていた。

「こんなことを申し上げてよいかどうかわかりませんが」

ジョーがすぐうしろから云った。二人がならんで通れる道幅ではなかった。一方が小さな店のならび、一方が倉庫の煉瓦壁だった。

「何でも話してほしい。他人《ひと》には云わない」

つづきの話を催促した。

「わたくしもはっきりと聞いたわけじゃありませんが、なんでもママさんは自殺なさろうとなすったんだそうです」

後ろに随《したが》う声が云った。

「なに、自殺だって？」

前を行く足がふいにとまった。思わず叫びそうになった原田の声であった。

「いえ、自殺未遂だそうです。自宅から病院に運ばれて、生命《いのち》は助かったそうですが」

うしろの足もいっしょにそこでとまって云った。

「自殺を図ったって、きみ、い、いったい原因は何だ？」

さすがの原田も、あまりのことに声がつかえた。むき直って三角頭巾のジョーの顔を見つめた。頭巾は雨の雫《しずく》を溜めて遠い灯に光っていた。

「わかりません。いっこうに」

ジョーは首を横に勢いよく振った。

「だって、商売のほうはうまく行ってたんだろう？」

「はい。あのビルの店の中ではいちばんはやっていました。店の設備も一等立派ですから。商売が行き詰まったという悩みからでは決してございませんね」

「すると、ほかの原因か」

スタンドバーに行く前だったが、すでにそこで立ち話となった。

「ほかの悩みといえば……」

向うから人影が三つ現れてきた。あとを黙って壁ぎわに身を寄せた。済みません、と前を三人が通り抜けたが、その泥水がズボンの裾にかかった。

「ママと旦那のトラブルかね。痴話喧嘩の末に？」

「高柳社長をご存知なんですか？」

ジョーがはじめてその名前を出した。

「直接には存じ上げない。が、お顔はよそながら見知っている」

「高柳社長は、そりゃママさんに親切でした。よく尽しておられました」

「それだから痴話喧嘩になるんだろう」

原田は笑いをまじえてわざと云った。高柳は或る人物の身代り役だ。和子との間に痴話喧嘩が起る道理はなかった。

「でも、あんな親切な高柳さんと……」

「どう親切なんだね？」

「ムアンの店だって、ずいぶん金がかかっていますよ。居抜きで買ったんですが、その権利金だの改装費だのホステスのヴァンスだので、八千万円はかかっていると銀座の業者は云っています。それにあれだけ人を傭《やと》っている人件費だってたいへんなものです。それはまあ営業費から出るとしても、ママは万事が派手なんです。いま云った開店資金も全部高柳さんが出しているし、他人にはうかがい知れない店の費用も高柳さんが補塡《ほてん》していると思うんです。ママに惚《ほ》れているから出来たことですよ」

「なるほどね」

「そのほかママの自宅も高柳さんが買ってやったのです。わたくしは知りませんが、自由が丘にある家もすごく立派なものだそうです。そういう親切な人です、高柳さんは」

女に金を出すことが直ちに男の親切になるかどうか議論の余地はあるが、バロメーターの一つになることには違いなかった。銀座の同業世界ではそれが計尺の全部のようだった。

「じゃ、どうしてママは自殺を企てたんだろう？」

「さあ、それがわからないのです」

ジョーはまた首を傾《かし》げた。

「ムアンのボーイたちや女の子たちはどう云っているの？」

「ボーイたちも女の子たちも全然見当がつかないらしいです」

「ママに惚れて通ってくる客がいて、それとの面倒がもち上がったということはないのか？」

「そういうのが居たら、ホステスらは敏感ですからすぐ分りますよ」

「面妖《めんよう》な話だね。ママの自殺未遂は本当だろうね？」

「それは間違いないようです」

「ママが心配になってきたよ」

原田は眉をひそめて云った。

「わたくしも心配です」

「ジョー君、明日の午後にでも、ぼくといっしょに自由が丘のママの家に行ってくれないかね。様子を見にさ」

「けど、ママはまだ病院かもしれませんよ」

「それでもいいさ。家にはだれか留守の人が居るだろう。その人に会ってママの容態や様子を聞くのだ。ぼく一人じゃまずい。ぼくは店の客だからね。それにひきかえ、きみはママと契約してムアンの仕事をしている。けっして第三者ではないからね」

ジョーはうつむいて考えていたが、

「よろしゅうございます。お供をしましょう。ぼくだってママのファンですから」

と顔を起して云った。

自殺未遂の家

あくる日は朝から晴れた。

「原田」は午後一時過ぎに自由が丘駅に降りた。駅前には銀行がならんでいる。「昭明相互銀行自由が丘支店」の出入口横ではオンラインの預金を引出す客が三、四人立っていた。ウインドウには「人類信愛」の標語が美しいディスプレイで飾られている。その提唱者である当相銀社長下田忠雄の顔写真が出ていた。下田社長は敬虔《けいけん》なクリスチャンとして知られていた。

原田は駅前通りの商店街を歩いて喫茶店へ行った。ここはケーキで名を知られた店である。べつに有名店でなくてもよいが、ジョーにわかりやすいように指定した。

ケーキ類のガラスケースがならんでいる間を通った奥が一段下がった床の喫茶室で、ジョーは原田の姿を認めると、椅子から立ち上がって手を振った。

今日のジョーは髪に櫛《くし》を入れ、顎のあたりに鬚剃《ひげそ》りのあともうっすらと青く、背広を着たこぎれいな紳士だった。夜の銀座で革ジャンパーに身を固め、長靴の脚が飛禽走獣のように車群の間を駆けめぐって車を誘導する者のイメージではなかった。昼間なので顔もずっと白く、年齢も若く三十二、三に見えた。じっさいはもっといっているのだろう。眼が大きくて、細面《ほそおもて》だった。

「ジョー君。昨夜の約束どおり今日ここへ来てもらってありがとう」

「どういたしまして。わたくしもムアンのママさんの様子が気がかりですから、お供ができてうれしいです」

「山口和子さんの家はムアンの女の子におよその方向を聞いているので、だいたいはわかるけどね。その近くまで行ったら近所の人に聞いてみよう」

これは原田がジョーの手前をとりつくろっての言葉だった。これまで和子の家の前を二度もそれとなく通って、その家の外観を見ていた。

「わかりました。けど、ママが病院に入っていたら、どうしますか？」

「そのときはそのときだ。病院へきみが見舞いに行くんだな。ぼくはきみのうしろからくっついて行く。が、その前に近所の話を耳にしておこう。ママが自宅で自殺を図ったというなら、近所でも噂になっているだろうからね」

「そうですね」

「ところで、ぼくは昨夜、きみに原田と名乗ったけど、どういう職業か云わなかったね。じつはね、ぼくはフリーのジャーナリストです」

「ほう。ジャーナリストですか」

「きみはジョー君という愛称だが、本名は何というの？」

「田中譲二というんです。申しおくれました」

「ははあ、それでジョーか。けど、なぜバタ臭い呼び名になっているの？」

「はじめはある方のお抱え運転手をしていました。それがかなり長かったんですが、そこをやめて、あるホテル専属のハイヤー運転手になりました。外人客で贔屓《ひいき》する方がいて、ジョー、ジョーと云うものですから、それが今では通り名になってしまいました。生れは岡山県です」

はじめて身の上の一端を洩らした。年は訊かなかったが、三十なかばのようであった。

「そうですか。けど、いまさら田中さんでもないから、呼び馴れたジョー君にさせてもらいたいね」

「どうぞそう呼んでください」

「では、ぼつぼつ行こうか」

上り坂の商店街が切れかけて、住宅街の木立が前方に見えた。その商店街の端に婦人服店があった。

「ママはこの婦人服店で洋服をつくっていたかもしれないよ」

原田は、マネキンがならんでいる店のショーウインドウを見て云った。

「あのおしゃれのママさんがこんな店で洋服をつくるでしょうか？」

ジョーはあり得ないという顔をした。

「おしゃれ服は銀座か原宿あたりだろう。けど部屋着やふだん着はこんな店で作っているかもしれないな。近所のよしみということもあるし。……まあ、ちょっと寄ってみよう、何かわかるかもしれない」

原田が先に立って店の中に入った。

「いらっしゃいませ」

中年の女主人が二人をにこやかに迎えた。

「今日は。……実は買いものに来たのではなく、すこし教えていただきたいことがあるのですが」

原田のほうから頭をさげた。

「はあ、なんでしょうか」

「この先に山口和子さんという、銀座のムアンのママさんのお宅があるでしょう？」

「………」

女主人の顔がにわかに曇った。

「じつは、ぼくたちはそのムアンに洋酒を入れている酒屋なんですがね。なんでもママさんは四、五日前に自宅で自殺を図られたという噂ですが、本当でしょうか。店の人に聞いても、ことがことだけにはっきり云わないのです。もしそれが本当なら、日ごろお世話になっているわれわれとしてはお見舞いに上がらなければなりませんが、その前に真偽を確かめないといけません。お宅はママさんのお宅とはご近所ですから、もしそのことでご存知ならば教えていただきたいと思いまして」

「あなたがたはほんとに酒屋さんですか？」

女主人は原田とジョーの顔を交互に見た。

「なんで嘘を申しましょう、京橋のスコット屋という洋酒屋で、銀座のバー専門にお酒の取引をしております、はい」

原田はすらすらと云った。うしろでジョーが眼をまるくしていた。

婦人服店の女主人が信用の表情を見せた。

「あなたがたを新聞や週刊誌の記者ではないかと疑ったのです。山口さんはわたしの店のお顧客《とくい》さまですから、ヘンなことを書かれはしないかと要心したのですわ」

「ごもっともです。マスコミを警戒するのは、われわれとてもご同様です」

原田が相槌《あいづち》を打った。

あとの女主人の話は流れるようであった。

「五日前の七時半ごろでした。五月二十五日です。時刻を憶えているのは救急車が前を通ったとき、時計を見たからです」

　女主人は語りはじめた。

「それでどこのお宅で急病人か怪我人《けがにん》が出たのだろうと思って、わたしは表の道路に出て見たのです。すると、白い救急車の屋根でピカピカする赤い灯がママさんのお家の前あたりに駐《と》まっていました。角を曲ったところなので、こちらからは全部が見えませんでしたが、ものの三十分もすると、救急車が表通りに出てサイレンを鳴らし、店の前を通って過ぎました。車の窓はカーテンが降りていたので、中の様子はわかりませんでしたよ」

「ご近所の人もその救急車のサイレンでママさんの家の前に集まっていましたか？」

　原田が訊いた。

「いいえ、それほどでもありません。この辺は夜の戸締りが早いですからね。二人か三人ぐらいでしょう。これがパトカーのサイレンでしたら何か事件が起きたことになっておどろきますが、救急車ではね」

「ママさんはどういう方法で自殺を企てたんでしょうか？」

　心配そうな原田の顔だった。

「睡眠薬ですわ。ママさんは睡眠薬を多量に飲んだそうです。いえ、これは近所の方にあとからうかがったんです。その方はまた救急車を出した消防署に知合いがあって、そちらから事情をお聞きになったそうです。病院に入れて早く手当てをしたので、幸いに生命に別条はなかったといいます」

「病院はどこですか？」

「柿の木坂の山瀬病院です。都立大学の近くだそうです」

原田はそれをメモしていた。

「あの、ママさんが自殺を図ったとき、家にはだれか居たのでしょうか？」

「ママさんは家族がなくて、独り暮しでした。家政婦さんをたのんでおられました。なんでも、その家政婦さんが使いに出て、家に帰ったときにママさんの様子がおかしいのに気がつき、救急車を呼ぶ電話を消防署にかけたということです」

「その家政婦さんは、いまでも留守宅に居られますか？」

「いえ、たぶん病院のほうじゃないかと思います。詳しいことはこの先に派出家政婦会がありますから、そこでお聞きになるとわかるでしょう」

「ああ、派出家政婦のひとですか？」

「そうです。もう年輩の婦人です」

「それからですね、ママさんには遺書があったのでしょうか？」

「そんなことはわたしどもにはわかりません」

女主人の眼が、その質問で急に二人を訝《あや》しむ色になったので、原田はあわてて頭をかき、

「ごもっともです」

と、愛想笑いをした。

「……それでですね、ママさんの留守宅にはいまどなたか居られるのでしょうか？」

「男の人が三人ぐらい居られるようです」

「それはママさんの親戚の方？」

「じゃなくて、お店のボーイさんたちじゃないでしょうか」

「ああなるほど」

もうこのくらいでよかろうと原田は思って、婦人服店の女主人に礼を云った。出ようとすると、こんどは女主人のほうが呼びとめた。

「ムアンのママさんのことを聞きにこられたのは、あなたがたで二度目ですわ」

「へえ、そうですか。やはりママさんの自殺騒ぎのことで？」

「いいえ、それよりも前です。そうですね、もう半月くらい前だったかしら。六十近い男の方でした。白髪の多い人でした」

「どういうことを聞いていましたか？」

「べつにたいしたことではありません。あそこにある山口という家のご主人は何をされている方かと聞かれましたので、銀座のムアンのママさんです、とお教えしただけです」

「ほほう」

「それというのが、その方はわたしの店で買いものをなさったからです。奥さんのものだといってワンピースを一枚ね。ウチの包紙に入れてお渡ししたときに、ふと、そう訊かれたのですわ」

包紙。──

原田はあらためて店の看板を見た。「パリ婦人服店」とあった。

パリ婦人服店。──原田はどこかでその文字を一瞥《いちべつ》したような気がしたが、憶い出せなかった。

原田は坂道を速い脚で上った。

この辺は落ちついた住宅が碁盤の目の区画でならんでいた。昨夜の雨で木立の緑は冴え、陽光の蔭で重なった葉はまだ雫を乗せていた。垣根のうちから花蘇芳《はなすおう》の紅が、五月晴れの青い空に抜け出ていた。

何番目かの角を原田が迷わずに曲ったので、うしろから歩いているジョーが眼をみはった。

「原田さんは初めてだというのに、よくママさんの家がわかりますね？」

原田は、ぎくっとなったが、

「なに、カンだよ。およそこのあたりだろうという見当でね」

と、さりげなく答えて、ジョーの肘をつついた。

「ほら、この家だよ。門札に『山口』と出ているだろう」

「あ、ここですか」

ジョーは透かし彫り文様の入った白い鉄門から一歩さがって、その瀟洒な建物全体を眺めた。

「なるほど、立派な家ですなあ」

南欧ふうな白亜の建物である。二階のテラスも窓枠も玄関もロココ風の設計が施されている。切妻の白い壁、傾斜した屋根、それに乗った青釉の瓦。シャッターの下りたガレージ。その母屋に隣する背景と左右にある緑の糸杉、それと、ここにも花蘇芳。——ジョーは感歎の眼でつくづくこれを観賞していた。

「たいしたもんですなァ」

「ね、ジョー君。この建築費にどれくらいかかっていると思うかね？　土地代を入れてさ」

原田は細い声でささやいた。

「わかりません。あんまりわれわれの生活とは違いすぎて」

ジョーも小さな声で答えた。

「ぼくの推測ではね、全部で一億二千万円はかかっていると思うよ」

「一億二千万円、ですって？」

「女ひとりに贅沢なものさ。それにムアンの店だって何やかやで七、八千万円はかかっているだろう。しめて約二億円だね。これをスポンサーの高柳社長が出したことになっている」

《出したことになっている》という云い方に原田の特殊な響きがあるのだが、そんなニュアンスなどジョーにはわからないようだった。

家の窓も玄関も門もガレージも全部閉まっている。いかにも不幸な事故のあった家という感じであった。二人は家の前に立って、ひそひそ声でこんな会話をしていた。

すると突然、二階の窓の一つに閉められていたベージュ色のカーテンが開いた。そのガラス窓越しに三人の男の顔が現れて、こっちをじっと見下ろしていた。三十二、三くらいのスポーツ刈り頭のが一つ、二十六、七くらいの長い髪が二つ、鋭い眼で睨んでいた。

原田はジョーを引張って匆々《そうそう》にそこから離れた。

「きみ、あの人たちはムアンのボーイか？」

別の道路まで来て、原田はジョーにきいた。

「ちがいます」

「だって、さっきの婦人服店の女主人はムアンのボーイらしい男たちがママの留守宅に居ると云っていたじゃないか？」

「ムアンのボーイ連中なら、毎晩のことで、ぼくはよく知っています。あの男たちはそうじゃありません。見ず知らずの人ばかりです」

「ふうむ、そうか」

「なんだか眼つきが悪くて、気味が悪かったですね」

原田が、だれか尾《つ》けてきていやしないかとうしろを振り返ったのは、ジョーと同じ感想だったからである。

「あの連中、なんだろうね？」

「さあ」

「ムアンには出入りしてないのか？」

「出入りしているのだったら、わたくしはあのビルの玄関番のようなものですから、すぐにわかります。見たことがありません」

何だろう、何だろう、と原田はひとりで呟きながら思案して歩いていた。

そのうつむいた顔がふいに上がった。眼の先に、自由が丘家政婦会の看板の出た家があったからである。

「ママの家に傭われている家政婦はここから派出されているらしいね、さっきの婦人服店の話だと。ひとつ、中に入って会長さんに聞いてみるか」

原田はジョーを見返った。

中から犬が吠えた。

家政婦は語る

自由が丘家政婦会の会長は肥った老婦人だった。原田とジョーとを「クラブ・ムアン」に酒を納めている洋酒屋と信じて八畳ばかりの座敷に通した。会に籍を置いている家政婦たちが個人的な客と面会する応接間でもあるらしく、清潔だが簡素であった。山口和子の宅に傭われていた家政婦は、和子が入院した病院に詰めてなく、意外にも会に戻っていた。

この座敷に入ってきたその家政婦は五十歳を過ぎて見えたが、顔はいかつく、丈高く、肩のもり上がった女だった。この頑丈な身体ならよく働きそうであった。会長は彼女の名を石田ハルさんと二人に紹介した。

「山口さんが」

家政婦は和子のことを云った。

「睡眠薬を飲まれた晩、わたしは山口さんの家に居なくて、この会の寮に帰されていましたから、そのときの様子はまったくわかりません。わたしは山口さんのお宅に住込みなのですが、その日は五時ごろに今夜は寮に泊まりなさいと山口さんに云われたのです。あくる朝七時半ごろ山口さんの家に行って、山口さんの騒ぎと入院を知ったのです」

　石田ハルは十年前につれあいが死に、子供がないままに以来この自由が丘家政婦会に所属して働き、寮に住んでいると云った。

「それから柿の木坂の山瀬病院でしたか、そこへ行かれたのですか？」

　原田は訊いた。

「山瀬病院に駆けつけたのですが、面会謝絶でした。わたしは病院で付添いすることになるかもしれないと思い、その用意もして行ったのですが、病院は完全看護だから付添いの必要はないと云われました」

「誰にそう云われたのですか？」

「高柳さんからです。山口さんと親しい社長さんです。病室の前の廊下で云われました」

「え、高柳さんはもうそんな朝早く病院に来て病室に詰めていたのですか？」

「あなたがたは高柳さんをご存知ですか？」

「いえ、お目にかかったことはありませんが、ムアンのボーイさんらから高柳社長がママさんのパトロンだと聞いていましたのでね」

「そのとおりです。高柳さんは山口さんが病院に担ぎこまれた晩から病室に詰めきりだったのでしょう。わたしが会ったとき、はれぼったい眼付をしていてひどく疲れた顔でしたよ」

　ここで石田ハルは、ごめんなさいと云って煙草をとり出した。原田がライターの火をつけてやると、軽く頭をさげて、長い煙を吐いた。

「山口さん――つまり、その、われわれはママさんといっているのですが、ママさんはどうして自殺なんかを企てられたのでしょうね？」

「わたしも社長さんにそれを病院の廊下でうかがってみたんですが、自殺をはかったんじゃない、睡眠薬の飲み過ぎだと云っておられました」

「ママさんは睡眠薬を毎晩常用されていましたか？　住込みのあなたなら、そのへんをよくご存じだと思いますが」

「睡眠薬を日ごろから飲んでおられたら、山口さんからその話が出るんですが、わたしは聞いたことはありません。それにわたしは山口さんの部屋を掃除するのですが、睡眠薬の空瓶とか空函とかを見たことが一度もありません」

「ああそうですか」

　原田は思案するような顔で、ポケットから扇子をとり出した。

「あなたは山口さんのお宅にどのくらい働いてこられたのですか」

　扇子で自分の顔をばたばたと煽《あお》いだ。今日は気温が上がっていた。

「もう半年をすぎます」

「あの家が建ってから二年以上になるんでしょう？」

「そうです。わたしの前はお手伝いさんと、よその派出家政婦会からの家政婦さんが二人、それぞれある期間つとめていたそうですが、そのあとこの派出家政婦会に山口さんが申し込まれたので、会長さんがわたしを派遣なさったのです」

家政婦石田ハルは顔も身体もいかついが、話しかたも男のようだった。

「つかぬことをおうかがいするようですが、ママさんはあなたに親切でしたか。つまり、その、あなたを信用されていましたか」

「自分の口から云うのもおかしいけれど、わたしは働き者でしてね。この通り身体が丈夫なので、じっとしていることが嫌いなんです。山口さんはわたしを信用してくれましたよ。余計なことは一切だれにも云わないのが山口さんにわかってもらえましたからね。それに、家政婦の料金は普通のお手伝いさんよりずっと高いので、わたしも頂く料金のてまえ懸命に働きます。あの家をひとりで掃除して磨き上げ、食事をつくるんです」

「あの家は外から見ても立派ですが、中はさぞかし豪華でしょうね？」

「わたしも仕事上ほうぼうのお宅で働いていますが、あんな立派な家はちょっとありませんね。中の設備もテレビの場面に出てくるようにハイカラで、贅沢なものです。さすがに銀座のバーのママだと思いましたよ」

石田ハルは煙草を吸った。

「土地の購入や家の建築や内部の設備を入れると、いったいどのくらい費用がかかっているでしょうね？」

「さあ、わたしのような貧乏人には見当もつきませんが、そうですねえ、七千万円くらいじゃないですか」

「七千万円ではきかないでしょう。あの土地といい、外観といい一億二千万円はかかっていると思いますがねえ」

「一億二千万円ですって？」

家政婦は太い眼をみはり、火のついた煙草を指の間から落しそうになって、

「ああ勿体ない」

と叫んだ。

「ママさんは店からお帰りになるのが毎晩遅かったでしょう？」

「洋酒屋」はまた訊《たず》ねた。

「午前一時半か二時ごろです。それからわたしが沸かした湯に入るのですから、お寝《やす》みになるのは三時ごろになります」

石田ハルは顔をしかめて答えた。

「それまであなたも起きて待っているんですか」

「そうです。それも仕込みの務めですからねえ。一時半ごろに帰宅するのはまだいいほうで、帰りに店の女を連《こ》れてスシ屋などに寄ったりすると、家に戻るのが三時になります。お寝みが四時ですよ」

「たいへんですねえ」

「楽ではありません。そのかわり山口さんが夕方七時ごろ車を運転して店に出て行ったあとはすぐに眠ります。そうでもしなければ、こっちの身体がもちません」

「ママの帰りは誰が運転しているんですか」

「店のマネージャーとかボーイさんとかです。山口さんが酔ってないときは自分で運転します」

「高柳さんが運転してママを送ってくることが多いでしょう？」

いままで黙っていたジョーが、原田の横から質問した。

「それはあんた、社長さんは旦那ですからね。やはりそうなりますよ」

家政婦は煙草を口にあてた。

「高柳社長は、ママを家に送ってくると、やはり、あの、お泊まりになるんですか」

原田があとをたずねた。

「いいえ、そのときはお泊まりになりません。もう、時間が遅いですからね。家に上がって、わたしが出す紅茶を山口さんと二人で飲むと、三十分くらいでハイヤーを呼んでお帰りになります」

「へええ。三十分くらいで？　いつも、そうですか」

「あんたがたがどういうつもりでそんなことを訊くかわかっていますよ」

家政婦は眼尻に皺を寄せ、厚い唇の端にうす笑いを浮べて、二人を見た。

「ご心配いりません。社長は一週間に一度か十日に一度は、夕方のまだ明るいうちに来て泊まられます。秘書を伴れてね」

「秘書を？」

「そうです。これは会社の手前をつくろってのことでしょうね。秘書といっしょなら、仕事でよその家を訪問したように見えますから」

「社長ともなれば体面上気苦労なものですね。あなたも高柳さんが見えると忙しいわけですな」

「いいえ。わたしは料理なんかを用意しておけば、その晩は臨時のお休みです。山口さんはわたしに今夜は寮に帰って明日は午後から来てくださいと云われます。その晩は旦那と水入らずで居たいのです。これは当り前ですよね」

　家政婦は煙をつづけて吐いた。

「秘書はどうなるんですか。あくる朝、社から車を呼ぶためにもママさんの家に泊まっていないといけないでしょう？」

「秘書は早く帰りますよ。翌朝は、会社の車を呼ばずに、社長さんが自由が丘の駅前あたりまで歩いて行ってそこでタクシーを拾って社にお出でになるということです」

「なるほど。そういうこともママさんからあなたは聞かれたのですか」

「そうです。みんなわたしに話してくれました。そうでなくても、高柳社長さんが山口さんの家に時々きていることは、この付近の人はほとんど知っていますからね」

「そうでしょうな」

原田は間をおいて、

「秘書もそういう社長のカモフラージュ役のお供をさせられたんじゃかなわんですな。いくら勤めとはいってもね」

と同情するように云った。

「その秘書は年配の人です。髪は黒々としていますが、動作の鈍い男です。あれじゃ社長さんの胡魔化《ごまか》し役のお供でもするよりほかには役に立ちそうにない秘書ですね。山口さんはその秘書を中村さんと呼んでいましたが、もう頭が呆《ぼ》けてきている秘書だとわたしに話しました。もっともそういう役だと、呆けている秘書のほうがいいのでしょう。若い秘書だと社長さんのほうが困るんじゃないですか」

「あなたはその秘書を見たことがありますか」

「二度か三度ね。まだ、わたしが寮に帰らないうちに社長さんが来たので、お供の秘書も見たわけですよ。山口さんの云うとおり、髪こそ多くて黒いけれども、もう停年が近いような、もっさりとした、いかにも気の利かない秘書でしたね。まあそれだから口が固くてそういう役にはむいているのでしょう」

家政婦はそう云ったあと、気がついたように二人をじろじろと見た。

「あんたがたは山口さんの店にお酒を入れている酒屋さんだというけれど、まるで刑事さんのようにいろんなことを訊くわね」

原田はあわてて、

「そういうわけじゃありません。わたしどもはムアンのお店にとてもご贔屓になっているんで、こんどママさんが入院されたのを、とても心配しているのですよ。で、つい、ママさんのことに詳しいあなたに余計なことをお訊ねする結果になりましたが、これもママさんのことを心配するあまりです」

と頭を低くして弁解した。

「山口さんの病状がよくなくて入院が長引けばお店が不景気になる、そうなるとお酒の代金をとりはぐれるという心配からですか」

家政婦は云った。

「あなたもお人が悪いですな、おからかいになって。とんでもない、そんなことはこれぽっちも心配はしていません。ただママさんのことを気遣うあまりですよ」

原田は坐ったまま後ろ向きになって、何やらもぞもぞした。実は内ポケットから財布をとり出し、一万円札一枚を紙に包んだのだった。また家政婦のほうへくるりとむきなおると、その包みを彼女の前にさし出した。

「これはほんの手土産代りです。お恥しいようなものですが、どうぞお納めねがいます」

「こんなことをなさっては困ります」

家政婦は包みを押し戻した。

「そんなことをおっしゃらずにどうぞお納めいただきとう存じます」

原田は尻を上げて包みを押し進めた。ジョーもそれにならっておじぎをした。

家政婦はそれ以上は何とも云わず、太い指で新しく煙草を摘《つま》みとった。一万円札の包みは彼女の膝の前に置かれたままになった。気の強そうな女だった。

「ところで、ママさんが睡眠薬を多量に飲まれたことですがね。あなたはママさんがうっかり飲み過ぎたんだと云われますが、噂では自殺未遂だというのです。あなたの言葉を疑うわけではないが、どちらが真相でしょうかね」

「わたしのは高柳社長さんから聞いたことです。山口さんを愛している社長さんがそうおっしゃるのですから、間違いないんじゃないですか」

「ははあ、高柳さんはママさんをそんなに愛していましたか。じゃ、ママさんのほうはどうですか」

「それは旦那さんですからやはり大事にしておられたようです。……でも、そうですねえ、お二人ともベタベタした仲ではありませんね。どちらかというと、淡泊《あっさり》としていましたね」

「ふむ、淡泊《あっさり》とね。それはあなたの前を遠慮していたんじゃないですか」

「それも少しはあるかもわかりませんし、二人とも若くはないですからね。それにしてもなんだか高柳さんのほうが遠慮していたような態度でしたね」

「というと、ママさんが高柳さんにわがままだったんですか」

「いいえ、山口さんも高柳さんにはよそよそしかったですね。わたしからみると、もう少しイチャイチャしてもいいと思うんですが、それがあんまりないんですね。長い間の仲なので、そういうところはもう通り越したのかもしれませんが」

「で、最近のママさんの様子はどうでしたか。なにか悩んでおられたようなところはなかったですか」

「そう。ここ三カ月ばかり、山口さんはいらいらしていましたね。多少はノイローゼ気味だったようです」

「ははあ、原因はなんですか」

「わたしにはわかりません」

「高柳さんの足が遠のいたということはありませんか」

「そうですね、前よりはいくらか見える回数が少なくなったように思います。わたしも秘書の中村さんに会ったら訊いてみようと思ってたんですが、その秘書もさっぱり社長さんについて来なくなりました。もしかすると、病気か停年退職かしたのじゃないでしょうか」

「すると、あとは高柳さんがお一人で？」

「そうです。秘書を連れてこなくなってからは社の車を使わずにタクシーでしたね」

「ママさんがノイローゼ気味だと云われましたが、たとえばどのようなことですか」

「そうですね。……たとえば、山口さんは午後に電話をかけているんですが、いっこうに用事が通じないのですね。なんでもそこはどこかの会社らしく、うまく先方が出てこないらしいんです。電話は二階にもありますから、山口さんはわたしにかくれるようにしてそこで小さな声でかけているんです。わたしも立ち聞きなんかしたくないし、話し声も聞えないので、内容はわかりません。でも、そうした電話をここ二、三カ月の間は頻繁《ひんぱん》にかけていて、最近は毎日のようでした。電話がうまくゆかないのか、山口さんは蒼い顔をして二階から降りてきていました」

金包みは前に置いたままになっているが、家政婦の口は前より滑らかになっていた。

「原田」の仕事

家政婦会を出た原田とジョーはつれだって自由が丘駅のほうへ歩いた。来るときは坂道を上った。いまは下りであった。繁華街が坂の下にひろがっていた。

その途中の左側に「パリ婦人服店」があった。外から店内をのぞいたが、女主人の姿もなく、客も入っていなかった。原田はその看板をもう一度眺めて首を捻っていた。前にどこかで見たような気がするが、まだ憶い出せなかった。しかし、たしかにどこかでその名前を見ている……。

商店街の裏通りには小さなバーや飲み屋がならんでいた。まだ時間は早いが、酒好きなジョーのために原田は彼を誘い、赤提灯が下がっている軒をくぐった。

ビールで乾杯した。

「ジョー君。今日はご苦労さまでした」

「原田さんこそ。ぼくはいっこうにお役に立たなくて」

「いやいや、そんなことはない。きみがついてきてくれたので、ぼくはあの家政婦に会って、いろいろなことが聞けたよ」

「原田さんの誘導訊問的な聞き上手にはおどろきました」

ジョーは冷たいビールを気持よさそうに咽喉に流して、

「それにしてもあの頑固そうな家政婦がよくいろんなことをしゃべってくれましたね。やはり、あの一万円のお礼が効いたのでしょうか。ぼくらが帰るとき、家政婦は素早く包みを懐に入れたじゃありませんか」

と笑った。

「それもあるかもしれないが、やはり何だろうな、一生懸命にママのために働いているのに、高柳社長はママの病室にも入れてくれない、留守宅のほうは知合いの者を遣《や》っているからいいと断わられたのが、彼女の頭にきたのだろうね。気が強そうだよ、あの家政婦は。内心では腹を立てているのさ」

「そうすると、ママの家に居た眼つきのあまりよくない若い連中は、高柳さんが入れたんですか」

「本人が家政婦にそう云ったというんだから間違いないだろう」

「なぜそんなことをしたんですかね。あの家政婦で留守番は十分に間に合うはずなのに」

「ぼくもそう思うけどね」

「あれじゃまるで暴力団でも傭って、ママの自殺未遂事件を嗅《か》ぎにくる新聞や週刊誌の記者を追払う目的のようですよ」

「そんな感じだな。ところできみは、ママが病院に担ぎこまれたのは、高柳さんが家政婦に説明したように睡眠薬の飲みすぎと思うかね、それとも自殺をしそこなったと思うかね？」

「ぼくにはどうもあとの場合のような気がしますね。ママは最近苛々《いらいら》していたそうじゃありませんか。どこかに電話するけど、相手が出てこない。あれは高柳さんの会社ですよ、きっと。高柳社長を呼び出そうとしたのだが、社長が社の者に云って電話を取り次がせなかったのでしょう」

「ところが、家政婦の話だと、高柳さんは相変らずママの家に来ていたそうだからね。話が合わなくなる」

「けど、それは両人《ふたり》の仲の続きぐあいによりますよ。高柳さんの気持に変化が起ってきた。つまりママに秋風が吹いたのです。それをママが敏感に察して、いざこざが起ったのでしょう。そのトラブルを秘書に見せたくないから高柳さんは彼をつれてこなくなったのでしょう。女はね、一度疑いが起ると、毎晩でも男を呼び寄せなければ気が済まなくなるらしいですよ。そのために会社に電話する。高柳さんはうるさいから居留守を使う。けど、居留守ばかり使っていても、ママのヒステリーがますます募る。狂乱状態になって、その醜態から暴《ば》れると困る。高柳さんはママを宥《なだ》めるためにも彼女の家にこなければならない。しかし、それは以前のような情熱ではありません。家政婦も高柳さんの来る回数が減ったといってましたね」

原田はジョーの言葉に表面《うわべ》だけはうなずいていた。彼の考えは別なところにあった。

「わたしはね、原田さん……」

「なんだね」

「どうもママは狂言自殺を企てたような気がしますよ。男から秋風が吹くと、女はよくその手を使います」

「うむ、狂言自殺か」

原田はむこうの壁に眼を向けた。

「それもね、若い男女の色恋じゃありません。ママにとって高柳さんは金ヅルですからね。大切なパトロンです。それに去られたらお先真暗です。狂言自殺でもして脅かし、高柳さんをつなぎとめておかなければならぬわけです。ママも必死です。そうと違いますか」

「あのね、ジョー君」

原田はそわそわしはじめた。

「ぼくは急に用事を思い出したので、これで失礼するよ。きみはここでゆっくり飲んでくれたまえ。失敬だが……」

原田は二万円をジョーに握らせた。

「すみませんねえ」

ジョーはカウンターに肘を突いたまま顎を斜めに動かした。

原田は駅へ向かった。角に白い四角な建物があった。前に見た昭明相互銀行自由が丘支店だった。シャッターはおりていた。オンラインの預金引出しの客の姿もなかった。

ウインドウに飾りつけがあった。

《人類信愛――全人類救霊の心でお客さまに奉仕しています。昭明相互銀行社長・下田忠雄》

社長の微笑した写真が貼りつけてある。整った顔に眼を柔和に細め、唇がなごやかに緩んでいる。前額部は断崖のように禿げ上がっているが、左右側面に撫でつけられた白髪が黒い背景に輝いている。

《心を尽し、精神を尽し、思いを尽して汝の神を愛すべし。おのれの如く、なんじの隣を愛すべし》（マタイ伝第二十二章）と下田社長の写真は道行く人々に呼びかけているようである。

社長はこのモットーを自社のパンフレットなどの印刷物に記すのはもとより、雑誌の対談などあらゆる機会に発言し、唱道している。

なに、あのクリスチャンぶりも商売に利用しているのだという陰口がある。相互銀行の預金者には中小企業の経営者や零細な商売の者が多い。キリスト教といえば抵抗も感じるが、人類愛・同胞相互救済主義となれば、これはこうした人々の心に愬《うった》えよう。じっさい、「信愛精神」は、昭明相互銀行を上位の相銀にのし上がらせたほど営業成績の有力な要因《ファクター》になっていた。と同時に社長下田忠雄は信仰篤いクリスチャンとしてひろく知られていた。毎日曜日の午前中は、よほどの支障がないかぎり、教会へ行っていた。そして教区の教会には多額の寄付を毎年行なっていた。

原田は駅前に並んでいるタクシーの一台に乗りこんだ。

「法務局目黒出張所まで」

今からならまだ間に合うだろう、とつぶやいて座席に身を沈めた。

新橋の一画には中小のビルがかたまっている。「宝満ビル」というわりと大きいビルの五階の窓ガラス六つぶんを通して「フィナンシャル・プレス社」の黄色い文字が浮き出ていた。別にその看板が道路側にも突き出ている。

原田は古いエレベーターで五階に上った。フィナンシャル・プレス社はこの階の全フロアを占めている。財界・企業界のことを報道する月刊の専門誌「フィナンシャル・プレス」の発行元である。同誌は、発行部数からいってもその権威からいっても斯界《しかい》のトップクラスをもって任じている。

廊下の両側に沿った各室は端のほうから営業部、広告部、経理部、第一応接室、第二応接室、編集部、会議室、総務部、役員室、社長室の順になっていた。

エレベーターを降りた原田は順に三つの部屋の前を素通りし、編集部のドアを開けて中をのぞく。何列かの机の奥で反古《ほご》の山のような紙に埋もれた眼鏡の男がひょいと顔をあげた。

原田は親指をつき立てた。奥の男は黙って首を右に向けた。社長在室のゼスチュアだった。

原田はさらに三つの室の前を素通りして社長室のドアをノックした。

壁間には金色の額縁に入った洋画三点、台座に乗った裸体婦人の石膏像、中央矩形のテーブルには華麗な色彩の大花瓶、それをとりまく六つの革椅子、こういったところは社長室の威厳を雰囲気として醸《かも》し出しているが、一方の壁ぎわには大きな書棚があり、そこには経済関係書や企業報告書、統計書類が雑然と詰めこまれ、書棚の上には書類の束が積み上げられ、その前の大机にはファイルや雑誌の綴じ込みがならび、机の両側は紙の堆積といったジャーナリストの棲家《すみか》を形成していた。

「社長。こんにちは」

紙の山に挟まれて机のまん中の空いた部分にかがみこんで原稿を書いていた男が、ひょいと瘠せた顔をあげた。「フィナンシャル・プレス」社の社長兼主幹の清水四郎太であった。

「やあ、山越君か」

清水四郎太は原田を見て云った。

「原田」――じつは山越貞一という。

彼は「フィナンシャル・プレス」誌の専属取材者、べつな云い方をすれば情報提供者であった。

「フィナンシャル・プレス」誌は財界・企業界の情勢を報道している。各社の将来に対する予想も行なっている。経営陣の人物と才能についての分析は同誌の真骨頂とするところであった。

しかしその分析の客観性には首を傾げるむきもあった。というのは、昨日まで賞讃していた人物を突如として筆鋒《ひっぽう》鋭く批判しはじめ、またその逆の場合もあったからである。もっとも経営の首脳がいずれも完璧《かんぺき》な人物というわけではない。経済界の変化によってはこれまで評価された経営能力が低下して馬脚を顕わすことがあり、その逆の場合は今まで見くびられていた人物が意外にも変に応じて真価を発揮するからである。「フィナンシャル・プレス」誌の評価――それは主として清水四郎太のリードによるもので、彼はまた主筆として自ら署名入りで同誌に執筆していた。

財界・企業界に影響力をもち、その一部からは畏憚《いたん》されている雑誌だった。財界のことに興味を抱き、株式投機に関しての知識を求める一般大衆はこの雑誌を興味を持って読んでいた。

　したがって同誌は財界・企業界の裏の裏まで知悉《ちしっ》しておく必要があった。これもまた「分析」の基礎資料だからである。そのためには「原田」こと山越貞一のような専属取材者が必要であった。

「山越君。ちょっとそこで待っていてくれ。もう少しで区切りがつくから」

　清水四郎太は再びうつむいて原稿のつづきにかかった。

「どうぞ、ごゆっくり」

　山越貞一はテーブルの革椅子に坐って待つ。清水は原稿紙を音立てて一枚めくってはペンを走らせる。メモが横にあるが、速筆であった。

　女の子が二人ぶんの茶を運んできた。

「やあ、お待たせ」

　清水四郎太が机の上に両手を支《つか》えて立ち上がり、壁の隅にたてかけておいた太いステッキを取り、片足を引きずるようにして、山越が待っているテーブルへ歩いてきた。病後でまだ身体の重心をステッキに凭《もた》せねばならなかった。椅子に坐ると筆が速いのは長年の修練である。

「どうだね、すこしは見当がついたかね？」

　山越の隣りの革椅子に腰をおろした清水は、股の間にステッキを立てて茶を飲んだ。

「どうも、はかばかしくないのですが」

山越は頭をかいた。頬の削《そ》げた清水の隣りにいると、山越のふくよかな頬が目立ち、ますます丸い顔に見えた。

「自由が丘の山口和子の家についこの間まで住込みでいた石田ハルという家政婦に会って、話を聞いてきました。和子は柿の木坂の山瀬病院というのに入院しています。やはり睡眠薬による自殺未遂のようです。東洋商産の高柳は、病院に駆けつけた家政婦の石田ハルに和子は睡眠薬を過《あやま》って飲みすぎたのだと説明したそうですが」

「その家政婦は病室に詰めてないのか」

「完全看護とかで追い返されたそうです。高柳もしばらくは病室に残っているのでしょう」

「家政婦は、和子の家の留守番に回っているのかね」

「和子の家には高柳が派遣したという若い者が三人いました。家政婦は和子宅からも追い出されていました。ぼくは彼女と家政婦会で会ったのですが」

「高柳は若い者を和子宅の留守番にさせているのか。東洋商産の社員連中かな」

「そのはずはないでしょう。いくら高柳でもそんなオープンなことはしないと思います。それにね、その連中は、ぼくらが家の前をうろうろしていると、窓からのぞいてぼくらを睨んでいましたが、まるでやくざのように眼つきが悪かったです」

「ぼくら？　きみ一人で行ったのではないのか」

清水四郎太は、茶碗を抱えて山越をじろりと見た。

「いつかお話ししたジョーをつれて行きました。ムアンの前で車を誘導している男です。ぼく一人では先方に怪しまれると思いましてね。ジョーならムアンの店の用事をしていますから。もっともぼくらはムアンに酒を入れているスコット屋という洋酒屋になりすましましたが」

「その家政婦は自分の知っていることを何もかもきみに話したかね？」

「何もかもというわけにはゆきませんが、それでもよくしゃべってくれたほうです」

「待て待て。その話を脇坂編集長といっしょに聞こう」

清水四郎太はステッキにすがって立ち上がり、机に行ってインターホンのボタンの一つを押した。

清水がテーブルに戻るとほどなくドアが開いて撫で肩の人物が現れた。さっき「編集部」室の奥にいて、山越の親指に応えた眼鏡の男だった。

「いまから山越君が例のことを話してくれる」

「そうですか」

脇坂という編集長は、山越の前の椅子に腰かけ、眼鏡を指でずり上げた。

山越貞一は咳払い一つして語り出した。脇坂がメモを取る。——窓からは高架線を走る電車と路上を行く車の音とが伝わっていた。

じっと聞き入っていた清水四郎太がステッキの頭を握りかえた。

「うむ。なるほどな」

清水は冷えた茶の残りを飲んだ。

「高柳がだれかのカモフラージュになって和子の家に通っていることは、だいたい君の推測通りだな。問題は和子の真のパトロンだ。これがまだ闇の中というわけだな」

「そうなんです。肝腎なところが、まだつかめないのです。なんとも、もどかしいことですが」

「その家政婦はその家にどれくらい働いているのかね？」

脇坂がきいた。

「半年間だといっていました。その前はお手伝いさんが一人、他の家政婦会からの家政婦が二人、入れ替り立ち替り働いていたそうです。あの家は出来てから三年も経っていませんし」

山越は答えて、これも茶を飲んだ。

「そんなにお手伝いさんや家政婦がたびたびかわっているところをみると、和子は家の中の事情を知られたくないのかもしれないな」

「いまの家政婦が半年も居るというのは、その点からすれば長いね。もうそろそろほかの家政婦にとり替えられるころじゃないか」

清水四郎太が呟いた。

特殊借入金ナシ

「石田ハルという家政婦が半年つとめているのは、いままでの例からしていちばん長いのですが、石田は気の強そうな性格です。それだけによく働きそうです。和子も働き者の石田ハルを重宝して、すぐには替えられなかったと思いますよ」

山越貞一は、清水四郎太の言葉を受けて云った。脇坂編集長が口を開く。

「それじゃ彼女は相当に和子の家の中を知っているわけだ。気の強い性格だととくにね。その家政婦は高柳秀夫が山口和子のパトロンと信じ切っているのかね？」

「高柳を旦那だと思いこんでいます。そう信じて疑ってなかったですね」

「そこでだが」

清水が大儀そうなものの云い方をした。病気以来舌のまわりが緩慢になっていた。

「かりにも東洋商産の社長たる人間がだな、甘んじて他人の影武者役になるからには、そのパトロンは相当な大物にちがいない」

「ぼくもそう思います」

「たんに大物というだけではない。高柳はその人物によほどの義理があるとみなければならんね。その義理とは何か。東洋商産の社長としての義理か、高柳個人の義理か。そこが問題だ」

「もっと調査をしてみなければなりませんが、個人的な義理ではないでしょうか。東洋商産にどんな事情があるにせよ、社長がそんな道化役をするとは思えません。色恋の話ですからね」

「ぼくもそう思いますな」

脇坂編集長が同感して云った。

「……しかし、個人的な義理となると、これはすぐにはわからんな。高柳の過去から現在までの私的事情を洗ってみないと、時間がかかってたいへんだ」

「東洋商産の業績は、ここのところずっと悪い。繊維から建材に切りかえたものの、建材部門はどこの会社もよくない。ご多分に洩れず東洋商産は低落つづきだ。あそこは都銀・地銀の数行が入っていて相銀が一行だが、メインバンクがない。メインの肩入れなしに、よくここまでやっているよ」

「それは、やはり高柳社長の手腕でしょうね。各銀行と等距離を保っているのは、よほどの自信がないとできないです。つまり、金融方面からの容喙《ようかい》も掣肘《せいちゅう》も受けないという自主路線ですからな」

編集長が云った。

「それはね、業績が順調なときはいいが、悪くなると危険だよ。日ごろの冷淡なおつきあいがおつきあいだけに、いざとなった場合、銀行はそっぽをむく」

清水四郎太が云った。

「ほら、日東熱線工業の前例があるじゃないか。日東熱工も社長が強気で、各銀行と等距離金融策をとった。メイン銀行を持たなかった。ぼくはその危険性を本誌『フィナンシャル・プレス』で指摘したものだが、社長は黙殺した。それだけ自信過剰だったのだ。ところがそのワンマン経営が過剰設備投資などで破綻《はたん》して赤信号がついた。社長はあわてて各銀行間を走りまわった。が、メイン銀行を拒否した酬《むく》いがてきめんで、緊急融資をするところがない。で、日東熱工はとうとう倒産した。当時の日東熱工の専務は自殺してしまったね。各銀行と等距離策をとっている東洋商産を見ていると、ぼくは日東熱工の悲劇を思い出すよ」

「公表された東洋商産の借入金を見ると、どの銀行からも特別融資を受けていないです。これは立派なものです。業績が悪い悪いと云われながら、ここまで凌《しの》いできているのは、やはり高柳社長の手腕でしょうな」

編集長は煙草をとり出し、汚ない唇に当てながら、そんなことを云った。

「銀行等距離策をうち出したのは前社長の江藤達次だった。ぼくは江藤に会わずじまいで、したがってその顔も見たことはないが、いまは会長に祭り上げられているね」

ステッキを抱えて清水が云った。

江藤会長の名が出たとき、「原田」こと山越貞一のふくよかな顔の筋がぴくりと動いた。彼はそれを紛らわすかのように眼鏡のふちに指を当てて鼻の上にずりあげた。

「そうです」

受けたのは編集長だった。

「江藤前社長を会長に棚上げしたのは専務から社長を襲った高柳秀夫です。もっとも江藤は自ら会長になって、それまで目をかけていた高柳をロボット社長にし、院政を執るつもりだったのが、一年後には高柳によって逆に形骸だけの会長にされてしまった。これはもう定説になっています」

「オーナー企業は別として、どこの会社にもよくあることだよ。要するに力関係だね。会長に超実力があれば社長はその下で逼塞《ひっそく》する。だが、多くの例はその逆になっている。ところで、銀行等距離策のことだがね、江藤前社長がそれをうち出したときは、世間は建築ブームで建材部門はどこも好成績だった。だから金融策はそれでよかった。けれども今は建築ブームが去って、建材は軒なみ凋落《ちょうらく》している。東洋商産の落ち込みも相当だと思うが、にもかかわらず相変らずメインバンクを持たないというのは、きみが評価する高柳社長の手腕かね」

清水は編集長の顔へ眼をむけた。

「赤字で無配の会社を抱えながら特別に借入金もせずに健闘している社長の高柳は、いちおう評価されていいんじゃないですか」

脇坂は、清水の次の言葉を気にしてか、弱い語調で述べた。

山越は黙って両人の云うのを聞いていた。

「しかし、東洋商産には何かカラクリがあるような気がするね。常識から云って銀行からのテコ入れなしにはやってゆけないはずだが」

「フィナンシャル・プレス」社の社長兼主幹の清水四郎太はふたたびステッキを膝の間に軍刀のように挟んで握り、瞑想するように眼をつむった。

電車の音が高架線を渡った。

清水は眼を開いて云った。

「東洋商産は取引銀行から特別な融資を受けていないというが、これは同社からその要請を受けたが、銀行側がそれを拒否した結果ではないだろうか。さっき話した日東熱工の例があるからね。ぼくはそれを連想してならないよ。これは東洋商産の各取引銀行にこっそりと打診してみる必要があるね。銀行側は容易には云わないだろうが、ひとつやってみてくれ」

「わかりました」

「東洋商産に銀行以外の特殊借入金があるとすれば、それはどこだろうな。金額も少なくないはずだが。まず十億円単位だろう」

「十億円単位ですって？」

編集長はおどろいた。

「テコ入れだからね。それくらいは借りているはずだ」

「しかし、社長。東洋商産は二部上場会社です。いうまでもなく東証上場会社には有価証券報告が義務づけられています。そのために経営内容が公開されています。けど、十億円単位の特別借入金があるとの記載は、どこにもありませんが」

「うむ」

清水はこんどはかがみこんでステッキの頭に両手を重ね、その上にエラの張った顎を乗せた。まるで梟首《さらしくび》のように見えた。

「はて、それが面妖だて」

と、さらしくびは呟いた。

「まさか町の金融業者からではないでしょうね？」

「そんな高利貸から金を借りたら、東洋商産は他愛もなく潰《つぶ》れてしまう。ほかからの金融だろう」

「でも、東洋商産がそれ以外のところから特殊融資を受けたという噂は聞えてきませんね」

「あるとすれば、東洋商産がよほど巧妙に伏せているのだろう。きみ、これはほじくってみる価値があるね。高柳の手腕を評価してばかりいないで」

「わかりました」

脇坂編集長は、くすぐったい顔で答えた。

「女の問題から外《そ》れてしまったが……」

清水四郎太はステッキから顎を外しても、まだ思案顔のままで云った。そのあとも何か云いかけたが、これは口の中に呑みこんだ。

「それはそうと、この間の晩、経連同の石岡さんの古稀祝賀会がRホテルであってね。ぼくはそこに出席した。さすがに盛会だったよ」

これは山越貞一に話しかけたのだった。

「じつは、ぼくもあの会をのぞきに行っていました。いえ、会場に入ったんじゃなくて、ちょうど隣りに結婚披露宴があって、それにまぎれて廊下トンビをしていたのです。何か面白いネタを拾えるんじゃないかと思いまして」

「さすがだね」

「いいえ、思うようなネタはありませんでした」

山越は云ってから、急に奇妙な眼をした。石岡源治経連同常任理事の古稀祝賀会と山口和子の自殺未遂とが同じ夜だったのに思い当ったのだ。

山越がそれを言葉にする前に、清水四郎太が彼に云った。

「あの晩、ぼくはきみを見たよ」

「え、どこでですか」

「ホテルの喫茶室の横に通路を隔ててテナントの商店街があるだろ。その一つに陶磁器店があってね。祝賀会の流れで、社長連とそこに入ったんだ。料亭のおかみや芸者らがいっしょだった。連中が茶碗や皿や壺などを物色している間、手持ち無沙汰なぼくは通路を眺めていたが、そこへきみが出口の方向に歩いているのが眼に入ったよ。前後に人が通っていたがね」

「ああそうですか。それは失礼しました」

「ああいう場所だから、呼びとめないほうがいいと思ってね」

ぼくは、いま話題になった東洋商産の江藤達次会長と話をしていたんですよ、とは山越は清水に云わなかった。清水は江藤達次に会ったことがないのでその顔を知っていないという。取材者はすぐには何もかも人にしゃべらないものだ。手の中に握っていて、それが熟するのを待つ。

「まあ今後もよろしく内偵をたのむよ」

そんな山越の胸中を知らずに清水は云った。

「承知しました。いま、社長と編集長のお話をうかがったことでもあり、一生懸命にやってみます」

山越は約束した。

「とりあえずこれまでの取材料をきみに払っておく」

清水は山越に云って、編集長へ向いた。

「脇坂君。経理部にまわす山越君の原稿料の伝票を切ってくれ。二十五万円だ。経理はまだ居るだろう」

嘱託のような、社外の山越貞一に対する支払いは、原稿料計算の建前であった。

山越は経理部から二十五万円をうけとって外に出た。

彼は公衆電話ボックスに入った。手帖に控えた数字を見ながらダイヤルをまわす。

——山越は憶い出したのだ。自由が丘の「パリ婦人服店」の名を何処《どこ》で見たかを。

あれはムアンの店だった。川上という人物に最初に遇ったとき、彼が持っていた。遇ったというよりもあの晩は川上を目撃した。彼がテーブル横の椅子に置いた「パリ婦人服店」の包紙と共に眼に入った。

どうして今までこれが記憶に出なかったのか。どこかでその店の名を見た憶えはあったが、場所がどうしても出てこなかった。それが思いがけないバーだったためだろう。あるいは、川上という男がそのとき和子と「暗号」のやりとりをしていたことだけが印象に強かったせいかもしれない。

川上と和子とは連絡がある。彼は自由が丘の和子の家にも様子を見に行っている。あの「パリ婦人服店」の包紙がそれを物語っている。あれに包まれた婦人服はたぶん川上が女房のために買ったものだろうが、今日あの店にジョーといっしょに行ったときも、あの婦人服店の女主人は言ったではないか。

(ムアンのママさんのことを聞きにこられたのは、あなたがたで二度目ですわ。もう半月くらい前だったかしら。六十近い男の方でした。白髪の多い人でした)

年齢は合う。あの夜、ベレー帽をかぶっていたのはその白髪頭をかくすためだったにちがいない。「ムアン」が入っているビルの前に佇んでいたときもベレー帽だった。しかし、その三日後の朝、芝白金にある首都高速道路公団所属の東都ハイウエイ・サービス会社料金計算所を出たときの川上は、ベレー帽を脱いでいて白髪頭であった。

和子と正体不明の人物との連絡にあたる川上が半月前にパリ婦人服店に和子のことを聞きに行ったというのはすこし腑に落ちないが、あるいは何かがあったのかもしれない。

東都ハイウエイ・サービス会社の声が受話器に出た。従業員のことを聞きたいというと、交換台はその係につないだ。

「川上? 川上なんという名ですか」

先方の声は問い返した。

「さあ、名のほうはちょっとわからないんですが」

こんなことなら姓名全部を聞いておけばよかった。

「とにかくウチには川上という従業員は居ませんよ」

「そんなはずはありません。六十歳ばかりの、白髪頭の人です」

「ウチの従業員はね、白髪頭が全体の半数も居ますよ」

「………」

「それだけではわかりませんな」

「人相はですね」

こうこうだと言ったが、電話での描写はもどかしかった。先方は、さあ、と云っているだけだった。

「一週間前の朝、白金の料金所前で会ったのです。至急にもう一度会いたいのですが、今日はどちらに行けば会えるでしょうか」

「そんなことはお教えできません。また、お教えしようにも、川上という従業員は居ないのですから仕方がありませんな」

電話は先方から切った。

あの白髪頭の六十ばかりの男が白金の料金所から出てきたのは事実だ。前日午前八時からその朝午前八時まで料金徴収所勤務だったといって疲れきった顔をしていた。さてはあの男も「川上」という偽名をおれに言っていたのか。――

街に灯がつきはじめた。明りの残る空には雲が黒色の粗い横縞《よこじま》になっていた。

柿の木坂の病院

初夏の曇り日、温度のあがった午後、渋谷駅から十一分間の乗車で、東横線都立大学駅に山越貞一は降りた。

そう賑やかでもない駅前の通りを北へ歩いて、目黒通りに出る。著名な都市銀行の支店が、広い道路を隔ててむかい合っていた。

車の流れる道路に沿って西へ歩く。やはり、あった。交差点をはさんで太陽相互銀行と昭明相互銀行の支店が相対している。方形の建物の上に細長い大きな看板が突き出ている。太陽相互銀行のクリーム色の建物には緑色の看板、昭明相互銀行の白いそれには赤い看板、灰色の空を背景にくっきりとした色わけは、対立競争の旗旌《きせい》であった。看板の重量が建物を圧しているように見える。

山越はそこにイ《たたず》み、二つの相互銀行を見上げ見くらべていた。

両方の建物には歩道に面したところに大きな陳列窓が切ってある。太陽相互銀行のそれには「親切第一！　お客さまと共にある銀行！」という太い文字があって、横にご挨拶の小さな字がならんでいた。太陽相互銀行社長坂元延夫の白頭と若い支店長の原色顔写真が署名と共にならんでいた。相互銀行として創業二十数年である。

昭明相互銀行のは「人類信愛の心で奉仕！」のうたい文句が眼をむく。以下は細字の羅列。内容を読まなくてもキリスト教の平等博愛精神に立脚した宣伝はこの銀行の特徴として一般にもゆきわたっていた。カラー写真は、その唱導者の社長下田忠雄の禿げた前額部の顔が一枚だけで、署名も社長のぶんだけであった。

山越はそこにしばらく立っていたが、信号が三つくらい変ると道路を横断し、顔をうつむけ加減に北へ足を運んだ。上り坂になる。この勾配《こうばい》は、西の自由が丘に連なっていた。高級住宅街も自由が丘と流れ合っている。柿の木坂だった。

ゆるやかな頂上に高い建物が白色を曇り空に浮き出していた。その両翼は疎《まば》らな緑の樹林を装飾にして左右にひろがっている。銀行の建物と違って遠くから目立つような看板はない。門の前に来てはじめて「山瀬病院」の彫刻文字が読めた。大きな病院だ。初めて来た者は近くの国立病院と間違えそうなくらいだった。

前に花屋と果物屋とがあった。病院の前には必ずある商店で、山越はバラを買った。店の者は、紅い花に白いかすみ草をあしらって花束をつくってくれた。山越はカードに「ママさんのファンより」とだけペンで書き入れて茎に結んだ小さな封筒に入れた。

病院の門から歩いて正面玄関の低い石段を踏む。中に入ると薬品の匂いをもつ空気に変った。

山口和子さんは三病棟三十六号室です、と受付が入院患者名簿をひろげて云った。待合室のうしろを通って廊下を奥へ行き、エレベーターで五階へ上がれという。三病棟は内科だった。

エレベーターは見舞客で混んでいた。二時からが面会時間だ。治癒にむかっている患者がパジャマ姿で中にまじっていた。降りたところに看護婦詰所《ナース・ステーション》があった。

山越は抱えた花束を見せるようにして看護婦の一人に訊いた。

「三十六号室の山口和子さんの容態はどんなぐあいですか。いつ、退院ができそうですか」

「それは医師《せんせい》にうかがってみないとわかりません」

向うむきに点滴用の黄色い薬液をつくっている看護婦は無愛想に云った。医師の姿はそこになかった。

詰所をはなれて廊下を行った。ドアの番号を見て歩く。ところどころ廊下の片側には長椅子が出ていて、見舞客がならんで坐っていた。パジャマや浴衣着の軽症患者が灰皿を前に煙草を喫《す》ったりしていた。

花束を胸のところに抱えた山越は三十六号室の前に来た。「山口和子殿」と名札が一つだけ出ている。個室だった。ドアには「面会謝絶」の札が下がっていた。これは予期していた。

山越がわざと当惑したようにその前に棒立ちになっていると、うしろから女の声がした。

「あのう、山口さんのお見舞いにいらした方でしょうか？」

ふりかえった眼に、細い顔の、背のすらりとした女がほほえんでいた。

「はあ、そうなんですが」

女は小腰をかがめた。

「ありがとうございます。どちらさまでしょうか？」

「原田という者です」

「原田さま？」

彼の一瞬の判断は「ムアン」のホステスでないことを弁別させた。あの店で見た顔ではない。もっとも休んでいるホステスも居たろうが、これはそうではなかった。

「山口さんのお店に酒を入れさせていただいている者です。いつもごひいきになっているものですから、ママさんがご病気とうかがったもので、ちょっとお見舞いに上がりました」

「それはどうもご親切に」

相手は怪訝《けげん》な表情も見せずに頭をさげた。

若いけれど、地味な色のワンピースだった。それがかえって彼女の若さと整った容貌とをひきしめていたし、ひきたてていた。浮いた商売の雰囲気は少しもなく、固い事務員風といったところだった。

「せっかくですけれど、お医者さまのご命令で面会謝絶になっております。申しわけございません」

山越は花束を彼女に渡した。

「おそれいります」

女は、両手に花束をうけとっておじぎし、かたちのよい鼻の先に花弁を軽く触れさせた。

「いい匂いですこと。ご立派なものをありがとう存じました。病人もよろこびますわ」

女の額に剝《む》いたリンゴのようなみずみずしい蒼白さが残っているのは、若さのせいである。まぢかに対《むか》い合っているので、左の耳朶《みみたぶ》に小さな黒子《ほくろ》があるのまで山越には見えた。

「失礼ですが」

年甲斐もなく山越も若い声になった。

「ご家族のかたでしょうか」

「ちがいます」

女は髪を小さく揺すって顔を振った。

「……でも、親しい者です」

この答えは、山越の前にドアを閉めた感じだった。先方が家族と答えると、こちらは山口和子との続柄が問える。親しい者だと云われてみると、名前はもとよりのこと当人との関係を立入って訊くことはできなかった。

「ママさんのご容態はどうなんですか」

ママという言葉を使ったのは、「ムアン」に酒を入れている商人らしく見せたのだった。

「ありがとうございます。もうだいぶんよろしいんです」

「あのう、ご病名は？」

やはり、いきなり睡眠薬とは云えなかった。

「十二指腸潰瘍《かいよう》ですの。夜中に苦しみまして、こちらへ入れさせていただきました」

「十二指腸潰瘍？」

山越は唖然《あぜん》とした。

「山口さんの前からの持病です。慢性なんです」

「では、手術を？」

「いいえ。本人が手術を嫌いまして。こんども薬で癒《なお》していただくことにしました。幸い、穿孔《せんこう》性腹膜炎だけはまぬがれていますので」

淀みのない、はきはきした云いかたであった。彼女の理性的な表情は、睡眠薬の件が間違った噂と信じたくなるほどだった。

「いっそ手術をなすって、患部を除《と》ってしまわれてはどうでしょう。薬で一時はおさえられても、また痛みが起るんじゃないですか」

こちらもつりこまれて云った。

「そう思いますけれど、やはりお腹に疵痕《きずあと》が残るのをいやがっていますので。女ですわ」

下をむいて小さく笑った。髪の香水が山越にかすかに匂った。

「で、ご様子は？」

「心配ございません。安静にしていれば大丈夫でございます。いま、本人は眠っております」

「ご退院は、いつごろになりますか」

「一カ月近く先になるんじゃないでしょうか。先生のお話ですと……」

叮嚀な応対だったが、この会話をうち切りたい様子が、控え目ながら彼女の素振りに出てきた。山越にもこれ以上追及する知恵が浮ばなかった。

「では、どうぞお大事に」

山越の挨拶は退却のラッパだった。

「ありがとうございます」

エレベーターのほうへ引返すのを、女は花束を抱いたまま彼のうしろからついてこようとした。遠慮する山越に、

「はい。でも、そこまで……」

見送るというのだった。

このとき廊下の長椅子にならんだ人々の間に一人ぶんの空きがあるのを彼は見た。女は今までここにかけていたのである。三十六号室の前に見舞客が来たのを認めると、すぐにそこから立って来たのだった。

二つの長椅子の前を通る山越の眼の端に、腰かけている人々の顔が流れた。中年の夫婦者二組、子供二人、男三人、女五人、それにパジャマと浴衣の患者が一人ずつ。椅子に居ならぶ人々も通過する見舞客の横顔を眺めていた。低い会話と、煙草の煙があった。

エレベーターの前に来た。乗降口が三つあった。

まん中のドアが開いた。五人ほどが吐き出された。果物籠を抱えたのがいる。

山越はメキシコ人かイラン人ふうな濃い口髭を蓄えた若者一人といっしょに中に入った。見送りの女がほほえみながら腰を折った。そのワンピースとバラとをドアが消した。

一階に降りた。静かな人々でいっぱいの待合室の後方を通った。大きなテレビの画面だけが派手に動いていた。

和子の睡眠薬の多量嚥下《えんか》が自殺の企図によるものか、それとも過失か、その確認をとるのがここに来た山越の目的であった。が、それは達せられなかった。応対に出た女はその暗示すら彼に与えなかった。耳朶に小さな黒子のある女は、十二指腸潰瘍だと自信に満ちた声と表情で断言した。いったいあの女は和子とどういう関係にあるのだろうか。

高柳秀夫の顔には遇わなかった。

山越にのこされた手段がないでもなかった。担当医師に面会して病名と容態を聞き出すことである。しかし、これは容易でなかった。こちらが肉親か、よほど親しい友人という証明を示さないかぎり、医師は何も云わないだろう。無理をすれば失敗しそうであった。高柳など和子のまわりに居る人間に無用な疑惑を与える結果になるだけであった。

山越はそのへんをなんとなく歩いたり立ちどまったりしていたが、隅に二つならんだ黄色い公衆電話が見えた。この二、三日以来、抱いている腹案はあった。いま、電話が見えたので、それを実行する気になった。

手帖を出して近視の眼鏡をはずし、数字をたしかめる。東洋商産会長江藤達次の電話番号は電話帳から書き抜いてあった。

十円玉を入れた指先がゆっくりダイヤルを回した。

背後に人の気配がした。隣りの電話は空いている。男がそこへ近づいてきた。よくあることで、受話器をはずす前に立ちどまって手帖をひろげ相手方の番号をさがしている。が、その眼は見るともなく山越が回すダイヤルの数字を眺めていた。

先方が出た。

「江藤でございます」

年配の女の声だった。

「こんにちは。わたしは原田というものでございます。会長さんはご在宅でしょうか」

「原田さま？」

「先日の夜、Rホテルの喫茶室でお目にかからせていただいた者です。そう申し上げていただいたら会長さんにおわかりいただけると存じますが」

「少々お待ちくださいませ」

チャイムが鳴っている。

隣りの受話器を男がはずした。手帖に眼を落しながら十円玉を入れてダイヤルをていねいに回している。それがすむと受話器を耳につけていた。だが、ちぇっと舌打ちしてまた受話器をかけた。下の口から出た十円玉を拾う。番号が違ったらしかった。

山越は隣りのその男をちらりと見た。長い髪にきちんと櫛目《くしめ》が入っている。横顔は長く、色白で、撫で肩であった。脇に書類鞄《かばん》を挟んでいて、若い会社員ふうだった。

チャイムがやんだ。

「江藤ですが」

ホテルで聞いた同じ男の嗄《しゃが》れ声だった。前こごみに歩く会長の姿が浮んでくる。

「あ、会長さん。いやどうもおそれ入ります。ただいまお伝えしましたように先日の夜、結婚披露宴のあった晩でございますが、Ｒホテルでお目にかかった原田でございます。あのときはたいへん失礼いたしました」

「どうも」

隣りの会社員が手帖を見ながらふたたびダイヤルを回している。間違ってはならないと一つ一つが入念な指先であった。

「あのときのお話はわたしにたいへん有益で、あとからもいろいろと考えさせられました。ありがとうございました」

「とりとめのないことを話しましたな」

「それどころか、もうすこしお教えをいただきたいと思いました。ああいう場所なので、心のこりでございました。つきましてはお願いがございますが」

「うむ、うむ」

「お忙しいところをまことに恐縮でございますが、もう一度お目にかからせていただけないものでしょうか。もっとご高説を承りたいという気持に駆られまして、このような失礼なお願いをするのでございますが」

隣りの男は受話器を耳に当てたまま無言でいた。相手の声が出るのを待っているふうだった。

「わたしはもう隠居ですからな。いまさら隠居の話をお聞きになってもご参考にはなりますまい」

「とんでもありません。わたしには感銘の深いお話でございました。それで、会長さんのお時間のよろしいときに、お宅におうかがい申し上げたいのでございますが、おゆるし願えますでしょうか」

「そんなことでしたら、今からでもいいですよ。どうせわたしは家で遊んでいますから」

江藤の声にも話し相手欲しげな口吻《くちぶり》があった。

「あ、そうですか。これからでもよろしいんでしょうか」

思わず声がはずんだ。

「どうぞ」

「ありがとうございます。では、のちほど」

「原田」の山越は思わず受話器に低頭した。

隣りの会社員が、はじめて、

「もしもし……」

と声を出していた。あとの言葉は聞えない。山越が気もそぞろにそこを離れたからだった。その男が途中で通話をやめ、山越のあとからぶらぶらとついてくるのもわからなかった。

含み資産

世田谷区下北沢駅前通りの発展は急速だった。ここは小田急線と京王井の頭線とが交差している。いうまでもなく小田急線は新宿・小田原、江ノ島間、井の頭線は渋谷・吉祥寺間である。どちらも都内一、二の繁華な巷《ちまた》と沿線のひろいベッドタウンとを結んでいる。乗換駅の機能は、以前は勤め人たちがここでいったん下車して帰路の前の一杯の楽しみを駅前の飲み屋で過したものだが、沿線人口の急増は、赤提灯式の飲み屋をキャバレーやバーの集中に変らせ、夕方になると原宿・六本木族が流れこんだかと思われるくらい「若者の街」の様相を呈してきた。通りの商店街も賑やかな店頭となった。

この駅前にも、都市銀行と相互銀行の支店が一等地に無粋《ぶすい》で四角な店舗をかまえていた。その相互銀行はまたしても「昭明」だった。無粋な格好をせいぜい愛想よくしようとして、ショーウインドウは色彩豊かな陳列《ディスプレー》になっていた。その中心は「人類信愛」の例の標語と、この相互銀行社長の顔写真であった。地滑りの痕《あと》のような前額部の禿げ上りは、一度でもその写真を見た者にはなかなか忘れられそうになかった。ボードのまわりは紅白のバラと縦横に交差する真紅のリボンで装飾され、背景には金紙と銀紙の瑞雲《ずいうん》が漂っていた。

山越貞一は、自由が丘支店でもそうだったが、あまりに派手な宣伝ぶりに、ふいとその自動ドアの前に立ち寄る気になった。店内の長い営業台には、若いきれいな女子行員がならんでいた。預金者のための伝票用紙の類が記入台の上に置かれてあるが、そこにカラフルなパンフレットも積まれていた。参考のためにと山越はその一冊をもらって、ポケットに突込んだ。立っている警備員のような人が彼に会釈《えしやく》した。あとでゆっくり読むつもりで、すぐに表に出た。

ウイスキー瓶入りの進物函を小脇にかかえた小肥りの山越は、人混みの中を、ゆるやかな坂道の下りにむかって歩いた。

やがて人の歩きも少なくなり、繁華街とも縁が切れ、あたりは住宅の密集地帯となった。坂を下る狭い道路はむやみと屈折している。曾て耕地だったころの畔道《あぜみち》が舗装されたかと思われる。新旧の家々は低いところにも高い崖の上にもならび、新しい住宅は瓦の色も建築の形もさまざまであった。樹木はほとんどないか、あっても貧弱だった。

山越がメモの番地をたよりにして辿《たど》って行くと、窪地にきた。まわりの家々が層々と高く積み上げられているのを見れば、ここは摺鉢《すりばち》の底のようであった。

めざす番地の家につき当った。それほど大きくない門に「江藤」の標札が掲げてある。家の造りは純和風の二階家で、それも相当に年月が経っているようにみえた。だが、この家のまわりだけは植込みが深い緑で繋っていた。その上に二階の古い屋根瓦と、ガラス戸と手摺りとが見えた。

山越はインターホンのボタンを押して、なんとなく道路の左右を見まわした。人の歩きはほとんどなかった。向うの角には、劇画の週刊誌を両手にひろげて見入っている青年がぶらぶらと歩いていた。

「どなたでしょうか？」

女の声でインターホンの応答があった。

「さきほどお電話申し上げた原田という者です」

「どうぞお入りください」

山越は閉じた門の横に付いたくぐり戸を開けた。

玄関までにはかなり長い石だたみがあり、それをはさんで花のない草花が植えてあった。庭石もならんで見える。庭木には侘助《わびすけ》（椿）、木犀《もくせい》、高野槙《こうやまき》、百日紅《さるすべり》、夾竹桃《きょうちくとう》などが松や楓《かえで》に混じっており、そうした青葉の間からは蘇芳《すおう》の紅色の花が咲いていた。これだけでもこの家の主が旧くからここに居付いていることがわかった。

山越が格子戸を遠慮げに開けると玄関の三畳に六十ばかりの女が坐っていた。うしろの正面壁に、達磨《だるま》を水墨で描いた色紙が丸額に入っていた。

「原田です。会長さんにお眼にかかりに参りました」

「どうぞ」

靴をうしろむきになって脱いだ山越は、ウイスキー瓶の進物函を抱えて女のあとに従った。たぶん江藤の妻であろう。

次の間がいきなり十二畳の座敷で、書院造りの正面には三間床があり、茶褐色の艶光《つやびか》りのする床柱脇の違い棚には青磁の壺と九谷の赤絵とが飾られてあった。庭に面した小障子と縁側のガラス戸とは外光を受けて明るいが、天井は低い。欄間の彫りは松に鶴で、材は立派だが、それらがうす暗く頭上を圧していた。

掛軸は、これまた墨一色の達磨だった。この家の主人はよほど達磨が気に入っていると見た。面壁九年の座禅は、辛抱と忍耐の主人の心境を象徴したものか。山越がその白眼と髭面とを漫然と眺めているうちに、襖《ふすま》が開いて江藤達次の瘠せた姿が現れた。その藍色の一重の着流しは、洋服よりもよほど似合った。

黒檀《こくたん》の座卓にむかっていた山越は座布団を滑りおりて畳に這いつくばった。

「会長。原田でございます。先日はホテルでたいへん失礼しました。今日はぶしつけにお電話申し上げましたところ、快くご引見下さるそうで、お言葉に甘えて参上させていただきました」

「いやいや。ようおいで下さいました」

江藤は顴骨《ほおぼね》の出た顔をにこやかにうなずかせて座卓の正面に坐った。

さっきの婦人が茶を運んできた。家内です、と江藤は紹介した。山越はウイスキーの函をさし出した。

「どうもありがとう。しかし、そんなご心配はなさらないで、どうか気楽に立ち寄って下さい」

名刺も出さず、ただフリーのジャーナリストだとホテルで名乗ったのに、江藤は深くも追及しなかった。よほど無聊《ぶりよう》で、話し相手が欲しいようであった。

「けっこうなお住いでございますね」

山越はガラス戸越しに庭を眺めながら賞めた。

「いや、ろくに手入れもしないのでね」

言葉の端に不如意が滲《にじ》み出ているようだった。

「かえって野趣があってよろしゅうございます。こちらに参るときに駅前通りを歩きましたが、騒々しいくらい賑やかでございました。それにくらべると、こちらは閑静でございますね」

「駅前通りは発展しました。若者の街になりました。この辺は、家はたてこみましたが、まだ静かです。ことにわたしの家なんかは世に取り残された状態です。けど、今の自分の姿に似合っているような気もします」

「とんでもありません。会長にはまだまだ御活躍願わねばなりません」

そこから話の中心に入れそうだったが、あせってはならないと思い、

「ここにはご子息ご夫婦がごいっしょでございますか？」

と、もう一度挨拶に戻った。

「子供は二人とも出て行ってほかの土地に家を持っております。ご多分に洩れず核家族です」

「すると、この広いお邸《やしき》には会長と奥さまだけでございますか」

「老夫婦だけです。少々もったいないので、マンションにでも入ろうかと思っていますが、住みなれたわが家にまだ愛着がありましてね」

「ごもっともです。お邸だけでなく、東洋商産のほうにも愛着を持っていただいて、会長に奮発していただきたいものです」

「ウチの会社ですか」

江藤は頰の落ちた顔をよけいに暗くした。

「……外部の評判はどうです？」

逆に訊いたのは、原田と名乗る山越を財界の事情に通じたジャーナリストと江藤が思いこんでいるからだった。

「東洋商産の決算報告は半期ごとに公表されていますから一目瞭然です。このところずっと無配がつづいておりますね。建材業界はどこも低迷状態でよくないのですが、とくに東洋商産の評判は芳しくないです。会長の前で恐縮ですが、よくメインバンクからの特別融資なしにやってゆけるとふしぎがっています。しかしこのままではいずれ行き詰まるのではないかとささやかれていますが……」

「主力銀行を持たない方針は、ぼくが社長のときに打ち出したのです」

「会長が社長時代に？」

「もう十年も前です。そのときはわが社も好調でした。詳しい話をすると時間がかかるが、ぼくもその好調に自信を抱きすぎました。主力銀行を持つと、融資の便宜は計ってくれるかもしれないが、いろいろとうるさく口出しされる。それがイヤだったのでね。なに、業績さえよければ、こちらが頼まないでもどこの銀行でも競争して融資を申し出る。そう思ったんです」

「各銀行と等距離を置いた方針ですね？」

「そうです。しばらくはそれでうまくいったのだが、ぼくが会長に退いて高柳君を社長にしたあとから、不幸にも業績が落ちこんでいった。これは高柳君の手腕というよりも業界全般の不況からです。そこで会長になったぼくは、高柳君にたびたび忠告して、なにもぼくの方針をいつまでも踏襲することはない、今からでも遅くはないから、どこかを主力銀行にしたら、といったんですが、高柳君は諾《き》いてくれなかった」

「どうしてでしょうか？」

「自己の代になって主要銀行をつくり、特別に融資してもらうというのが、いかにも手腕がないように思われるのでいやだったんでしょうな。彼は、銀行等距離策はあなたのつくった方針ですよ、とぼくに喰ってかかるんです。そして、このままでやれる、十分に乗り切れる自信があると云うんです。あの男、頑固なんです。それにワンマンです。役員もみんな懐柔していますからね」

「しかし、高柳さんを社長になさったのは、会長でしょう？」

「そう。たしかにそうですが、ほら、この前Rホテルでも云ったように、高柳君は社長になると社内の人事を全部ひっくり返して、自分の系統で固めてしまいましたからね」

「一種の、ゆるやかなクーデターですか？」

「そう云えるだろうね。今となってはもうぼくが口出しする余地は毛筋ほどもなくなっています」

会長は溜息をついた。

「しかし、さっきも申し上げたように、業界の噂は、東洋商産がこういう芳しくない業績をつづけていて、よくもまあメインバンクの肩入れなしにやってゆけると高柳社長の腕をふしぎがっています」

「会長のツンボ桟敷《さじき》に棚上げされているぼくだってそれはふしぎですな。しかし、正直に云って、銀行側はいまさら頼まれてもメインバンクになるのを渋っているんじゃないですかね。うっかりすると不良貸付になりますからね」

「それなら、なおさら社は危機ですね。ここまでくるのに高柳社長は、どうしてしのいで来たのでしょうか。一時しのぎに融資してもらっている先があるのでしょうか」

「うむ」

江藤は腕を組み、眼を閉じて考えこんだ。しばらくしてその眼を開き、山越を見た。

「ホテルのロビーで会ったとき、あなたは、高柳君が町の金融業者からこっそり金を借りているんじゃないかとぼくに質問しましたね？」

「申し上げました」

「高利貸などから金を借りていたら、いっぺんに社は潰れます。いまでもそう思っています。一度借りたら容易には返せない。一時凌《しの》ぎが何度も重なって、借金は高利で雪ダルマのようにふくれ上がります」

江藤が、雪ダルマと云ったので、山越は掛軸の達磨の絵に思わず眼が走った。

「だから、そういうあやしげな借入金は社にはない。それは断言できる。もし高利貸の金を借りていれば、必ずどこかで噂になります。いつまでも隠しておくことはできない」

「高利貸でなく、どこかから内密に金を借りていたら、どうですか。絶対にその秘密が洩れないように」

「そんなことが実際に考えられるだろうか。昔だったら、ふとっぱらな財界人が居て、高柳君を見込んで金を貸すということもあるが、今は夢ですな」

「話は変りますが、東洋商産のいわゆる等距離バンクの中に都銀や地銀にまじって相銀が一つありますね、南海相互銀行というのが」

「そうです。南海相互銀行は九州の田舎相互銀行です。あそことはたいした取引でない。

お付合い程度です。預金の集まらない相銀でね。総貸付高でも都銀・地銀の十分の一くらいです」

「ははあ。その線もありませんか？　そうすると、高柳社長は東洋商産の含み資産を売り食いして、つないでいるのですかね？」

「そんなことはない。いくら高柳君が専横でも、会社の不動産を処分するのに、ぼくに相談なしにすることはできない。それには法令上からも会長の承認印が必要だからね。勝手なことをすると背任です」

「会社の財産は、本社と支店の土地建物、工場といったそういうものですか？」

「そういうのは都銀や地銀からの融資の見返り担保となっています。もちろんぼくの承認の下にね」

「ほかにありませんか？」

「ありませんな」

江藤は即座に答えたが、忘れたものを思い出したように、ぼそりと云った。

「ああ、一つある。山梨県の山林です」

「山梨県の山林ですか。どのへんになりますか？」

「東山梨郡です。行政区域は今では塩山《えんざん》市になっているが、笛吹《ふえふき》川の上流近くです。不便なところだが、有名な小説に出てくる山も見えるし、近辺には鉱泉が二つか三つあります。そのひなびた鉱泉にでも入って寝ころがって山でも見ようというので、東洋商産の創立者だった先々代の社長が手に入れたものです。もとは山梨県の織物問屋に貸付けた金の担保にとっていたが、先方が払えないので抵当流れになったものです」

「その山林はどのくらいの広さですか？」

「百八十万坪くらいあったね」

「そんなにですか。たいへんな広さですね」

「なに、山奥の山林ですからね。それに交通不便なところです」

「それはまだ処分されていませんか？」

「処分されてないです。ぼくは承認した覚えがないですからね。高柳君が無断で処分すれば、背任になるし、ぼくが告訴すれば彼は背任罪に問われる」

「会長のご存知ない融資先への抵当にそれが入っているということはありませんか？」

「そんなはずはない、と思うが」

江藤はすこし不安になったとみえ、着物の両袖に手を突込んで、暗い天井を見上げた。

「会長。いまおっしゃった山林は昔の立地条件とは違います。現在は中央高速道路もできているし、もしゴルフ場の造成が可能なら、たいへんな値上りになっているはずですよ。その土地は大丈夫ですか。抵当に入っていませんか。会長はそれを確認されていますか？」

山越の「原田」はたたみこんで訊いた。

江藤が着物の中での腕組みを解いた。

「原田君。あなた、ひとつ現地に行って登記所で登記簿の閲覧をしてくれませんか。ご苦労でも、ぼくに代って」

江藤に見詰められた山越は素直に承諾した。

「小史」と甲州行

新宿八時発の松本行特急列車に、山越貞一は乗っていた。甲府には九時五十分に着く。自由席は満員で、登山姿の若い男女が数組居て燥《はしや》いでいた。隣りの席は老人だった。曇天で、ときどき窓に小雨がかかった。

山越はポケットから昨日昭明相互銀行下北沢支店でもらった宣伝パンフレットをとり出した。

かなりのページ数で、小冊子に近い。巻頭はカラー写真で、東京日本橋にある本社の建物と、社長下田忠雄の顔とがあった。地下二階、地上十二階の本社は角から撮ったアングルで、正面は陽光を受けて真白に輝き、側面はそれよりやや暗く、その立体感は青空を背景にして、くっきりと浮き出ている。前を走る車は小さな玩具のようで、歩く人間は蟻《あり》のようだ。もって建物の巨大さを誇示している。

社長下田忠雄の顔は微笑していた。このパンフレットを読む人々にむかって、ほほえみかけているようでもあり、これだけの大相互銀行に発展させた功を誇っているようでもある。禿げ上がった額は変らない。

二つの写真の余ったところには、下田社長の自筆が掲げてあった。「人類信愛の心で奉仕」。——キリスト教の博愛精神が営業方針に強調されている。社長は有名なキリスト教信者であった。この標語は、クリーム色の地を白く四角に截《き》り取った中に書かれているので、社長の筆蹟がまるで色紙のように額ぶちにはまって見えた。

最初のページは、本社の五大方針が列記されている。次のページが、昭明相互銀行の「小史」となっている。

《▽一九五〇年（昭和二五年）

九月、昭和勧業・明治興産・帝都興産の三無尽会社が合併して昭明帝都無尽株式会社を設立。資本金二千三百万円。
☆当時、昭和勧業の社長は下田忠雄、明治興産の社長は田中典久、帝都興産の社長は小山与志二であった。
▽一九五一年（昭和二六年）
二月、預金受入、預金担保貸付を開始。

七月、昭明協力会無尽と商号変更。

八月、普通預金取扱を開始。

九月、相互銀行法に基づき、商号を昭明相互銀行と改称。通知納税、別段預金取扱を開始。
▽一九五二年（昭和二七年）
二月、東京手形交換所代理交換加盟。
三月、当座預金取扱を本店で開始。
五月、第一回「フジヤマ定期」の発売開始。
資本金一億円に拡大。
九月、第一回「国民貯蓄債券」売出開始。
契約額百億円を突破。
▽一九五三年（昭和二八年）
三月、月掛貯金取扱を開始。
資本金一億六千万円。
▽一九五四年（昭和二九年）
四月、定期預金業務を開始。
七月、内国為替取扱（自行）を開始。
▽一九五六年（昭和三一年）
六月、資金量百三十億円突破。資本金二億三千万円に拡大。

▽一九五八年（昭和三三年）
二月、資金量百八十億円突破。

四月、東京手形交換所直接加盟。

六月、日本銀行との当座取引、日本長期信用銀行、日本不動産銀行（現日本債券信用銀行）の業務代理取扱をそれぞれ開始。
▽一九五九年（昭和三四年）
三月、資本金四億円に成長。
▽一九六〇年（昭和三五年）
九月、創立十周年。資金量三百億円突破。
▽一九六三年（昭和三八年）
三月、都市銀行と為替業務取扱を開始。

十二月、年末資金量一千億円突破。
▽一九六五年（昭和四〇年）
五月、新本社ビル完成。》
——以下を見る。
昭和四十一年には、「希望プラン積立預金」を開始し、日本銀行と信用取引を開始した。四十五年九月は、創立二十周年記念であった。資金量も千五百億円を突破した。四十六年三月に「らくらく定期預金カード」を発売開始。十二月の年末資金量は二千億円を突破した。

四十八年四月には資本金三十五億円に成長。「昭明相互銀行を囲むコミュニティ・カルチュア・サークル」が各地に結成され、顧客サービスはさらに充実した。十二月の年末資金量は四千億円を突破した。四十九年は外国為替取扱を開始した。「昭明キャッシュ・カード」の取扱を開始。年末資金量は五千億円を突破した。

五十年には「ハッピー定期預金」を発売。九月には創立二十五周年を迎えた。五十一年には「ゆっくり積立定期預金」を発売。資本金は五十八億円に成長した。年末資金量は七千億円を突破した。

五十二年には全支店で節約運動を展開した。十月には業界第二位に躍進した。五十三年五月、本社新社屋を完成し、六月には為替オンライン実施を完了した。十二月の年末資金量は八千五百億円を突破した。……

《▽一九七九年（昭和五四年）

一月、自由が丘支店開設により店舗数七十を突破。

二月、新全銀データ通信システムが稼動開始。これにより為替機能は飛躍的に拡充。

十二月、相互銀行ワイドサービスに加盟。「昭明ＣＤカード」が全国ネットになる。

▽一九八〇年（昭和五五年）

三月、資本金六十億円となる。

六月、資金量一兆円達成をめざして「一人十口預金勧誘運動」を展開》

——山越貞一は、こうした「大躍進」の活字の羅列に眼をさらしているうちに眼蓋が重くなってきた。

しかし、さすがの山越も、「昭明相互銀行小史」の冒頭に「知られざる事実」が秘められているのにまだ気づいていなかった。

睡った山越の手から昭明相銀の奇麗な表紙のパンフレットが隣りの老人との席の間に落ちた。

老人がそれを拾い上げ、わざわざ眼鏡をかけて「小史」を読んでいたが、二ページと繰らないうちに、大あくびをしてそれを山越の膝に返した。

列車は笹子トンネルに入っていた。

甲府盆地は晴れていた。大菩薩《だいぼさつ》峠と笹子峠を結ぶ山塊を抜けると、西と東とは天候が違った。振り返ると東の山塊は黒く濁った雲に稜線が隠れていた。

山越貞一は市内の甲府地方法務局にまっすぐ向かった。土地の登記所である。

江藤達次は、東洋商産所有の六百町歩（百八十万坪）の山林は、塩山市にあるといったが、法務局の閲覧係が塩山市の登記簿を繰ってくれても、その管内にはなかった。百八十万坪とは広い。もしかすると管轄が違うのかもわからないと係員が気を利かせ、隣接の町村の登記簿を持ち出してくれた。

「所有者は東洋商産という会社ですね？」

係員は登記簿を繰りながら山越に念を押した。

「そうです。……あるいは、もう東洋商産の手を離れて、別の名義になっているかもしれませんが」

その可能性がありそうだった。

「いや、東洋商産の所有地としてありますよ。これでしょう。塩山市の西隣りの内牧町になっています」

示されたその箇所には、「東京都中央区京橋×××番地、東洋商産株式会社所有山林」とあるから間違いはなかった。塩山市管内と云ったのは江藤の思い違いであった。それだけでも会長が長いこと実務から離れていることがわかる。いや、高柳社長によってタッチさせられていないのだ。

閲覧料の印紙のほかに、謄写料の印紙を追加して、右の記載部分を複写してもらった。いまはコピー機械があるから瞬時に出来る。

《東山梨郡内牧町杣科《そましな》五八一八番地―八六一五番地。

同郡五原《いつはら》村落合二二五〇番地―五一四八番地》

「つまりですな、六百町歩の山林は行政区域が内牧町内ではおさまりきれないで、隣接の五原村落合にまで亘《わた》っているのです」

首を傾《かし》げて見入っている山越に、係員はそう説明した。

「わかりました。それから念のためにお訊ねしますが、この山林は抵当には入っていませんね？」

「ごらんのようにその記載は少しもありません。真白《まっしろ》です」

江藤から聞いてはいたが、やはりこの事実は案外だった。業績の苦しい東洋商産がこれほどの物件を抵当にも入れてないとは。

「現在の公示価格は？」

「山林ですからね。樹林を別にして、土地そのものですが、坪あたりにすると百三十円です」

評価額だけでも百八十万坪で約二億四千万円になる。

「時価は、どれくらいに見られていますか」

「時価ですか。この土地の時価は微妙ですね。売買価格は評価額に七割乗せ、ないし二倍というのが普通ですが、塩山市を通過する中央高速道路が新しく出来ましたからね。それだけでも昔とは大違いです。この山林は急傾斜のところもありますが、スロープになっているところが多いのです。つまりゴルフ場の造成となると実際の売買値はもっと上になるでしょうね」

「………」

「東洋商産はこの山林を甲府市の甲越繊維商会というのから抵当流れとして入手しています。ええと、昭和二十八年九月ですから三十年くらい前ですね。抵当流れですが、そのときの全価格が一千二百万円です。東洋商産はいい買いものをしたわけですよ。甲越繊維は五年後に倒産しましたがね」

かりに評価額の二倍が時価とすれば、五億円近い資産を東洋商産は無キズで抱えこんでいる。

銀行から特別な融資を受けず、他からの借入金もなく、しかもこの資産は抵当にも入っていない。東洋商産の現状からみて、これは奇蹟であった。社長高柳秀夫の奇蹟だ。だが、山越は奇蹟を信じなかった。裏には何かがある。なければならない。

とにかく、現地を見に行こう、と山越は思った。

甲府から列車であと戻りし、六つ目の塩山駅で降りた。駅前からタクシーを傭《やと》った。

「内牧町杣科から五原村落合まで回って見たいんだがね。そのあとでこの駅に戻ってくる。行ってくれるかね？」

「いいですよ。けど、そんなに回るんじゃ二時間くらいはかかりますよ」

「時間はかまわない。まず内牧町の役場へ行ってほしい」

中年の運転手はうなずいた。

駅前の商店街をはなれると、家ならびは道沿いだけとなり、家々の裏はすぐ農地だった。ところどころ葡萄棚《ぶどうだな》が上に青い葉を繁らせていた。あと二カ月もすれば葡萄の房が熟《う》れてくる。

武田信玄菩提所《ぼだいしょ》のある恵林寺《えりんじ》の門前を過ぎた。境内に観光バスが三台駐まっていた。

「ダンナは観光ですか？」

運転手が背中ごしに訊いた。

「まあ、観光だな。いろいろなところを見てまわりたい」

「そうですか。ですが、杣科には見るところはありませんぜ。あそこは山裾の台地になっていましてね。葡萄畑くらいしかありません。秋になれば、この辺はどこでも葡萄狩りなどと宣伝して客寄せをしてますが、今は何もないです」

「それでもいいんだ。ちょっと知合いの持っている山林を眺めたいのでね」

「ほう、そうけ？　わたしは観光かと思った」

「観光のようなものだよ」

「五原村落合に回るのだったら、あそこは笛吹川の上流でね。奥に行くと渓谷になっています。ダムもありますがね。あの方向ですよ」

運転手は指さした。近い山塊の上には黒い雲がむらがっていた。

「大菩薩峠はどのへんかね？」

「大菩薩はあの山の向うですが、雨雲にかくれて今日は見えませんな。ねえ、ダンナ、五原村落合だったら湯山温泉に行かれるんでしょう？」

「湯山温泉？」

「旅館は一軒しかありませんがね。そこは信玄公隠し湯の一つです」

（笛吹川の上流近くで、不便なところだが、有名な小説に出てくる山も見えるし、近辺には鉱泉が二つか三つあります。そのひなびた鉱泉にでも入って寝ころがって山でも見

ようというので、東洋商産の創立者だった先々代の社長がその山林を手に入れたものです）

江藤会長の言葉が、山越にもどってきた。

「それは鉱泉かね？」

「いいえ、温泉ですよ。沸かし湯ではありません。今からだと、昼食にニジマスの塩焼に鯉の洗いでも召し上がったらどうです？」

「そうだな。その温泉は何に効《き》くのかね」

「強度のノイローゼですな。ですから、少々気が変になりかかっている婦人がたが家族に連れられて湯治に見えていますよ」

「そうか。ノイローゼに効くなら、そのうちぼくも来てみようかな。このごろ、自分ながら頭がおかしいから」

山越は、つられて冗談を云った。

家数《いえかず》がふえてきて、細長い商店街となった。ここまで来るのに登り道ばかりだった。三階建てコンクリート造りの内牧町役場の前で運転手は車をとめた。

中に入り、土地関係の窓口に山越は立った。

「ちょっとおたずねしますが、杣科五八一八番地から八六一五番地にあたる山林はどのへんにありますか」

女事務員が帳簿にペンを走らせながら見むきもしないで答えた。

「そんなことをきかれてもわかりません」

窓口に立っている夏セーターに茶色のズボン、サンダルを履いた商店主らしい男が聞き、笑って教えた。

「これから三キロも先に行くと杣科です。そこの道路から北にむかって見える一連の山は、みんなその該当番地です」

タクシーに戻って、三キロ先へ進んだ。道路の舗装は完全であった。

道路はいよいよ登りとなった。前面に低い山なみが塞いでいた。

「ここが杣科だということです」

運転手が農協の倉庫に行って聞いてきた。

山越は車を降りて道ばたに立った。

前はひろい台地となっていて、農家の屋根が点在していた。うしろが山なみで、稜線は高低がなく、長い壁のように東西に延びていた。その斜面はゆるやかなスロープをつくって手前の台地につながっていた。杉、檜などが黒々と全山に密生した山林も、その緩慢な傾斜のあたりだけは途切れ、明るい緑となっていた。山皺は少なかった。

これこそゴルフ場の造成に最適地。——山越は見惚《みと》れていた。

「隠れ湯」の里

東へつづく山林の様子を見たい。山越貞一はタクシー運転手に望んだ。

車は、主要道路を横切って右の急坂を駆け上がった。道は狭くても、すべて舗装されている。かなり高い台地で、大部分は葡萄畑であった。裕福とみえてどの農家も立派であった。

台地上の道を回った。路傍に古い道祖神がある。一つは灯籠の四方に地蔵を刻み、一つは自然石に「三界」と刻んであり、下は供花にかくれていた。台地の端に出てから、展望がひらけた。

さきほど見てきた杣科の山つづきだが、こっちの山容は豪快で、高かった。頂上の半分は、相変らず黒い雨雲にかくれているが、西側は晴れて、陽が下の麓《ふもと》一帯に当っていた。摺鉢《すりばち》の底のような地形である。段丘が下から層々と積み上がっていて、そこに農家が散らばっていた。雛壇《ひなだん》の家といったふうだった。けれどもよく見ると、けわしい山もその裾がにわかに女性的な表情となり、ゆるやかな斜面が段丘に溶けこんでいた。

ここもまたゴルフ場が造成できる、と眺めながら山越は思った。新宿から電車なら特急で二時間、車なら高速道路で一時間半くらいで来られる。東京のゴルファーを集められる。深山幽谷の趣きを持つゴルフ場として、近ごろ周辺がとみに住宅化した東京近郊のゴルフクラブとは趣きが違う。プレーヤーのみならず、その家族にもよろこばれる。将来はホテルも建設されるだろう。

そのような発展が予想できるとすれば、この山の時価はさらに騰《あが》るはずだ。密生している杉・檜の値段だけでもたいした額だ。それが内牧町杣科から五原村落合にかけて百八十万坪もある。

東洋商産は、これだけの資産を抵当にも入れずに所有している。それはいま甲府の法務局出張所に行って登記簿で確認したばかりだ。げんにその写し《コピー》はポケットに入っている。

おかしいぞ。そんなはずはない。経営の苦しい東洋商産がこれだけの資産を抵当に入れていない。——時価にすれば、ゴルフ場造成の好材料から、土地だけでも六億円にも七億円にもなるだろう。ゴルフ場ができれば、付近の開発もすすむ。それに山林の樹木の値が加わる。百八十万坪というと、樹木の量は四、五十万本になるだろうか。それほどのものが無キズのままに東洋商産にまだ残っているというのだ。これにはかならず裏にカラクリがある。——

運転手は向うで立小便をしていた。

「これから、どこへ？」

戻って訊く運転手に、落合の湯山温泉へ行ってみると彼は云った。

車は台地上から降りた。もとの主要道路を三叉路の地点まで引返し、そこを左へ入った。この舗装路も狭い。あきらかに旧道であった。右側に繁った灌木がつづく。下は川だが、葉の茂りで水は見えなかった。左側は崖だった。

「笛吹の上流です。このまま真《まっ》すぐに行くと渓谷になります。秋は紅葉見物の人で、この道はたいへんな混雑です」

運転手はハンドルを右に左に忙しく動かしながら云った。道はジグザグになっている。ところどころに農家と小さな店とがあった。途切れると林の密集がつづいた。谷がせばまってくる。車にも、人にも遇わず、心細いくらいだった。

「湯山は、まだかね？」

「あともう十分ぐらいです」

山が近くなったせいか、急に暗くなった。上に灰色の厚い雲がかぶさっている。

ようやく林が切れた。前面に白いホテルふうの高い建物が現れた。

「あれが湯山の温泉旅館です。馬場荘といって一軒だけです。元は馬場館といって昔からあるんですが、ホテル式に改築して名前も馬場荘になりました」

渓谷を囲む山を背景にしているので、その白亜がくっきりと浮き出している。四階建てだった。屋上に、「信玄公隠し湯馬場荘」の文字が横にならんでいた。

玄関前で山越は降りた。

「運転手さん。きみも昼食を食べなさい」

「へえ、ありがとうございます」

中年の運転手はおじぎして車を広場横に駐車させた。旅館のミニバスとライトバンが放置されているだけで、ほかに車はなかった。昼間だから旅館のまわりは閑散としていた。

玄関に入る前に、山越は四階の建物を見上げた。どの客室の窓もカーテンが引かれていた。

玄関を入ると、すぐ正面が土産品の売場だった。売子は居ない。右手のロビーも椅子だけがならんでいる。声をかけても、だれも出なかった。運転手が高い声で呼んだ。土産品売場の左の隅の正面に小窓があって、そこから年とった女の顔がのぞいたので、山越と運転手は靴を脱いで上がった。

「今日は。……昼食をたのみたいのですが、できますか」

小窓の女は、いらっしゃいとも云わず、

「はあ、できます。和食で、一人前が三千円です」

と無愛想に答えた。

「それを二人ぶんおねがいします」

そこを離れたが、案内する者も現れず、どこを通ってよいかわからなかった。

左手に廊下があり、その左側が宴会用の大広間になっていた。安物のニスを塗った長い木製の卓が畳の上に二列にならんでいる。黙って適当なところに坐るしかなかった。運転手は、隅に積み上げた座布団の山から二枚を取って、卓の前にならべた。

あたりは森閑としていて、声も物音も聞えなかった。山越は卓に頬杖を突いて、広重描く「甲州猿橋」を下手糞に模写した正面舞台の書割りと、窓の外の雲とを交互に眺めていた。いつまで経っても旅館の者は現れなかった。

所在がないので、山越はまた立って廊下に出た。壁に、この温泉の効能が掲示されていた。

掲示板といっていいか看板といっていいかわからないが、それに書かれたものによると、湯山温泉の成分についての説明と効能書とがある。効能には、胃腸病、疲労回復などのほかに、とくに「神経衰弱の興奮型、ヒステリーの興奮型に効く」とあった。

さっき運転手が云ったとおりだった。頭がヘンになった人がここへ湯治にくるといっていた。それが「ヒステリーの興奮型」だろう。いま、泊り客の姿は見えない。

それにつづく掲示は云う。武田二十四将の一人、馬場治部少輔《じぶしょうゆう》信勝が猪狩《ししが》りのときこの湯を発見して以来、信玄公隠し湯の一つとなった。当ホテルの主は、その馬場信勝の後裔《こうえい》なるによって馬場荘と名づけた。……。

なるほど大したものだと山越は感心した。そうして廊下の反対側になる壁の下に、ふと眼を落した。そこに黒漆《くろうるし》塗りの板が捨てられたように置かれてある。

「歓迎」と「様御一行」だけが出来合いのペンキ白文字だが、その「様」の上に団体客の名が白墨で書き入れてある。何日前のものかわからないが、ほんらいは用済みとして消さねばならないところなのに、それを忘れている。

「長野県佐久郡農業協同組合様御一行」

「寿永開発株式会社様御一行」

チョークの文字が残されていた。

この温泉にはやはり各方面から団体客がくるのだなァ、と山越は思った。

広間をのぞくと、運転手がまだ茶も出ていない卓の前につくねんと坐っていた。

このとき、廊下側のドアを開けて、頭の禿げた年輩の男が紺色のシャツとカーキ色のズボン姿で出てきた。小窓の中は事務室になっており、男が出てきたのはその横のドアからだった。

男は、山越と運転手を見ると、じろりと眼をむけ、身体をこっちに向け直すでもなく、

「何か注文しましたか」

と、ぶっきらぼうにきいた。山越が答えると、

「そのうち係の者がくるでしょう」

と、ニコリともせずに云い捨てて、スリッパをひきずり廊下の向うへ行ってしまった。

彼が馬場治部少輔信勝の後裔で当旅館主の馬場氏か、それとも番頭かどうかはさだかにわからないが、客に頭一つさげるでもなく、ふくれ面《づら》のままで行ったのには、おそれ入

った。二人ぐらいでは客と思わないのかもしれない。

注文してもう三十分は経った。ほかに客がいないので調理場が忙しい道理はなかった。山越が催促にふたたび土産品売場の小窓に行くと、中のせまい事務室では、五十くらいの女二人が着物の上に上っ張りをきて机の前にいた。二人とも予約の電話か何かを聞いている。その長い電話が容易に終りそうになかった。山越はあきらめて広間に戻りかけたが、玄関をふと見ると二人の靴は脱ぎ放しのままで、揃えられてもなかった。

山越は廊下に来て、気を変え、そのまま広間の前を通りすぎた。壁に「大浴場」の標示が出ているので、所在なさにその大浴場でも見学しようと思ったからだ。

大浴場は地階になっている。折れ曲った階段を降りると、突き当りに「大浴場」の札があり、その隣りの入口の戸には「家族湯」の札があった。

山越は「大浴場」の入口の戸を開けた。脱衣場には何もなかった。彼は安心して板の間に上がり、次の仕切りとなっている磨《す》りガラスの戸を開けた。浴槽はかなり広く、湯はいっぱいに湛《たた》えられ、溢《あふ》れたのが縁からこぼれて落ちていた。けれども正面に裏山の見える大窓があるだけで、タイル貼りの壁には何一つ装飾らしいものがなかった。たとえば岩石を積み上げて人工的な岩風呂をつくり、温泉気分を出すということもない。これでは銭湯とあまり変りなかった。

山越は、隣りの「家族湯」がどういう施設になっているかと、ついでにそれも見ることにした。こっちなら岩風呂ぐらいには見せかけているだろう。男女がいっしょに入る浴槽だ。それくらいの風情《ふぜい》ができていなくてはなるまい。

「家族湯」の入口は、「大浴場」の半分くらいの幅であった。だれも入っていないと思ってはいても、山越は戸をそっと細目に開けた。音はしなかった。

安心して、いっぱいに開けた。これも音がしなかった。

音がしているのは、板の間と浴槽との仕切りになっている磨りガラス戸の向うからだった。ばしゃ、ばしゃ、と小さな水音であった。

人が居た！　山越がはっとして板の間の横にある脱衣籠を見ると、一つには男ものの浴衣、隣りの一つには女ものの浴衣が入っていた。派手な柄の浴衣からはピンクの湯文《ゆも》字《じ》がのぞいていた。

もう一つ、何かがあった。男ものの浴衣を入れた脱衣籠のすぐ上の籠に、なにやら黒いものが置かれてあった。黒布の雑巾《ぞうきん》かと思って眼を凝らすと、それは男のカツラであった。

山越は、首をすくめ、外に出て、出入口の戸を閉めようとしたが、なんだか軋《きし》って音を立てそうだった。入るよりは出るほうがむつかしい。戸をそろそろと閉めかけたとき、前の仕切り戸の磨りガラスに裸体の茫《ぼう》とした輪廓が映った。

この浴室の向うが窓になっていることは、隣りの「大浴場」と同じで、やはり湯に浸《つか》りながら山が眺められるようになっているらしく、その窓からの外光で、磨りガラスいっぱいに明るい。中の人が仕切り戸の傍にきたので、肉体の色までぼんやりと見えるのだった。

どうやら浴槽から上がって、いまそこで身体をタオルで拭いている様子だった。身体を動かし、手を上にあげて、腋《わき》の下をぬぐっている。頭にはターバンふうにタオルをまいていた。

戸の外に出かかった山越は、思わずそこで足をとめて、ガラスの影絵を見つめた。

女は身体を前に折って足を拭いていた。臀《しり》がつき出ている。もどかしいことだが、磨りガラスなので、輪廓がぼやけて、もうひとつはっきりしなかった。あたかも白い霧の中で動作しているようで、そこから浮ぶ桜色のかたちを凝視するだけであった。

女は、しゃがんで水音をたてた。小桶でタオルを濯《すす》いでいる。豊かな肉体だ。茫とはしていても、背中から腰にかけての線の充実、とくに臀の量感からそれがよみとれた。

女はまた立ち上がって、もう一度身体を拭き直していた。片脚をひろげて、股をぬぐっている。山越は唾を呑んだ。

女は入念な性質らしく、また小桶にしゃがんでタオルを濯ぎなおしていた。このぶんなら、すぐには仕切りのガラス戸を開けて、板の間に上がって来る様子はなかった。それよりも山越の心配は、だれかがこの地階に降りて来やしないか、ということだった。見つかったら最後「痴漢」にされて騒がれる。が、上から降りてくるスリッパの音は聞えなかった。

それでも彼は要心して、外に出ると戸を閉めたが、まだ未練があって、戸を完全には閉めず、二センチほど隙間のように残しておいた。

このとき、仕切りガラス戸の中から男の声が聞えた。女がそれに何か云っている。二人の声は湯気に湿っていた。話の内容はわからなかった。男の声はどうも若くはなかった。

もうこのへんがきりあげどきだと思って、山越は細目に開いている戸を閉めたが、その前に脱衣籠の女ものに、もう一度眼を遣った。

階段を上って、もとの廊下に出たが、胸の動悸はなおもつづいていた。

浴衣からはみ出た湯文字の色からすると、女は若いようである。磨りガラスに映った輪廓は霞んでいたけれど、身体のボリュウムは見てとれた。

男の浴衣を入れた脱衣籠の一つ上の籠に置いてあるカツラを思い出した。カツラを使用するからには白髪頭か禿頭かもしれない。いずれにしても年寄りだろう。年寄りが若い女連れでこの温泉旅館に泊まっている。ありふれたことだが、山越は、なまじ女の身体をガラス戸越しに垣間見《かいまみ》ただけに、少々嫉《ねた》ましい気持になった。彼は曇った自分の眼鏡を拭いた。

広間にもどってみると、料理が出ていた。運転手がかしこまって山越の帰りを待っていた。

「たったいま、運んできました」

時計を見た。ずいぶん待たされたものだ。

鯉の洗いに、ニジマスの塩焼。野菜の煮もの。味噌汁に、香のもの。鯉の切身は、紙のように薄いのが五片《きれ》。その赤い色が、脱衣籠の女の湯文字をまた思い出させた。

「さあ、帰ろうか」

面白くないので、食べ終るとすぐに運転手を促した。

小窓に行って一万円札を出した。江藤会長が、自分に代って甲府に行き、登記所の土地登記簿を見てきてくれと云って、旅費と日当のつもりで二万円をくれたのである。さっき予約電話を聞いていた上っ張りの女が、千円札四枚の剰《つ》りをくれて、口先だけで、ありがとうございます、と云った。事務机の横には、額の広い馬場氏だか番頭だかが居たが、客には見むきもしなかった。

脱ぎっぱなしのままになっている靴をはいて、山越は外に出た。見上げると、どの窓も依然として中からカーテンが引かれ、そよとも動いていなかった。さっき家族湯から上がった一組は、どの部屋に居るのか見当もつかなかった。

旅館のまわりは農家が数軒あるだけで、あとは渓谷の高い山が囲んでいた。人煙稀《まれ》なといえば大げさだが、こんな山奥に女と泊まっていれば、ちょっと人には気づかれないだろう。

信玄公隠し湯ではなく、これは「隠れ湯」だ、と山越は思った。

「寿永開発」

車窓に、山が流れてゆく。甲府盆地を這い上がった列車は、笹子トンネルを抜けて大月から東への山間を通る。左側に、ごつごつした峰があり、「岩殿山」の標識が近くに立っていた。

山越貞一は、こうした流れる風景を窓ぎわに片肘《かたひじ》ついてぼんやりと眺めていた。ぼんやりとなっているのは、収穫のなかった失望からである。

東山梨郡にある東洋商産所有の山林全百八十万坪は、甲府地方法務局の登記簿を見ても真白であった。一坪たりとも抵当に入っていなかった。しかもその山林たるやゴルフ場その他の開発にすこぶる有望である。いまの売値は土地だけでも五億円ぐらいしている。将来はもっと値上りしよう。しかも、杉、檜などの樹木の値は別だ。

経営が苦しいはずの東洋商産に、そんなことが考えられるだろうか。かならずどこから相当な借入れをしているはずだ。とすれば、その抵当物件には、東山梨郡の山林がまっさきに入るのではないか。

現状からみて、東洋商産の借入金は、取引の都銀・地銀からの融資は別にして、二十億円以上と推定される。もっと多いかもわからぬ。でなければ、運営ができないにちがいない。

もっとも、「等距離」融資の都銀や地銀は、東洋商産の経営がよくないことを知っているので、同社へは厳重なチェックをしているはずで、経営内容の報告を絶えず求めているだろう。従前の貸付金が焦げつきになるのを心配しているからだ。その各銀行からの要求に東洋商産は正確な報告をしなければならないし、またそれを行なっていると思われる。

それでいて、他からの借入金があることを取引銀行はつかんでいないようである。おかしなことだ。

企業がよそから秘密裡に金を借りて、一時凌ぎをすることはそう珍しくはない。たいてい街の金融筋からだ。だが、それとても無担保ではあり得ない。

そういう性質の金だと、企業は正式の帳簿に載せ得ない。簿外の借入金だ。それを経理上どう処理しているかというに、たいていは「利益金」として計上している。架空の利益金だ。もちろんこれは違法で、うかうかすると背任罪を構成しかねない。

ほとんどの場合は、そうした性質の借入金は短期で返却される。一つには高利の負担に堪えられないからだ。

それでは、貸したほうはどうかというに、これはヤミの金融元だから、帳簿には載せない。秘密な手帖を持っていて、貸付先の会社を暗号にして記入している。

山越は、以前にそうした有名な金融業者の一人が書いた本を読んだことがある。それによると、彼のもとに駆けつける借り手は、たいてい午前零時何十分とかの深夜である。その日午前九時までに銀行へ金を持って行かないと、手形が落ちないといった窮した事情からだ。不渡手形でも出したら、直ちに銀行取引は停止され、会社は倒産する。

そういうせっぱ詰まった金だと、たとえば日ごろは一万円札なら一万円の値打しかないが、それによって破産を救うとなれば、一万円札は五万円も十万円もの価値を生じる。ほかから金を借りる当てがなくて駆けこんでくるのだから、その融資価値は高い。もちろん取る利子もそれに見合わなければならない。借り手からすれば、貸すほうは恩人なのである。法定利息率は平常貸借の場合の通用で、そのように会社の破産を救うような貸金の利子が法定利息よりも高いのは当然だ、という論旨であった。

理屈はまさにそのとおりである。なるほどと思って山越は感心したことがあった。

しかし、東洋商産が一時凌ぎに、街の高利貸から金を借りているとは思えない。それだと短期だが、あの会社の場合、短期の金融では凌げないと思われる。手形の書替えをくりかえす長期のはずだ。

高利貸からの秘密な借入金だと、取引各銀行もそれをつかむことができない。けれども高利の金を長期にわたって借りていれば、会社は潰れてしまう。

また、そういう性質の借入金は、いくら秘密にしていても、早晩に銀行や市場関係にだんだんとわかってくるものである。

しかし、目下のところ東洋商産にはそれがない。

では、それ以外の企業から東洋商産が金を借りていたらどうだろうか。これは街の金融よりも、もっと考えにくいのである。それだと東洋商産の親会社にあたるような企業か、仕事につながる親縁関係の企業でなければならないが、それは調べてみても全くなかった。もちろん、無関係な他の企業が、経営内容のよくない東洋商産に融資するわけはない。

だいいち、それだと融資した企業は、貸付金として帳簿に記載する。対手《あいて》がそうなら、東洋商産も借入金として帳簿にその金額を明記せざるを得ない。

そのことがいっさい見えないのである。無いことの証拠に、東山梨郡の広大な山林が抵当に入ってないのだ。他の含み資産は抵当に入っているが、この山林は残されているという推定は成立しない。東洋商産にそれほどの余裕があるとは思えないからだ。それに、抵当に入るなら、こうした地方の遊閑地がまっさきにそれに入るはずだ。

どうもわからない。摩訶《まか》不思議だ。——山越は頭を振った。東洋商産の高柳社長のカラクリを見つけてやろうと甲州くんだりまで勢いこんで来たものの、結果は無駄であった。失望は疲労を覚えさせ、疲労は睡気を誘った。

向うの座席では、若い男女が肩を寄せ合って眠りこけている。女は胸も露わに、ノースリーブのシャツの両裾を臍《へそ》の前あたりで括《くく》り、内股が見え見えのホットパンツをはいている。腕も脚も黒かった。

山越は、それにちらりと眼を走らせて、湯山温泉のガラス戸越しに透かし見た女の裸身を思い出した。湯気に湿った男女の声まで耳に蘇《よみがえ》るのだが、睡気には勝てず、首が傾き、眼鏡が下に落ちた。

新宿駅に着いたのが、午後七時すぎであった。初夏の日はまだ明るい。

山越は、夕食を食べに街に出た。元気の回復に中華料理にしようと思い、そういう店をさがしているうちに、デパートの前に大きい中華料理店があるのを見つけた。

時間が時間なので、店内は混んでいた。一人客の山越は隅っこの席に追いやられたが、そこは階上にあがる階段口と真向いであった。

階上は宴会場とみえ、階段口の傍には、今晩予約の客の名が黒漆塗りの板に白墨でずらりと書きならべられてあった。ほとんどが団体名だった。

▽関東電機株式会社様。▽東京商事株式会社様。▽武総電鉄株式会社様。▽角丸建設株式会社様。▽中延鉄工株式会社様。▽平野商会様。——

そんな文字を山越は漠然と眺めたり、こっちに歩いてくる途中にもらったどこやらの宣伝ビラをていねいに読んだりして間《ま》をもたせた。それでも注文した料理は容易にこない。ボーイも女の子も忙しく客席の間を動いていた。

所在がないので、ポケットに突込んだままになっていた昭明相互銀行のパンフレットをまた引張り出して、何度目かの細かい活字を漫然と読んだ。同相互銀行の「小史」だ。

まる。

《一九五〇年（昭和二五年）九月、昭和勧業・明治興産・帝都興産の三無尽会社が合併して昭明帝都無尽株式会社を設立。資本金二千三百万円。☆当時、昭和勧業の社長は下田忠雄、明治興産の社長は田中典久、帝都興産の社長は小山与志二であった》からはじまる。

以下編年史的に書かれた業績を眼で追う。時間つぶしにはちょうどよかった。

《昭和四十一年には「希望プラン積立預金」を開始し、日本銀行と信用取引を……》

——ここまで読んだときに、卓上に回鍋肉（豚バラ肉の炒めもの）と、南煎丸子（肉だんごの蒸し煮）、四宝湯（四色スープ）が運ばれてきた。

すぐに箸をつけた。なにぶんにも腹が減っているし、山歩きで精力を消耗していた。スープをすすり、二つの皿を半分近く平らげたとき、山越は、

「うっ」

と、声を出した。食べものが咽喉に詰まったような呻きだが、そうではない。はっと思い当ったときに、思わず洩らす声だった。

彼は顔をあげ、階段口の横に掲げられた予約名の札を見つめる。その札の上に「寿永開発株式会社様御一行」の札が幻のように重なった。——湯山温泉の「馬場荘」の廊下で見たものだ。

開発会社といえば、土地の開発だろう。不動産業者にはこうした名前をつけるものが多い。東山梨郡内牧町杣科から同郡五原村落合にわたる山林にこの不動産業者は眼を着

けているのだろうか。落合から湯山温泉は、今日の経験でも、きわめて近い。

つまりその寿永開発なるものが馬場荘で宴会をするからには、そこの社員が団体でくり出して、内牧町から五原村にかけて、東洋商産所有の山林を視察に行ったその帰りではなかろうか、と山越は想像したのである。

その山林を見るだけだったら、馬場荘に泊まる必要はない。寿永開発とは何処にあるのかわからないが、東京だと日帰りができる。東京かどうかはあとで電話帳を調べてみるとして、東京とすれば日帰りせずにその晩に温泉に泊まったのは、社員の慰労会を兼ねたのかもわからぬ。

となると、寿永開発はあの広大な山林、これから発展が予想される山林に着眼して、すでに何回となく現場の視察に来ているのではなかろうか。寿永開発が不動産業と開発事業とを兼ねているなら、その開発事業とはゴルフ場の造成ではないか。

こう考えるなら、寿永開発はすでにひそかに山林の所有者東洋商産と売買の内交渉に入っているように思われる。数次の視察を行ない、その何回目かが馬場荘の宴会となったのではあるまいか。

そうなると、その宴会は果して寿永開発の内部《うちわ》の者だけだろうか、という疑いが起ってくる。その宴会には管轄の県森林土木課の役人連中が招待されていたのではなかろうか。

林野をゴルフ場とかホテルとかの建設用地にするには、県の森林土木課が申請を受けつけて、知事から認可の決裁を受ける。すなわち許認可の実権は、初段階の県森林土木課の役人の掌中にあるといってもいい。……

中華料理の箸を途中で措《お》いて頬杖を突く山越は、その空想を次から次へと展《の》べて行った。

翌日午前十一時すぎ、山越は新橋のビルにある「フィナンシャル・プレス社」に顔を出した。

社長兼主幹の清水四郎太はまだ出社していなかった。病患いらい、身体をいたわっている。それでいて、財界への嗅覚鋭く、ステッキをつきながらほうぼうを歩きまわっている。

編集長の脇坂もまだ来ていなかった。そこで、調査資料室長という肩書をもらっている浅野という老人を資料室に訪ねた。そこは新聞社の調査資料室を小型にしたような、財界関係の書籍やファイル類が本棚や整理棚に入っていた。

「寿永開発株式会社というのは、ウチの企業名リストにはありませんねえ」

年寄りだけに浅野の調べは丹念であった。それが無いというのである。

寿永開発株式会社の所在地が、渋谷区恵比寿五ノ六五であることは電話帳で山越はたしかめておいた。電話番号が三つ。

「どこか大手企業の子会社じゃないですか」

山越がためしに云うと、

「いや、このリストはイロハ順になっています。たとえ子会社でも、リストにはその社名で出ています。それが見当らないんですよ。というのは、よほど小さな会社でしょうねえ」

と、浅野は答えた。

「そのリストには資本金がどのくらいから載っているのですか」

「資本金二百万円以上です。これに載ってないとなると、コンマ以下の会社でしょうなァ」

浅野は、にこにこして云った。

山越は資料室を出た。

そんな小さな会社が、百八十万坪もの山林を買えるだろうか。寿永開発が不動産会社としての前提で、山越は首をひねった。こうなると、その推定までぐらついてくる。

彼は一計を思いついた。だれもいない社長室に入りこみ、その電話に歩み寄った。湯山温泉馬場荘のマッチはもらってきている。市外直通のダイヤルをそのとおりに回した。これだと、聞いているほうはどこの局からかかってきたかはわからない。

「馬場荘でございます」

女の声が出た。しゃがれているところをみると、上っ張りをきていたあの帳場の女のどちらかであろう。

「こちらは寿永開発ですが……」

「あら寿永さんですか。まいどありがとうございます」

　この前、タクシーの運転手と二人きりで行ったときとはうって変った、愛想のよい声であった。

「あんた、おすみさんですか？」

「あら、イヤですよ。富子ですよ。ウチにはおすみなんていうのは居ませんよ」

「あ、そうか。富子さんでしたね。この前は大勢でお世話になりました」

「こちらこそありがとう存じました。あなたは宴会の幹事さんをやってらした宮田さんですか」

「そう、宮田です」

　山越は咳をした。

「その節はご苦労さまでした」

「あのね、つかぬことを訊くけど、ウチの社長のライターをそっちに忘れてなかったですか？　この前の宴会だけど」

「この前の宴会というと、一週間前の七月十日の晩ですね？」

「そう」

「さあ、気がつきませんがね。ライターが広間でも客室でもそこに落ちていれば、かたづけや掃除のときにわかるんですがねえ。どういう特徴のライターですか」

「社長の名前が彫ってあるんです」

「社長さんの。じゃ、立石さんのお名前？」

「そう、立石です」

「さあ、わたしのほうにはなかったですよ」

「それじゃ、よそで忘れたんでしょう。わかりました。もうけっこうです。どうもありがとう」

「また、お近いうちに、皆さまでどうぞ」

この電話一本で三つのことがわかった。

寿永開発の社長が「立石」という姓であること、同社に「宮田」という社員が居ること、そしてこの前の宴会が一週間前の七月十日だったことである。

まずは収穫だった。

山越は「フィナンシャル・プレス」社を出ると、地下鉄で渋谷駅に行き、そこから井の頭線に乗りかえた。下北沢の東洋商産会長江藤達次に、東山梨郡の山林の登記状況を報告しなければならない。

接待

「山梨の山林は、担保に入ってなかったですか」

江藤達次は、訪ねてきた山越の報告を聞いて、半ば意外そうに、半ば安堵した顔になった。

第三者に自社財産の状態を依頼しなければならないほど、この会長は社長はじめ重役陣から何ごとも知らされない無力者であった。

「これが甲府の登記簿からの写しです」

山越は内ポケットからそのコピーをとり出して渡した。

江藤は老眼鏡をかけてそれにしばらく見入っていたが、

「なるほど、間違いない。東山梨郡内牧町杣科、五原村落合の計百八十万坪の山林、一坪たりとも抵当権が設定されていない。きれいなものですなァ」

と、ほっと溜息を吐いた。

「真白です。さすがは高柳社長、よく百八十万坪を保全しておられます」

「高柳君も、先々代が獲得された山林だから、むやみと手をつけられなかったのでしょう。あの男も多少は道理をわきまえているとみえる」

江藤はなおもコピーの記載に見入っている。

「ここに東洋商産の所有になった三十年近く前の登記の年月日が書いてあるが、ぼくは憶えていますよ。この登記が済んだ数日後に、先々代社長のお供の中にぼくも入って現地を視察に行きました。雄大なものでしたなァ。先々代もすっかりご満足で、近くの山の温泉で祝宴をし、帰りには百姓家から葡萄をたくさん買って社員の土産にしました。そうだ、あれは初秋のことでしたなァ」

なつかしそうに鼻を拳《こぶし》でこすった。

「その温泉というのは、湯山の馬場館ではなかったですか」

「何といったか名前は忘れましたが、山の中にぽつんと一軒だけありました。なんでも信玄隠し湯の一つとかいっていましたな」

やはりそうだった。

「高柳社長が創業者の精神を尊重されて山梨の山林を保全されているのは立派ですね」

山越は一応云った上で、

「失礼ですが、おたくの社の現状からみて、それを抵当に入れてないというのは、相当に苦しいやり繰りじゃないでしょうか」

と迫った。

「苦しいでしょうなァ」

会長は実際に苦しそうな顔をした。

「いまの会長のお話ですが、高柳社長が先々代の買われた山林を大事にされているのはよくわかります。ですけれど、俗にいう背に腹はかえられぬということもあります。近いうちにあれを抵当に入れるか、売却するというようなことはありませんか」

「あの山林を抵当か売却？」

江藤は老眼鏡をはずした。

「原田君。なにかそういう情報があるのですか」

「原田」の山越はもじもじした。

「べつに情報というものはありません。ただ、東洋商産の経営状態から考えて、ぼんやりとそう考えただけです」

湯山温泉の馬場荘で「寿永開発」が一週間前に宴会したこと、それが山林の視察ではないかという想像は、このさい山越は口に出さなかった。しかし、この確信を深めたのは、東洋商産の初代社長もあの山林を登記して視察した直後に当時の馬場館で宴会した事実だった。まだ若かった江藤達次はそのお供に参加したというから、人間のすることはみな同じだと思った。

「いや、それはないでしょうな。高柳君もいままであの山林には手をつけないで凌いできたのですからね。高柳君には、ぼくは釈然としないものを持っていますが、その点だけは評価しています」

「そうですか」

江藤が高柳に釈然としない感情があるのは、いうまでもなく高柳によってロボット会長にさせられていることだ。

山越が眼を庭にむけると、植込みの樹は鬱々と繁り合い、夏草は茫々と伸びていた。野趣はあるけれど、手入れができていない。植木屋を入れるほどの余裕もないようである。名目だけの会長では交際費も出ない。もっとも、苦しい会社で、役員賞与もとうに停止されたままになっている。むかい合っている江藤の寂しさが山越には、じーんと伝わってきた。

「ところで、会長、つかぬことをおたずねしますが、寿永開発という会社の名をお聞きになったことはありませんか」

「寿永開発……」

江藤は首をかしげた。

「さあ、いっこうに」

その表情からすると、ほんとに江藤は知らないらしかった。彼は山越の顔を見て、

「その寿永開発という会社がどうかしましたか」

と、怪訝《けげん》そうに訊いた。

「寿永開発がどういう会社だか、わたしにもよくわかりませんが、名前からして不動産

業のようです。東洋商産は、その寿永開発と取引関係はございませんか」

「多分、ないと思いますね。ぼくが知らないのですから」

会長が知らないからといって、断言はできなかった。会長は実務から遠ざけられて、棚の上に置かれている。会長自身もそれに気がついて、

「それはいっぺん社のだれかに聞いてみてあげましょう」

と、実務者に問い合せることをいった。

山越は内心あわてたが、慎重に考えるふりをしていった。

「それはどういう方におたずねになるのか知りませんが、もしその質問が万一にも高柳社長の耳に入りますと、まずいかもわかりませんね。東洋商産もいろいろな方面に関係がありますから、そのことで社長が不愉快に思われても困ります。また、下部にそれがわかっていれば、会長のご下問でも、正直に答えないというおそれもあります」

江藤は、山越の眼をじっと見た。

「なんだか重要な話のようだね」

さすがに勘が働いた。

「いや、それほどでもないです」

「きみの云わんとしている意味はわかります。では、こうしよう、経理部会計課にぼくの腹心がいます。会社どうしの交際となると、両社の人間間のつきあいですからな。つまり社員どうし招待したり招待されたりする。その費用はもちろん社費だから、その支

払伝票は会計課が保存しているはずです。その支払伝票を見れば、接待費に寿永開発の名があるかどうか、わかりましょうな」

「名案です」

山越は思わず力強い声で云い、ひと膝乗り出した。

「その結果を、高柳社長派に気づかれずに会長に報告してくれる人がありますか」

「いまもいったように、ぼくの腹心が会計課の整理係主任でいます。その仕事には支払済みの伝票の整理も入っているから、ちょうど打ってつけです」

「それはありがたいですな。その整理係主任さんが会長の腹心というのは、どういう意味ですか」

「高柳派に排斥されているんです。順当にゆけば社歴や年齢からいっても、いまは部長クラスです。それがまだ主任どまりです。高柳君側近のいやがらせ人事ですよ。だから彼はぼくに心を寄せています」

「それで、よくわかりました」

「だが、そうなったのも、ぼくに責任があります。いつかホテルで話したように、ぼくの社長時代に、優秀な役員が二人居ましてね。もう一人は管理部長を兼任させていました。井川正治郎という男ですが、ぼくは高柳君のほうを後継者の含みで専務にしたんです。そこで井川が辞表を出し、大阪へ行ってしまったのです。会計課整理係主任は、その井川の直系でした。だから、日の目を見ないところに追いやられたのです。高柳君を後継者に択《えら》んだのは、ぼくの誤りでした。いまはホゾを噛んでいます」

ホテルのロビーでも聞いた江藤会長の悔恨と愚痴がここでも出た。

「高柳さんとの競争に敗れた結果、社を辞めて大阪へ去った役員があったことはホテルでもうかがいましたが、そのお名前を聞くのは初めてです。井川正治郎さんといわれるんですか」

「そう。井川正治郎です」

「年齢はどのくらいですか」

「たしかぼくより七つ下の子《ね》ですから、今年は五十七のはずです」

「大阪に行かれた井川さんは、その後どうして居られるんですか」

「大阪ではじめた仕事がうまくゆかなくてやめたとは聞いています。さあ、その後はどうしていますかな。音信不通だし、噂も聞えてこないので、さっぱりわかりません」

「いや、これは、つい、余計なことまでお訊きしました。では、会長、いまの支払伝票を見ていただく件、よろしくおねがいします」

「今夜にでもその主任の男の自宅に電話して申しつけます。明日の午後にはその返事があるでしょうな」

「では、ぼくは夕方の五時ごろに会長にお電話いたします」

どうもありがとうございました、と山越は頭を深くさげた。

江藤は門まで彼を送りに、いっしょに歩いた。

「会長。この前も申し上げましたが、お庭の風情がなかなか結構でございますな」

むろん、お愛想だった。

「いや、どうもほったらかしでね。……原田君。妙なことを訊くようだが、いま野草料理専門の料理店というのは流行《はや》っているほうですか」

会長は唐突に云った。

「野草ブームですからね。そういう専門料理店も、けっこう繁昌しているようですよ」

「そうですか、そうですか」

会長は何度もうなずいていた。

江藤がどうしてそんなことを訊くのか、そのときは、山越にわからなかった。


あくる日、山越は電話帳から拾った電話番号に公衆電話からダイヤルした。

「寿永開発です」

女ではなく、男の太い声が出た。

「ちょっとうかがいますが、おたくの社は、不動産を扱っておられますか」

「どちらさまですか」

「世田谷の梅丘《うめがおか》に住んでいる内藤という者です。土地の処分を考えていますが、おたくが不動産をやっておられるなら、おねがいしようと思いましてね」

「わが社は不動産業務も扱っております。いま、不動産部の者と代りますから、少々お待ちください」

それだけ聞けば充分だった。山越は電話を切った。

五時になるのを待ちかねて、江藤達次の家に電話した。

江藤の声が出た。

「あ、会長。や……」

うっかり「山越」と云いかけたが、あわてて呑みこんだ。

「原田でございます。昨日は長いことお邪魔をしまして、申しわけありません」

「おお、原田さん」

「はい」

「昨日ご依頼の件がわかりました」

「えっ、わかりましたか。それはどうも」

「やっぱりご推察どおりでした。寿永開発とわが社とは交際があります」

「会長」

山越は、胸がはずみ、

「では、その詳細をうかがいに、これからお宅に参上します」

と性急に云った。

「いや、じつはこれから客が来ますのでね。今夜は困るのです」

「はあ。……」

「ですから、この電話で結果を云いますよ。簡単なことですからね」

「おそれいります」

山越はメモと鉛筆を用意して、

「どうぞ、おねがいします」

と、受話器に頭をさげた。

「会計課整理係主任の報告です。寿永開発とわが社とは三年前から交際があります。わが社では寿永開発の接待費が、三年前は一年間に四百万円、去年は七百万円、今年は現在のところ一ヵ月平均百万円になっています」

山越はメモをとる。

「接待項目は、ゴルフのコンペ、料理屋、バーへの招待です」

「一年ごとに接待費が飛躍的に大きくなっていますね？」

「そうです。物価の値上りもありますが、それにしても大幅にふえていますな」

「それで寿永開発からも、同様の招待が東洋商産にあるのでしょうか」

「こちらの支払伝票を見るかぎりでは、それは分りません。寿永開発側の伝票を見ないことにはね」

「それはそうですね。そこで接待費の支払伝票には、招待した寿永開発の出席者の名前が書いてありませんか」

「立石社長他何名となっています」

やっぱり「立石」だった。山越は、心で大きく合点をした。

「ほかの人の名前はありませんか」

「いつも、立石社長他何名です」

「へえ」

「立石社長が招待の席に来なくても、支払伝票にはいつも立石他何名にしていると思います。そのへんが、どうも不明瞭ですね。……原田さん。これはぼくの推測ですがね、どうもわが社から寿永開発を一方的に接待するばかりで、先方からお返しの招待はあまりないといった感じですよ」

「ほほう。それはまたどうしたことでしょうか」

「ぼくにもよくわかりません。わが社の接待に出た者にきくとわかるでしょうが、その出席者が高柳君とそのお茶坊主どもばかりでしてね。かれらに訊くわけにはいきませんん」

孤立した寂しき会長は、頼りない返事をした。

「その支払伝票の発行者はどなたですか」

「営業部庶務課長です。たぶん課長は高柳社長の命令で支払伝票を切っているだけでしょうな。課長本人にはわからないと思います。決裁印はもちろん高柳社長です。つまり高柳君が勝手気儘《きまま》に、社の交際費を費《つか》っているわけですな」

「そんな一方的な接待を東洋商産が行なっている寿永開発とは、どういう常からの取引があるんでしょうか」

「わかりませんな、ぼくには」

「寿永開発は、不動産会社でした、会長。これは確かめました」

「……」

「不動産会社と、東洋商産とは、どういう親密な取引があるのでしょうか」

「わかりません」

「最後に聞かせてください。支払伝票には接待場所の名が書いてあると思うんですが、その中に、バーは入っていませんか」

「銀座のバーがあります。『クラブ・たまも』というのがあります。ここは、よく使っていますなァ」

山越はメモに「クラブ・たまも」と、ていねいに記《つ》けた。


「クラブ・たまも」

「クラブ・たまも」を山越貞一が電話帳で調べると、銀座の「サロン・ドートンヌ・ビル」としてあった。

なんのことはない、山口和子の「クラブ・ムアン」と同じビル内だ。この風俗営業店の雑居ビルは、バーだけでも三十店以上は入居している。「たまも」が「ムアン」と同じ雑居ビルにあるとしてもふしぎではないが、山越には何か奇妙な気がした。

夜九時になるのを待ちかねて彼は「サロン・ドートンヌ・ビル」の前に行った。ビルの外壁に掲げられてある例の梯子形の看板を見上げていると、たしかに上部に「クラブ・たまも7F」の名が内側の灯に浮き出ていた。「ムアン」は4Fだから「たまも」はその三階上になる。

この時刻になると、彼の立っている歩道にはバーや飲み屋を求めて歩く男たちの群れや、そのあとからくっついて行く事務員らしい女たちの弾んでいる足どりなどがあった。黒塗りの車もうしろを流れている。夜の銀座の実質的な店びらきであった。

山越はうしろから肩を軽くつつかれた。ふりかえると、ジョーが制帽の庇《ひさし》に指を当て、長靴の踵《かかと》を揃えていた。眼を細め、口もとを微笑《わら》わせていた。

「やあ、きみか」

「原田さん、今晩は。先日はどうも失礼しました」

ジョーはあくまでも礼儀正しい。夏に入ったので、茶革のジャンパーの代りに黒のスポーツシャツ、黒のズボンという服装だが、茶の制帽と茶革の長靴は変らなかった。これが彼の制服《ユニフォーム》であり、彼のドア・ボーイ的な商売の目印《マーク》であった。

礼儀正しいのは、独特な客商売からでもあるが、以前は「或るお方のお抱え運転手」をしていたというから、そのころのよき躾《しつけ》がまだ身についているのであろう。田中譲二が本名だとは、自由が丘の喫茶店で彼自身の口から聞いたことである。

「原田さん、これからムアンにいらっしゃいますので？」

ジョーは小腰をかがめて訊いた。

「ムアンのママは、もう出ているの？」

「原田」の山越は訊く。

「それが、まだでございます」

「容態がよくないのかね？」

「それがまったく様子がわかりません」

外のざわめきの中では落ちついた話もできなかった。

「きみ、二十分ばかりお茶を飲む時間があるかね？」

「ございます。まだ、わたしには時間が早いですから」

車を誘導するジョーの商売は十時すぎからだった。

四、五軒先にある洋菓子店の喫茶部に入った。若い女をまじえた七、八人の客がいた。静かなコーヒー店よりもこのほうがかえって目立たなくてよい。隅の席を択んで腰をおろした。

「ママがずっと休んでいるので」

ジョーは云い出した。

「ムアンの客足はずっと落ちております。まあ半分開店休業の状態です」

ママをとくに張りに行くわけではないが、なんといってもママは店の中心だ。それが長く休んでいるとなると、店の雰囲気もだれて、面白くなくなってくる。客は敏感だし、浮気でもあった。

「ママは、まだ柿の木坂の病院に居るのかね?」

「いえ、それはもう退院しております。そのあと、どこに行って居るかがよくわかりません」

ジョーはコーヒーをすすり、低声《こごえ》で云った。

山口和子の「自殺未遂」騒ぎから二カ月近く経っている。山越が柿の木坂の山瀬病院をのぞきに行ってからでも一月半は経過していた。

「ムアンの店の連中は、どう云っているかね?」

「女の子らは、ママはどこかに行って静養しているとマネージャーに聞かされているそうです」

「マネージャー?」

「支配人の横内さんです」

名前は、はじめて聞くが、顔は店に行ったときに見知っていた。三十二、三の男で、頬がこけていて、引込んだ眼がするどい感じだった。「ムアン」は前の支配人がやめて、横内が昇格していた。

「横内というのか」

「横内三郎さんです。サブちゃんと云われています」

「きみは、そのサブちゃんにママの所在を訊いたことがあるかね？」

「容態はたずねました。マネージャーは自殺未遂とは云いません。やはり睡眠薬の飲みすぎだと云っています。それで、ママもここんとこ神経が疲れているので、しばらく静養しているという返事でした。どこに行っているかとまできけば、立入った質問になるようで、わたしの立場では云えません」

「ムアン」と契約し、客の車を誘導する仕事をしているジョーとしては、やはり店に遠慮があるらしかった。仕事をもらっている者の弱い立場だ。

「ママのこれ……」

山越は親指をそっと出した。

「高柳さんの姿も見えないかね？」

東洋商産の高柳社長が和子の実際のパトロンかどうかはたいそう疑わしいが、一応はそのつもりで訊いてみた。

「ええ、ちっともお見えになりません」

「そうだろうね」

もしかすると高柳は、和子の静養先でも偽装的な世話をしているのかもしれなかった。

「どうもありがとう」

切り上げるつもりで、伝票を手もとに引き寄せた。

「ママが居なくても、原田さんはこれからムアンにいらっしゃいますか」

「いや、七階の〝クラブ・たまも〟をのぞいてみるよ」

ジョーの眼が輝いた。

「〝クラブ・たまも〟も、わたしの仕事先でございます」

「ほう」

立ちかけた山越は、また腰をおろした。

考えてみると、ジョーは数店と契約しているのだ。一店だけでは収入にならない。その契約先が「ムアン」と同じサロン・ドートンヌ・ビル内にあるのは、能率的な意味からいっても自然のことだった。

「じゃ、きみは〝たまも〟の客筋のことはよく知っているんだろうね？」

もっけの幸いとはこのことで、ジョーに聞けば、「たまも」に行くまでもなくその様子は知れる。初めての店に行くのは、じつは気が重かったところだ。それに、店のホステスに馴染《なじみ》はなく、聞きこみがすぐに成功するとも思えなかった。

「よくというほどではありませんが」

ジョーは、山越のあまりに勢いこんだような表情に、ちょっと身を退《ひ》いた。

「〝たまも〟の客には社用族が多いかね？」

「まあわりと見えるほうですね。ですが、当節は、不動産屋さん、お医者さん、弁護士さんなんかがバーの客の主流になりましたね。そういっちゃ何ですが、そういった方々は当節荒稼ぎをなさっているという噂ですからね」

その不動産屋だ、まさに寿永開発の事業体は。——

「寿永開発という会社が〝たまも〟をよく使っていないかね？」

「寿永開発？」

ジョーは首を左右にかしげている。

ドアマンのようなジョーには会社の名はわかっていないかもしれない。バーや料理屋などでは、なるべく社名をあからさまに出さないようにしている。ジョーが聞かされているのは客の名前だけだろう。

店のホステスが供待ちの車のナンバーを書いた紙片をジョーに手渡す。それをジョーが持って、道路に群がる車の間を走獣のように駆けまわって、該当車を店の前に誘導してくるのだ。そのとき、車のナンバーだけでなく、それに乗る人の名がホステスたちの口から出ることもある。

山越は、質問を変えた。

「〝たまも〟に来るお客さんで、立石さんという名を聞いたことはないかね？」

「立石さん」は、東山梨郡湯山温泉の「馬場荘」に電話したとき、帳場の女がぽろりと洩らした寿永開発の社長の名だ。

ジョーは、さあ、と首をかしげていた。

「じゃ、宮田さんという名は？」

これもその電話で聞いた名だ。宮田は馬場荘で行なわれた寿永開発の宴会の幹事役だったらしい。

「……」

ジョーは、やはり首を捻っている。

山越はジョーの眼をじっと見た。首をかしげてはいるが、その瞳にはかすかな動揺があらわれていた。

「ジョー君」

山越は少々語気を強めて云った。

「きみとぼくの仲だ。隠すのは水臭いよ。正直に云ってくれないかね？」

ジョーは急に顔を仰向けにして、

「は、ははは」

と笑い出した。

山越は瞬間、あっけにとられた。

「いや、失礼しました」

ジョーは笑いを納めて、ぴょこんと頭をさげた。

「原田さん。いくら原田さんとわたしの間でも、それだけは勘弁してくださいよ」

「……」

「わたしのような仕事をしている者は、口がかたいのが身上でございます。それですから、契約先の店のママさんがたに信用されておりますので……。どのお店も、いらっしゃるお客さまがたのお名前は外部に隠しております。お客さまが名前の出るのをお好みになりませんのでね。それをわたしがべらべらとしゃべってごらんなさい、わたしの信用はいっぺんになくなります。そうなると、わたしの契約はお店からたちまち解除。つまりお払い箱ですよ」

「……」

「原田さん。このへんの事情をお察しください。わたしは弱い商売でございます」

そう云われると、山越は一言もなかった。

「そうか。わかった。無理を云って済まなかったね」

「いえ、わたしこそ失礼しました」

ジョーはまた「原田」の山越に頭をさげた。

ジョーが「立石」や「宮田」の名を知っているかどうかはわからないが、山越の「感触」では、どうやら知っていそうに思われた。

山越はエレベーターを七階で降りた。通路の左右にバーの名を出したドアがならぶ。「クラブ・たまも」はその通路のつき当りであった。看板の「たまも」は風雅な仮名文字だった。横に「会員制クラブ」の別な札があった。

樫《かし》のドアを開けた。そこまでは普通のバーと変りないが、店内の様子ががらりと変っていた。まず眼についたのは、正面奥に飾られた絢爛《けんらん》とした衣裳だった。着物というよりも小袖といった典雅さだった。これに照明が当って浮び出ている。その前に朱塗りの欄干があった。開いたドアにこちらを振りむいたホステスの三、四人が和服だった。

ははあ、日本調だなと思っている山越の前にあらわれたのが、蝶ネクタイの黒服であった。これだけは普通のバーと変らなかった。

「いらっしゃいませ。あの、どちらさまでしょうか」

揉み手をしている恰好だが、瘠せて尖った顔には鋭く咎《とが》める眼があった。山越はドアの表に「会員制クラブ」と出ているのを思い出した。

「原田商事の者ですが」

「お初めてでございますね？」

マネージャーらしいその男は審問した。

「そうなんですがね」

「申しかねますけれど、てまえどもは会員制になっておりまして、会員の方のご紹介がないかぎりは、ご遠慮ねがっておりますので。はい」

揉み手だけはつづけている慇懃《いんぎん》な拒絶であった。

男のうしろには、客席のざわめきがあった。

「ぼくの会社は、寿永開発さんとは取引関係にあります」

マネージャーは初見の客に眼をはなさず、

「原田商事さんね？」

と呟いた。

「そう。ぼくがその社長だがね」

山越は云ったが、鋭い眼つきのマネージャーはまだ彼の前に立ち塞がっていた。これだけでは弱いと思った山越は、

「寿永開発の立石社長とは取引の上から昵懇《じっこん》にねがっているが」

と、とっさに云ってしまった。

「あ、立石社長さんと？　さようでございましたか。どうも失礼いたしました。さ、どうぞ」

マネージャーの顔はようやくにゆるみ、山越に一礼して、身を開くと、ボーイに顎をしゃくった。

山越は案内されたテーブルに腰をおろした。柔らかい革張りのソファだった。床《フロア》の営業面積だけで三十坪もあろうか。雑居ビル内のバーにしては広いほうで、「ムアン」とそう変らなかった。

ホステスがくるまで、山越は店内を見渡した。正面に飾られた小袖は舞踊に使うように派手なもので、紅い色に刺繡《ししゅう》の金糸が光っていた。さきほど見たようにこれに中央の

照明《ライト》が当る。瑞雲模様の壁紙の前には舞扇《まいおうぎ》が開き、古色を帯びた景石が三つ四つ、ほどよく配置されてある。それらをならべた小棚の前が朱塗りの欄干であった。壁上のところどころには雪洞《ぼんぼり》形の照明具がついていた。

山越の坐っている壁にもその雪洞があり、その淡い光に丸額に入った色紙が映し出されていた。色紙には「玉裳の裾にしほみつらむか」と達筆に書き流してあるのが、やっと読めた。

あまりの和風調に山越が呆然となっていると、眼も次第に馴れてきて客席ぜんたいを熟視することができた。

三十人くらいのホステスの中には洋装もまじっているが、ほとんどは着物であった。客はまだ二十七、八人といったところ、年齢は四十代から五十代と若そうだった。不動産屋、医師、弁護士などが「たまも」の客の主流だというジョーの言葉を思い出した。会社の重役連だと、もっと年をとっている。

ホステスが二人、裾模様を動かしながら山越の席にきた。ボーイがオーダーをとったが、山越はブランデーの水割り、ホステスにも好きな飲みものを振舞った。

「ママさんは、どの人？」

山越がきくと、一人が向うのテーブルをさした。

うしろむきに、客にむかって坐っている女のひときわ目立つ衣裳ですぐそれとわかった。着物は夏塩沢、帯は芭蕉布《ばしょうふ》、こちらに見せたお太鼓には肉筆の太い竹の水墨が斜めにさっとひと刷毛《はけ》描かれてあった。髪は半分アップで、うなじが背に落ちる線をきれいに見せていた。

ホステスと二言《こと》、三言話す間もなく、そのママが向うの席をつと立って、山越のテーブルへ歩いてきた。細い顔だが、眼が大きく、とおった鼻筋と、やや厚い唇ながら締まった口もとが、山越の瞳を強くとらえた。

「いらっしゃいませ」

かがめた腰もいい線で、微笑する唇の間から艶やかな前歯をこぼして、山越の横に坐った。光線の加減か眉のあたりが翳《かげ》って、そこに険《けん》があった。

向うでは医者だか弁護士だかしらないが、着物のホステスらに囲まれた一団が、どっと笑った。

かいま見

「あなたがママさんですか」

山越は横に坐った白っぽい着物の女に顔をむけた。

「はい。そうなんですけれど」

笑《え》んだ彼女はかたちのいい顎を軽くひいた。

「ぼくはお店ははじめてですが、原田商事の原田という者です。よろしく」

「こちらこそ」

ママはうつむいて帯の間から名刺をとり出している。襟あしの白さが伸びていた。三十二、三くらいだろうか。懐からかすかに香水の匂いが漂う。

「よろしくおねがいします」

名刺には右肩に小さく「クラブ・たまも」と活字があり、中央に「増田ふみ子」と凸版にした草書体がならんでいた。

「ありがとう。……あいにくと、名刺を切らせたので」

額に指を当てて詫びる様子をし、もらった名刺は熟視した。

「この次にいらしたときに、いただかせてくださいまし」

ママの増田ふみ子は山越に大きな眼をあげた。

「持って来ます。この名刺の文字からしてそうだが、お店は和風で統一されていますね。装飾といい、ママさんはじめホステスの和服姿といい、よい雰囲気ですね」

「ありがとうございます。よそさまとはどこか違った特徴を持ちたいと思って、こんなことになりましたの」

「けっこうですな。なんだかバーに来ているような気がしませんね」

「あら」

「祇園《ぎおん》で遊んでいるような気分です」

「おそれいります。お上手ですわね。でも、それは少々オーバーですわ。お賞め言葉がお上手ですわ」

「そんなことはありませんよ。だいいち、ママさんの着物の趣味がいい。着物は塩沢ですね、帯は芭蕉布ですか。涼やかななかにも、しっとりとした重い落ちつきがあって、いいとり合せですね」

山越の言葉につられて、テーブルについているホステス三人もいっしょにママの着物と帯に羨ましげな視線を当てた。店の女たちも絽《ろ》の付下《つけさ》げとか絽の小紋とかそれぞれに見映《みば》えを凝らしているが、質といい択びかたといい、ママの夏塩沢にはとうてい及ばなかった。

「おほめにあずかりまして」

増田ふみ子は軽く頭をさげた。

山越はその着物をのぞきこむ。夏塩沢には、目立たないが派手な柄の織模様がある。彼はその袖の端を指で摘《つま》み上げんばかりにして眼鏡を近づけた。もちろん塩沢にもピンからキリまであるが、これは高級品で、まずは五十万円を下るまいと心の中で値踏みした。帯の麻織りも上等で、水墨の竹を日本画家に描かせた画料を入れると三十万円以上と推測した。こうした衣裳を、よそ行き用にとっておくのではなく、店へ毎晩のように無造作に着てくるのだから、よほどの贅沢に馴れている女と思われた。

「まあ大変」

着物や帯を指で撫でまわしそうな山越のしぐさを見て、ホステスたちは笑った。

ふみ子も困って、椅子の上で身を退くようにしていたが、微笑《わら》ってはいても、しかめた眉の間に険が淡く浮んでいた。これで年齢がさきほどの推定より一つか二つ、上にみえる。

「失礼しました」

山越はようやく顔をもとに戻して、

「うす暗いのでね、こうしないことにはよく拝見できません」

と、グラスに手を出した。

「おたくの会社は繊維関係をやってらっしゃるんですか」

ふみ子が真顔できいた。

「いえ、それとは無関係です」

「でも、着物にご趣味がおありのようですけれど」

「ぼくの趣味です。これでも若いときは画描きになろうと志して、画を勉強したことがあるんです」

「画家に？」

「そうなんです。希望は挫折しましたがね。でも、いまもって色彩には興味があるんですよ。ママさんの色彩感覚はすばらしい。色のとり合せが、じつにいい。……もし許してもらえるなら、お持ちの衣裳をすっかり拝見したいものですね」

「そんなに持っていませんわ」

ふみ子は口を手で蔽《おお》って笑った。上体を前に折った形にも自然の嬌態《しな》があった。

「あら狡《ずる》いわ。あんなことを云って、ママのお家《うち》へ行こうなんて」

ホステスが云った。

「バレたか」

山越が頭を掻いたので、女たちは笑った。

「ママさんのお家は、何処なの？」

彼は真向いにいる小紋のホステスにきいた。

「存じません」

ほかの女が、

「それがわかるまでには、お店にたんとお通いにならないとね」

と、顔をつき出して云った。

「もっともですな。これからせいぜい通いますよ」

「社長さんは、〝たまも〟をどうしてご存知でしたの？」

ふみ子がたずねた。

「取引先の人からですよ」

「あ、さっき、寿永開発さんとお取引があるようなお話でしたわね」

「そうなんです。あそこの社員とはその取引のことで懇意ですが、立石社長のお話もその人たちからよくうかがっていますよ。社長もぼくの社を応援するように云ってくださってるそうです。宮田さんの話ですがね。ありがたいことです」

山越は、「立石」や「宮田」の名をちらちらと出した。立石社長と親しいと云うと、立石がここへよく飲みにくるので、なんだかボロが出そうな気がする。社員の宮田くらいなら、話がごまかせそうに思えた。

「立石社長にはごひいきになっています。宮田さんもよくお見えになります」

ふみ子が、うなずいて云った。

「社長さんは、いつもおひとりで銀座界隈《かいわい》へおいでになるんですか」

ふみ子が問うた。

(社長さんとはおれのことかと貞一云い)と山越は川柳をもじった文句が浮び、内心でおかしくなったが、グラスに口をつけての笑いで紛らわせた。

「そう。ときどきね。でも、これで〝たまも〟の様子がわかったから、次から若い者を引具して来ますよ」

「どうぞお願いします」

「今夜は、ぼく一人でごめんなさい」

「どういたしまして」

「そのかわりといっちゃなんだが、あなたがたでどんどん飲んでください」

「ありがとうございます」

女たちは一斉に頭をさげた。

「この店は、いつできたのですか」

「まだ一年にはなりません。九月十日が開店一周年記念です。そのときは、ぜひ、いらしてください。みんなで大サービスをさせていただきますわ」

「よろこんで、うかがいましょう。……しかし、そんなに新しいんですか」

「前のお店を居抜きで買ったんです。それで、雰囲気をすっかり変えるために改装して、こんな趣向にしてみましたの」

「けっこうですな。それはママの趣味でもあるわけですね？」

「まあそうですね」

「粋《いき》ですよ」

「そうかしら？」

「店だけではなく、ママのことですよ」

「そんなことはありませんが、わたしはお洋服はダメなんです。似合わないのです。和服ばかりなので、そう見えるのでしょう」

「着物の択び方がいい。それに、着付がいいですよ。ぞっとするくらいです」

「あらあら、どうしましょう」

「ママ、いよいよ、たいへん」

女たちが、はやしたてた。

山越は最高の賞讃を口にしたが、それはまんざらお世辞だけでもなかった。上背のある増田ふみ子の、ひきしまったようで豊かな身体は、女の最盛期にあった。それを着物が包み、帯が胴を緊縛していた。さっき眼を塩沢の袖に近づけていたが、もり上がった膝は前を合せた長襦袢と着物を綻《ほころ》ばすくらいに張力があった。香水の匂いの中から、三十すぎという女ざかりの体臭も嗅《か》ぎわけられ、男の官能的な感覚をくすぐるほどであった。

顔は、化粧のせいもあるが、このうす暗さの中で抜けるように白かった。膝の皮膚も真白いにちがいない。袖に眼を寄せたとき、一瞬上を見たのだが、いくらか前襟を開いてのぞかせた胸の上から長い頸《くび》、つき出た顎にかけての旋律的な曲線、唇の下辺、隆《たか》い鼻、その下にある丶形の二つの鼻孔、すべて美女の条件を備えないものはないように見えた。

「ちょっと失礼します」

増田ふみ子は、山越をいささか持てあまし気味に、いままで居た向うの客席へ立って行った。その後ろ姿にも歩き方にも、艶《えん》があった。

見送った山越が、真向いの先輩格らしいホステスに首を伸ばした。

「ママは、こういう世界の育ちにしては垢ぬけているね。どこかに出ていたひとかね？」

「存じません」

女たちは笑っていた。

「なに、知っているんだろう？」

「それをお知りになりたければ、これから熱心にお店へ通ってくださることね。そしたらママが教えてさしあげると思いますわ」

「君たちは教えないのか」

「ママが自分で云わないかぎり、わたしたちは云えません」

「よっぽど秘密なんだな」

「そんなことはありません。でも、それくらいのお愉しみをお残しになったほうが、いいんじゃありません？」

その言葉が終るか終らないうちに、入口のドアが開いて、五人の客が入ってきた。恭々しくおじぎをしたマネージャーが席へ誘導するまでもなく、増田ふみ子が向うのテーブルから、すっくと立ち、先頭の客を迎えに行った。

「立石社長さんですわ」

ホステスが低い声で云ったので、山越はびっくりした。

五人の新しい客は、向うの隅の席へ坐った。小袖が飾ってある正面の右の端で、景石の下あたりであった。派手な小袖にライトが当っているので、隅のそこは闇が溜まっている感じであった。ママやマネージャーが躊《ため》いなくその席に五人を導いたところをみると、どうやらその暗いテーブルがこの常連客のお好みによる「指定席」のようであった。

山越は胸が高鳴りした。彼はそのほうにはなるべく顔をむけないようにして、退却の準備にかかった。

こんなところで寿永開発の社長立石に遭おうとは思わなかった。けれども立石がここをよく使っているのは、分っている。増田ふみ子も、さっきそう云ったばかりではないか。遭うのが当り前だった。ただ、時間が同じになったのが、偶然といえる。

山越は、まずいことになったと思いながらも、この偶然を利用した。この際、寿永開発の立石社長なるものの顔を見ておくことだ。

が、それは彼から問うまでもなく、ホステスのほうから云い出した。

「社長さん、あそこに宮田さんがいますわ」

向うのテーブルでは、いま席についたばかりの小さな混雑があった。女たちが一斉にそこへなだれて行ったし、ママはまだ坐らずに女たちやボーイらを指図していた。五人の客もお互いが、がやがや云っていた。

前にいる小紋の女が山越に宮田の存在を知らせたのは、さきほど山越が取引関係で宮田と懇意だと云ったからだ。山越はちらりと向うへ視線を走らせた。

「どれ、どこに?」

ホステスも露骨には振り返らず、身体を斜めにして瞳をいっぱいに向うへ寄せた。

「ほら、いま、社長にお絞りをさし出しているじゃありませんか」

たしかにそういうことをしている背の低い男がいた。肩幅の張っている三十五、六くらいの年齢だった。縁なし眼鏡をかけている。

お絞りなどはホステスに任せればいいものを、それを取って社長に捧げるところなどは、いかにも側近の忠義ぶりであった。これだと、湯山温泉の馬場荘での宴会に幹事役をつとめる適任者に思えた。

ただ、それほどの忠義者が、お絞りの入った竹籠を片手に持ってさし出していたのが不似合いであった。なぜ、両手で捧げないのであろう。もしかすると、それも立石社長に馴れているということからか。

その立石社長だが、これも小肥りで太い黒縁の眼鏡をかけた赭《あか》ら顔の男であった。両肩がずんぐりともり上がっている。眼鏡をはずしてそれをテーブルに置き、お絞りのタオルをひろげて顔を拭いていた。髪は多く、黒々としていて、四十七、八かと思われた。増田ふみ子の言葉を受けて、大口を開けて笑っていた。丈夫そうな白い歯がむき出ている。暗い場所だが、それくらいは微光でわかった。一度見たら、容易に忘れがたい顔であった。

これだけ眼に収めれば、もうたくさんである。これ以上の長居は危険だった。それでなくとも、ママのふみ子が、立石や宮田に「寿永開発と取引のある原田商事の社長があの席に坐っている」と云いはしないかと、それが山越の心を脅かしていた。

原田商事？　はて、そんな取引先があったかな。でも、宮田さんとはご懇意だとおっしゃってましたわ。宮田、おまえ、お眼にかかってこい。

宮田がこちらにやってきたら百年目である。向うを見ると、まだその段階にはなっていなかった。ザワザワがつづいていた。

「あら、もうお帰りですか。立石さんや宮田さんとお話ししなくてもいいんですか」

小紋が、立ち上がった山越を意外そうに見上げた。

「いや、急用を思い出したんでね。時間がないから、せっかくおたのしみのところを、なまじっかお邪魔しないほうがいいだろう。黙っていてください。あ、ママにも黙っててもらうように云ってください。それに、ぼくを送りに出ないでもいいと云ってね」

山越は、いそいでそのように手当てをし、奥の席へうしろむきになって、レジへ足早に歩いた。

マネージャーが傍に寄ってきた。山越は、今夜は初めてだからといって勘定を現金で払った。

増田ふみ子が向うからこっちを眺めているのがわかった。その席にいる寿永開発の五人の視線を背中に感じたときは虎の尾を踏む心地だったが、ドアを閉じてそれを遮断した。

エレベーターで下に降りたとき、彼は大きな息を吐き出した。

自問の胸

ビル階下のだだっぴろいホールは、各階店の玄関先のようなものだ。いちおう高い天井にはシャンデリアが輝き、大理石の床面を照らしているが、ほかに装飾とてなく、正面奥の二つのエレベーター昇降口の横に入居店の名があるのみで、空洞のように殺風景なものだった。

七階の「クラブ・たまも」を逃げ降りてきた山越は、そこで大きな息をつき、さてこれからどうしたものかと考えていた。まわりにエレベーターを待つ客が十二、三人かたまっていた。

エレベーターのドアが開いて、七、八人が吐き出された。三人の帰り客を見送る五人の女たちがつづいたが、その賑やかな一群の最後に出てきた蝶ネクタイの男の眼と山越のそれとがばったり遇った。

やあ、と山越のほうから声をかけるよりも先に、蝶ネクタイの上に乗った顔が、ゆらりと前に傾いた。「ムアン」の支配人で、横内三郎、通称サブちゃんとは、先刻遇ったジョーから聞いた。

通り過ぎようとする横内三郎の前へ、塞がるように山越は出た。

「やあ、今晩は」

山越から声をかけた。

「いらっしゃいまし」

横内は仕方なさそうに、改めておじぎをしなおした。

山越は「ムアン」の常連というほどではなく、山口和子の自殺騒ぎの二カ月くらい前から五、六回来ている程度であり、それにいつも一人だから店にとって上客ではなかった。金の遣いかたも渋かった。マネージャーから上面《うわべ》だけのおじぎをされても仕方がなかった。

横内は両頰がすぼみ、鼻が隆く、顎が尖り、眼が引込んでいる。背はひょろ高く、撫《な》で肩をしている。店の中ではそれほどとは思わなかったが、いま、こうして一対一で対《む》い合っていると、真上に吊り下がったシャンデリアの光りぐあいもあって、その瘠せこけた顔には一種の凄涼さといったものがあった。

「ママは出てきているかね?」

山越は、横内の顔からちょっと眼を逸《そ》らしてきいた。

「いえ。まだ店には出てきておりません」

横内は叮嚀な言葉だが、そっけなく答えた。

「この前、店に行ったときに女の子に聞いたのだが、病気はまだ癒らないの？」

山越は、山口和子の病気が睡眠薬の呑みすぎか、「自殺未遂」かは口に出さず、もちろん自由が丘の彼女の家をジョーといっしょに偵察したこと、柿の木坂の山瀬病院に行ったことなど、おくびにも出さなかった。

「ずいぶん長く休んでいるね。よっぽど悪いの？」

「いえ、もうだいぶん快《よ》くなっております。けど、中途半端な状態で店に出てきてもらって、また具合が悪くなってはということで、この際、もう少し静養することになっています」

「静養？　じゃ、涼しい土地の温泉にでも？」

「ママはハワイに行っております」

「ハワイ？」

「わたくし、ちょっと急用がありますので、これで失礼します」

横内は片方の掌を前に出して、ごめんくださいというように、そそくさと山越から離れて通りのほうへ出て行った。街路には車の群れがもう集まっていた。

山口和子がハワイに居る。――山越には意外であった。山瀬病院をとうに退院したとは思っていたが、そのあと自由が丘の自宅に鳴りをひそめて引っ込んでいるとばかり想像していたのだ。

睡眠薬の飲みすぎくらいなら、病院の手当てで、予後の心配はないはずである。では、自殺を企てた衝撃からまだ立ち直れずに、遠くハワイに行って、そこで傷心を癒《い》やそうというのか。国内よりも、なるほど、気分が変っていいかもしれない。

和子が自分の金でハワイに滞在しているとは思えない。そのいっさいの費用はパトロンが出しているはずだ。東洋商産の高柳社長を表むきの旦那にして、かげにかくれた実際の庇護者のことである。

和子がひとりでハワイに居るとは思えない。だれかが付いているのだろう。高柳は東京で仕事をしている。いくら蔭の人物に高柳が義理立てしていても、忙しいのに、ハワイまで付いてゆく時間も勇気もあるまい。

とすると、ハワイの和子はその蔭のパトロンといっしょに居るのか。

自由が丘の和子の家を外から見ての帰りにジョーが云ったことがある。

(高柳さんの気持に変化が起ってきた、つまりママに秋風が吹いたのです。それをママが敏感に察して、いざこざが起ったのでしょう。そのトラブルを秘書に見せたくないから、高柳さんは彼を連れてこなくなったのでしょう。……)

高柳の秘書のことで、和子の家で働いていた家政婦石田ハルが云ったことがある。秘書は中村といって年配の人で、髪は黒々としているけれど、動作が鈍く、高柳が和子の家にくるときのお供以外には役に立ちそうにないくらい頭の呆《ぼ》けた秘書だという。

ジョーは云ったものだ。

(どうもママは狂言自殺を企てたような気がしますよ。男から秋風が吹くと、女はよくその手を使います。若い男女の色恋じゃありません。ママにとって高柳さんは金ヅルですからね。大切なパトロンです。それに去られたらお先真暗です。狂言自殺でもして脅かし、高柳さんをつなぎとめておかなければならぬわけです）

高柳が偽装パトロンのうたがいがあるいま、ジョーのこの言葉は、そっくり真のパトロンに置きかえて推測することができる。和子は、その男に飽かれたか、その男に新しい愛人ができたかして、それに悩み、狂言自殺となったのであろう。

してみると和子のハワイ滞在は、「自殺」におどろいたそのパトロンが、彼女を宥《なだ》め、機嫌をとるためにそうさせたのかもしれない。それだと辻褄《つじつま》が合ってくる。ただし、そのパトロン自身は彼女とは同行せずに、だれかを介添役に遣っているとも考えられる。

すると、山越の頭に閃《ひらめ》くものがあった。

山越がそのヒントを頭の中で追いながら、雑居ビルのホールから通りに出たとき、そこで当のジョーと再び顔を合せた。

「おや、もうお帰りですか。〝たまも〟はいかがでした？」

行動的な「制服《ユニフォーム》」に似合うきびきびした口調だった。道路に車は群れていても、誘導の仕事をはじめるにはまだ早く、待機といった恰好であった。

「変った店なのにおどろいたよ。徹底した日本調だね」

「でしょう。はじめてのお客さまは眼をみはります」

「ジョー君。忙しいだろうが、少しくらい話ができるかね？」

「ええ、立ち話でしたら」

「立ち話でけっこうだ」

二人は表に出て、ビルとビルの狭い間に立った。ここは暗く、灯の蔭になっていた。前の歩道を通る人もこっちには眼を向けなかった。

それでもあたりを見回して山越はジョーにきいた。

「〝たまも〟のママの増田ふみ子というのは、たいへんな美人だね。それに粋《いき》だよ。とてもバーで修業したとは思えない。芸者だったのかね？」

「さすがお目が高うござんすね。新潟ですよ」

「新潟？」

「新潟市の古町だという噂です」

「ううむ」

古町は花柳界のあるところだった。

「その新潟美人がいつごろ銀座へ出てきたのかね？」

「一年前だそうです」

「一年前？　じゃ、〝たまも〟の開店と同時じゃないか？」

「そうです。まっすぐに新潟から東京へ出てきて、銀座で開店なすったんですね」

「たいへんなものだ。その花を新潟から引っこ抜いて店を開かせた器量人はだれかね？」

「存じません」

「店は一年前に居抜きで買って、現在のように改装したそうだが、あの凝《こ》りようでは金がかかっているよ。それに、ママの衣裳だ。高価《たか》いのをきている。あれだけの投資をしているからには、スポンサーも相当な金持だろうね。どこのだれとは問わないが、せめて輪廓なりとも聞きたくなったね」

「それがわたしにもまったく見当がつきませんので。関係者には、秘中の秘でしょうから」

「きみのような仕事をしている人にはわかると思ったんだがな。……あ、そうか、やっぱり得意先のことは云えないんだね……」

「いえ、ほんとに知らないんです。原田さんはまた〝たまも〟のママにえらく興味をお持ちになったものですな」

ジョーの口もとが笑った。

「女っぷりがあんまり際立っているからな。ぼくがそう思うくらいだから、店はママで繁昌しているだろう？」

「たいそう忙しいようです。〝ムアン〟のママが長らく休んであそこが閑《ひま》なだけに、同じビル内にある〝たまも〟の繁昌は対照的ですね」

「さっき店に寿永開発の立石さんという社長一行が入ってきたよ」

「………」

ジョーの顔が一瞬緊張したようだった。が、暗くてそれが山越の眼には知れなかった。

「寿永開発は〝たまも〟をよく使っているのかね？」

山越はもう一度訊ねた。

「わかりません。これもお話ししたように、お車を会社名で呼んだことはありませんから」

「そうか、そうだったね。じゃ、立石さんの名も、宮田という人の名も？」

「知りません」

ジョーの答えは、先刻と同じであった。

「なあ、ジョー君」

山越は質問を変えた。

「〝たまも〟のママのスポンサーは、寿永開発の立石社長じゃないだろうかね？」

「………」

「寿永開発という会社を君は知らんというが、不動産会社だよ。不動産屋は当節ウケに入っている商売だ。札束で新潟の花柳界から越後美人を引きぬいて来て、銀座のどまん中でバーを開かせる才覚は、不動産会社の社長以外にはないように思われるがね」

「さあ、わたしには、なんとも……」

「判断がつかないというのかね？」

「つきませんね」

「じゃ、訊くけど、東洋商産の高柳社長は、〝ムアン〟のママの旦那ということになっているがね、その高柳さんも〝たまも〟で飲んでないかね？」

「まさか。〝ムアン〟の手前、それはできないでしょう」

「そうすると、高柳さんは、寿永開発の立石さんやほかの連中とは、よその店で飲んでいるのかな」

「どういう意味ですか」

「これは人には黙っていてくれ。内緒だよ。ぼくの調べたところでは、高柳さんの東洋商産は立石さんの寿永開発とはきわめて親しい。商売上の取引では珍しくないが、東洋商産は建材部門を主にした総合商社だ。もとは繊維の大手商社で、いまでも繊維部門を残している。そういう会社が、どうして不動産会社と親密なのかね。どういう取引があるというのかね？」

「わたしなどにお聞きになってもわかりませんが、東洋商産が建材を扱っていれば、不動産会社と縁がなくもないのでしょう」

「建材を売る商社は建築会社じゃない。土建業者に建材を供給しているだけだよ。不動産屋と因縁があるのは土建業者だ」

ジョーを相手に山越がそんなことをしゃべるのは、自分自身に分析を聞かせることだった。人に話すときは考えが具体的となり、整理され、まとまり、そしてその段階で思考の不備に気づくものだった。

「まあそうですね」

「しかもだよ、交際面では、東洋商産の高柳氏が寿永開発の立石氏に一方的にサービスしている。これは両社長個人どうしの間というのではなく、会社間の関係だよ。普通、サービスするのは、受益者のほうだ。業種がまったく違う東洋商産は、寿永開発からどういう取引上の利益を受けているというのかね？」

「わかりませんね」

ジョーの返事はどっちでもよかった。山越はなおも自分に問うている。

「したがって、〝たまも〟で寿永開発が飲むツケは、東洋商産に回っていると思うよ。だから、高柳さんも〝たまも〟に来ているんじゃないかと思ったんだがね。それが現れないところをみると、店のツケだけを引き受けているのかな？」

「原田さんは、よくお調べになったものですね」

ジョーはいささかおどろいたようだった。

「なに、調べたというほどではないが、なんとなく耳に入ってくるのさ。われわれのようなジャーナリストには情報がどこからともなく入ってくる」

山越はジョーにはフリーのジャーナリストだと云ってあった。

「そんなものですかね」

「そういうもんだよ」

二人はちょっと黙った。それを先に破ったのは、やはり「原田」の山越のほうだった。

「ところで、さっき〝ムアン〟のサブちゃんに遇ったよ」

「マネージャーですか」

「サブちゃんの話だと、〝ムアン〟のママは、いまハワイに行っているそうだね」

「へえ、ハワイですか。それはわたしも初めて聞きました」

「ハワイとは豪勢な静養だね。いつごろから行っているのかな」

「よくわかりませんが、柿の木坂の病院を退院してからすぐじゃないですか。とすれば、一カ月くらい前ですかね」

「ママの睡眠薬騒ぎは、狂言自殺というのがきみの推測だった」

「困りますね、原田さん。あれはぼくの思いつきにすぎません。根拠はなにもありません。もう忘れてください」

「パトロンに秋風を吹かれたので、ママが狂言自殺の挙に出たというのは迫真性があるよ」

「もう勘弁してください。このとおりです」

ジョーは両手を上げて制帽の上に置いた。

「ハワイ滞在はママの自力ではあるまい。すると狂言自殺が功を奏してヨリが戻り、パトロンが金を出してママをハワイに静養にやらせたのかな」

ジョーには云わないけど、山越はまた別のことも考えている。さっき頭にぽかりと浮んだヒントだった。

甲斐の馬場荘の家族風呂をのぞいて、その脱衣籠に見たのは、なまめかしい湯文字だった。山口和子はいつも洋服だ。湯文字はもちろん和服の下につける。これと、「たまも」の増田ふみ子とが重なってきていた。——

取材者の立場

湯山温泉の馬場荘の家族風呂で、桃色の湯文字を見たといっても、それを「クラブ・たまも」の増田ふみ子に結びつけるのは突飛すぎるくらいに短絡かもしれない。世に和服を着て温泉へ行く女は何万人と居よう。

それでも山越にそういう想像が起ったのは、いわば直感というやつで、理屈なしの、天啓のような閃きであった。

一つには、その湯山温泉の所在が東洋商産の含み資産である山梨県東山梨郡内牧町および同郡五原村の広大な山林に近いことにあった。東洋商産の創始者は、この「信玄隠し湯」の一つたる湯山の馬場荘にはたびたび行っているのだ。

げんに山越自身が人里はなれた馬場荘を見たとき、これは信玄の隠し湯ではなく、男女の「隠れ湯」だと思ったほどである。人目を避けるにはもってこいのところで、あんなところにかくれていると、東京の者はちょっと気がつくまい。

湯文字の女が増田ふみ子かどうかはまだわからないにしても、いっしょに風呂に入っていた男が立石だったという可能性は強い。馬場荘にヤマかけの電話をしたとき、帳場の女は寿永開発の立石社長の名も宮田という宴会幹事役の名も知っていた。してみれば、立石が常からあの馬場荘を隠れ場所にして、女と二泊か三泊かしているのは十分に考えられる。

こう推定するなら、「たまも」に始終来る立石は、増田ふみ子を愛人にしていて、彼女と馬場荘に来ていたという推測が成り立つ。その推察を助けるのが、家族風呂の脱衣籠に置かれた桃色の湯文字だ。山越は、そう考えるのである。——

「原田さん」

ジョーの声が山越の思索を破った。

「わたしは、これで失礼します。仕事の時間が迫りましたから」

見ると、車の群れはさきほどよりもだいぶん増えて、道路に溜まっていた。黒塗りの車にあたりの灯が散らばっていた。

山越もこれ以上ジョーを引き止められない。

「おおそうか。どうも邪魔したね。けど、いまのぼくの話は、絶対に内密だよ」

「心得ております」

ジョーは長靴の踵《かかと》を揃えて挙手の礼をすると、そのまま背中を回して彼の「仕事場」へ足早に向かった。

見送った山越が、そのビルとビルの狭い間の、割れ目のような奥に、とっさに身を引込めたのは、前を通る縁なし眼鏡の、ずんぐりとした背の小さな男がとつぜん視野に入ったからだった。まさしく「たまも」で見かけ、そこのホステスに教えられた寿永開発の宮田であった。

宮田は左手をポケットに入れ、右手は出して、これをぶらぶら振りながら、せわしげに山越のかくれている前を通過した。

割れ目からおそるおそる出た山越が、そのほうをのぞいて見ると、急いで前方を歩く宮田は左右に首を振り振りして何やら人を探している。その様子からすると、「たまも」をとび出した宮田は、山越を追いかけているようであった。

思うに、山越が「たまも」を出て行ったあと、ママの増田ふみ子は立石社長に、おたくの会社と取引のある原田商事の社長が、たった今までそこのテーブルに居られましたよ、と話したにちがいない。

原田商事？　はて、そんな取引先があったかな、と立石。でも、宮田さんとはご懇意だとおっしゃってましたわ、とふみ子。宮田、おまえ、その男を見てこい、と立石。かしこまりました、と宮田は立石社長の命を受け、「原田商事の社長」訝《あや》しとばかりに後を追ってきたのだろう。

　宮田は人ごみの中、歩道をきょろきょろしながら向うへ歩き、脇に駐車している車の中をのぞいたりしている。「原田社長」の人相、特徴を、ふみ子やホステスらから聞きとって来たようだ。

　これは危ない、と山越は首を縮め、ふたたび虎の尾を踏む心地に戻り、宮田とは逆方向へ歩き出そうとして、そっとふり返ると、その宮田は誰かと出遇って歩道に止まり、立ち話をはじめていた。

　流れて集まる銀座の灯に透かし見ると、宮田の話し相手は、彼よりは数センチも背の高い細身の男で、黒服に蝶ネクタイを締めていた。「ムアン」の支配人サブちゃんこと横内三郎とすぐにわかった。

　横内は宮田から話を聞くと、これもきょろきょろとまわりを見まわし、宮田といっしょに向うへ歩き出した。どうやら横内は宮田に協力して「原田社長」探しをはじめたらしかった。

　山越は、おやおやと思った。「ムアン」のマネージャーは寿永開発の宮田をよく知っているらしいのだ。これは一体どういうことだ。寿永開発もふだんから「ムアン」を使っていたのか。

　だが、考えてみると、これはそう意外でもない。東洋商産の高柳社長を中心に置くと、「たまも」は高柳の寿永開発接待のための場所、「ムアン」はそのママの山口和子が高柳の「偽装」愛人だ。だから「ムアン」もまた高柳が寿永開発をサービスする饗応先になっているのであろう。「ムアン」の支配人サブちゃんが、客の宮田と顔見知りなのも、そう不自然ではない。

山越はそうは考えたけれど、宮田への横内の協力ぶりが気になった。客に対する義理以上に彼の協力が積極的に見えたからだ。むしろ横内のほうが宮田を引率して「原田社長」探しに歩いているように見えた。

このぶんだと、宮田の話を聞いた横内は、「原田社長」が「ムアン」の客の「原田」と同一人だとすぐに気づいたようである。そう気がつけば、彼がジョーのところに戻って「原田」のことを訊くのは必至だ。

そのジョーはすでに仕事を開始していて、車の群れの中を飛び回っていた。

山越は割れ目から出ると、宮田、横内の二人とは反対方向へ、蒸し暑い夜の空気を切って逃げるように歩いた。

山越が眼をさましたのは九時すぎだった。夏の朝の光は、もう真昼のそれのように、せまい窓のカーテンごしに枕元まで来ていた。池袋の古いアパートの一室だった。裏の家から火のついたような幼児の泣き声がしていた。

山越はのそのそ起きて手洗いに行き、仰向いて含嗽《うがい》の声を上げ、歯ブラシをくわえる。洗濯機の前に立っている女房はそういう夫を一顧もしなかった。

女房は、山越が一日じゅう出歩き、毎晩のように遅く帰ってくるのが不服だった。「フィナンシャル・プレス」の仕事をしていると言ってあるが、正式社員でないから、身分の保証とてなく、給料は安くて、しかも嘱託だから原稿料計算という変則であった。そのために取材活動に社員の二倍くらい働かねばならない。得た材料は脇坂編集長に提出し、編集長がこれを部員に渡して記事を書かせる。取材が足りないと云われると、そこへ何度も行かせられる。その結果、一部が採用されて記事になることもあるし、ボツになることも少なくなかった。

脇坂編集長は、山越に取材させても、彼には絶対に記事を書かせなかった。それが社長兼主幹の清水四郎太の命令でもあるらしかった。嘱託の身分の者には記事を書かせないというところに、清水四郎太の官僚的な性格があった。財界の主だったところや政界人とつき合っていると、自然と彼らの体質が移るものらしかった。

山越は、自分の取材によって書かれた記事を読むたびに不服でならなかった。突込みが足りない。足りないというよりは、肝腎《かんじん》な点を避けている。その回避のしかたが問題で、それはあきらかに先方の弱点であり、欠陥であった。先方というのはほとんどが企業であり、経営の内容であった。企業がいやがる記事を載せないということは、清水四郎太が事前に先方と何らかの交渉を行なったことがよみとれる。

先方の弱点を避けるだけならまだしも、ひどいときはまったく別方向にねじまげた記事になっている。批判が賞讃になっているのだ。ここまでくると、清水四郎太の裏取引は歴然であった。

山越は、はじめはそれに憤慨したものだが、近ごろでは馴れっこになって、そう腹も立たなくなった。フィナンシャル・プレス社といえども商業雑誌だ。「財界の木鐸《ぼくたく》」をもって任じてばかりもおられまい。発行部数三万部程度では、「商売」もしなければならないのだ。

山越は、自分の取材による記事ばかりではなく、他の記事も丹念に読む。そうすると、記事が回避している点、修正している点、歪曲《わいきょく》している点がわかってくる。社長兼主幹の清水四郎太の書くものは、主に財界の人物論、大企業の経営者論であった。ところが昨日まで賞讃していた人物が、とつぜん批判されたり、またはその逆だったりする。擒《きん》縦《しょう》自在だ。財界に顔のひろい清水四郎太だけに、「商売」のコツは妙を得たものだと山越は感歎するのであった。

それにくらべると、わが身はどうだろう。取材者という名の下働きで、安い報酬に甘んじ、身分は不安定である。いまだにこういう安アパートに住んでいる。夜おそくまで働いているが、仕事の内容をいちいち女房に云ってもはじまらないし、理解もできない。それで女房は夜中に帰る亭主を疑っている。いまもそこでわざとのように洗濯機の音をガアガアと鳴らしていた。

山越は、それに知らぬ顔をして歯ブラシをゆっくりと動かしていた。人間は、放心状態のときに、忽然と脳に電波のようなものを感じるものだ。いまの山越がそうだった。

馬場荘の家族風呂の板の間にある脱衣籠の上には男もののカツラが置かれてあった。もちろん風呂に入る前に、男が脱いだものだ。

「クラブ・たまも」でかいま見た寿永開発の立石社長は、黒々とした豊かな頭髪を持っていた。すこしもカツラを必要としない頭であった。年齢もまだ四十七、八だ。

それに、立石は太い黒縁の眼鏡をかけていた。風呂に入る前には眼鏡をはずすのが普通である。なのに、カツラはあっても、眼鏡が置いてなかった。

なんということだ。いまのいままで、湯文字の主を「たまも」のママ増田ふみ子と思っていたのはともかくとして、その相手の男を立石と考えていたのは、とんでもない間違いだった。むろん高柳秀夫でもない。

――すると、あのカツラの男はだれだろう？

山越は十一時にアパートの部屋を出た。

出しなに女房がじろりと見て、

「今晩もまた遅いんですか」

と皮肉な口調できいた。

「遅い、遅い。仕事だからな」

山越も意地になって云い捨てると、出入口のドアを音高く閉めた。鉄階段に靴音を鳴らして降りると、幼児を遊ばせている近所の主婦に挨拶された。これには無理して笑顔をつくらねばならなかった。

バス停前のタバコ屋にある赤電話を取った。

「主人はいま外出していますが、あと四十分もすれば帰って参ります」

江藤夫人の声が云った。

これからバスで池袋駅に出て、山手線で新宿に行き、小田急線下北沢駅に降りて、あの擂鉢《すりばち》の底のような所にある江藤達次の家までとことこと歩くには、四十分はゆうにかかる。

下北沢駅に下車したのが、正午前だった。改札口を出てすぐに駅前の昭明相互銀行下北沢支店の白い建物が眼に入った。この銀行の「人類信愛」の標語はもう見飽いているので、そのウインドウの前はろくに見もせずに素通りして、商店街のだらだら坂道を下りかけた。

だが、正午《ひる》どきの訪問は時間的にまずいと山越は気がついた。朝飯も食べずにアパートを飛び出したので、自分も腹が空いていた。通りに見かけたソバ屋へ入った。天丼《てんどん》を頼んだ。それができるまで、そこいらに置いてある新聞をとりあげた。朝刊は出る前に読んできたのだが、これは別な新聞だった。

大きな見出しにざっと眼を通したが、報道は今朝読んだのとそう変りはない。近ごろは無事泰平の世のようだ。

記事面に読むところがないから、下の広告面に眼を移した。一ノ面が出版広告、二ノ面が雑誌の広告、三ノ面が週刊誌の広告、四ノ面が分譲マンションの広告と繰ってゆくうちに、「ヘア・ヤンガー」という広告の文字が眼についた。

小さな顔写真が二つならんでいる。同一人物で、一つは頭の毛がうすく老《ふ》けて見える。一つは黒髪がゆたかで、見違えるように若い。これはカツラの広告で、商品名の「ヘア・ヤンガー」とは文字どおりカツラをつけるとすっかり若い顔になりますというウタイ文句であった。

広告の写真だけでも、なるほどカツラの顔は若い。ちょっと見ると同一人とは思えぬくらいであった。

天丼が運ばれてきても、山越はなおもその広告写真に見入っていた。記憶に出るのは、やはり馬場荘の家族風呂のカツラであった。あの男は光沢ある禿頭《とくとう》か、雪のような白髪か。若い女を同伴する手前、人眼だけでも若く見せなければ、つりあいがとれないのだろう。

その男は寿永開発の立石でもなければ、高柳でもないとわかったいま、山越の知識範囲に入っていない人物であった。

知らない人物をいくら頭の中で穿鑿《せんさく》してもはじまらない。山越は天丼を食べ終って外に出た。

坂道をだらだらと下って窪地の小広いところにある江藤家の玄関に立った。垣根の中は樹木が手入れしないままに精力的に繁り、草もこの前来たときよりは一段と伸びて、草いきれがするくらいだった。

「原田さん。こんどわたしは東洋商産の会長を退くことになりましたよ」

座敷に通されて対座したとき、江藤達次から聞いた最初の声がこれだった。

「えっ、会長を退かれる？」

山越はおどろいて、江藤の顔を見つめた。この前ここで会ってから二週間しか経っていないが、三カ月も見なかったように江藤の顔は憔悴《しょうすい》していた。はだけた浴衣の間から浮き上がった肋骨《あばらぼね》が数えられた。

「うむ」

「それは、まだお早いじゃないですか。もっともっと先でよろしいんじゃないですか」

「ありがとう。……こちらはそう思っていても、先方ではそう思いませんからね」

「先方？」

「高柳君から引導を渡されたんです。つまり、わたしは会長をクビになったんですよ」

江藤達次は、額に皺を寄せ、唇の端を歪める複雑な微笑をした。

「株主総会は、いつですか」

「まだ二カ月も先ですがね。それなのに役員会で会長退任をさっさと決めてしまったんです」

「役員会の全員一致で？」

「高柳社長はワンマンですからね。役員で反対できる者は一人もいません」

江藤の眼は、無念そうに潤《うる》んできた。

会長の末路

高柳社長から会長退任を云い渡された江藤達次は、それを山越に話すことから次第に昂奮し、額の上まで血の色を見せた。

「急なことですね。それは高柳社長から、じきじきに云われたのですか」

山越も、他人事《ひとごと》とはいえショックだった。江藤の身がこんなに急転直下するとは思わなかった。

「先日、あなたと電話で話しましたな。わが社と寿永開発との間の交際費の件で、会計課整理係主任に伝票を調べさせたことをね」

「あ、あれはありがとうございました。たいへん参考になりました」

山越に頭をさげられ、礼を云われても、江藤にはそれがどのように参考になったか問い返す余裕もなかった。

「あのあとに高柳君がこの家に来たんです。訪問したいという申込みを昼に電話してきたので、なんの用事かわからないまま、ぼくは待っていました。だから、あなたからその前にここに来たいとの電話があっても、今夜は困ると云ったんです」

そういうことだったのか、先約とは高柳が来ることだったのか、と山越ははじめて知った。

「高柳社長は、会長さんにむかって、どう云われたのですか」

「高柳君は、そこに坐ると、いきなり畳に両手を突いたんです。会長、何もおっしゃらないで、わたしのわがままをお許しください、どうかご承諾ください、と云うんだ。こっちはなんのことだかわかりゃしない。彼が切り出したのが、ぼくの会長辞任の件を午前中の役員会で決定したということなんです。理由は、後進に道を譲ってほしいというのです」

「すると、社長の高柳さんが会長になって、専務か役員のだれかが社長に就任するのですか?」

「いや、そうじゃないのです。高柳君の社長はそのままです。会長は空席にするというんです」

「それじゃまるで会長の追い落しじゃないですか」

「そのとおりです」

「高柳さんは、そうしておいて、ますます独裁ぶりを発揮しようというわけですか」

「わたしは会長でも、会長らしい権限は何一つ持たされていなかった。社の方針を決める重要事項でも事前に相談されることはなく、すべて報告による事後承諾です。代表権もないのです。会長としての判コも、社長室秘書がここに書類を持ってきて、捺印《なついん》個所を指示するだけです。けど、これまでわたしは黙ってそれに従った。異議は唱えなかった。異議を云っても通らないことはわかっていましたからね。わたしが文句を云うと、社長とその一派の役員連と喧嘩になります」

「……………」

「原田さん。世にこんなおとなしい会長がありますか。いや、こんな無力な会長がありますか」

「高柳さんは、会長が社長時代に引き立ててあげたのでしょう？　高柳さんにとって、会長は恩人じゃありませんか」

「忘恩の徒です」

正座している江藤達次は、膝の上に置いた手を戦《わなな》かせた。白い髪が立ってみえた。

「しかもですよ、原田さん。会長を退いたわたしを相談役にもしないのです」

「えっ、なんですって？」

「非常勤の顧問です。顧問料も僅かな捨て扶持《ぶち》です」

「会長！　あなたは高柳さんのその申入れを承諾なすったんですか」

「はい」

「なぜ、突剣《つっぱ》ねなかったのですか。そんな理不尽な要求は飽くまでも拒絶なさるべきです。会長が拒否すれば、社長も役員会も、どうしようもないじゃないですか」

「けどね、次の株主総会では、けっきょく高柳君にリードされる役員会の提出案が通過します」

「それは、ま、そうかもしれませんが」

「ここで高柳君に抵抗しても無駄なんですよ。いたずらに社のみっともない争いを世間にさらすだけです。わたしは東洋商産を愛していますからね」

江藤は泪《なみだ》ぐんだ。彼は懐から紙を出して洟《はな》をかんだ。

「会長の愛社精神はご立派ですが……」

「ぼくも一度は、あなたの云うように高柳君の申入れを断わろうかと思いました。けど、そんな無理をしてまで会長に残ったとしても、ぼくはまるで針のムシロに坐らされているような状態になります。どうせ次の株主総会で会長をクビになるなら、形式的でも、ここで高柳君の頼みを諾《き》いてやろうと思ったんです」

おとなしい会長だが、膝あたりの着物を握りしめていた。

「しかし、それじゃまるで報復人事と変らないじゃありませんか」

「……………」

江藤は黙って承認した。

「なぜそうなったか、会長にお心当りはありませんか」

「高柳君は突然云ってきた。何ひとつ思い当ることはありません」

会長退任を決定するなら、どうして次の株主総会直前までそれを延ばさなかったのか。

そうしてその間に、高柳は江藤との間に穏便に話をすすめなかったのか。

さらには、会長を退いた江藤をなぜ相談役にもつけないで、いきなり顧問に追いやったのか。江藤にとってこんな屈辱はない。彼は企業社会に対しても面目を失する。

「報復」としか云いようがない。江藤は、高柳にそこまでされるおぼえはないという。

山越は、思案するようにしばらく黙っていたが、こんどはおもむろに江藤へ云った。

「高柳社長には、銀座のバーのママをしている愛人があるのを、会長は知っていますか」

「この前、あなたから聞きました」

江藤はかすかにうなずいた。

「どう思われますか、そのことで？」

「個人的なことにはふれたくありませんがね、会社の経営が不調なときに、社長として不謹慎だと思っています」

声は大きくなかったが、語気は強く、はじめて「会長」らしい口吻《くちぶり》が出た。

「その愛人が実は他人のもので、高柳さんは、ただ単に名義を貸しただけだとしたら？」

「えっ、名義貸しとは？」

「名義貸しとは商業用語にたとえたのですが、つまり高柳さんは他人のために偽装のパトロンになっているという意味です」

「……」

江藤達次にはこの「意味」がよくわからないようであった。真面目人間で、女のことにはうといのかもしれない。山越は、関心のない江藤を見ると、わざわざ彼にむかってここで「解説」することもないと思った。それよりもほかに江藤から確認したいことがあった。

「先日、会長から電話で、東洋商産が寿永開発の立石社長などの幹部をしきりと招待しているという会計課の支払伝票と、その招待場所の一つに銀座の〝たまも〟というクラブがあることをうかがいましたね？」

「そういう名がありましたな。会計課整理係主任の報告ではね」

「もういちどうかがいますが、東洋商産と寿永開発の間には取引関係はありませんか」

「ぼくが知るかぎりではありません」

「取引関係のない寿永開発を、高柳さんがどうしてそんなに頻繁に招待しなければならないのですか。しかも、その招待の席には、高柳社長はじめ東洋商産の社員は一人も出ていないのです。東洋商産は、その支払いだけをさせられているのです。その理由が何だかわかりませんか？」

「わかりませんな」

「推測でもわかりませんか」

「推測でもわかりません」

江藤は投げたように云った。会長をクビになった彼は、そんなこまかいことはどうでもよいといった面倒臭げな様子であった。

「会長」

山越は、最後に励ますように云った。

「会長が社長時代に高柳さんを後継者にしたのは誤りだった、もう一人の競争者をそれにすればよかったと後悔されていました。その人は社を辞めて、大阪へ行ったと云われましたが」

「管理部長をしていた井川正治郎君です。くりかえすようだが、井川君を後継者にしなかったのは、ぼくの一生の失敗でした」

「現在も、やはり井川さんの行方はわかりませんか」

「わかりません」

「その井川さんを何とか至急に探し出すことはできませんか。そして井川さんと協力して、高柳体制に対して反撃することです」

「もう遅いですよ。たとえいま井川君を探し出すことができたとしても、彼と協力して高柳体制をひっくり返すことは、とうてい出来ません。それに、井川君は、高柳君を後継者に択んだぼくを恨んでいますからね。彼はぼくに見捨てられたと思っているのです」

江藤は力なく云った。

「会長」

「会長と呼ばないでください。ぼくは事実上もう会長ではなくなったんですから」

「そうですか。では、江藤さんと呼ばせていただきます」

山越は頭をさげた。

「江藤さんは、これから、どうなさるおつもりですか？」

「わたしですか。仕方がないので、これからは老夫婦で野草料理の小さな店でもはじめようかと思っています」

「野草料理の店を？」

山越は眼をまるくした。

「今日あることはかねてから覚悟していました。わたしも、もう年寄りです。このへんで老人らしい商売をほそぼそとしながら余生を送ろうかと思っています」

「野草料理は、奥さまが前から研究なさっているんですか」

「いや、家内もわたしもズブのシロウトです。けれども、詳しい人に教えてもらえれば、なんとかなるでしょう。人を使わずに夫婦だけでやれば経費もかからないでしょう。場所も此処《ここ》です。この家を店にします」

「………」

「ごらんください。庭は雑草が伸び放題ですが、かえって野趣があって客によろこばれるかもしれません。野草料理店を思いついたのも、じつはこの草を見てからですよ。このごろは野草料理ブームだそうですね」
それで、この前に来たとき江藤が（いま野草料理専門の料理店というのは流行《はや》ってい
るほうですか）と訊いた理由《わけ》がわかった。あのときはすでにその気持になっていたのだ。
素人が野草料理の俄《にわ》か商売をはじめる。下北沢といっても繁華街からずっと離れたこ
んな窪地のような所で、人も使わず、老夫婦だけでやるというのである。
さすがに山越も暗然となった。
「原田さん。店を開きましたときは、お知合いをお誘いの上、どうぞお越しねがいま
す」
江藤は山越にむかって深々と頭をさげた。
「わかりました。ご開店のときは、お祝いにぜひ駆けつけさせていただきます」
山越は居たたまれない気持で、すわり直した。
「ありがとう。開店の通知をさしあげたいので、原田さんのご住所をお教えください」
山越は詰まった。
いままで江藤には名刺を出したこともなかった。江藤は彼を経済専門のフリーライタ
ーだと勝手に思いこんでいる。
「財界の総理」とよばれる日本興産会長石岡源治の古稀祝賀会と某家の結婚披露宴とが
いっしょにあった超一流ホテル内の通路で遇っていらい、山越をそう思いこんでいる江
藤は、彼がたびたび家に来ても詳しいことを聞こうともしなかったのだ。一つには、山

越がすっかり自分の味方になりきったのを見て安心しているのだった。いまさら聞き直すのも水臭いという気があったらしい。

だが、開店通知を出したいから住所を教えてくれと云われては、「原田」で通してきた山越は窮した。

「いや、開店されるまでには、ぼくのほうからたびたびお電話いたしますよ。準備その他についてお困りのことがあるかもわかりません。そのときは相談などのお手伝いをさせていただきます」

そういう言葉で山越は逃げた。

「おお、そうしてくださるなら、いちばんありがたい。じつはわれわれ夫婦だけでは、どうしていいか途方に暮れることがいっぱいあるのです。ぜひ、力になってください」

「承知いたしました。あまりお役に立たないかもわかりませんが、できるだけ努めさせてもらいます」

山越は、夏座布団をはずして江藤に一礼した。

「では、これで失礼します」

「おいおい」

江藤は奥を向いて手を敲《たた》いた。

「ちょっと、ここへおいで」

細い顔の夫人が姿を現わして膝をついた。

「原田さんがね、これからいろいろとわたしたちの相談に乗ってくださるそうだ。おまえからも、よろしくおねがいしなさい」

江藤に云われて、夫人は頭を畳にすりつけた。礼の声も泪ぐんでいた。

「そんな、奥さま。困ります」

山越は手を振って玄関に出た。

夫妻で門のところに出て見送ってくれた。繁る木の葉や夏草を背景に立った夫婦は、山越が坂道の上に消えるまで動かなかった。

山越は、やりきれないような気持で駅にむかって歩いた。サラリーマン会長の末路を江藤達次に見た思いだった。

社長時代に手腕を発揮し、△△(企業名)の××(社長名)か、××の△△か、ともてはやされた人が、会長になり、相談役になり、顧問になり、ついに会社を離れると、人からそこに居るかとも云われなくなる例は世に多い。一時名を馳《は》せただけに、退職したヒラ社員よりもあわれかもしれない。――

それにしても江藤に対する高柳社長の仕打ちは冷酷だ。相談役の礼遇すらもとらない。まさに「水に落ちた犬は叩け」式の人事だ。「突然」のクビが意味するものは何だろうか。高柳のわがまま以外に、何かがひそんでいそうであった。――

駅前に出た。

右手に昭明相互銀行下北沢支店の建物がある。飾り窓の「人類信愛」の標語。その中央の大きな人物写真。――毎度見なれたものだった。

が、このとき、山越の眼が別なものに変った。彼は急激にその飾り窓に吸い寄せられた。

山越貞一は、その写真を喰い入るように見つめた。

狂騒劇場の中で

井川正治郎は非番だった。

朝九時半ごろ自宅に速達の封書がきた。差出人は「東都ハイウエイ・サービス会社山口和雄」とあった。社名は印刷ではなく、手書きであった。

井川は名前に心当りがあった。急いで書いたような乱暴な字だが、その筆跡は熟知している。七年ぶりに接した文字だった。

妻は裏で洗濯物を干している。速達をうけとった井川は、妻の動きを気にしながら封を切った。

便箋の文字も走り書きだった。

《いつぞやの晩、首都高速道路の霞が関の料金所で買った回数通行券になつかしいサインをいただきました。帰宅してからそれを見たとき、気絶せんばかりにおどろきました。だって、七年前にわたしの前から姿を消されたままのあなたが、まさか料金所で働いていらっしゃるとは夢にも思いませんでしたもの》

　やはりその晩にわかったのか。

《そのあと、あなたがベレー帽をかぶって『ムアン』にいらしたときもびっくりしましたが、半分は予期していました。車のナンバーを見られていますから、持主を調べ、自由が丘の近所でわたしの店の名を聞き出されるにちがいないと思っていたんです。はたしてあなたはパリ婦人服店の包紙を持っておられましたわね。あのときは、あんなそっけない態度をとってごめんなさい。店でマッチのサインもたしかに見ました。あのときはああするよりほかに仕方がなかったのです。でも、わたしはすっかり動転していました。それを店の者に知られないように、どんなに辛苦したかわかりません。

　ぜひ、お会いしてお話ししたいことがあります。あなたは誤解しておられます。それがわたしにはつらいのです。弁解ではありません。ほんとうのことをお話ししたいのです。ただ、それだけです。ほかのことは何にも申しません。その誤解をとく一点だけです。

　二十三日の午後一時に、有楽町のシャンゼリゼー映画劇場の一階ロビーでお待ちしています。あそこの奥に売店があり、その前のロビーにはベンチがならんでいます。映画の休憩時間には人々が休んでいます。そう広くないロビーですから、すぐにわかります。そこで落ち合って、すぐに観客席に入り、そこでお話をしましょう。新聞広告によると、いまはアメリカ映画の『クレージー・フェロー』というのが上映され、第七週目だそうです。ロングランでも第七週目だと、観客はもう減っているはずですから、お話は十分にできます。こちらの顔がたくさんの人に見られる外部の場所よりも、映画館の中がいいと思います。

ぜひ、来てください。一生のお願いです。ほんとうに死ぬほどのお願いです。あなたのご都合も聞かないで、こんな一方的なお願いをしてごめんなさい。でも、いまのわたしには自由がないのです。そして時間もないのです。隙をみてこの走り書きをしています。

封筒に東都ハイウエイ・サービス会社の名前を使ったのは、お家《うち》の方に見られたときの用心からです。あなたの住所を道路公団に電話で訊ねたところ、東都ハイウエイ・サービス会社に問い合せてくれとのことでしたから、そちらに電話して教えてもらったのです。

では、お目にかかれるよう重ねてお願いいたします。右の場所で、一時間くらいはお待ちできます。和子》

——いまさら何を弁解しようというのか。しらじらしい。

井川は、霞が関の料金所で見た赤い色の高級車を忘れないでいる。眼に灼きついているのは、ハンドルを握る和子と、助手席に坐っている高柳秀夫の横顔だった。和子は、回数通行券を買うのに一万円札を出した。用意された剰《つ》り銭を同僚の「坐り番」中田が点検している。井川は、和子と知ったので、回数券の緑色の表紙に、自分と二人だけにわかる暗号を、とっさに鉛筆で書いた。「これからいつものところで待っている」

その二十秒ばかりの間、高柳秀夫は泰然として前方を眺めていた。和子と話も交わさなければ、笑顔も泛《うか》べていない。落ちつきはらったその様子は、夫婦同然の関係を語っていた。和子は、東洋商産の社長高柳秀夫の女になっている！

おれを蹴落して追い出し、社長となった男の二号だ。いまごろおれに会って何を言訳しようというのか。

井川は、手紙を裂こうとしたが、それができなかった。時計を見た。十時だった。胸が高鳴ってきた。

この気持は、自由が丘に行って和子の家をさがし出し、その近所の「パリ婦人服店」で「クラブ・ムアン」の名を聞き、銀座のその店に出かけたのと通じている。

「ムアン」は立派な店だった。むろん女一人が独自に開けるものではなかった。パトロンは高柳だ。

様子を見に行ったあの店で受けた屈辱は腸《はらわた》に滲《し》みこんでいる。和子は彼には眼もくれなかった。テーブルに運ばれたビール一本、ママからです。和子の喜捨だった。浮浪人か乞食にくれてやるように、マネージャーは金をとらなかった。

あの屈辱を、もう一度味わいたいというのか。井川は自分に問うた。

それでも、指定された場所へ行ってみようという意志が強くなっていた。燃えさかる意志が理性を押しのけている。まるで若い者のようだった。和子と人知れず頻繁に会っていたころの血が戻っていた。

文面にある「一生のお願い、死ぬほどのお願い」とは、見えすいた誇張だ。いまのわたしには自由がないのです、そして時間もないのです、隙をみてこの手紙を書いています、というのも女の手管《てくだ》である。大げさすぎて、興ざめだ。もうすこし書きようもあろうに。これではまるで、わたしは監禁されています、と叫んでいるようだ。

しかし、隙をみてこの手紙を書いているというのは、高柳の眼をぬすんで、という意味にとれる。

井川に、急いで外出の支度をさせたのは、この解釈であった。七年ぶりだ。こんどは和子と話を直接に交わしたかった。映画館の中というのも奇抜で、魅力的であった。たとえまた屈辱を受ける結果になってもいい、とにかく会ってみよう、と決めた。

有楽町の映画街にきたのが十二時半だった。三十分早い。シャンゼリゼー映画劇場の前には「CRAZY FELLOW」の画看板が上がり、ロックの演奏楽団と、踊り狂う若い男女と、追いつ追われつの車が衝突して滅茶滅茶に壊れている画が描かれている。「ロックの狂騒に、カー・チェイス！　現代魅力の絶頂！」の文字。

すぐに入ってもいいが、馴れないところで待つのも気が重かった。それに、あんまり早く行って長く待っていたと思われるのも、こっちの内カブトを和子に見すかされるような気がした。

暑いさかりを歩きまわることもできず、近くの喫茶店に入ってアイスコーヒーをとった。冷房と冷たい飲みものとで、いくらか汗はひいたが、心は逆に急《せ》いていた。十分ばかりそこに居ただけで、とび出し、映画館のキップ売場に向かった。窓口は閑散としていた。

一般席のドアにはすぐに入らず、廊下に沿って歩いた。映写中のようで、廊下に人は出ていなかった。

しばらく歩くと右手に売店の灯があった。廊下から引込んだロビーになっている。若い者がベンチに腰かけてソフトクリームなどをなめていた。男女が肩を寄せ合って、しゃべっていた。

井川がきょろきょろするまでもなく、そのベンチから一人の女が立ち上がった。鍔広《つばひろ》の白い夏帽子に、白い服を着ている。売店の電灯の光が帽子の下の半顔を照らし出していた。

和子は井川にむかってうなずくようにしてみせ、先にたって観客席へのドアを開けた。井川はそのあとについた。いきなり耳を聾《ろう》するばかりのけたたましい音楽と、巨大な画面が彼を圧倒した。和子にものを云いかけるどころではなかった。

和子は前の方へ進み座席にすわった。井川はその隣りに腰をおろした。

画面は、ロックの演奏者と、踊り狂う若者の群れとが交互に動き閃いていた。マイクを振りまわす歌手の大きな口。エレキギターの大写し。かき鳴らす三人の男が腰を振っている。強い音響が三方から逼《せま》っていた。ロックと手拍子。この劇場そのものがディスコになっていた。踊る若者は喘《あえ》ぎ、発狂していた。

“Watching some good friends screaming let me out……”

和子は画面を見つめている。帽子も動かない。井川は、爆音のような旋律と強烈な色彩の激流にしばらくは呑まれていた。

「しばらくでした。お元気そうね」

声が聞えた。画面からは英語だけが流れている。

七年ぶりの和子の声にはそれほどの感情がないようだった。嗄《しやが》れている。声が低いのは、映画の音響のせいに思われた。

「きみもね」

井川としては万感をこめた第一声だった。両人とも眼を画面にむけたままであった。

「よく来てくださったわ。ありがとう」

「話があるって？」

いまさら何を、とは云わなかった。

「ええ」

画面が変った。主役二人の男がディスコから逃げ出し、車で逃走している。猛烈なスピード。追う車。それを追うパトカー。サイレンのけたたましい唸り。道路のあらゆる方面からパトカーの群れが次々とそれに加わる。逃走車は前面の他の車に次々とぶっつかり、向うの車をはね飛ばし、さかさまに回転させては、ジグザグに疾駆する。歩道に乗り上げて走る。通行人の群れがクモの子を散らすように逃げる。果物屋が倒され、リンゴやレモンの赤、黄が宙に舞って飛散する。警察司令室のマイクががなり立てる。追跡のパトカーは数がますますふえてゆく。叩き込む急調のロック音楽は“Under Pressure”。

「あなたは誤解してるわ」

間を置いて和子が云った。

「どういうことかね？」

「わたしを高柳さんの女だと思ってらっしゃるでしょう？」

やはり、それだった。

「そう思っている。料金所の前で、仲のいいところを見たからね」

「あれは違うわ。高柳さんはわたしを送っていただけ」

「事実を穿鑿《せんさく》したわけではない。ぼくが眼で見て直感しただけだ。ぼくはその直感を信じている」

「くどくどと云いわけはしません。そう思われても仕方のないところがあります。でも、それは誤解です。それだけを、じかにあなたに話したくて、お会いしたかったのです」

「たとえきみと高柳君との間が事実であっても、ぼくには文句を云う資格はない。ぼくらの仲はだれも知らなかった。そして、ぼくは黙ってきみの前から姿を消した。それきり、きみには便り一つしなかった」

「あなたが無言でわたしから去って行かれたお気持はわかりますわ。でも、どんなにお便りを待っていたかしれません、毎日毎日……」

追うパトカーが衝突してきりきり舞いをし、ハンドルを切り損ねては横転する。その上にあとのパトカーが次々と乗り上げて破壊される。逃走車も車体がへこみ、ドアがもぎ取られる。市街地から郊外へ。ハイウエイから間道へ。司令室の狼狽。丘から転落する追跡車。サイレンとエレキの咆哮《ほうこう》。ロックの狂乱。

「済まなかった。……済まない」

井川は大きな声で云った。

はじめて和子の横顔を見つめた。その顔に画面の色彩が走っている。彼女は井川には見むきもしなかった。身を硬くして画面を凝視していた。眼の端に光が溜まっているのを見た。

「七年間、あなたは苦労なさったわね。店に見えたとき、そう思いました。まるで違う人のようでした」

声が潤んでいた。

井川は胸が詰まった。眼が暗闇《くらやみ》に馴れ

何か云おうとして、周囲にいる人の耳を考え、あたりを見まわした。眼が暗闇《くらやみ》に馴れていた。観客は少なかった。それもまん中あたりにかたまっていて、前のこの座席のまわりにはだれもいなかった。評判の映画だが、ロングランも第七週になると、さすがに客足も落ちている。

こっちの会話を誰に聞かれる心配もなかった。

「あなたは高柳さんを憎んでいるでしょう？　あなたに勝った高柳さんを」

和子が云った。

「前のことは忘れてしまった。それに高柳君を択《と》ったのは江藤社長だ。サラリーマンの習慣《しきたり》だよ。高柳君に対してはもうなんの感情もない」

井川は努めて淡々と云おうとした。

「それとも、きみは高速道路の料金所で働いているぼくを、敗残者のなれの果てだと同情しているのか」

「そんな云い方はやめてください。わたしだって負けた女です」

「負けた？　誰に？」

「もういいんです。そんなことよりも、わたしが高柳さんの女だというのは誤解です。それだけをあなたに云いたかったのです。あなたがそれをお信じにならなくてもけっこうです。でも、どうしてもそのことを云っておきたかったのです」

「手紙には、一生のお願いとあったな」

「嘘じゃありません」

「いまは自由がない、隙を見てこの手紙を走り書きしているとあったな」

「ほんとうです」

「監視されているのか」

「ご想像に任せます」

「高柳君にか」

「……」

「それみろ。そのとおりじゃないか」

「監視させているのは、別の人です」

「誰だ？」

「云えません」

「高柳君がその人からきみの監視を命じられているのか」

「そうです」

「信じられない。そんなことはね」

云いのがれの嘘だと思った。

「信じてもらえなかったら、仕方がありません」

逃走車は後部が潰れ、もう一つのドアがちぎれ、満身創痍《そうい》の姿で走りつづけていた。

土煙が上がり、追跡車が重なって横転した。車の破壊がつづく。ロックの狂騒。

“Under pressure we're breaking. Can't we give……”

「江藤会長は退任させられました」

和子が高い声で突然云った。

「退任させられた？　高柳君にか？」

「宣告したのは高柳さんですが、そう決定したのは、別の人です」

「誰だ？」

和子はそれには答えず、

「時間がありません。これで帰ります」

と、急に井川の手を強く握ってきた。井川が握り返す前に、和子のほうから自分の手を振り放し、すっくと椅子から立ち上がった。

待ってくれ、という声が井川の咽喉から出なかった。

和子は暗い通路を出口のドアへむかって急ぎ足で歩いて行く。その白い帽子はこちらを振り返りもしなかった。若い連中の顔が、帽子の女を見上げていた。井川は席が立てなかった。

エレキの増幅音が、館内いっぱいに炸裂した。

放火

渋谷区松濤《しようとう》のあたりは高級住宅街になっている。ゆるい坂道になっているが、長い塀を持った大きな邸宅がならぶ。外国人の横文字の付いた標札もところどころにある。雑《ざつ》駁《ばく》とした活気の渋谷駅周辺の商店街に近いのに、ここだけは様相がまるっきり違って、端正で、行儀のよい閑静さであった。昼間から寂しいくらいである。夜は付近の住人の車が走る程度で、人の歩きはほとんどなかった。

八月十二日の午後八時半ごろであった。その屋敷町の一角に一筋の火が上がっているのを通りかかった車のドライバーが見つけた。炎を映した赤い煙は、塀の中に植えた四メートルの高さの松の梢に絡みつき、火の粉を舞わせていた。火はその家の裏手から出ていた。

ドライバーはクラクションを鳴らしつづけた。どの家も冷房のために雨戸を閉め、窓にカーテンを降ろしているので、外の様子がわからなかった。昔だと、夏の夜は人が外に涼みに出たものである。

けたたましい警笛を聞いた家は雨戸を急いで開け、窓のカーテンをはぐった。夜空に昇る一条の火炎を見てから、あわてて消防署にダイヤルした。人々は家をとび出し、火の手が上がっている方角へ駆け出した。

「下田さんの家だ」

近くに来て、皆は云った。

炎が赤く染め出しているのは、裏の植込みと、黒い影絵の二階家の一部分だった。下田さんの家とは、昭明相互銀行社長下田忠雄の居宅であった。

最初に到着した消防車の二台が、炎をたちまちのうちに消した。だが、そのあともサイレンを唸らせて消防車が続々と駆けつけてきた。ほかの消防署からも繰り出したものだった。火がおさまったあとでやってくる消防車の数のほうが多い。

焼けたのは下田家裏側の板塀と、その下に置かれたゴミ箱である。板塀は幅一九〇センチ、高さ一八〇センチの範囲で焦げていた。コンクリート造りのゴミ箱の内容物は全焼していた。

塀内にある松の枝が一部黒くなっていた。母屋《おもや》の裏側がそれに接近しているので、もっと火勢がつづいていたら階下や二階の軒《のき》に火が燃え移るところであった。

下田邸は敷地が四百五十坪、日本家屋と洋館とを接続させた建物が百二十坪ある。庭に築山《つきやま》があり、高価な鯉がたくさん泳ぐ池があり、巨石が配置されてあった。その一方では、ちょっとしたゴルフの練習ができそうな芝生があった。周囲には珍しい樹のまじる植込みがあって、同時にこれが外界からの目かくしになっていた。もとの建物は二十年経っていたが、五年前に改築し、最近の建築意匠をふんだんにとりいれた。立派な家の多いこの界隈《かいわい》でも、下田家は「松濤御殿」の呼び名があった。

小火《ぼや》で済んで幸いだったと見物半分に駆けつけた人々は云い合った。すんでのことで大事にいたるところであった。

消火が終ったあと、消防署の責任者は当家の主婦の下田夫人に質問した。夫人は五十歳くらいの瘠せたひとであった。小火でも、とにかくわが家が火を出したというので、かなり昂奮していた。

「奥さん。家の裏のほうに火の気のものは置いてなかったですか」

母屋の裏は、台所、浴室、機械室、倉庫などになっている。機械室は、夏は全館冷房、冬は全館暖房の設備があるからだった。

下田夫人は頭《かぶり》を強く横に振った。

「いいえ、そういうものはどこにも置いておりません」

「いま、機械室とガス風呂の鉛管などを点検したのですがね。モーターにも異状はなかったし、ガスの鉛管にもガス洩れはありませんでした」

「それなのに火が出たのは、どうしたのでしょう？」

「どうやら放火の疑いがありますね」

「えっ、放火ですって」

夫人は顔色を変えた。

「ゴミ箱が焼け、その横の板塀が燃えています。まさかゴミ箱の中に火の気の物を入れられたのじゃないでしょうね？」

「そんなことはしません」

「中の紙屑類はもちろんですが、ちょっと燃えそうにない物まできれいに焼けています。これで見ると、ガソリンをゴミ箱の中に撒《ま》いて火を付けたという可能性がありますね」

「……………」

夫人は恐ろしそうにごくりと唾を呑んだ。

「火が出る直前に、塀の外からバタバタと逃げる足音とか、車がスタートする音とかをお聞きになっていませんか」

「いいえ。いっこうに気がつきません」

「では、不審な人影を見られたというようなことは？」

「冷房のためにまわりを閉め切っていますので、外を見るようなことはありません」

「家の中には、奥さんのほかにどなたがおられましたか」

「息子二人と娘です。お手伝いさん二人もいました。別棟には運転手の夫婦がいます」

「ご主人は？」

「主人は赤坂のほうの宴会に行って留守です。電話をかけて知らせましたから、もうすぐに戻ってくると思います」

「不審火ですし、警察に報らせました。現場保存のために捜査員が出火場所に縄を張ると思いますが、そこには立入らないでください」

「わかりました」

夫人は不安そうにうなずいた。

そこへ所轄署の捜査課員の一行が到着した。

捜査課員らは、消防署員から事情を聞き、いっしょに塀の外の出火場所を検証した。暗い中に無数の懐中電灯が集まったり、あちこち動いたりしていた。

捜査課員のうち、鑑識係は焼け残った板塀に白い粉を振って指紋の検出に努め、地面に刻された足痕を求めたりした。足痕にはバケツから白い石灰の溶液をくみ出して流した。写真撮影のストロボが次々と閃光し、現場の見取図が書かれた。

捜査課長が自ら出てきていた。彼は、通された応接室で下田夫人に会った。肥った捜査課長だったが、ホテルの中のように豪華で広い応接室では小さく見えた。

捜査課長は放火の疑いが濃いといい、明朝明るくなってあらためて詳しく現場を検証するつもりですと云ったうえで、訝《あや》しい足音や人影を見なかったか、急いで逃げる車の音を聞かなかったかと消防署員と同じ質問を夫人にした。夫人も消防署員に答えたのと同じ返事をした。

「つかぬことをおうかがいしますが、おたくに恨みを持っているような人に心当りはありませんか」

「いいえ、いっこうに」

　夫人は強く否定した。

「これまでに脅迫の手紙とか電話だとかはありませんでしたか」

「ございません」

「いやがらせなどは？」

「それもございません」

「ご主人は？」

「主人にもその覚えはないと思います。もう帰宅するころですから、帰ってきたらお訊きください」

「ご主人は昭明相互銀行の社長さんですね？」

「はい、さようでございます」

「銀行の融資先のトラブルから社長さんに怨恨を持つといった者はどうですか？」

「銀行のことはわたしにはわかりません。それも主人におたずね願います」

「奥さん。ゴミ箱にはガソリンを撒いた形跡があります。通りがかりの者が悪戯《いたずら》半分にゴミ箱に火を付けたといった単純なものではなさそうです。これは怨みを持つ者の犯行だと思いますよ」

　お手伝いさんがドアを開けて夫人に告げた。

「旦那さまがお帰りになりました」

云い終らないうちに、下田忠雄の骨太な長身が入ってきた。

「主人でございます」

夫人が逸早《いちはや》く云った。

所轄署の捜査課長が椅子から立ち上がった。

下田は名刺を交換して、

「ご苦労さまです。とんだお騒がせをいたしました」

と頭をさげた。前額が禿げ上がって、そこだけが室内の照明に光った。

「こんどはご災難でした」

課長は見舞いを云った。

「いま家の者に聞くと、ゴミ箱と板塀が少し焼けただけで済んだようですな。いや、これも消防署やあなたがたのお蔭で、感謝しています」

課長は、災難と述べた言葉の意味が社長に通じなかったと知って、言葉をあらためて云った。

「社長さん。いまも奥さんに申し上げたところですが、これはどうやら放火のようです」

「放火ですって?」

「あらゆる状況から、そう判断されます」

下田は、はっとしたようだった。眼を急に天井へむけ、その一角を睨んでいた。

課長は彼のその様子を見のがさなかった。

「ただの悪戯じゃありません。ゴミ箱にガソリンを撒いていますから念が入っています。これも奥さんに申し上げたことですが、社長さんは、そういうことをしでかしそうな人間にお心当りはありませんか」

「ありませんな」

下田は、そわそわしはじめた中でも明瞭に答えた。

「銀行の金融関係のもつれから社長を怨んでいるような人間はいませんか」

「いませんね」

ほかのことを考えているような下田は機械的に答えたが、課長と眼が合うと我に返ったように云い直した。

「課長さん。いくら金融関係のトラブルがあったからといって、社長の家に放火するような者はいませんよ。これまでも他にそういう例があったのを聞いたことがありませんん」

「では、社長さん個人に恨みを持つ者はいませんか？」

「わたし個人に？」

下田は問い返して、その眼が夫人の顔と合うと、強い語調できっぱりと否定した。

「そういう覚えは絶対にありません。わたしはキリスト教信者です。銀行の営業方針のモットーにも、人類信愛という言葉を掲げているくらいです。自分の口から云うのも何んですが、わたしの交際範囲の人はみなわたしに絶大な好意を寄せています。わたしに遺恨を含む者は一人も居りません」

捜査課長が明朝からあらためて現場の検証をしたいと挨拶して辞去しようとすると、

「ちょっと待ってください」

と、下田はそれを押しとどめた。

「課長さん。ご相談したいことがあるんですがね」

「なんでしょうか」

「この出火のことは新聞に出ますか」

下田は妙に真剣な表情で訊いた。

「出ますね、新聞社のサツ回りの記者がくればこちらが材料を与えることになっています」

「出火のことは事実ですから仕方がありませんが、その放火の疑いというほうは当分のあいだ新聞に出さないようにしていただけませんか」

下田は懇願するような眼で頼んだ。

「何かご都合が悪いですか」

「ほかの理由はありません。わたしは相互銀行の社長です。銀行にとっては信用を維持するのが絶対です。もし昭明相互銀行の社長宅に放火があったと新聞に出れば、それだけでも読んだ人の中には揣摩《しま》臆測するのがいます。みんな金融関係にからんでの想像です。昭明相互銀行の発展を嫉《ねた》んでいる者もずいぶん居ますからね。その連中がこれを材料に得たり賢しとばかり銀行の信用を傷つけるようなデマを飛ばす可能性があります」

「ああそうですか」

　捜査課長は顎に手を当てて考えていた。

「ねえ、課長さん。放火の疑いだけは新聞に出さないでください」

「それは、わたしの一存ではこの場でご返事ができません。署長に相談してみます」

「署長にはわたしからもこれからお電話してお願いしましょうか。いまの時間ですからご自宅でしょう？」

「いや、そこまでなさる必要はないと思います。わたしが署に帰ってから署長に電話します」

　課長は逸《はや》る下田を抑えた。彼は下田がなぜそんなに性急なのか解せないふうだった。

「そうですか。では、署長さんにその旨をよろしくお伝えください」

「承知しました。……しかし、社長さん。この犯人はすぐに捕まりますよ」

「えっ」

「こんな放火犯を捜し出すには、そう苦労はいりません。手口も単純なものです。おそらく初めての犯行でしょう。連続放火犯となると、もっと手がこんでいますからね。放火には馴れてない、素人だと思います」

「………」

「ご安心下さい。それほど時間をおかずに犯人を逮捕します」

安心してくれと捜査課長が云ったのに、下田は逆に蒼ざめていった。

課長をはじめ捜査課員、消防署員らが引き揚げたあと、下田は中村を呼べと夫人に云った。中村は別棟に住んでいるお抱え運転手で、いま赤坂から社長をこの家に送り届けたばかりであった。

「あら、またお出かけですか」

こんなときに、と夫人がおどろいて見上げた。

「急用を思い出した。社に行ってくる」

下田は車で日本橋の昭明相互銀行本社に着くと、びっくりする警備員や宿直の行員を尻眼に、四階の社長室へまっすぐに入った。

サービスするつもりでおずおずとして社長室の入口をのぞく宿直員を下田は叱りとばして斥《しりぞ》け、そのドアをばたんと閉めて内からロックした。

そうしておいて社長机の電話のダイヤルをせわしげに回した。指が慄《ふる》え、二度やり損なった。壁の電気時計は十一時になっていた。

「高柳君か」

高柳の自宅に電話したのだが、いきなり当人が出た。

「わたしだ。いま、社の社長室に居る。こっちへすぐに来い！」

下田は受話器に高い声で云った。顔じゅうから脂汗が流れていた。

「え、用件？　それはきみがここへ来てから云う。大至急だ！」

怒鳴ったあと、下田はハンカチで光る額を拭いた。

陰影

炎天の下を、山越貞一は汗を拭き拭き道を拾っていた。ゆるやかな坂道で、ここも両側に大きな家がならんでいた。

深く抉《えぐ》った岩石の底を流れる川に出た。「等々力《とどろき》渓谷」という標示の立札があった。多摩川にそそぐ谷沢川だ。この橋を渡った右側が世田谷区等々力一丁目五八番地になると通行者から山越は聞いた。同番地の二五にYという会社役員の家がある。

自由が丘家政婦会の石田ハルは、いまそのY宅に行って働いている。家政婦会長からはその家の電話番号まで教えてもらった。自由が丘と等々力とは、そう遠い距離ではなかった。

その番地の近くまでくると、見おぼえの石田ハルが葉を繁らせた柳の蔭に立っていた。山越がY家に電話して、家政婦を外に呼び出しておいたのである。こちらの名は、あくまでも「ムアン」に酒を入れている「スコット屋」の店員であった。

男のような骨格の石田ハルが眼に入ったので、山越は小走りに彼女の傍へ近づき、ぺこぺこと頭をさげた。

「どうも、どうも。こんなところにお待たせしまして申し訳ありません。いや、しばらくでございました」

「酒屋さん、何なの？　わたしの派出先の家まで急に電話をかけて来てさ」

しかし、言葉つきとは違い、石田ハルはそう不機嫌でもなかった。アブラを売る機会ができたとよろこんでいるのかもしれない。それに前に家政婦会で彼女に会ったとき、一万円を包んで渡してあった。

「ちょっとうかがいたいことがあるんです。けど、こんな暑い道ばたでもなんですから、このへんに喫茶店でもあれば、そこに入って冷たいものでも飲みましょうか」

「そうね」

石田ハルは先に立ってそこへ案内した。

この辺の住人の趣味に合せたらしい上品な喫茶店だったが、客は入っていなかった。彼女はフルーツ・パフェ、山越はアイスコーヒーだった。

「山口ママは、柿の木坂の病院から自宅に戻られましたか」

山越はさっそくに訊いた。自由が丘の山口和子の家は家政婦会の近所である。

「まだらしいわね。もうとっくに退院なすったという話だけど、どこへ行っちゃったんだろうね。わたしがせっかく病院に付添いとして行ってあげたのに、すぐに変な男の人から追い返されてさ。その後、うんともすんともご挨拶がないなんて、失礼しちゃうわね」

石田ハルはかなり憤《おこ》っていた。

「山口ママの家には、留守番のような男が三、四人居たが、まだ居ますか」

「居るでしょうね。わたしはあれからほうぼうの家庭に頼まれて仕事していたから、そのあとのことはよくわからないけどね。銀座の〝ムアン〟も山口さんはずっと休んでいるの？」

「現れませんね」

「あんたとこが〝ムアン〟に入れた洋酒の代金は、貸し倒れにならないかい」

「それは大丈夫のようです」

〝スコット屋の店員〟山越は苦笑した。

注文したものがテーブルに来た。石田ハルは、いただきます、と云って白いクリームの上に盛り上がった種類の多い果物にフォークを持って行きかけたが、どの果物から手をつけるべきか迷っていた。

ころあいを見はからって、山越はポケットから手帖を出し、その間に挟んだ一枚の写真を石田ハルの前に置いた。写真は印刷物から切り抜いたものだった。

「ねえ、石田さん。この写真の顔に見おぼえはありませんか」

彼女はパイナップルの一きれを口に入れたところだったが、山越に云われてその写真をじっと見ていた。そして、しばらくすると、眼をみはって、

「あら」

と口の中で叫んだ。

「高柳社長さんの秘書じゃないの！」

山越は、やった、と思い、心の中で凱歌を奏した。うれしさに身体がぞくぞくしたが、それを表に出さないように努力した。

「よく見てください。山口和子さんの家に高柳社長のお伴をして来ていた社長秘書に間違いありませんか」

「そっくりよ」

家政婦は断言した。

「何という名の秘書でしたかね？」

「中村さんという名よ。山口和子さんがそう呼んでいたからね。頭の呆《ぼ》けた秘書だと云っていたけどね。もっとも、そういうのろまな秘書でないと、社長のお伴で社長の愛人の家には来ないわね。髪こそ多くて黒いけど、もう停年が近いような、もっさりとした、いかにも気のきかない秘書だったわ。その中村さんの顔に……」

家政婦は、写真をまた手にとって、

「この写真の人は瓜二つよ」

と、なおもじっと眺め、それから、ふいと山越に眼をあげると、

「まさかこの人が中村さんじゃあないでしょうね？」

と、半信半疑に訊いた。

「違います。この写真の方は、さる会社の社長です。前にあなたから聞いた高柳さんの秘書というのは、こんな感じの人ではなかったかと思い、これを持ってきたのですが、まさにぴたりでしたね」

「へえ、この人も社長さん？　どこの？」

「或る土建会社の社長です」

写真は印刷物から切り抜いたものをカメラで複写していた。

印刷物そのものだと、印刷写真の上に筆を加えた墨がきらきらと光って、細工のあとがたちまち見破られる。複写にすると墨が見えず、本来の写真だと思われる。

写真の修整によって、或る人物の前額部が黒々と埋められていた。

山越は半ば予想はしていたものの、山口和子の家に働いていた家政婦が、こうまで強く高柳の秘書中村に酷似していると指摘するとは思わなかった。

たいへんな収穫だ。

山越は内心で雀躍《こおどり》した。

「もう一度、伺います。中村という年配の秘書のことですがね」

果物を食べ終り、その下の生クリームをスプーンですくっている石田ハルに、山越は

念を押した。

「中村秘書は、高柳社長といっしょに山口さんの家にはくるが、山口さんとはあまり話を交わさなかったのでしたね？」

前に家政婦会で彼女から聞いた談話の確認であった。

「そう。あまり話はしなかったね。そりゃ、秘書の身だからね。社長の愛人とべちゃべちゃとしゃべっていては、社長に悪いからね。中村さんは、年配だけに、山口さんの家に来ても隅っこのほうに居て、ずいぶん遠慮していたわね」

「高柳社長は中村秘書を連れて山口ママの家に来る。そのあとは、どうなるんですか」

「そのあとの様子は、わたしにはわかんないわよ。この前も話したかしらないけど、高柳社長さんが来る夕方は、山口さんに云われて、わたしは早く寮に帰らせられるからね。料理なんかをつくっておいてね。山口さんはわたしに明日は午後から来てくださいと云う。たぶん次の日の午前中は旦那と二人きりでゆっくりするんでしょうよ」


家政婦は、ふふ、と笑った。その唇は生クリームで真白になっていた。

「中村秘書は、どうなるんですか」

「あんた、聞くだけ野暮だね。高柳社長を山口さんの家へ届けたら、宵のうちに早いとこ退散だよ」

「秘書が、その宵のうちに退散するのを、あなたは見たことがありますか」

「それは見てないわ。いま云ったように、それよりも早くわたしは山口さんの命令で寮に帰っちまうからね。でも、秘書がいつまでもそこにぐずぐずと残ってるわけはないでしょ」

石田ハルは当然のことだと云った。

「あなたが翌日の午後に山口ママの家に出勤したときは、高柳社長の姿はそこにはもう見えないのでしたね？」

「そうよ。正午《ひる》前には帰るんじゃないの」

「会社から車を呼んで？」

「社用の車は使わないわよ。社長さんは自由が丘駅前あたりまで歩いて行って、そこでタクシーを拾って、出社するということだったわ」

「それを、あなたは見たことがありますか」

「見るわけはないじゃないの。わたしがあの家に行く前に社長さんは消えてるんだもの」

「そうでしたね。じゃ、その話は山口ママからあなたが聞いているだけ？」

「そうね。見てないからね」

「もう一つ訊きますが、この前やはり家政婦会であなたから聞いた話だとね、高柳社長は山口ママを銀座の店から自由が丘の家に車で送ってくることがあるが、社長は三十分もすると、帰ってしまうということでしたね？」

「そうよ」

「そんなときには、中村秘書は連れてないのですか」

「連れてなかったわね」

「じゃ、中村秘書を連れているときだけ高柳さんは泊まるんですか」

「そうなるわね」

「あなたは高柳さんが山口ママの家に泊まったのを、じっさいは見てないということでしたな？」

「見てないわ。見てないけど、それは山口さんの話でわかるわ。彼女が自分で云うことだから間違いないわよ」

「もう一つだけ訊きます。山口ママが入院する前ごろにも、高柳さんは中村秘書を連れて、ママの家によく泊まりに来ていましたか」

「そういえば、泊りがずっと遠のいていたわね。社長は来ても、秘書を連れてなかったわ。そして三十分も居るか居ないうちに、あわただしく帰って行ったわ。……もちろん情事はなしよ」

石田ハルは、ふふふと笑った。

だいぶん、こちらの想像とつながってきたぞ、と山越は思った。

これで、「中村秘書」が或る人物の仮装だったことは、もはや間違いなかった。

山越は自由が丘駅でスタンドの新聞売場に寄った。

「夕刊はまだ来ていません。朝刊なら残っていますが」

売場のおばさんは云った。

それでもいい、と山越は朝刊を買った。今朝、朝刊にざっと眼を通しはしたが、家を出るのが忙しくて精読はしていなかった。「フィナンシャル・プレス」のような仕事をしていると、新聞は丹念に読む必要がある。

渋谷駅で地下鉄に乗り換えても買った朝刊を放さなかった。大きい見出しの付いた記事はだいたい読んだ。すると社会面の下のベタ記事のところに、《相互銀行社長宅が小火》という小さな見出しが眼にとまった。山越は、おやと思って新聞を持ち直した。

《十二日午後八時半ごろ、渋谷区松濤一丁目四五、昭明相互銀行社長下田忠雄さん（六五）の家の裏口付近から火が出ているのを近所の人が発見、直ちに消防車数台がかけつけ、大事に至らずに消しとめた。焼けたのは同家の物置の一部と板塀の一部。所轄消防署で出火原因を調査中だが、家人の火の不始末によるものらしい》

——折も折だった。

たった今、等々力まで行って山口和子の家で働いたことのある家政婦石田ハルに会って、話を聞いたばかりだった。

山越は下田忠雄の邸宅をまだ知らなかったので、この際にとにかく見ておこうと思った。

せっかく地下鉄を赤坂見附駅まで乗って来たのに、また渋谷に引返さなければならない。忙しいことだ。

しかし、松濤一丁目四五がどのへんの位置に当るのか彼にはよくわからないので、赤坂見附駅を地上に出て、タクシーを奮発した。渋谷駅から短距離の松濤へ行けといえば、タクシー運転手の不機嫌を買う。

「松濤一丁目といえば、お客さんも下田さんの家へ行かれるんですか」

運転手が云ったので、山越はおどろいた。

「きみは千里眼のようだね」

運転手は笑って、

「なに、今朝の新聞に、下田さんの家でボヤがあったと出ていました。それで銀座や赤坂見附から車で下田さんの家へ駆けつける見舞客が相当あります。ぼくも、たった今、松濤へ行って帰ったばかりですよ」

と、「千里眼」のタネ明かしをした。タクシーは青山一丁目を渋谷方面へむけて走っていた。

「そんなに下田さんの家には見舞客が殺到しているかね？　ボヤくらいで」

「下田さんは相互銀行の社長だそうじゃないですか。融資のことで世話になったり、これからも世話になりたい連中が、この際とばかりに社長のご機嫌とりに馳《は》せ参じてるんじゃないですかね」

「きみは相当辛辣《しんらつ》な人だね」

「いや、実際ですからね」

松濤一丁目四五の下田忠雄邸の近くまでくると、詰めかけたおびただしい黒塗りの車で混雑し、交通係の腕章を巻いた警官二人が立って、交通整理をしていた。

これ以上はタクシーで進めないと思って、山越はそこで降りた。

なるほど下田邸は宏大な構えであった。塀が長々とつづき、植込みが夏空の下に森林のように繁茂していた。

正門には見舞客でとても近づけない。それに、だれにこっちが見られるかわからなかった。「フィナンシャル・プレス」の仕事をしていると、企業関係に顔だけは広くなっていた。いまは人に気づかれたくなかった。

表門に人が多いので、塀に沿って裏口へ向かうことにした。小火で一部が焼けたという板塀と物置とを見るつもりだった。

長い塀の角について曲ると、そのへんからもう縄が張ってあって、縄には「立入禁止　渋谷警察署」と太いマジックインキで書いた紙が貼られていた。私服や青い色の作業服を着た署員五、六人がいて、焼けた部分以外の板塀に指紋採取用の白い粉末を叩いて掛けたり、地面にしゃがんで石膏《せっこう》を型に流したりしていた。ほかにも裏門から出入りする捜査員の姿があった。

――おや、これじゃまるで放火事件みたいだ。

山越は眼をみはった。

階上席の睡り女

八月十三日の午後四時半ごろだった。

首都高速道路の渋谷ランプでは、井川正治郎が「立ち番」をしていた。「坐り番」は寺崎という五十八歳の男で、元某新聞の社会部記者だった。

寺崎によると新聞記者くらいツブシのきかない者はないという。新聞社でも業務系統は停年後も企業関係に再就職の道はあるが、編集系統にはその見込みがうすい。寺崎も新聞社を停年退職してからは先輩の紹介で商事会社につとめたが役に立たず、小さな飲み屋をはじめたが失敗し、広告会社に入ったがこれも駄目で、結局ツテをたよってこの仕事にありついたという。

旧盆に入ると、マイカー族も田舎に帰省する者が多く、都内は嘘のように車が少なくなる。新聞は「民族の移動」と大げさに表現した。

料金所も閑散としていた。ヒマだから「立ち番」と「坐り番」とは雑談ができた。

「こう暑くっちゃやりきれんですな。ぼくらも海へ逃げ出したくなりますな」

あとから入った寺崎は、井川を先輩扱いしていた。

「海水浴場はどこでも芋の子を洗うような混雑だからね」

一台が来た。運転手に通行券を売ったあと井川は寺崎に答える。どの運転手も料金徴収員の顔を見ないで過ぎた。

「鎌倉や房州はダメですなア。ぼくは若いころ山形県の鶴岡通信部に居ましたがね。東北でも日本海の海の色は太平洋側とはまるで違いますね。色がずっと深いんです。庄内海岸といいましてね、念珠関《ねずがせき》、由良、湯ノ浜などの海水浴場は、海底の小石や小魚が透けて見えてましたなア。うしろには出羽三山や鳥海山が見えて、いい風景でしたね」

「あんたはほうぼうを歩いたんだね？」

車が来た。チケットを取る。

「通信部とか支局まわりをずいぶんさせられました。支社をあちこち移りましたから。最後の支局長が九州の大分でしたね。あそこは春さきがいいんですな。別府や由布院《ゆふいん》の温泉がありましてね。阿蘇近くに行けば久住《くじゆう》高原の山の湯が多いんですよ。いつか井川さんをご案内したいですよ」

剰《つ》り銭を用意した机の前で、寺崎はよき新聞記者時代をなつかしんでいた。

「いつか頼みますかな」

そんな機会がくるかどうか。

料金所の下には渋谷の街がひろがっていた。スポーツカーが来た。半裸に近い若い女が助手席で煙草をくわえ、アロハシャツの男が運転していた。一万円札を出したので、寺崎が剰り銭九千六百円を点検しチケット一枚を乗せて井川に渡す。井川はそれを受け取って窓から出す。スポーツカーは疾駆して去る。やはりこちらに見むきもしなかった。

寺崎は椅子から立ち上がって両手を伸ばし、ついでに下界を眺めた。太陽の燃える空には雲一つなかった。

「昨夜、松濤の金持の家で火事がありましてな」

その方角を寺崎は上から指した。

「……その近所に住む友だちが来て、話していましたが」

「被害は大きかったんですか」

「なに、ボヤです。消防車が来てすぐに消したんですって。裏の道ばたに置いたゴミ箱が燃えて、板塀をすこし焼いただけで済んだということです」

「それは何よりでした」

「ところがね、今朝の朝刊を見ると、それがまるで失火のように書いてあるんです」

「ぼくは読み落したけれど」

「社会面の下で、眼につかないようなベタ記事でした。ボヤを出したのは下田という昭明相互銀行の社長さんの家です」

「昭明相互銀行といえば、よく宣伝してますな。〝人類信愛〟とかの標語でね」

「人類信愛かどうかは別として、失火とは信用できませんね」

「失火じゃなかったの？」

「外のゴミ箱が焼けたとは記事に出ていなかったですね。板塀と物置の一部が焼けたとありました。ぼくはそれを読んで、ははん、と思いましたよ」

タクシーが来た。

「どう、ははんと思ったのですか」

井川は通行券を受けとって、寺崎を見返った。

「だって、ゴミ箱から火が出たといえば、一発でそれが放火だったことが読者にわかります。それでは困るので、下田社長が新聞社を抑えたと思うのです」

「そんなことが出来るのかな？」

「新聞社というよりも警察に頼めばいいんです。新聞社は警察ダネを記事にするだけですから」

「………」

「ぼくの記者時代にも経験があります。地方の有力者が警察署長に頼みこむと、放火とは発表しないのです。捜査は人に知れないようにこっそりとやりますがね。とにかくその人の面子《メンツ》を考慮して、一時は発表をおさえてくれます」

「ははあ、そういうもんですかね」

「だからゴミ箱が燃えたという友人の話と朝刊記事との違いを知って、ははん、と思ったんですよ。相互銀行の社長さんですからね。その家に火を放《つ》けられたとなると銀行の信用関係にも響く。社長さんはそんな理由を云って、警察の発表からゴミ箱出火の件を消してもらったんでしょうな」

「………」

タクシーが上ってきた。井川は運転手から通行券を取る。そのついでに後部座席の乗客の顔に視線が行った。

あっ、と叫びが口から出かかった。「原田」の顔であった。

小雨のぱらつくいつかの夜、「ムアン」の入っている銀座のビルの向い側に立っていた男。これが最初の出遇いだった。

次は芝白金の料金所の前で、勤務明けの自分を待ちうけ、ホテルの朝食に誘った男。「ムアン」で拾ったマッチの暗号から、山口和子との背後関係に執拗《しつこ》く探りを入れた男。一見総会屋の下っ端《ぱ》風な人物。

井川は反射的に帽子の庇《ひさし》を眉の上までずり下げた。が、こっちが顔を隠す必要はなかった。「原田」は腕を組み、むつかしい顔つきで眼を閉じていた。何やら懸命に思案に耽《ふけ》っている様子だった。

それもほんの数秒間。彼を乗せたタクシーはたちまち東へ走り去った。

「だいたい警察はね……」

タクシーを見送る井川の耳に、寺崎の声がつづいていた。

八月二十日の午後から夜にかけて。——

旧盆が終り、郷里に帰省していた「民族」が東京にUターンして来た。

有楽町のシャンゼリゼー映画劇場では、まだ米映画「クレージー・フェロー」を続映していた。当っている映画で、第十一週目に入っていた。

いくらロングランでも、第十一週目となると、観客はずっと少なくなる。旧盆にあたる週間はかなりの入りがあったが、それが明けると観客数はがた減りで、全館千五百に近いイスに坐る者は一回の上映で平均六、七十人といった数だった。一日四回の上映をする豪華設備の劇場が気の毒なくらいであった。

この映画が若者の層に受けた原因は、ロック音楽とカー・アクションにある。流行語で云う「ナウ」な要素をこれでもかこれでもかと投入してある。映画館じたいが喧騒のディスコであり、車が次々とスクラップと化すハイウエイの一部であった。

だが、いくら大受けに受けた映画でも第十一週となると観客の動員数は陥没する。もっとも「クレージー・フェロー」は第十二週目で終りとなるので、それに惹かれて若い層が六十人か七十人は来ている。

第二回目の上映は午後一時四十分にはじまり四時十分に終る。十分間の休憩で第三回目が四時二十分から六時五十分まで。十分間の休憩。最終回が七時から九時三十分まで。

十分間の休憩には、階下のロビーに若者らが屯《たむろ》する。ロビーといっても通路わきをひろげた場所なので細長くて狭い。壁ぎわにインベーダーの設備のある小さなテーブルが三つと対い合せのイス六個。その横に、背中合せの長イス四つ。間に大きな角柱が邪魔している。奥の長イスのある突き当りが緋絨緞を敷いた階段で、二階は指定席になる。通路側は階下観客席の出入口ドア。壁間には次回上映の宣伝写真のパネルが掲げてある。通路の天井にはUFO型の照明がならぶ。

若者らは長イスに自堕落に腰を落して、正面出入口横にある売店から買ってきたソフトクリームを舐《な》め、コーラを飲み、サンドウィッチを頰張ってはしゃべっている。男は女友だちの肩を抱き寄せ、腰に手を回している。インベーダーは見むきもされなかった。冷房がきいているので、かっこうの避暑場所でもあった。

映画がはじまると、彼らは通路のドアを排して観覧席に入る。が、上映時間中でもロビーに居残って煙草をふかし、ソフトクリームの上に舌を這わせ、軽口と仲よしを愉しむ男女はいる。観客席がガラあきなので、ドアを自由に出たり入ったりしている。ドアを閉めていても、中の音響はロビーに聞えた。すさまじいロックなのだ。パトカーのサイレンと、人の絶叫と、車のめちゃめちゃな破壊なのだ。ロビーのイスに凭《よ》りかかっていても、思わずまた腰を浮かしたくなる。

二階の指定席。

階下の一般席とは違い、深々としたクッションのイスにゆったりと坐れる。首が痛くなるほど顔を仰向けてワイドな画面を見る必要はなく、見下ろした視野で楽に観賞できる。

だが、第十一週目の今日、ここの観客はたったの一人！
圧倒する音響のロック。漣《さざなみ》のようなベース・ギターとドラムの爆発音。演奏者の狂的なゼスチュアと恍惚の表情。
歌手の大きな口。腰をくねらせる陶酔的な身振り。
車の猛スピード。あわや衝突の対向車とすれすれ。対手の車がハンドルを切り損なってキリキリ舞い。
逃げまどう通行者。逃走車は街角から街角へ。
追うパトカーの群れ。けたたましいサイレン。逃走車の前に駐車の列。その屋根をジャンプして乗り越え、逃走の継続。追跡のパトカーが互いに接触して動かなくなる。
逃げる車。クモの子と散る歩道の群衆。ショーウインドウを貫通して車は中のアーケード商店街へ。ガラス破片の壮大な飛散。五彩の珠《たま》と舞い上がる果物と食料品。瓶から奔出するウイスキーの洪水。
エレキが狂気に掻き鳴らされる。
“Watching some good friends screaming
Let me out
Tomorrow gets me higher
Pressure on people, people on streets”
歌手が声を張り上げる。

逃走車は再び道路へ。狭い道に駐車の列。逃走車は車を斜めに、片方の車輪を上げて通過。

パトカー、追えずに道を変える。

逃走車は長い石段を降りる。

警察司令室の怒鳴り声、各パトカーの無線へ流れる。

ハイウエイに出る。指令により逃走車の行く手にバリケードをならべて閉鎖作戦。その蔭に身を伏せる警官隊。

逃走車突進。警官隊あわてて左右に逃げる。バリケード破壊。土煙濛々。

“Under pressure we’re breaking

Can’t we give ourselves one more chance”

歌手の絶唱。エレキは歓喜の絶頂に震える。

追跡のパトカーの群れ。

逃走車、一回転して逆戻りする。

パトカーの正面衝突。破壊。動かなくなったその車の上にパトカーが次々と乗り上げる。破壊。

傷だらけになって逃走車は疾駆。

一方が崖。

逃走車は崖下に転落。空に上がる炎の柱と黒煙。

最高潮のロック音楽を背景に、キャストの字幕がせり上がる。“THE END”——場内が明るくなった。

二階指定席は、ただ一人を除いて誰も居なかった。その一人の観客は女性だった。クッションに身体を埋めて睡りこんでいた。冷房のひんやりした空気が心地よさそうであった。

ここには新しい入場者はなかった。懐中電灯で足もとを照らして客を席に誘導する案内嬢も姿を見せなかった。

十分間の休憩が終り、場内はまた暗くなる。七時。

はじめがコマーシャル。つづいて次回とそのあとの上映映画の予告篇。

“CRAZY FELLOW”の字幕。制作スタッフの名。

突然、つんざくロック音楽。ディスコの場面が冒頭。

演奏者の狂的なゼスチュアと恍惚陶酔の表情。

歌手の大きな口。腰をくねらせる陶酔的な身振り。

車の猛スピード。あわや衝突の対向車とすれすれ。対手の車がハンドルを切り損なってキリキリ舞い。

逃げまどう通行者。逃走車は街角から街角へ。

追うパトカーの群れ。けたたましいサイレン。逃走車の前に駐車の列。その屋根をジャンプして乗り越え、逃走の継続。追跡のパトカーが互いに接触して動かなくなる。

逃げる車。クモの子と散る歩道の群衆。ショーウインドウを貫通して車は中のアーケード商店街へ。ガラス破片の壮大な飛散。五彩の珠と舞い上がる果物と食料品。瓶から奔出するウイスキーの洪水。

エレキが狂気に掻き鳴らされる。

“Watching some good friends screaming

Let me out

Tomorrow gets me higher

Pressure on people, people on streets”

歌手が声を張り上げる。

…………

長々と二時間余つづいた。

“THE END”

館内が明るくなった。九時三十分。

皆さま、これをもって本日の上映を終らせていただきます。ありがとうございました。お静かにお帰りくださいませ。次回上映のご観覧をお待ちいたしております。

テープの館内放送が済んだ。指定席の、たった一人の観客はまだクッションにめりこんで睡っていた。

事務員が階下から上がってきた。客が残っていないかどうかを確かめる見回りの役である。

彼は残っている観客を見つけた。前から二番目の列、二番通路右の二番目の席。「い」列の「19番」。

首を前にたれて、よく熟睡している。豊かな髪がかたちのいいショートカットだった。上質な生地のワンピース。淡彩の花模様。プラチナの白い鎖《チェーン》のネックレスが項《うなじ》に見えた。

「もしもし」

事務員ははじめ手を遠慮そうに女性客の肩に当てた。

起きなかった。

「もしもし。終りましたが」

こんどは肩を揺り動かした。

眠った女性はそのまま前のイスとの間に崩れ落ちた。

仰向く顔の下に顕われた白い頸には、索条溝の赤い輪があった。

捜査のはじまり

仆《たお》れた女性観客は、「い列19番」のイスに掛けていた。

有楽町の「シャンゼリゼー映画劇場」の二階指定席は五〇九ある。スクリーン正面にむかって最前列が「あ」列で、以下後方に行くにしたがって「い」「う」から「し」「す」の列に至る。1番は左端壁側のイスからはじまり、横列に46番の右側壁側のイスで終る。

その間には四つの狭いタテの通路と、二つの広いヨコの通路とがある。階段の昇降口は左側と右側に一つずつある。

「い列19番」は、スクリーンにむかって前から二列目、タテ二番目通路を右に二つ目のイスにあたる。

ここは位置としては真正面に画面が大きく映りすぎるので、その難から敬遠するむきもある。席が空《す》いてる時は、ヨコの通路で区切られた列、つまり「き」列から後のイスに観客が集まる傾向になる。

シャンゼリゼー映画劇場 二階指定席

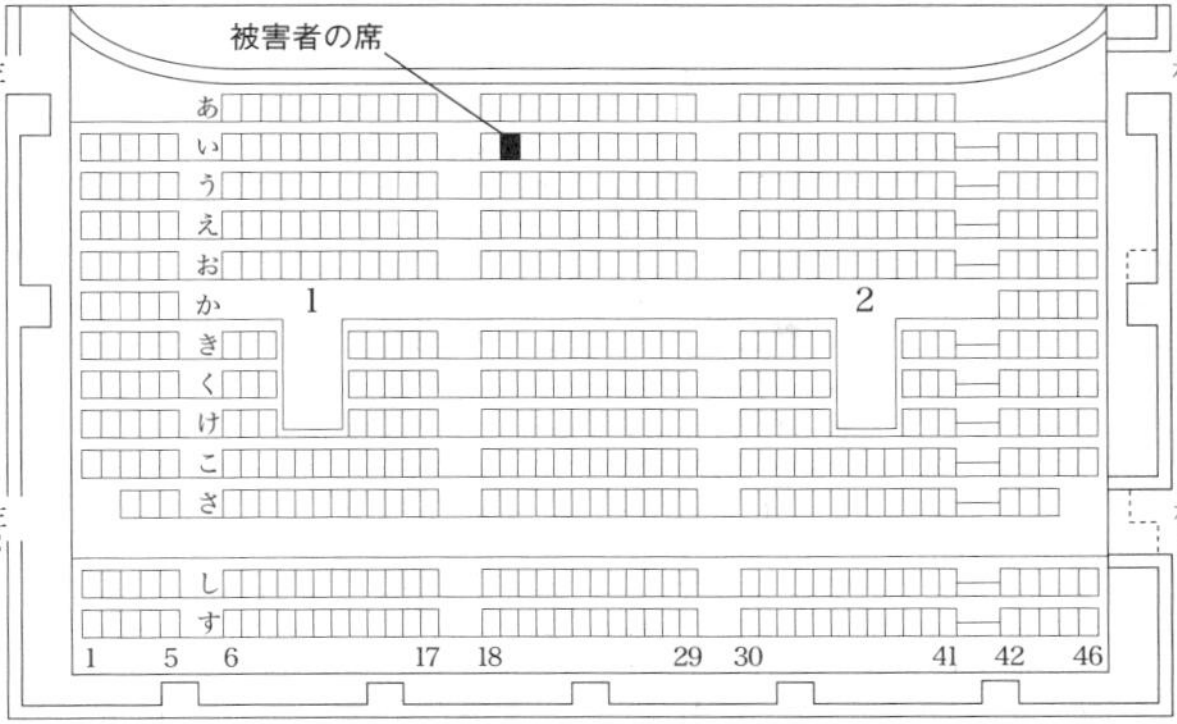

しかし、このときの階上席は、その女性観客一人を除いては無人であった。彼女はどの席をも自由に択び得たのに「い」列の19番に坐ったのは、画面が大きすぎるのが苦にならなかったのか、あるいはいくらか近視眼だったのか。そこへ坐ったのは偶然だったのか。それとも何らかの必然性があってのことだったのか。——

劇場側の通報で、警視庁から捜査員三十名（本庁二十名、所轄の築地署十名）がすぐに到着した。主任は殿岡広己警部補といった。

年齢三十歳くらいの、その女性はすでに死亡していた。頸に索条溝があり、顔面が鬱血《うっけつ》している。溝は頸部のまわりを水平に走り、後頸部で深くなっている。これは縄索をこの部分で緊搾《きんさく》したからである。用いた紐類は、頸に残ってなく、現場からも発見できなかった。犯人が持ち去ったとみられる。身体にはまだぬくもりがあったが、手と足にはすでに死後硬直があった。

抵抗した形跡はほとんどなかった。ただ、頸部にわずかな表皮の剝離《はくり》がみられた。これはかなりかたい紐で絞めたときに生じたもので、うすく血が滲《にじ》んでいた。プラチナのネックレスが頸に残っていた。

それとイスの下に、ツバ広の白いパナマ帽子と小さなエメラルド入りのプチ・ネックレスが落ちていた。頸に巻きつけた紐に外力が加わったとき、ネックレスの細い白金のチェーンが切れて落下したのである。真珠《パール》のイヤリングは耳朶《みみたぶ》にそのまま下がっていた。左手の中指には一カラット大のダイヤの指輪があった。白のカーフ（犢《こうし》の革）のハンドバッグには財布があり、二十一万五千余円が入っていた。財布のほかに、コンパクト、ルージュ、マスカラ、アイカール、香水、櫛《くし》などの化粧道具を入れた小物入れ《ポーチ》、麻のハンカチ三枚、チリ紙などがあった。手帖やメモ帖類はなかった。

遺体は大学の法医学教室に移された。翌八月二十一日朝から解剖が行なわれた。死因は絞殺による窒息死。凶器は幅七ミリくらいのかなり硬い紐。死亡時は二十日午後五時から八時ごろの間と推定された。

頸にある軽度な擦過傷（表皮の剝離）以外に外傷はなかった。抵抗のあとがほとんどない。服装にも乱れはなかった。

本人がイスにかけて映画を観ているとき、イスのうしろに回った犯人がふいにその頸に紐を巻きつけて絞めた、というのが捜査側の推定であった。

頸に紐を巻かれたら万事休すである。それを締めつけられると、意識がなくなるので、その後は苦しいとか痛いという感じはなくなり、なおも長く締めつづけると死亡にいたる。

抵抗のあとがないからといって、当人が殺されることで犯人に同意したというのではない。

《実際に於て絞殺の加害者が繊弱《せんじやく》な婦人であり、被害者が筋骨逞しき男子であることがある。斯《か》かる時、如何にして婦人がこの男子を無難に絞殺し得たか不思議に思われるが、すなわち男子の首に紐を巻き付ければ最後で、これを締めると同時に被害者が人事不省に陥るから、いくら筋骨が逞しくても、もはや抵抗することもなくなる。かくて繊弱な婦人も易々とこの強き男子を絞殺し果す結果になり得るのである。この事実は、首が締まって大脳に血液を流通すべき血管が不通になると直ちに人事不省に陥ることを物語るものである》

法医学の本には、このように出ている。

けれどもこれは加害者が被害者に殺意を察知されることなく、突如として相手の首に紐を巻きつけ得た場合であって、もし、行為の直前にそれを相手に気どられたら、相手は当然に抵抗もし、大声を上げて救いを求める。

被害者の場合、犯人はこの失敗の場合を予想して、犯行場所を観客のいない映画館の階上席に択んだと思われた。

米映画「クレージー・フェロー」はロングランで第十一週目に入っていた。いくら当った映画でもこのくらい長期上映となると、観客数は激減し、とくに階下の一般席よりは料金の高い階上の指定席は連日にわたって観客が一人もないという状態になる。

したがって階上には観客を座席に懐中電灯で誘導する案内係も上がってこない。五〇九席もある広々とした階上は、無人の荒野とひとしくなる。

しかも映画音楽はロックである。館じたいが巨大なディスコと化している。そこにカー・チェイスのアクションがある。パトカー群のサイレン、怒号、破壊の音響。その連続にロックの狂奏と歌手の叫喚とが混じり合う。

もし、被害者が殺されると気づいて抵抗しても、観客の居ない暗い場所では目撃者もいないし、救いを求める大声を出しても、増幅された音響のロックとカー・アクションの狂乱に消えてしまうのだ。

犯人は以上の条件を知っている人間にちがいない。相手の首に一気に紐を巻きつけることができたらいいが、失敗するとえらいことになる。その場合に備えて、ロック音楽映画のロングラン上映期間が終りに近づいた階上席を選択した。実際の結果は、被害者の抵抗を封じることができたのだが、用意としては万全を期した。

この場合、犯人は映画館の事情に通じた人間であろう。加害者とは熟知の間柄にちがいない。映画館に二人で行くというのは恋人の関係を推察させる。

この推測をさらに助けるものとしては、彼女の所持品が一物も奪《と》られてないことである。外国製カーフのバッグの中に入った財布には二十一万五千余円があったが、これは最初からの金額と思われ、盗難はなかったと考えられた。一カラットの指輪も左手の中指にはまったままである。専門家に鑑定させると、とびきり上質のダイヤではないが、それでも四百万円はするという。細い鎖がちぎれて落ちたエメラルド入りのプチ・ネックレスにしても四十万円はするということだった。パールのイヤリングは五十万円であった。着ているワンピースの生地も上質の輸入品であった。仕立ては専門のデザイナーの手になっている。

被害者は相当贅沢な生活に馴れている女だとわかった。ポーチの中に入ったコンパクトの白粉の色といい、マスカラ、アイカールなどといい、年齢三十歳ぐらいにしては、その淡彩色花模様のワンピースとともに、派手な職業の女を想わせる雰囲気であった。

所持品には手帖、名刺入れ、定期券入れなど身元のわかるものはなかった。はじめから持っていなかったのか、犯人が持ち去ったのかはわからない。しかし、後者の見方が強かった。金や貴重品が盗まれてないので、知人による犯行が考えられ、それならば被害者の身元が分るような物だけを奪る理由もわかってくる。

その残った所持品には被害者の指紋しか付いてなかった。「い」列19番のイスの両肘には被害者だけの指紋があった。右隣りの「い」列20番の左肘かけにも被害者の指紋が二カ所付いていた。これは被害者の右隣りのイスに誰かが坐っていて、彼女がその人間に話しかけるなどして指がふれたことを示す。しかし、その「い」列20番にも、反対側の隣り18番にもまた付近のイスからも他の者の指紋は検出されなかった。

この結果からすれば、広い無人の階上席に彼女ひとりが坐っていたことになるが、もちろんそれは考えられない。指紋こそ出なかったが、彼女の右隣りの座席「い」の20番に彼女の相手が坐っていた可能性は強かった。

犯行は何時ごろだったろうか。警視庁捜査一課が、閉場後の階上の見回りをした事務員から変死者のある旨の通報を電話で受けたのが二十日夜九時四十分ごろであった。一課の強盗・殺人係の殿岡班が現場に到着したのは十時五分であった。そのときの検屍では、死体の手に死後硬直が起っていた。

硬直は、死後一時間ないし二時間くらいで、心臓部に遠い手・足の筋肉から起る。時間経過とともにこれが二十四時間くらいで全身に及ぶ。

検屍時にはその死後硬直が手と足の部分にかなり進行していたので、警察医は死亡時は五時から七時半の間と推定した。死後硬直の進行は、死者の体質による個人差があり、また場所の温度や乾湿の度合いなどの条件にもよるが、この被害者のばあい、死亡時刻について検屍の推定と解剖の所見とが合致していた。二十日午後五時から八時の間である。これに多少の誤差が見込まれているのはもちろんだった。

午後五時から八時の間というと、第三回の上映時間から最終回の上映時間にまたがっている。第三回が四時二十分―六時五十分、最終回が七時―九時三十分である。この中間に十分の休憩時間が挟まる。もう一つ言えば、上映の最初十分間はコマーシャル、次回や近日公開の映画予告篇だから、この間に殺人が行なわれた可能性はきわめて少ない。

犯行があったとすれば、「クレージー・フェロー」がはじまる第三回の四時三十分から六時五十分の間、最終回の七時十分から八時までの間である。スクリーンからの大音響が館内を圧倒するときである。

遺体には抵抗のあとがないから、犯人はトイレに行くなどと言って席を立ち、かたがた周囲の状況をたしかめに歩き、戻ってから「い」列19番のイスの背後に回る。そしていきなり紐を女の首に巻きつけたと考えられる。しかし、抵抗や大声を出されるのを予想して、スクリーンの音響を利用しようとしたことには変りない。

入場券を入口の窓口で売る出札係の女事務員に捜査員が訊くと、八月二十日は第一回から最終回の上映まで、階上席のキップは一枚も売ってなかった。

してみると、被害者とその伴《つ》れである犯人とは、階下の一般席券を買って入場したことになる。入口で入場券の半券をもぎとる改札係、いわゆるモギリ嬢も被害者が入場したのを記憶していなかった。入場者が多くないのだから、白い帽子をかぶった女、それもかなり目立つ服装をした女には印象が残るはずだが、それがなかったのである。

階下ロビーに集まっていた当日の観客のうち、捜査側が探し出した者に同じことを質問したが、これにも彼女をおぼえている者はなかった。彼女に記憶があれば、その横に付いていた犯人の人相、服装にもその印象が思い出せるはずである。

休憩時間にそのロビーに屯《たむろ》しているのは若い連中ばかりで、彼らはお互いにしゃべることに夢中になっている。男は女友だちの腰に手をまわしてその顔をのぞいてささやき、女はそれに顔をうつむけている。自分のことしかなかったとみていい。映画がはじまるとドアから観客席に流れこむ。

やはり同じことは、ロビー横の売店にいる店員についてもいえた。売店はロビーから引っこんでいて、前の通路しか見えない。もし通路を通過する客に注意しなかったら、それで終ってしまう。

階下の一般席券を買った者が階上席に行くには、お直り券を買わなければならない。そのキップを売る係は階段を上った踊り場のところに居る。そこは階上の二つのタテの通路につながっている。

ところが「クレージー・フェロー」も第八週目になってからは、階下席からのお直り客も居なくなったので、以後はその券を売る係もそこに位置する必要がなくなったのだった。

それ故に、被害者の女性と、その同伴者だったにちがいない犯人とは、だれにも咎められることなく、階上の「い」列19番と、20番（推定）とに腰をおろすことができた。たぶんこれは犯人の計算によるものだったろう。

もし犯人が第三回上映のさなかに絞殺をしたとすれば、女はそのときからイスにうずくまっていたことになる。その回が済んだ十分間の休憩のあいだも、最終回がはじまっても、ずっと「い列19番」の座席に「睡りつづけた」姿勢でいたのだ。

犯行はエレキが最高潮にかき鳴らされている時か。逃走車を追跡するパトカーがサイレンを轟かせ、次々と衝突し、横転してゆく時か。——それとも、

“Under pressure we're breaking.

Can't we give ourselves one more chance”

の唄声が響いている最中《さなか》だったのか。

加害者は、たぶん最終回が終って、

「皆さま、ありがとうございました。お静かにお帰りくださいませ」

の甘いアナウンスの声に送られて、他の観客たちにまぎれてドアから出口へ、それこそ静かに帰って行ったであろう。

所持品には、身分証明書のような物もなければ、手帖もなかった。だが、身元割出しの手がかりになる物はいくらでもあった。一カラットのダイヤの指輪、エメラルド入りのプチ・ネックレス、パールのイヤリングなどがそうである。これらの販路を追えばよい。

そして、その身元は三日後には簡単に割れた。

銀座の、おしゃれ洋装店の経営者は、被害者の着ていたワンピースを捜査員に見せられ、眼をあげてすぐに答えた。

「これはてまえの店でおつくりしたものです。じつは、自由が丘のパリ婦人服店がてま

えどものチェーン店でございましてね。パリ婦人服店が、ご近所におられる銀座の『クラブ・ムアン』のママさんに夏のワンピースをオーダーされたが、自分のところでは手におえないと云って、そこの女主人がてまえのほうにデザインと仕立てを持ちこんだものです。去年の四月ごろでした。たしか帳簿に載せてあると思いますので、ここに持って参ります」

帳簿には、

《注文主。目黒区自由が丘二丁目三二番地、山口和子様。——「パリ婦人服店」経由》

としてあった。

「ムアン」の店で

巧妙な手口というのが捜査員たちの一致した見方であった。

ロングランの第十一週目の映画劇場を犯行場所に択んだことに犯人の計算がなされている。しかも映画は喧騒きわまるロック音楽とカー・アクションの音響だった。人間一人の叫び声も悲鳴も他に聞えはしない。

それだけではない。この犯行には「階上席の無人」が条件だった。周囲に観客が一人でもいたら、犯人は決行を中止したかもしれない。いくら暗がりでも、不審な動作で気づかれるかもしれないからだ。それに、慎重な犯人だと、犯行が失敗した場合を考慮に入れたはずだ。女が犯人の殺意を知って逃げ回るとか、頸にかけられた紐の輪の間に素早く指を入れて窒息から脱《のが》れ、救いを求めて暴れでもしたら、これは当然に他の観客の眼にふれる。

映画館じたいがディスコと化した「クレージー・フェロー」の上映、ロングランの終末期に近く、階上席には観客が一人も入らないという現象、この二つの条件が組合せになって今回の特異な殺人になっている。したがって映画館の事情に通じた者という犯人像が浮んでくる。

しかし、シャンゼリゼー映画劇場の内部の人間でないのはあきらかだった。捜査側では当日午後からの出勤者全部に当ってみたが、いずれも勤務場所から離れてなく、相互アリバイがあった。また、捜査側でもはじめから劇場内部説はとっていなかった。

一つは、被害者の女性が一人で階上席に坐ることはあり得ず、それには必ず同伴者が居る。映画館内部の人間では観客の同伴者にはなり得ないからだ。たとえ当日欠勤した者でも、劇場の仲間には顔が知られすぎている。

犯人は彼女と関係のある男性に違いない。まだ被害者の身元が山口和子という「クラブ・ムアン」のママと割れない前から、捜査側は殺人の動機を男女関係のもつれと見ていた。最も常識的な推測だが、平凡な推定のほうがよく的中する。

そこで、犯人はこの計画のために、事前にシャンゼリゼー映画劇場を下見に来ているのではないかという推測が強くなった。以上の筋を考えると、犯人と被害者とがたまたま劇場に入って、とっさの犯行となったとは考えられないからである。激情の爆発による突発的な犯罪ではない。映画館の特殊事情を考えての、練りに練った計画にちがいない。

遂行計画は「クレージー・フェロー」の客足が激減した第八週目以降に定めたのではないか。劇場側に訊いてみると、第七週目の中日《なかび》からのちの階上席は毎日平均三人であった。ただし、週末と日曜日はさすがに階上席も二十人であった。ウイークデーはそれほど階上席の入りが少ない。

第八週目になると、週末・日曜日を除いて、階上席の観客は毎日ゼロがつづいている。それは犯行のあった第十一週目まで変りなかった。犯行のあった八月二十日はウイークデーであった。

もっとも第十週目は旧盆に当っているが、東京の場合、旧盆は関係ない。むしろ郷里へ帰る人が多くて、東京の人口じたいが減少する。街からはマイカーが減り、交通渋滞も一時的に解消される。

犯人が、シャンゼリゼー映画劇場を一人でこっそり下見に来たとすれば、それは第八週目、第九週目、第十週目のいずれかの日ということになる。第十一週目でも犯行の二十日以前の日であろう。が、推定としては、近いその週よりも、第八週から第十週までの間の一日が強い。その日に犯人は階上席がガラ空きだったのを見たのだ。

この第八—第十一週の間、ウイークデーの階上席券は一枚も売れてなかった。下見にきた人間は、階下の一般席券を買って階上に上ったのだ。その者はかならずしも椅子に坐らなくてもよかった。見るのは映画ではなく階上の様子だからである。後方に一時間も立って観察していればよい。

このとき、その人間は一般席券で階上席に坐る観客から「お直り」料金を徴収する女子係員が階段の上に居ないことをも見て取ったにちがいない。「受けた」ロングラン映画も終りごろには、階上席に行く観客が居なくなる。

したがって、豆懐中電灯で足もとを照らし客を指定席に導く案内嬢も不在だ。もちろん上映中に階上を見回りにくる事務員もいない。こういうことを犯人は十分に視察したことであろう。

——そこまでは、だいたい推定できる。

しかし、それらしい人間をいまから調べ出すことは、いくらベテランの捜査員でも、至難の業《わざ》であった。

犯人については人相も年齢もつかめない。身長はどれくらいか、どのような体格か、服装はどうか、そうした特徴はいっさいわからない。たぶん男には違いなかろうが、正確にいえば、男か女かすらも不明なのである。

これを、かりに第八週から第十週の二十一日間の観客に聞込みをしてまわったとしても、目撃の対象となる者はあまりに茫漠としていて、訊くほうにも答えるほうにも言葉がないのだ。

いや、第一、だれに聞込みをしていいのか、それすら途方に暮れる話である。階上席こそ人は居なかったものの、階下一般席には若い層の観客が相当に入っていた。これが一日に四回入れ替えになる。二十一日間に合計すると七、八千人にも達する。それら不特定な観客群の一人一人の名前と住所とをどのようにしてつきとめられるだろうか。目撃者を探す前にこの絶望があった。

以上は、事件発生から三日後のことだが、初動捜査段階での聞込みはまず二手に分れた。一手は銀座の「クラブ・ムアン」にむかった。

店の者が出揃うのは夕方の六時ごろである。この時刻にはたいていの店が出勤のホステスの点呼を行ない、ママやマネージャーなどが彼女らに訓示的な話をする、いわゆるミーティングが行なわれる。その時間をねらえば、客はまだ来ていないのだから、警察が商売の邪魔をするという苦情を云われなくとも済むし、ゆっくり話が聞ける。

「クラブ・ムアン」では支配人の横内三郎が個室で捜査員に会った。有楽町のシャンゼリゼー映画劇場で殺された被害者の身元が、その着けていた洋服の製作者、銀座のキムラ洋装店主の証言により「ムアン」の経営者山口和子と判ったのは今日の午後四時であった。そのワンピースを捜査員が各店を持ち歩いて見せたので、そのくらいの時間がかかった。が、三日で洋服の注文主が判ったのは幸運なほうである。

「えっ、シャンゼリゼーで殺された女性というのは、うちのママだったのですか！」

支配人・横内三郎は椅子からはね上がらんばかりにして叫んだ。落ちくぼんだ眼窩《がんか》の中から眼玉が飛び出し、しばらくは口をあんぐりと開けたままでいた。

シャンゼリゼー映画劇場の殺人事件は、事件翌日の各紙に大きく出ていた。被害者が相当立派な服装をしていたことと、場所の特異なこととで、見出しは派手な扱いになっていた。もちろん身元はまだわかっていなかった。

「まさか、まさか」

支配人は呆然として、二度も三度も呟いた。すぼんだ頬が急速に蒼ざめて行った。

捜査員はポケットから被害者の死顔写真をとり出した。鑑識係が現場で撮ったものである。

それを一目見るなり支配人は、

「わっ」

と悲鳴を上げた。その口からは泡が噴き出そうだった。

「ママの山口和子さんに間違いありませんね？」

「はい。た、たしかにママです」

彼は唇を慄わせた。

「けど、どうして、ママが……」

新聞に報道された映画劇場殺人事件の被害者が自分とこのママとは――信じられないというふうに彼は宙を見つめ、空虚《うつろ》に口の中で云った。

彼がやや落ちつくのを待って、捜査員は質問した。

「ママの姓名は？」

「山口和子です」

「年齢は？」

「さあ……」

「だいたいでけっこうです」

「二十九歳か三十歳くらいです。自分では二十七歳だといっていましたが」

「住所は？」

「目黒区自由が丘二丁目三二番地」

「結婚していますか」

「していません」

「正式には結婚してなくても、同棲者とか、そういった人は？」

「居ないはずです」

「あなたは自由が丘のママの家に度々行きますか」

「度々ではありませんが、店の経理報告とか営業方針の打合せとかで、ときどき行きます」

「ホステスさんたちもママの家に行きますか」

「行っているようですね。ウチにはホステスが現在三十二人いますが、その中で、五、六人はママの家に行っているようです」

「それは遊びに行くんですか」

「遊びもありますが、おもに相談ごとですね。前借りさせてほしいとか、朋輩どうしの揉めごとを訴えに行くとかです。前借りのほうはぼくの判断でほとんど捌《さば》きますが、仲間どうしのトラブルとなると、ぼくの手にはおえません。女の反目や喧嘩は面倒ですからね。やっぱりママの裁きでないと……」

「この店は開店してからどれくらいになりますか」

「五年です」

「あなたは開店当時からの支配人ですか」

「いいえ。三年前に入ったときは副支配人です」

「そうですか。さて、そこでですね、ママは八月十九日の晩は店に出てきましたか」

「いいえ」

「店を休むときは連絡があるのでしょう?」

「連絡といっても……もう三カ月くらい前から休んでいるんです」

「ほほう、どうして?」

「入院してたんです」

「あ、病気。どこが悪かったんですか」

「どこといっても……」

支配人は云い渋った。

「ねえ、支配人さん。なにもかも隠さずに云ってくださいよ。ママさんは殺されたんですよ」

捜査員は促した。

「はい。じつは睡眠薬の飲みすぎだったんです。で、自宅から救急車で運ばれて、柿の木坂の山瀬病院に入ったんです」

支配人はやっと云った。

「睡眠薬の飲みすぎ？」

捜査員は聞き咎《とが》めた。

「それはどのくらいの量だったんですか」

「さあ、それはちょっと、ぼくには……」

「そうですか。じゃ、それは山瀬病院に訊いてみましょう」

支配人の顔が瞬間曇った。

「経過は、どうだったんですか」

「たいしたことはなかったようです。一週間ぐらいで退院しましたから」

「ママは睡眠薬の常用者だったんですか」

「さあ。それは知りません」

「不眠症だったんですかね？」

「そういうこともあったんでしょうね。はっきりとはママから聞いたことはありませんが」

「それとも睡眠薬を用いねばならないくらいに心配ごとがあったんですか」

「さあ、そのようには見受けなかったのですが」

「これはわれわれの経験ですがね、睡眠薬の飲みすぎと自殺とは区別がつかないことがあるんです。ママさんの場合はどうなんでしょう？」

「ママが睡眠薬で自殺を図ったなんてことはないでしょう。一週間そこそこで退院したのですから、飲みすぎたといってもたいした量ではなかったと思います」

質問の捜査員は下をむいて爪を嚙《か》んでいたが、その顔をふいと上げた。

「自殺企図でもいろいろありますからね。なかには狂言自殺というのもあります」

支配人がぎょっとした表情になったのを、捜査員は見のがさなかった。

「ママさんの場合、狂言自殺を企てたという見方はありませんか」

「………」

「どうですか」

捜査員は横内の顔色を見つめながら強く云った。

「支配人さん。ママさんは殺されたんですよ。われわれとしては犯人を挙げるためには何もかも知っておかなければなりません。そのためにはママさんの私行上のことにふれてもやむを得ないのです。あなたの立場からは云いにくいでしょうが、協力してくださいよ」

「はあ。ママの睡眠薬飲みすぎは、狂言自殺じゃないかという噂も一部には出ていました。お調べになる段階で、どうせその噂がお耳に入ると思いますので、こちらから申し上げますが」

「それは、どういうところで噂しているのですか」

「どうせ商売仇《がたき》の人たちです。銀座の店はお互いに足の引張り合いですから」

「なるほどね」

「しかし、それは根も葉もない話です。デマです」

「ママは山瀬病院を退院して、自由が丘の自宅にずっと居て静養していたんですか」

「いや、病院を出てから自宅には戻ってないのです」

「じゃ、どこに居たんですか」

「それがどうもわからないのです」

「なに、どこに居たかわからない？」

「ぼくもそれで困っていたんです。退院した直後に、一度だけ電話があって、当分のあいだ店を見てくれと頼まれましたが、それ以後、連絡はさっぱりないし、訊ねる先はないしで、弱ってたんです」

「ママが山瀬病院に救急車で担ぎこまれたのが三カ月前、入院が一週間。とすると、二カ月と三週間もママの居場所がわからなかったわけですか」

「そうです。仕方がないので、ママが現れるまで、わたしが店をあずかっている次第です」

「この店は相当立派ですね。突込んだことを訊きますが、ママが独力ではじめたのではないでしょう？　だれかスポンサーが居たんじゃないですか」

「ぼくは途中からこの店に入ったものですから、そのへんの詳しい事情はわかりません。でも、ママはぼくにこう云っていました。前の店にいたときのお客さまが二十人ぐらい居て、その人たちが店をはじめるに当って応援してくださったとね」

「それは、きれいごとじゃないですか。どこのママも同じことを云うそうですよ」

「それ以上のことはぼくにはわかりません」

「とにかく現在、ママには特定のパトロンは居ないのですか。あんたは支配人だから、よく知っているでしょう？」

「そこまでは、いくら支配人でもわかりかねます」

「いま、自由が丘のママの家は、だれが留守番しているのですか」

「だれも居ません。戸締りしたままになっています」

死者の家

捜査陣の一班が山口和子の「クラブ・ムアン」を調べているとき、他の一班は目黒区自由が丘二丁目三二番地の和子の自宅を検証していた。

高級住宅街の中でも目立って瀟洒《しょうしゃ》で新しいその家は、玄関の扉が内側からロックされ、あらゆる窓は戸締りしてあった。

両隣りの主婦は捜査員に云った。

「お隣りの奥さんが……」

主婦二人は、和子のことをそう呼んだ。

「入院された翌日から留守番だといって二十四、五歳から三十歳くらいの三人が入りこみました。その中のいちばん年かさな男が、ウチの玄関に来て、そう云ったのです。名前も何も申しませんでした。若い二人は髪を長く伸ばしていましたが、その男は角刈りに近い頭でした。服装はわりあいにきちんとしていて、言葉もていねいでしたが、眼が鋭くて、いやな感じでしたわ。三人は一週間くらいお隣りの家にいましたが、引きあげるときは、挨拶なしでした」

「留守番というと、和子さんの親戚とか知合いですかね？」

「そんなことは何も説明しませんでした。だいいち、物を云ったのはそのときかぎりで、あとは三人で家の中に引きこもったきりでしたから。そのうちのいちばん若いのがマーケットに毎日買い出しに行っていました」

「すると、家の中で共同自炊をしていたわけですね」

「そうです。店屋《てんや》ものはいっさい取りませんでした。なにしろ自分たちの顔を見られるのをいやがっているふうでした。そのくせ、お隣りの前にちょっとでも立ちどまって家を眺めようものなら、窓からその人たちの顔がのぞいてこっちを睨むようにしていました。三人とも眼つきが悪くて、まるでヤクザのような感じでした。こちらも気味悪くなって、お隣りの前を通るときは、顔をそむけました」

「話し声は聞えませんでしたか」

「何も聞えません。だいたいこのご近所の家の構造がそうなってるんです。それに冷房しているので、窓も閉めきったままですからね」

「その人たちが居る間に、訪問者はなかったですか」

「わかりませんが、それはなかったんじゃないですか。訪問者があれば、少しは玄関先で話し声がするものですが、それは一切ありませんでした」

「かれらが引きあげたのは昼間ですか夜ですか」

「それもわかりません。いつのまにか居なくなったのです。出るときにお隣りの戸締りは全部厳重にしたようです。あの人たちが引きあげてくれて、わたしたちは、ほっとしました」

「奥さん。これからわたしどもは山口和子さんのお宅の内部《なか》を調べたいと思います。ご迷惑でも、お二人に立会人としてご協力いただきたいのですが」

主婦二人は顔を見合せたが、仕方なさそうにうなずいた。が、じっさいには、和子の家の中を初めて、それもおおっぴらに見られるという好奇心と興味とが、その表情にありありと上《のぼ》っていた。

二階建ての家は大きくなく、むしろこぢんまりとしたものだった。洋室も和室も、そしてそれらの調和的な配合も、設計がスマートに施されてあって、住宅建築雑誌の口絵写真に出してもいいような出来栄えであった。女一人の住居《すまい》にしては、もったいないのである。両隣りの奥さんはこれにまず眼をみはった

しかし、捜査員らは、検証に馴れた手つきで、てきぱきと仕事にかかっていた。手袋をはめた彼らは、すべての調度を仔細に点検した。ある者は家屋内部の見取図を書き、ある者は写真を撮り、数人は指紋検出のために白い粉を遠慮会釈なくいたるところに振りかけてまわった。

小型金庫は二階の十畳くらいの洋式寝室の隅に置かれてあった。金庫は破壊された形跡がなかった。内部を調べるには、開扉が数字の組合せ式なので、あとで専門家を呼ば

なければならなかったが、異状はなさそうだった。

寝室がツイン・ベッドになっているのは、女の独居にふさわしくなかった。ベッドにはカバーがきちんとかけられ、整頓が行き届いていた。二つのベッドの中間にあるサイドテーブルには、小型スタンドが置かれ、その点滅はテーブルの前面についているスイッチによった。スイッチはいくつもならび、ラジオのチャンネル、音量《ボリユウム》の調節などができるようになっていた。白い電話機がスタンドの横にあった。枕もとの細長い棚には、睡る前に読む雑誌が五、六冊積まれていたが、ファッション雑誌ばかりであった。金色の二頭の獅子と唐草模様とが擬古的な文字盤を支えた置時計があり、その位置は一ミリもずれていなかった。

すべての家具、什器類が少しも乱れていないというのが検証による家の内部の特徴であった。たとえば洋服ダンスには、さまざまな洋服が隙間なく吊り下がったままで秩序を乱していなかったし、総桐ダンスの抽出しの中は、着物と帯とがきちんとたたまれて入っていて、渋を塗った畳紙《たとう》に包まれていた。

要するに家の中は全く荒れていないのである。

ただ例外はキチンであった。外光を窓からとり入れたこの近代的な台所には、安物の茶碗三つと皿数枚とが置かれてあった。安物はあきらかにこの家に付いた極上の器《うつわ》類とは別種のものだった。それは買って間もないほどに新しく、しかも乱雑に放り出してあった。留守番の男三人が自分たち用に勝手に買ってきて使い捨てたものだった。

各種のしゃれた鍋の中には、これも安手な煮物のおかずの残りがこびりついていて、泊りこみの男らの一人が、毎日マーケット通いをしていたという両隣りの奥さんの話と符合した。

冷蔵庫の中は、一物もなかった。

浴室は、これも美事なものだった。だが、男どもが一週間泊まっているあいだに乱暴に使用したあとが歴然としていた。洗面所にも、乳液、ボディ・ローションなどの化粧瓶がならんでいたのだが、それらはほとんど空っぽになっていた。

二階寝室のツイン・ベッドは捜査員の強い注意をひいた。独り暮しを称するクラブのママの私生活にはありそうなことだった。が、もちろん捜査員の興味はこの家の女主人の殺害事件に関連していた。

「山口さんのお宅には、男性が泊まりに来ていたんですか」

両隣りの夫人たちは再び顔を見合せた。

「そういう様子でしたが、わたしたちにはよくわかりません」

かかりあいを恐れるように夫人二人は云った。

「そういうことは、山口さんのお宅に通ってらした家政婦さんにお訊きになったほうが詳しくわかるんじゃないかと思いますわ」

「家政婦さんが居たんですか」

「山口さんが入院されたあと、おやめになりましたけれど」

「その家政婦さんの名前と住所はわかっていますか」

「つい目と鼻の先の自由が丘家政婦会から派出されていました。名前は、石田さんといっていました。わりと長く勤めてらっしゃいましたわ」

「それはありがたいですな。では、その家政婦さんに話をうかがいましょう。……どうもご協力いただいて感謝します」

　両隣りの奥さんが帰ったあと、捜査員は自由が丘家政婦会に電話して、石田さんが居るかどうかを訊いた。電話口に出た会長は、石田というのは石田ハルのことだろうが、昨日までほかの家に行っていたけれど、今は会で休養していると答えた。そこまで確かめて電話を切った。

「家政婦会で会うのは、他人の耳があるのでまずいな。近いから、その家政婦にこっちへ来てもらうことにしよう」

　捜査員二人が、家政婦会に居る石田ハルを迎えに出て行った。

「指紋は、ほとんど検出できません」

　鑑識係が上長に報告した。

「ほとんど採れない？」

「家の内部ぜんたいを拭き掃除しているようです。指紋が消えています」

　それが留守番の男三人の仕事だとわかった。たんなる掃除ではなく、調度、什器、金庫、柱、壁、階段の手摺りなど、およそ手のふれそうなところではみんな指紋が消えていた。捜査陣はにわかに緊張した。

本庁から金庫の専門家が到着して、金庫を開けた。中は整然としていた。現金は百三十二万円ほどがあった。金額からいっても欠けた形跡はなかった。宝石函には、ダイヤ、ヒスイ、猫目石などの指輪、真珠の首飾りなどの貴金属もそのまま格納されてあった。これももとの数はわからなかったが、おそらく被害はなさそうだった。

家政婦会へ赴いた捜査員から電話があって、家政婦の石田ハルは一足違いで近所の歯科医へ歯の治療に出かけたので、そこへ回って彼女を連れてくるということだった。あと三、四十分はかかりそうだった。

その間に、こちらの捜査員らは近くの「パリ婦人服店」に行くことにした。その一人は婦人服の包みを持っていた。

「パリ婦人服店」は、住宅地から駅前商店街へ出るゆるやかな坂道の途中にあった。

四十歳ばかりの女店主が捜査員を迎えた。

「たしかにこのお洋服は、山口さんからご注文をいただいたものです」

女店主は捜査員の開いた包みの中から現れたワンピースを一目見るなり云った。ワンピースは、シャンゼリゼー映画劇場の階上席の椅子に倒れていた山口和子の死体が着ていたものだった。

「でも、わたしのほうでお作りしたのではなく、銀座のキムラ洋装店に頼んでつくってもらいました。わたしのほうはキムラのチェーン店になっていますが、おしゃれな山口さんがめずらしく外出着をつくられるというので、大事をとってキムラの先生に調製を依頼しました。ですから、寸法とりも仮縫もキムラの店の者が山口さんのところにうかがいました。わたしの店ではいつもはふだん着ばかりを山口さんに買っていただいたのですが、それだけでは気の毒だと山口さんは思われたのでしょう」

パリ婦人服店主の話は、前に聞いたキムラ洋装店主の言葉と一致していた。

「どうもありがとう」

確認を終えて、捜査員がワンピースをもとどおりに包んでいると、店主が、ふと言葉を洩らした。

「山口さんのことを聞きに、わたしの店においでになった男の人が三人おられましたわ」

「三人？」

捜査員は聞き咎めた。

「それはどういう人で、どういうことを聞きましたか」

「三人いっしょではありません。五月の半ばごろに一人お見えになって、その月末ごろ二人連れの人がお見えになりました。五月半ばにこられた人は、六十近い年配の人で、頭がだいぶん白くなっていました」

「山口和子さんのことをどんなふうに訊いたんですか」

「いえ、山口さんのお家《うち》のことを訊ねられたんです。あれは正午前ごろだったと思いますが、ふらりと店へ入ってこられましてね、その方の奥さま用にと既製の婦人服をお買い求めになりました。そのときおっしゃるには、さきほど二丁目三二番地のあたりで、山口の標札のかかっているしゃれたお家を見たが、あれはどういう方ですかとたずねられたんです。わたしも通りすがりの人だったらお答えしませんが、なにしろ婦人服を買っていただいたばかりのお客さまですからね、あちらは銀座のクラブ・ムアンのママさんですとお教えしたのです。それに、わたしはママさんのファンでもありましたから、多少は自慢げにそう云ったんです」

「その人は、どう云ってましたか」

「そうですか、と云ったきりで出て行かれました。なんだかひどく疲れた様子でしたわ」

「五月末に来た二人連れの男というのは？」

「こんなことを云っては山口さんに悪いのですが……」

女主人は急に声を低くした。

「山口さんが睡眠薬の飲みすぎで、五月二十五日の夜、救急車で柿の木坂の病院に運ばれたことがありました。あれは自殺未遂だったという噂がありましたが」

「この近所の噂ですか」

「ご近所というのは、口がうるさいですからね。つまらない噂を立てるんですよ」

「ははあ」

「で、その二人連れの人も、山口さんが自殺を図って入院したという話だが、とそれを訊きに来られたんです。ぶらりとお店へ入ってこられましてね」

「二人は名前を云いませんでしたか」

「名前は云いませんでしたが、ムアンに洋酒を入れている京橋の酒店の者だと云ってました」

「なんという酒店ですか」

「ええと、なんといいましたっけ……。英語の名でしたが」

女店主はこめかみに指を当て、眼を閉じていたが、その眼をぱっと開き、指も離した。

「そうそう、思い出しました。スコット屋だと云ってました」

「京橋のスコット屋、ですね？」

「そうです、銀座界隈のクラブやバー専門に酒を入れている酒店だといっていました。なんでもムアンに行ったら、四、五日前からママさんが休んでいて、それには自殺未遂の噂があるが、店の人にきいてもはっきりと云わないので、よくわからない。自分たちもお得意先のママのことで心配だから、ほんとのことを知りたいので、ママの家に近いこちらでは、そのことで何か聞いていないか、と訊かれるんです。わたしはお二人の様子から、もしかすると新聞記者か週刊誌の記者ではないかと疑いました」

「どんな人相でしたか」

「一人は三十半ばすぎの、眼鏡をかけた小肥りの男でした。質問するのはおもにこの人でした。もう一人は三十二、三の、色の黒い、背の高い人でした」

女店主はよくおぼえていた。

「それでね、その眼鏡の男が、わたしに、ママには遺書があったかどうかなんてヘンなことを訊くんですよ」

「遺書の有無を、ですか」

「そうなんです。口ではママを見舞いに行きたいから入院先の病院名を教えてくれなんて云いながら、そんな立ち入ったことを訊くんです。わたしは、そんなことまでは知りませんと突っぱねましたが」

捜査員がメモ帖に、

《京橋のスコット屋。銀座のバー専門に酒を入れている酒店。二人連れが山口和子の入院後に、和子の様子を訊きに現れる。……》

と書いているボールペンの動きを見ながら、パリ婦人服店の女店主はもういちど云った。

「ねえ、どうしてもヘンでしょう?」

匿名の通報

シャンゼリゼー映画劇場殺人事件が新聞・テレビなどに報道されてから、捜査本部に多くの情報が寄せられた。なにぶんにも被害者が銀座のクラブのママであり、犯行場所が都内一流の映画館というので、派手な点ではこの上なかった。

「情報」は電話や手紙、はがきなどで来た。この種の事件ではありがちなことだが、通報者のほとんどが住所・氏名を隠すか偽名を使うかした。だから、いわゆるガセネタ（真実でない情報）が大多数であった。その判別が捜査本部には一苦労だった。

いいスジだと思って、住所のところへ捜査員が行ってもそれが架空の人物だったり、通報者が実在していても、噂を自分の臆測でふくらましていたりした。

匿名の封書通報のなかには、こういうのがあった。消印は四谷局。

《去る七月二十三日の午後一時半ごろでした。私は有楽町のシャンゼリゼー映画劇場の階下席に女友だちと坐り、おりから上映されていた「クレージー・フェロー」を見ていました。私たちの席は中央部よりやや後方でした。そこは若い人たちが三、四十人くらい居ました。ロック音楽とカー・アクションのこの映画は当っていましたが、ロングランの第七週目でしたので、さすがに場内はガラ空きでした。中央部より前の席には二人の男女を除いて、観客はだれも居ませんでした。

そのカップルの女は白い帽子をかむっていました。後ろ姿でしたが、男はイガ栗頭に近い髪の短い人で、ずんぐりとした肩でした。

どうして私たちがそんなに二人へ注目したかというと、両人がしきりと話しこんでいるからです。"Under Pressure" の音楽はもり上がり、何台もの車が次々と衝突して破壊されるという最高潮の面面なのに、その両人はスクリーンに一応顔をむけてはいるものの、話ばかりしているのです。まるで話をするためにこの映画館に入ってきたという感じでした。

そのことがよくわかったのは、最高潮にかかってエキサイトした場面がつづいているのに、三十分もすると、女性だけがふいとイスを立って通路を歩き帰ってしまったことです。男のほうはまだイスに坐ったままでいました。

通路を出口へ歩いてくるすらりとした背の女性の顔を私たちは眺めましたが、ツバ広の帽子の下ながらなかなかの美人でした。暗いのでよくわからなかったけれど、年齢は二十七、八歳くらいにみえました。夜目《よめ》・遠目《とおめ》ということがありますので、実際はもっと年がいっているのかもしれません。というのは、今回、テレビ・新聞で報道されたシャンゼリゼー映画劇場殺人事件の被害者山口和子さんは三十一歳ということでした。

私たちが見た白い帽子の女の顔が、新聞に出た山口和子さんの顔写真にそっくりでした。あの日から二十八日後に、山口さんが同じ劇場の階上席で、同じ「クレージー・フェロー」を見ているうちに殺害されたかと思うと、なんともいえない気持です。

これは素人のカンですが、私たちが目撃した和子さんの同伴者だった男が、犯人のような気がします。映画館に入って話し合ったのも、それが他の人には聞えない場所だからであって、それだけに深刻な会話だったのではないでしょうか。トラブルのもつれ、別れ話、それについての条件の出し合い、といったようなことが考えられます。女性が先に帰って行ったのは、その話合いが決裂したからではないかと思われます。

その男のほうは、伴れの女性が帰って行ったあとも、しばらくイスに残って、ひとりで映画を見ていました。しかし、ほんとうに面面をたのしんでいたとは思えません。彼の後ろ姿は身動きもしませんでした。あれは、女の話を心でじっと嚙みしめている姿です。怒りを全身で抑えつけている背中でした。

男は、やおらイスから立つと、うつむいて通路をこっちへ歩いて来ました。もの想いに耽《ふけ》っているような、重い足どりでした。

イスに坐っている私はその男の顔を見上げました。これも場内がうす暗くてよくわかりませんでしたが、案外に高年齢で、五十七、八歳には十分に見えました。人相にはこれといった特徴はなく、おとなしそうな感じでした。頭は半分以上白かったようです。背広でしたが、身なりはあまりよくありませんでした。

おとなしそうな人物が、意外に残酷な犯罪をやると聞いています。ぜひ捜査してください。

私が匿名にしてこの手紙を出したのは、同伴の女友だちのことがわかると、女房のてまえ都合が悪いからです。ただそれだけの理由で、決していい加減なことを書いているわけではありません》

捜査本部では、これを有力な手がかりの一つとみた。

七月二十三日というと犯行の四週間前で、映画館を秘密な話合いの場所にしているところは、殺人の場所としての択び方と共通していた。

映画館も同じなら、映画も同じだった。場所の下見としてあり得る。それに「クレージー・フェロー」のどの場面が犯行に最適なのか、その選択を予め行なったのかもしれない。ロックの大騒音で映画館がディスコそのものに化したとき、必至の狙いを定めたと考えることができる。

四谷局の消印があるのみで、匿名なのは残念だった。筆蹟は上手とは言えないが、かなり書き馴れたものだった。

「年齢五十七、八歳くらい。半分以上白い短い髪の頭、ずんぐりした肩、特徴のない、平凡な人相」。——山口和子の周辺に、そういう人物が秘密に介在しているのではないかと捜査本部は捜査員らを聞込みに回らせたが、何もつかめなかった。

もう一つ、変った情報があった。

これも手紙だが、雑誌の活字を一つ一つ切り抜いて、便箋に貼りつけ、文章にしていた。便箋はひろく市販されている普通のもの、活字の雑誌は週刊誌だった。封筒の宛先も大きな活字の貼りつけであった。

《『原田』という名の男が、山口和子殺しの有力な容疑者ですから、さがしてごらんなさい。年齢三十五、六歳くらい、小肥りの男で、顔が丸く、眼鏡をかけています。如才のない態度で、よくしゃべる男です。銀座のバーのホステスをスカウトする仕事だと自称していますが、当てになりません。前から和子のまわりをかぎまわっていました。総会屋の手先のような感じもしますが、違うかもわかりません。とにかく正体のわからぬ男です。とにかくこの『原田』がいちばん怪しいです。たとえ彼が犯人でなくても、彼の口から、和子殺しの真犯人の手がかりが得られると思います――一市民》

試しに便箋と封筒の指紋の検出を行なったが、何も顕われなかった。活字貼付けの作業を行なったあと、柔かい布か何かで指紋を拭きとったようであった。

手のこんだことをした匿名手紙だけに、内容は捜査本部を注目させた。

というのは、人相の描写と、「原田」の名が出ているからだ。

山口和子が住む自由が丘の「パリ婦人服店」に立寄って和子の入院のことを訊いたのは、架空の「スコット屋」という京橋の洋酒店員を自称する男だった。

もう一度、その婦人服店主にきくと、たしかにそれに似た顔だと確言した。もっとも、そのときは三十二、三くらいの、スマートな背広姿の男がいっしょだったが。

これは、和子宅に働いていた家政婦石田ハルについても同じで、あらためて彼女のもとに捜査員が行くと、答えは前よりもはっきりしていた。

「たしかにその人相の男はスコット屋の店員の原田といっていました。最初にわたしを家政婦会に訪ねてきたときは、三十二、三くらいの男といっしょでした。山口さんが睡眠薬の飲みすぎで入院したことをわたしに訊いたんですが、なかなか口が達者でしたよ。それも腰が低くて如才がないんです。眼が二重瞼、下ぶくれの顔です。眼鏡をかけていますよ。背丈は百六十センチくらいで、男としては高くなかったです。わたしはてっきり洋酒屋の店員だと思いこんでいました。欺《だま》されたんですね」

石田ハルは、欺した「原田」に負けずに能弁だった。

「二度目は、わたしが働きに行っている等々力の家にまであの男は電話をかけてきて、近所へ呼び出すんですからね。へらへらと笑って、愛想がいいもんだから、こっちも商売人だとばかり思っていましたよ。そのときは、山口和子さんの睡眠薬飲みすぎのことよりも、高柳さんのことをしつこく訊いていました。……へええ、やっぱりあの原田が山口さんを殺した犯人でしたか？」

「まだ犯人ときまったわけじゃないですよ」

捜査員は答えた。

「前回にも申し上げましたが、原田は犯人としてもちっともおかしかありませんよ。平気でわたしを欺すような悪人ですからね」

石田ハルは眼を三角にしてこんどは強く断定した。

捜査本部では「原田」が焦点になった。

活字貼りの匿名手紙による通報は、すくなくとも「原田」の名に関する限り信憑性《しんぴょうせい》があった。

原田とは何者か。匿名通報は、「原田は銀座のバーのスカウトマンと自称しているが、総会屋の手先のようだ」と活字で書いてあった。

「それが嘘だとしても、ホステスのスカウトマンと自称するからには、銀座の高級クラブやバーと何らかの関連を持っているかもしれない。さっそく、〝ムアン〟の支配人に当ってみてくれ。それには山田と田中が行ってくれ。この前行っているから顔馴染だろう？」

「はあ。わかりました」

二人はいっしょに合点首をした。

捜査員二人は、ホステスの点呼がはじまる前の七時ごろに「クラブ・ムアン」に行き、ドアに“Private”と金属文字が貼ってある支配人室に入った。

「やあ、いらっしゃい」

大きな机の前で、しかつめらしく帳簿を見ていた支配人の横内三郎が愛嬌を湛《たた》えて、二人の捜査員を迎えた。

「また、やってきましたよ」

「どうぞ、どうぞ。何度でもおいでください。警察にはいつもお世話になっておりま す」

横内三郎は愛想よかった。

「こちらのママさんの不幸な事件のことで、今夜もこうしてやって来たんだけどね」

「まだ手がかりはありませんか」

横内は眉をひそめた。

「君、うそをついては困るよ。ママさんにはやっぱり、高柳さんというスポンサーがいたんじゃないか。御本人も認めているぞ。支配人が知らないわけはないだろう」

「すみません……。私の口からはどうも……。それで、社長の線からは何か？」

「まあいい。これからは捜査に協力するように」

「はい、わかりました。ママさんはああいう目に遇わせた憎い犯人を一日でも早くつかまえてください」

横内は殊勝な顔で頭を下げた。

「ところで、きみは、原田というスカウトマンを知らないかね？」

先任の山田刑事が云った。

「原田？」

横内は二、三度首をひねってから答えた。

「銀座のスカウトマンなら、たいていわたしは知っていますが、原田という人間は知りませんねえ」

「原田というのも本名かどうかわからない。おそらく偽名だろう。スカウトマンというのも自称で、嘘かもしれない。そいつは、ムアンに洋酒を入れているスコット屋の店員とも自称している」

「あ、そうですか。厄介なんですねえ」

「年齢は三十五、六歳くらい。小肥りの男で、眼鏡をかけている。眼が二重瞼、下ぶくれの顔だ。背は百六十センチくらい。如才のない態度で、口が上手だ。こういう特徴ですがね」

「………」

「こちらの店に客として来たことはないですか」

「………」

横内三郎は、しばらく眼をつむって考えているふうだった。また首をしきりと捻った。

「どうも……」

支配人はようやく云った。

「どうも、心当りがありませんねえ。そういう人には」

「ないかね？」

「はあ」

捜査員二人はがっかりした。

もしこのとき捜査員がもう少し注意深かったり、観察が鋭かったりしたら、横内三郎が、はっと何かに思い当り、その動揺を刑事の前で懸命に抑えていることに気づいたであろう。が、二人にはその場でそれが見抜けなかった。

かれらは「ムアン」の店を出た。

このとき捜査員二人は、表の道路で制帽のジョーに出遇った。ジョーの事情聴取も彼らが担当したので、顔なじみだった。

「きみは原田という男を知らないかね？」

「原田……ですか」

「銀座のホステスのスカウトを商売にしていると自称しているんだがね。それは当てにならないし、原田も本名ではないらしい。年齢は三十五、六歳、背の高さは百六十センチくらい、人相はね、こういう特徴をもっているんだが」

山田は説明した。

ジョーはきょとんとした顔で、ネオンが光りはじめた対い側の屋根を見つめていた。盛夏を過ぎたとはいえ、空には、七時をまわっても、まだ残照がひろがっていた。

「さあ、存じませんねえ」

何秒かをおいてジョーは答えた。捜査員二人は、その何秒かの間《ま》を、ジョーがしきりと心当りを考えているものと解釈した。

「その原田という奴がね、ムアンに酒を入れているスコット屋の店員と称して、自由が丘の山口和子さんの家にいた家政婦や近所の婦人服店の女主人に遇ったりしているんだが」

「………」

ジョーはまだネオンの光を無言で見つめていた。まるでネオンの調子を下から眼で検《しら》べている電機会社の修繕員のようであった。

「どうも、心当りが」

ジョーが潰《つぶ》れたような声で、ようやく云った。

「……ありませんねえ」

丹波山《たばやま》の首縊《くびつ》り人

東京都内から奥多摩湖へ行くには、立川駅から出ている青梅《おうめ》線を利用する。

近年の自動車道路の整備と車の増加で、行楽客はマイカーで青梅街道を走るのが多い。青梅街道は鉄道に沿っている。

平時では、電車の利用は行楽客が三分の一、付近の住民が三分の二くらいであった。

これが春の桜どき、夏のキャンプシーズン、秋の紅葉時《もみじどき》になると、電車は行楽客で満員になる。

九月十五日は敬老の日であった。夏が終り、紅葉にはまだ間がある。祭日なのに、電車には行楽客がそう多くなかった。すぐ下の青梅街道を走るマイカーもいつもの日曜日に比べて少ないようだ。

青梅から御岳《みたけ》を過ぎると、多摩川はしだいに渓谷を形成し、鳩ノ巣あたりからは両側から岩壁が逼《せま》る深い渓流美を見せる。終点が奥多摩駅。もと氷川《ひかわ》駅といった。標高三四三メートル。まわりは山林に囲まれている。

駅前には丹波《たば》行のバスが待っている。午前と午後に二往復ずつ。いま、午後二時三十分発のバスに乗ったのが三十二人。家族づれやアベックの行楽客が十人、釣道具を持った者が五人、リュックサックを背負ったハイカーが一人、あとは新宿のデパートの買物袋を持った付近の村民である。

バスは檜と杉林に両側を掩《おお》われた青梅街道を西へ走る。多摩川は南に沿っている。檜《ひ》村《むら》だの道所《どうどころ》だのというところを過ぎる。川が南へ離れたところから二つのトンネルがある。そこを出ると湖面の東端が水をきらきらと見せる小河内ダムがある。奥多摩駅からダムサイトまで約二十分。

奥多摩湖はダムをつくるために渓谷を水底に没した人造湖である。昭和十三年に当時の東京市の水を確保するために着工した。いまも湖底にいくつかの集落が沈んでいる。

石川達三の小説「日蔭の村」を読んだ者は、そのときの住民の悲劇を想い出すだろう。

人造湖のかたちは、東西に長く、地形の関係から心字形をなしている。湖面は西の山梨県北都留《きたつる》郡丹波山・小菅《こすげ》の両村に及ぶ。流域面積は一六三平方キロ、満水延長一四キロ、湖水の周囲は四五キロ、満水時の湖面標高五三〇メートル、総貯水量は一億八五〇〇万立方メートルとなっている。

湖畔の様子には、「日蔭」などの様子がない。ドライブウエイ化した青梅街道に沿った北岸は、いたるところに売店、旅館、ドライブインと称する大衆食堂、コテージ風ホテル、駐車場がならび、九月半ばの太陽は、湖水とそれら色彩的な屋根を光らせている。北岸の湖面に流れこむ川に架けられたいくつかの橋、北岸から南岸へ渡るために設けられた赤いドラム缶の浮橋。それらにも秋に入ったばかりの陽光がきらめいている。南岸にも観光施設がひろがっている。周辺は密度の濃い山林で、湖水に倒影を落している。黄ばむにはまだ遠い。空は白い断雲を浮べてどこまでも青く、これが湖面の蒼さをすごいくらいに濃くしている。

バスの乗客のうち、行楽客と住民の二十人が峰谷橋で降りた。湖西に流れこむ川は、水源を大菩薩の北麓から発した丹波川である。青梅街道は丹波川に沿ってつづく。鴨沢で、釣道具を持った三人が声高に話しながら降り、もうすこし上流の落滝で同じ道具をかかえた二人が降りた。山女《やまめ》釣りである。

終点の丹波着が三時三十四分。下車したのが、九人であった。新宿の買物袋をさげた住民がほとんどで、一人だけリュックを負ったハイカーがいた。

彼は茶色の登山帽をかぶり、茶色のジャンパーをきていた。その襟首のところに下に着た紺のポロシャツがのぞいていた。黄褐色のギャバジン地のズボンの裾は、キャラバン・シューズの中に押しこまれてある。

帽子の下にある顔は五十七、八歳にみえた。色が白く柔和な顔である。年からしても単独で登山したり、山道をハイクするには少々似つかわしくなかった。彼は奥多摩駅前で買った登山杖を持っていた。

丹波《たば》は山梨県北都留郡である。多摩川の上流に開けた盆地で、コンニャクとワサビを生産し、のどかな山村をかたちづくっている。甲州裏街道として宿場の名残りもあるが、いまは奥多摩湖観光の波をうけて旅館ができているし、切妻の農家には「民宿」の看板が多い。

年配のそのハイカーは、奥多摩駅から峰谷橋までのバスの中では、同乗客に訊かれて、

「丹波まで」

と微笑で答えた。

丹波で降りると、そこで散る人からも訊かれ、

「藤尾まで」

と、やはり微笑で云った。

「藤尾へ？」

土地の質問者が気づかって云った。

「藤尾まではここから十二キロもありますよ。往復なさるなら、この丹波でお泊まりになってはどうですか。藤尾からの帰りが、夜の山道になりますよ」

四時近くになって太陽はかなり西へ傾いていた。

「ありがとう」

「山登りなさるにも、今夜は此処《ここ》に泊まって、明朝早く出発されたほうが便利ですが」

初老の男がたったひとりで大菩薩嶺に登るとは思えない。歩くなら犬切峠を越えたあたりか。そこは落葉松《からまつ》と白樺のまじる高原となっている。が、その地で夜営するには装備が軽すぎた。

「でも、藤尾には知った家がありますから」

ハイカーの身なりをした男は、静かに答えた。

「そうですか。それなら安心です。では、お気をつけて」

ハイカーは登山帽を脱《と》って軽く頭をさげた。白い髪が多かった。

青梅街道をひとりで西へ歩くそのハイカーを見かけた者は、いく人かあった。山の斜面で畑のサツマ芋を掘り出している老農夫と嫁がそれだった。下の道を木の間がくれに杖を持って歩く足どりはしっかりしていた。上から見おろすと登山帽しか見えないので、若者だと思った。

うしろから車で追い越す者が彼を目撃している。ハイカーは道の傍に寄り、車を避けて立っていた。陽が斜めになり、森林に光が妨げられてその男の顔は暗かった。追い越すときドライバーは礼儀《マナー》として窓から手を挙げた。これにも彼は杖を上げて応えている。丹波から西二キロの街道に余慶橋《よけい》がある。向うから木材を積んだトラックが来た。このへんの奥には大常木林道があって、弗指《ふっさす》で合している。杉や檜が植林されている。奥多摩地方の木材は年産二十二万石である。むかし江戸へ馬の背で木炭を運ぶことで有名になった青梅街道も、いまはその木炭の生産が著しく減少した。

木材トラックの上に乗った若者二人は、道の横に佇《たたず》んで通過を待つひとりのハイカーに手を振った。これにも相手は手でこたえた。なんの屈託もなさそうであった。

余慶橋から街道は丹波川の右岸に移る。対岸に滑瀞《なめとろ》谷出合を望むのだが、ここは石門《せきもん》とも云って、見上げるばかりの岩壁が迫っている。このあたりから丹波川はＶ字形の峡谷となる。

しばらく歩くと、船越橋という吊橋になる。吊橋を渡っていく細い道が旧街道だが、ハイカーは右の新道をそのまま進んだ。

その分岐点で、旧道を歩いてきた若いハイカー三人に出遇った。男一人に女二人である。

「おじさん、どちらへ？」

帽子の下の年齢を見て若い女がきいた。

「藤尾まで」

彼はやさしく答えている。

「藤尾ですか。途中に難所がありますから、夜にならないうちに早くいらっしゃい」

「難所がある？」

「あら、ご存知なかったんですか。断崖絶壁の上を通るんですよ」

「………」

「あんまりおどかしちゃいけない」

若い男が笑いながら進み出て云った。

「ご心配いりません。道路の幅は車が通れるくらいありますから。でも、だんだん暗くなりますから、なるべく山ぎわのほうを歩いてください。川側は絶壁ですから」

「ご注意ありがとう」

「藤尾へいらっしゃるというから、この辺をよく歩いて地形をご存知かと思いました」

「いや、初めてです。藤尾まで行けば、友人の家があります」

別れるとき、三人の男女は「バイ、バイ」と叫んで元気よく老ハイカーに手を振った。

橋が多かった。手磐橋、中尾橋、長滝橋、赤立橋、綾織《あやおり》橋、牛金《うしがね》橋。そして泉水谷出合になる。泉水谷に沿って南方向に行くと大菩薩の北面泉水谷林道に至る。

新道の青梅街道をまっすぐにすすむと、道は、絶壁を削ってつけられてある。右岸を大きく迂回している旧道からこれを見ると、左手から黒川谷が注ぐ丹波川は慄然とする断崖の峡谷をなしている。

最初に出現する淵が犬戻りの淵、逆層の壁に囲まれた次が坊主淵である。両岸に深くえぐれこんでいるために淵の全容はわからない。

孤独な初老のハイカーは街道を歩きつづける。うつむき加減な姿勢であった。ときどき立ちどまっては、深呼吸してあたりを見まわす。標高千メートルの山林は杉が少なくなり落葉松《からまつ》と白樺がふえている。日はよほど翳《かげ》った。

大きな水音が轟《とどろ》く地点にきた。銚子ノ滝で、その下がオイラン淵である。

大菩薩に近い黒川鶏冠山はむかし金が出て黒川金山といわれた。信玄隠し金山の一つだったという。黒川金山が繁栄した近世のはじめには、黒川千軒といって遊廓もたちならんでいた。金が出なくなると、鉱夫も去り、遊廓は凋落《ちょうらく》した。遊女たちの始末に困った楼主たちは、淵のところに吊り桟敷《さじき》をこしらえ、月見の宴と称して遊女らをここに招いた。宴たけなわとなったころ、桟敷の綱を切って落し、女たちをことごとく下の淵に投げこんで殺してしまったという。いらいこの淵をオイラン淵というようになった。

オイラン淵の先で、街道は藤尾橋へと伸びている。

この地点で、山林見回りの中年の男二人が、そのハイカーと遇っている。

ひとりで歩いているので、二人は思わず声をかけた。

「どちらへ行きなさるで？」

「藤尾です」

「藤尾までは、あと一キロもないじゃん」

問われないのに先方は距離を教えた。

森林の下から夕闇が湧いていた。


それから三日経った。

沢上りの釣人が、午前十時ごろに首縊《くびつ》り人を発見した。

オイラン淵からすこし行ったところに一ノ瀬橋があって、瀬川にかかっている。その瀬川の沢を北へ上ったところに細い水流が二つに岐《わか》れている。そこまで来た釣人は、右の岸に密生した落葉松林の中に茶色のジャンパーをきた男がキャラバン・シューズの靴先を伸ばして枝から下がっているのを見たのである。首が前に垂れて、登山帽は下に落ち、草の上に置かれたリュックと登山杖にならんでいた。

すでに腐爛《ふらん》がはじまり、異臭を放っていた。

所轄は上野原署だった。釣人の電話で、署員十二、三人がジープ三台でかけつけてきた。

自殺者が縊死《いし》に使用したのは麻縄で、これは自身でリュックに入れてきたものだった。

まず現状を撮影し、次に遺体を下ろして蓆《むしろ》の上に寝かせた。頸に索条溝が喰いこんでいる。検案では、三日前の九月十五日夕方の死亡と推定された。

まわりには煙草の吸殻が十五本も散乱していた。自殺する前に、当人が思案に暮れていたのが、これから察せられた。吸殻は火災発生を慮《おもんぱか》って、すべて靴先で踏みにじってあった。

ジャンパーのポケットに煙草二個とライターがあった。下のポロシャツのポケットには何もなかった。ギャバジン地のズボンのポケットには、五十万余円入りの財布と、ハンカチが三枚入っていて、うち二枚は汗でよごれていた。

身元の手がかりは、リュックの中にあった。毛布一枚がたたまれており、ビスケットの函二つ、缶ジュース二つ、懐中電灯一個が入っていた。これは当人が気怯《きおく》れから決行がおくれ、夜営した場合を顧慮したとみえる。ゆきとどいた配慮だった。

その配慮は、毛布の間にはさまれていた封書にも出ていた。表書きは「所轄警察署長様」とあった。

封を切ると一枚の名刺が出てきた。

「東洋商産株式会社社長　高柳秀夫」

便箋は二枚だった。

お世話をかけて申訳ありません。家族その他宛ての遺書は拙宅の小生手提げ金庫の中に入れてありますから、その旨を愚妻にお伝えねがいます。所持金の約五十万円は、小生の遺体とりかたづけに要した貴署の費用の一端としてお納め願います。ご多忙中、お手数を煩わしたことを重ね重ねお詫び申し上げます。

高柳秀夫

警察署長様

首縊り人があったというので、付近の住民が現場近くに集まった。

「場所が不吉だった」

ある者は近くのオイラン淵を指した。

「殺されたオイランたちの死霊が招いたかもしれんずら」

何百年も前の因縁に結んでそう云った。オイラン淵は、近くの坊主淵とともにいまも鬼気迫るとされている。

坊主淵は、武田勝頼を攻めた織田信長軍が黒川金山の僧十二名をこの淵に投げこんだために、この名があるという。上からのぞいても淵の全容が見えぬため、妖気が漂っている。

――青梅街道をさらに西すると、藤尾から落合になり、ここから柳沢峠を越え、五郎田、裂石《さけいし》を経て、塩山《えんざん》に至る。青梅街道はここで終る。

塩山から北西への道路は、同じく東山梨郡の笛吹川の上流、湯山《ゆやま》温泉に到達する。湯山温泉は、「原田」の山越貞一が前に行って「女」を見たところである。

いまその方角を望むと、初秋の青空の下、大菩薩嶺からの支脈が層々と山塊を積み上げて、視野をさえぎっていた。

東洋商産、倒産す

九月十九日付各紙朝刊の社会面は、東洋商産の高柳社長の自殺をトップで報じた。大きな見出しは二列になっていて、

「倒産の責めを負って」とあった。

記事の要旨。——

≪十八日午前十時ごろ、山梨県北都留郡丹波山村藤尾の山中に、初老の男の木に下がった縊死体があるのを川釣りの人が発見、上野原署に届出た。検屍により死後経過三日間と推定され、腐爛がはじまっていた。所持品のリュックサックに入っていた遺書により、自殺者は東京都中央区京橋、東洋商産株式会社社長高柳秀夫さん（五八）と判明した。

高柳社長宅は都内文京区根津一丁目三七番地にあり、上野原署の通報により同社社員が同家におもむき、夫人梅子さん（五〇）とともに二階居室の手提げ金庫の中にある十数通の遺書を発見した。宛先は夫人と、東洋商産幹部宛てと、各商社および取引銀行宛てとなっていて、文面はいずれも今回同社が倒産したことについての謝罪と、社長とし

て死をもってお詫びするという意味が書かれている》
《夫人梅子さんの話　主人は十五日午前十時ごろに秩父《ちちぶ》方面を歩いてくるといって、久しぶりにハイキング姿で出て行きました。そのときは快活でしたが、三日経っても帰宅しないので、警察に捜索願を出す矢先でした。まさかこんなことになろうとは思いませんでした。日ごろ、会社の状態がよくないとは云っていましたが、倒産に追いこまれているようなことはいっさい口にしませんでした》
高柳社長の略歴が、そのあとに付けられている。
それとならんで眼を剝くのが、
《東洋商産が倒産、負債総額約三百五十億円。手形決済ができず》
の躍る大見出しであった。
《かねて経営危機を伝えられていた中堅の総合商社・東洋商産株式会社が遂に倒産した。同社は去る十四日に約十五億円の支払手形の決済日を迎えたが、そのうち約十億円が決済できなかった。同社の支払手形が不渡となったのは八月末の約五億円につづいてこれが二度目である。
東洋商産は資本金十五億二千五百万円、総資産約三百五十億円、純資産約三十五億五千万円だが、最近の借入金は約百五十億円、金融収支は十五億四千三百万円の赤字となっていた（A経済調査研究所調べ）。株価も一株当り百円前後といった低調さ。三年間連続無配当。

同社は昭和十五年に岡部守男氏が設立、当初から繊維専門で進み、終戦直後から急速に伸び、業界の大手になった。が、その後は繊維不況の波をかぶって沈滞がつづいた。二代目社長は江藤達次氏。つづく高柳秀夫氏が三代目社長。この高柳社長時代に繊維部門のほかに建材部門を新設し、総合商社的な変貌をとげた。

建材部門も初期は伸びたが、最近の建築業界の一般的な低調で業績が悪くなった。高柳社長は業績挽回へのあせりから無理な金融に頼り、今回の破産をまねいたと見られている。

経済専門家筋の観測　八月末、東洋商産は約十五億円の支払手形の決済日を迎えたが、約五億円がショートし、その数字が不渡分となった事実がある。

そして今月十四日、二度目の手形決済不能による不渡を出してしまった。不渡額は今度は約十五億円。前回に不渡を出した時点で、取引銀行が同社に対して警戒を強め、同社の受取手形のほとんどを担保として取ったため、未担保の受取手形分を充当しても、約十億円しか決済できなかった。かくして東洋商産は、銀行取引停止を宣告され、事実上倒産した。

負債総額は、約三百五十億円と見られる。東洋商産の総資産に匹敵する数字だ。ただし、この数字は、同社の資産売却分を差引いていない。

資産売却分（実質の価額より低く買いたたかれる）を差引いた実質的な負債総額は、約百七十億円ないし百八十億円と推定される。

高柳社長が自社の倒産必至をさとった時期は第一回の不渡日の二、三カ月前だったと考えられる。この二、三カ月間に、東洋商産は預金額の相当部分を食い潰していたことも容易に推測される。

ところで、同社の倒産に拍車をかけたのは、主要銀行がとくになかったことだ。同社は従来の方針として、各銀行とも等距離政策を維持してきた。これはメインバンクを持てば、その銀行からとかく営業方針などに口出しされ、掣肘《せいちゅう》を受けるので、経営者の自主性が弱まるという懸念からだった。しかし、健全な経営状態だったらそれでもよかったが、いったん金融が逼迫《ひっぱく》してくると主要銀行をもたぬことが裏目に出て、特別金融援助や緊急融資がうけられず、逆に各銀行の警戒が強くなって、今日の悲劇を迎えた。なお、同社が会社更生法の適用を申請するかどうかは目下不明である》

山越貞一は、この新聞記事をわが家で読んだ。

女房が枕元に置いていた新聞を、寝床で腹匍《はらば》いになって開き、社会面をなに気なく見て、飛び上がったのである。

東洋商産の高柳秀夫が自殺した。山梨県東部の山奥で首を吊った！

山越は床の上に起き直り、新聞を両手につかんで記事をくり返し読んだ。

とうとう、やったか。――

漠然とした予感はあった。が、この事実を知ってそう思うだけで、予想はしてなかった。うろたえたというのが本音だった。

実質的な負債総額が約百七、八十億円。――この大きな負債を抱えて、高柳はよくもここまで持ちこたえてきたと思う。負債を漸次《ぜんじ》返して身軽になってゆくため、高柳は悪戦苦闘しただろうが、業績は回復しないばかりか、あせって打つ手がことごとく失敗、銀行借入金の金利負担の重圧も加わって、遂に矢尽き、刀折れたのだ。主要銀行をもたなかったかなしさ、特別融資という水の手もなく、第一回の不渡手形を出してから急速に崩壊した。

銀行の負債はすべて取引銀行のものばかりだろう。山越は以前に、フィナンシャル・プレス社で、社長清水四郎太と脇坂編集長との会話を聞いたことがあった。いま、それを思い出している。

(東洋商産は取引銀行から特別な融資を受けていないというが、これは同社からその要請を受けたが、銀行側がそれを拒否した結果ではないだろうか。さきに日東熱工の例があるからね。ぼくはそれを連想してならないよ)

清水が云う。日東熱工も取引銀行と等距離を保った。業績悪化によりあわてて各銀行に特別緊急融資を頼んだが、どの銀行も警戒して社長の要請を拒絶、逆に貸付金の引上げ、担保の差押えに出たため、同社は倒産した。清水はその前例を引合いに出していた。

(これは東洋商産の各取引銀行にこっそり打診してみる必要があるね。銀行側は容易には云わないだろうが、ひとつやってみてくれ)

清水は脇坂編集長に命じた。

（わかりました）

と編集長。

（東洋商産に銀行以外の特殊借入金があるとすれば、それはどこだろうな。金額も少なくないはずだが。まず十億円単位だろう）

と清水四郎太社長。

（十億円単位ですって？）

（テコ入れだからね。それくらいは借りているはずだ）

（しかし、社長。東洋商産は二部上場会社です。いうまでもなく東証上場会社には有価証券報告が義務づけられています。そのために経営内容が公開されています。けど、十億円単位の特別借入金があるとの記載は、どこにもありませんが）

（はて、それが面妖だて）

（まさか町の金融業者からではないでしょうね？）

と編集長。

（そんな高利貸から金を借りたら、東洋商産は他愛もなく潰れてしまう。ほかからの金融だろう）

（でも、東洋商産がそれ以外のところから特殊融資を受けたという噂は聞えてきませんね）

（あるとすれば、東洋商産がよほど巧妙に伏せているのだろう。きみ、これはほじくってみる価値があるね。高柳の手腕を評価してばかりいないで）

それから山越は清水に命じられて東洋商産の金融内容を「ほじくる」ことを引受け、下北沢に江藤達次を訪ねて行ったものだ。当時、江藤はまだ東洋商産の会長であった。

（高利貸などから金を借りていたら、いっぺんに社は潰れます。いまでもそう思っています）

江藤会長は山越に答えた。

（一度借りたら容易には返せない。一時凌ぎが何度も重なって、借金は高利で雪ダルマのようにふくれ上がります。だから、そういうあやしげな借入金は社にない。それは断言できます。もし高利貸の金を借りていれば、必ずどこかで噂になります。いつまでも隠しておくことはできない）

（高利貸でなく、どこかから内密に金を借りていたら、どうですか。絶対にその秘密が洩れないように）

（そんなことが実際に考えられるだろうか。昔だったら、ふとっぱらな財界人がいて、高柳君を見込んで金を貸すということもあるが、今は夢ですな）

（話は変りますが、東洋商産のいわゆる等距離バンクの中に都銀や地銀にまじって相銀が一つありますね、南海相互銀行というのが）

（そうです。南海相互銀行は、九州の田舎相互銀行です。あそことはたいした取引でな

い。お付合い程度です。預金の集まらない相銀でね。総貸付高でも都銀・地銀の十分の一くらいです）

——山越は、新聞を置いて、過去のそういう問答を憶い出していた。

女房が向うから、床を片づけるから、早く顔を洗いに行ったらどうですか、と尖った声で云った。

「うるさい。いま、考えごとをしている」

山越は、メモ帖を出して前のほうをひろげて見入った。

「フィナンシャル・プレス」の清水四郎太も脇坂編集長も、高柳社長に特殊な融資先があったのに気がつかない。清水四郎太は、「東洋商産に銀行以外の特殊借入金があるとすれば、それはどこだろうな。テコ入れだから、借りている金額も十億円単位だろう」と云い、「それは町の金融業者などからではあるまい」と、いい線に迫っていた。

江藤会長（当時）は、「東洋商産は絶対に高利貸から金を借りていない。そんなことをすれば社は潰れる」と云っていた。江藤にいたっては、高柳によって会長にまつり上げられ、ツンボ桟敷に置かれ、何もわかってはいなかった。

メモによるとそのあと彼との問答も、

（高柳社長は東洋商産の含み資産を売り食いして、つないでいるのか）

（そんなことはない。いくら高柳君が専横でも、会社の不動産を処分するのに、ぼくに相談なしにすることはできない。それには法令上からも会長の承認印が必要だ。勝手な

ことをすると背任だ)

という江藤ののんきさである。江藤は代表権をとり上げられた会長だ。社長の権限が法的に優先する。

(会社の財産は、本社と支店の土地建物、工場といったそういうものか)

(そういうのは都銀や地銀からの融資の見返り担保となっている。もちろんぼくの承認の下でだ)

(ほかにないか)

(ああ、一つある。山梨県東山梨郡の山林だ。百八十万坪くらいある)

(それが会長の知らない融資先への抵当に入っていることはないか)

(それはないはずだ)

——しかし、いまの山越は、高柳がひそかに導入した「特殊融資先」に見当がついていた。

ただ、ふしぎなのは、その東山梨郡の百八十万坪の土地によそから抵当権の設定がなされていなかったことだ。その山林は塩山市からわずか八キロほど北で、いつでも開発が可能なところだ。自分はその現地を見ているし、甲府地方法務局まで行って土地の登記簿を確認した。抵当権は設定されてなかった。登記簿のその部分は真白だった。げんにその複写をもらって持っている。

新聞によると、取引銀行は東洋商産が第一回の不渡手形を出したときに警戒を強め、同社の受取手形のほとんどを担保として取った、とある。してみれば、東洋商産の資産を各銀行は担保として押えているはずだ。しかし、山梨県の山林百八十万坪は各銀行の抵当に入っていない。取引の各行は、これに気づかずに見のがしたのだろうか。

が、そうではあるまい。この土地は他の特殊融資先に差押えられているから、各行とも担保にできなかったのではないか。

もしそうだとすると、こんどは登記簿がきれいなのがわからない。抵当権の設定がなされていないのは、どういうことだろうか。

山越は一つの仮説を持っている。東洋商産が破産するにいたった直接原因だ。

それは正体不明な特殊融資先が、東洋商産に対して急に融資を中止したのみならず、コールローン的な貸付金の引揚げを強行したという推測である。第一回の不渡手形を出した原因の資金ショートは約五億円だったという。

(東洋商産に、銀行以外の特殊借入金があるとすれば十億円単位)

と云った経済雑誌「フィナンシャル・プレス」社長清水四郎太の言が思い出されるのだ。偶然か、数字が近い。

むろんその特殊融資先は、東洋商産にもっと金を貸しているにちがいない。同社の預金分からその残がとれない場合には、担保物件を差押える。もちろんそれにはかねてから物件に抵当権の設定がなされていなければならない。なのに、登記簿にはその記載がなかった。いまも、それを摩訶《まか》不思議と思っている。

正体のわからぬ特殊融資先が、東洋商産に対して急に貸付金の引揚げを行なった直接原因について、山越には確信の持てる推定があった。

「女」の問題だ。——それを中心に、特殊融資先の首領と、東洋商産社長高柳秀夫との間に起った両ヘッド間の急激な冷却だ。

よし！

山越は掛け声をかけて立ち上がった。その推定が当っているかどうかを知るには、自由が丘の故山口和子宅を見に行かねばならない。——

登記簿の怪

山越貞一は、東横線の自由が丘駅に降りた。

駅前の「昭明相互銀行自由が丘支店」の看板が目につく。出入口の横には、今日も現金自動支払機から預金を引出す客が三、四人立っていた。「人類信愛」の標語と社長の顔写真とが飾られているショーウインドウを横目に見て、山越は商店街を抜けた。

この前、ここに来たときは、喫茶店でジョーと落ち合ったものだ。ジョーの本名が田中譲二とはこの喫茶店で彼の口からはじめて聞いたものだった。もとお抱え運転手、ホテル専属の運転手、生れは岡山県。――

そんなことを思い出しながら、山越は住宅街へのゆるい坂道を上って行く。右側に「パリ婦人服店」があった。これも眼の端に入れただけで前を通り過ぎた。

勝手知った足どりで、まっすぐに山口和子の家の前に出た。

その家を見て、あっ、と叫ぶところだった。標札が変っている。「長谷川勇三郎」の文字が真新しい大理石の札に書かれてあった。空家ではなかった。

表から見上げると、家は前のままだが、二階の窓は開け放たれ、これも新しいカーテンが風にそよいでいた。バルコニーには蒲団がいくつも干されてあった。階下は植込みにかくれ座敷のほうが見えないが、これもガラス戸が開けられているはずだ。玄関先には子供の自転車が出ていた。ガレージにはシャッターが降りているが、近ごろ再び使用しはじめていることはその様子でわかった。すべてにわたって掃除が行き届き、生活する住人の息がなまなましく伝わってきた。

和子が殺されてから一カ月しか経っていない。それなのに、もう新しい居住者が入りこんでいる。この家は和子の所有だったのに。

あまりに早すぎる。いったい、どうなっているのか。

長谷川勇三郎なる新居住者に事情を聞いてみようと思った。借家なのか、買い取ったのか。その家主または売却者はだれなのか。

普通に訊いたのでは、先方に答えを断わられるにきまっている。余計なお世話だと云われよう。理由をつくらねばならない。

山越はその辺をうろうろと歩いて思案した。まとまるのに十分くらいかかった。

ネクタイの結び目に手をやって正し、上着の埃を払い、ボタンをかけ直して、玄関先のインターホンを押した。

「どちらさまでしょうか」

中年らしい女の声が流れてきた。

「わたしは、××不動産株式会社の者で、田中と申します。こちらのお宅は山口和子さんの所有だったのですが、わたしの社でも生前の山口さんからこの家の処分方法について相談をうけておりました。そこで、お宅さまがここにご入居された事情をちょっとお教えねがいたいと思いまして。実はわたしどもは、お宅さまが入居なさったことをまったく知らなかったのでございます」

山越はインターホンにむかって一気に云った。

「少々お待ちください」

声は、だれかに相談するかのようにいったん切れたが、二分ばかりして戻った。

「どうぞおはいりください」

ドアのロックが外され、内側から開かれた。背の高い五十ぐらいの婦人が現れ、後ろの式台にはその夫らしい六十くらいのずんぐりとした男が立っていた。

「ごめんください」

山越は頭をさげ、腰を折って中に入った。が、夫婦は彼を上には通さず、主人などは彼の前を遮《さえぎ》るように式台に立ったままだった。

「さきほどちょっとお伝えしましたように、わたしは××不動産会社の田中と申しますが……」

××不動産は聞えた大手の不動産会社である。だからこそ主人夫婦は玄関のドアを開けてくれたのだ。田中というのは、俗に「田中・渡辺犬の糞」と云われるようにきわめてありふれた多い姓である。

山越は、生憎《あいにく》と名刺を切らしておりまして、と言訳をしようと思ったが、そんなことを云う必要はなかった。むつかしい顔をしている主人の長谷川勇三郎が、

「この家について不動産会社が前の持主とどういう経緯《いきさつ》を持っておいでか知りませんが、とにかくわたしのほうは法的にも正当な手続きで買ったのですから、ご質問をうけることもないと思います」

と、断乎とした口調で云ったからである。

たぶん、海千山千の不動産屋からいろいろと口上をならべられると、先方のペースにまきこまれ、面倒になるのを初めから避けたのであろう。

「はあ、さようですか」

山越もそこは心得ていて、夫婦の前でわざと唖然《あぜん》とした表情をつくった。

「おい」

主人はそばの妻に眼配せした。妻は玄関に上がってから一分もかからないうちに茶色の大型封筒を持ってきて、夫に手渡した。

額にひとにぎりの毛髪を残す主人は、茶封筒の中から数枚の証書のような紙をとり出した。

「はい、これが売り主の寿永開発と取りかわした売買契約書ですよ」

「寿永開発？」

「そうです。ここに寿永開発株式会社の社印と取締役社長立石恭輔の署名捺印がある」

山越はのぞいた。

寿永開発がここに出てきた。——

「クラブ・たまも」で耳にした寿永開発の社長「立石」のフルネームは立石恭輔というのだった。

この土地建物の売買契約書の日付は「八月二十八日」になっている。二十八日といえば、山口和子が有楽町のシャンゼリゼー映画劇場で殺された八日後ではないか。

あまりに早い。これには山越も実際におどろいた。

売買価格は一億二千万円。条件は、銀行ローンで頭金が五千万円。あとは月々三百十七万円余の二十四回払い。二年間かかる。

どこの銀行かと見ると、れっきとした都市銀行のM銀行であった。

「はい、これが頭金五千万円の受領証」

長谷川勇三郎は、ぱっと書類を山越の前へ出した。

たしかに。――日付は九月十日になっている。今から九日前だった。

「はい、これが登記謄本」

最後に、長谷川は決定的なものを出した。山越は見入る。

「どう、わかったかね？」

長谷川は、勝ち誇ったように云った。

「恐れ入りました」

山越は叩頭《こうとう》した。

「わかったなら、それでいい。お引取りください」

「どうもお邪魔をしました」

山越は、長谷川夫婦に最終のおじぎをし、玄関を急いで出た。

いったい、どうなっているのか。――

山越の予想は完全にはずれた。

死んだ山口和子の家はまだ空家のままになっていると思っていたのに、すでに新しい居住人が入っていた。これが一つ。

その新居住者長谷川勇三郎は寿永開発からこの土地建物を銀行ローンで買いとっている。つまり、その物件は、売買契約の成立した八月二十八日以前にはもう山口和子の所有を離れて寿永開発のものになっているのだ。

山越は、あの土地建物を和子がある人物から貰《もら》ったものと推定していた。むろん東洋商産の高柳などからではなく、呉《く》れたのは高柳の背後にかくれている男だ。

その人物に見当がついている山越には、あの土地建物が寿永開発から長谷川勇三郎に売却された経路がわからない。和子には子も両親も兄弟もないと聞いた。「独身」の和子が死ねば、その土地建物はそれを彼女に与えた人物の手に回収されると思ったのだ。

高柳秀夫の首吊り自殺、東洋商産の倒産、それらの記事を今朝の朝刊で読んだあと、そう考えついて家をとび出し、ここに駆けつけたのだ。和子の家をとり上げた人物の名がはっきりとわかると思い、それこそ決定的な証拠になると考えたからだ。

ところが、その土地と建物はとっくに寿永開発のものになっていた。ある人物に買ってもらった和子は、いつ、寿永開発に売り渡したのだろうか。

和子と寿永開発とは単純な物件の売買関係だったのか、それとも知られざる別な関係が伏在していたのか。——

こうなると、和子所有の土地建物がいつ寿永開発の手に渡ったか、その時期を確認したい。

そこから自然と寿永開発なるものの実体がわかり、ひいては寿永開発とある人物との関係も知られてくる、と山越は考えた。

山越は、自由が丘駅方向へむかってだらだら坂を下った。これから、登記簿を見に行かなければならない。

ふと、横を見ると、「パリ婦人服店」が眼に入った。

この店なら、前回にジョーといっしょに来た。スコット屋の店員と称して、山口和子の睡眠薬多量嚥下《えんか》による入院のことを聞いたものだ。一度でも顔見知りになったここの女主人に、あの家の様子をちょっとたずねてみようかという気になった。

「今日は」

山越は店の中に入ったが、だれも居なかった。

「今日は」

彼は大きな声を出した。

奥のほうから返事があって、この前に会った女主人が出てきた。

「やあ、今日は」

山越は、にこにこして頭をさげた。

「先日は、どうも」

女主人は山越の顔を見ると、急にそこへ凍りついたようになった。明るい表から入った山越の眼には、うす暗い奥に立っている女主人の恐怖の表情がよくわからなかった。

「また、この近くを通りかかりました。ご縁があるんですね」

愛想で言う言葉も、女主人の耳には入らないようで、ただ、

「あ、あなたは、スコット屋の……？」

と、かすれたような声を出した。

「ええ、そうなんです。先日はお得意先のムアンのママさん、山口さんの入院のことを教えていただきましたね。その際はお世話になりました」

「はあ……」

彼女は、身じろぎもしないで、そこに立ち尽したままだった。

「今日もね」

何も気づかずに山越は云った。

「この近くに用があったもんで、山口さんのお宅の前を通りました。すると、もう違う標札がかかっているではありませんか。驚きましてね」

「……」

「おや、ご存知ではありませんか」

山越は返事をしない彼女にいった。

「はい、いえ、し、知っています」

「あなたはママさんとお親しかったから、何か事情でも知っておられるかと思いまして……」

「そんな立入ったことは何も知りません」

彼女はようやく答えたが、硬い言葉だった。

「ああそうですか。ママさんもお気の毒なことでしたね……」

「ええ……」

どことなくぎこちない応対にすこしヘンだとは思ったが、山越はあまり気にもしないで店を出た。出るときお世辞まで云ったものである。

「お店には、いい婦人服の生地を置いてらっしゃいますね」

——パリ婦人服店の女主人は、山口和子殺人事件で警視庁から来た捜査員にこのスコット屋の店員のことを話したとき、捜査員がその話に非常な関心を示し、手帖にボールペンを走らせていたのを憶えていた。「重要参考人」という活字は、新聞などでよく見ていた。

女主人は胸をどきどきさせながら店の表に出てみた。〝スコット屋の店員〟の小肥りの姿は、坂下の商店街へ向かってせかせかと歩き、それが小さくなってゆくところだった。

店の中に引返した女主人は、名刺帳を裁断台の抽出しからとり出し、その中に貼ってある捜査員の名刺を拾った。

ふるえる指がダイヤルにかかった。まわす数字は捜査員の名刺に刷りこまれた電話番号に導かれていた。

山越は東横線の学芸大学駅で降りて、目黒本町の法務局目黒出張所にたどりついた。

山口和子の地番を係に示して、その登記簿を閲覧した。

《八月二十三日、山口和子より渋谷区恵比寿五ノ六五、寿永開発株式会社に代物弁済により所有権を移転。

九月十日、寿永開発株式会社より世田谷区松原町五ノ七、長谷川勇三郎に所有権を移転》

山越は衝撃を受けた。

目ざす「ある人物」の名は出ていない。あるのは寿永開発だけだった。

いや、それよりも意外だったのは、和子の殺された八月二十日のわずか三日後の二十三日にその土地がもう寿永開発の所有になっていることである。

所有者たる山口和子がこの世に存在しない八月二十三日、寿永開発は幽霊と交渉して所有権を譲り受けたのだろうか。

山越は、ううむと唸った。

が、唸ってばかりもいられなかった。彼はあわてて登記簿を指して係員に訊いた。

「この所有者の山口和子というのは、三日前の八月二十日には死亡しているのです。家族は一人もいません。それなのに寿永開発は、だれの承諾を得て所有権を移転したのですか」

係員は登記簿をのぞいた。

「おかしいですね。山口さんはこのときは死亡しているのですか?」

「それは間違いありません」

シャンゼリゼー殺人事件の新聞記事を読んでみてくれ、とも云えなかった。

「そうですか。それはおかしいですね」

係員も首をひねっていたが、

「もしかすると、この山口和子さんの土地は寿永開発が以前から抵当として抑えていて、しかも抵当権設定の登記を留保していたのが、山口さんの死亡により抵当権設定に踏み切ったのじゃないですかね」

「抵当権設定の登記留保？」

耳馴れない言葉であった。

「そうです。そうなると、登記簿にはその土地に抵当権が設定されてあるとは記載されませんから。その場合は、生前の山口さんから権利書、委任状などを寿永開発が預かっていたと考えられます。ただし、印鑑証明は三カ月ごとに更新する必要がありますがね」

山越は頭の中が一瞬乱れた。

一つの構図

今にして山越貞一に思いあたることがあった。——

去る五月二十五日の夕方に、都内の一流ホテルの大宴会場で「財界の総理」と云われている石岡源治の古稀祝賀パーティが開かれた。財界のトップクラスをはじめ各界の著名人が参集した。「フィナンシャル・プレス」の社長兼主幹の清水四郎太もそれへ出席していた。

同誌の「情報蒐《あつ》め」係にすぎない山越は、会場に入る資格もなく、廊下トンビをしていた。大宴会場の隣りでは、結婚披露宴が行なわれていた。それに、当時東洋商産の会長だった江藤達次も来ていた。

時間がかなり経った八時ごろ、大宴会場をボーイに案内されてあわただしく出てきた男がいた。電話ボックスに入り、そこに置かれた受話器をとりあげて耳に当てた。

それを山越はうしろから見ていた。

男は受話器の声を聞いたとき、とたんに昂奮した。電話の相手は何やら指示を仰いできたらしかったが、男はそれに怒鳴っている。その声はボックスのガラスドアに遮られて外に洩れず、無声映画を見るようだった。うしろに白髪がかたよっている。やがて男はぷりぷりした様子でボックスを出たが、その額は削《そ》いだように禿げ上がっていた。昭明相互銀行のどこの支店の陳列窓にも出ている社長の下田忠雄の顔であった。

「人類信愛の心で奉仕する銀行」の標語と共にその大きな写真がならぶ。篤《あつ》いキリスト教信者。

あのとき、下田に電話してきたのは誰だったのか。下田を昂奮させる通話の内容は何だったのか。

それが五月二十五日の八時ごろというところに大きな意味がある。山口和子が自由が丘の自宅で、睡眠薬を嚥下して救急車で柿の木坂の山瀬病院に運ばれたのが二十五日の午後七時半ごろであった。

七時半に病院に担ぎ込まれてから三十分ほどして、ホテルの宴会場にいる下田に急用の電話がかかってきた。偶然の暗合だろうか。

――いやいや、決してそうではないと、山越はひとりで頭を振る。振った頭の横の窓には岩殿山がうしろに流れていた。中央線の列車は甲府方面へ走っている。

下田に電話をかけてきたのは当時東洋商産の社長だった高柳秀夫だ。二流会社の東洋商産は「財界総理」の宴会に出る資格はなかった。だから高柳は別のところに居た。たぶん和子が担ぎこまれた山瀬病院にいて、そこからの電話だったろう。

その通話の内容は山越に想像できる。
――下田さん。和子さんが一時間ほど前に睡眠薬を多量に飲んで昏睡状態です。救急車で運ばれ、いま、柿の木坂の病院にいます（高柳）
――容態はどうか（下田）
――生命には危険はないようです（高柳）
――それは狂言だ。和子は、ぼくへの面当《つらあ》てに、狂言自殺を企てたのだ。そんなバカな女だから、きみに厳重に監督をたのんでおいたではないか。きみの手抜かりだ。万一、そんな狂言自殺からぼくと和子との間が、新聞なんかに洩れて書かれでもしたら、どうする？　ぼくの面目はなくなり、昭明相互の信用も失墜する（下田）
――申しわけありません（高柳）
――謝って済むことではない。きみは和子を監視し、噂が立たぬようにぼくを防衛するのが役目だ。きみはそれしか能のない男だ。なんのために、これまできみの面倒をみてきたと思うか。バカ野郎！（下田）
こういった会話が、あのときの電話だったのだ。
いまこそ高柳の自殺によって、謎の真相が一段と明確になってきた。
そのあと、渋谷区松濤の下田忠雄の家に火事があった。同家の裏口付近から出火し、板塀と物置が燃えた。
あれがもし放火なら、それも和子のしわざだ。狂言自殺のあと、次は放火と、下田に対する彼女のイヤガラセがつづく。下田の憤怒は絶頂に達した。和子と高柳にだ。高柳へは和子を監督できなかった責任だ。当てつけ狂言自殺につづく放火。一度でなく二度までも。この先、何が起るかわからない。こっちの身の破滅は、自分の銀行の没落にも通じる。

篤実なキリスト教信者というイメージを下田はあまりにつくりすぎた。銀行の営業方針は「人類信愛」の教えに従っている。和子との間がスキャンダルになれば危機に瀕する。

そのために下田は、自由が丘の和子の家に高柳を身代りとして出入りさせ、彼が和子のパトロンのように近所の眼をごまかした。家政婦の石田ハルでさえ高柳を和子の旦那と信じて疑わなかった。

下田自身はどうしていたか。彼は高柳社長の秘書「中村」になりすまして高柳に従い、和子の家に行った。中村秘書は東洋商産の停年近い社員だ。石田ハルにはあまりものを言わず、黙って高柳のうしろに坐っている影のような存在だったという。

髪は豊かで、額から黒くふさふさと生えていたというのが石田ハルの言葉だった。

山越がそれに気がついたのは、八月の初めである。昭明相互銀行下北沢支店からパンフレットをもらった。高柳に会長をクビにされた江藤達次の家を訪問した時だった。

パンフレットについている下田社長の顔写真。山越はその禿げ上がった額を墨で塗り、豊かな髪に変えてみた。それを等々力の家で働く石田ハルを呼び出して見せると、中村秘書にそっくりの顔だとハルははっきりと答えた。

下田は男性用のカツラを頭につけて、「中村秘書」になりすまし、偽装パトロンの高柳のお伴をして和子の家に行っていたのだ。

高柳は早く帰り、「中村秘書」は残る。石田ハルは、そういう日にかぎっていつも夕方早く近所の家政婦会に帰されていた、と語ったではないか。

下田忠雄は、自分の実体が世間に知られるのをなによりも怕《こわ》がっていた。――

窓に、塩山《えんざん》駅が走り過ぎた。

東山梨郡内牧町から五原《いっはら》村にわたる百八十万坪の山林原野が眼底にひろがる。東洋商産の所有地。この前、甲府地方法務局の登記簿を見たときは、他によって抵当権が設定してなく、キレイなものだった。

その山林の東側、笛吹川の上流に湯山温泉がある。「馬場荘」というたった一軒しかない旅館。

その旅館の昼間、家族風呂の板の間、脱衣籠の上に乗っていたもの、それは男のカツラだった。

二つの籠に入っている宿の浴衣。一つは男客用、一つは女客用だったが、女客の浴衣の下には桃色の湯文字がはみ出していた。

のみならず、浴槽との仕切り戸ガラスには女の裸体が映っていた。磨《す》りガラスなので裸婦は雲霧の中のように霞《かす》んでいた。女は身体を拭いている。豊かな胸と腰の輪廓が美しくぼかされていた。あきらかに若い女だった。それに、湯文字をつけているからには、はじめから和服で来ている女だ。

男用のカツラ！　下田忠雄。その推定に間違いあるまい。「寿永開発株式会社御一行様」の名札が旅館にあったではないか。寿永開発は、和子の自殺直後、その家を抵当で取って直ちに第三者に売った会社だ。下田と寿永開発とは関係がある。

和子の狂言自殺と下田宅放火とは、下田に出来た新しい女に原因がある。下田の愛情がほかの女に移った。和子は嫉妬し、焦燥する。

なんとかして下田の心をつなぎとめようとする。それが睡眠薬嚥《ぼ》下《や》による狂言自殺だ。これが第一回。次が放火だ。下田の家を全焼させる意図はない。小火でよいのだ。これが第二回。

第一回と第二回に共通するものは、何か。

どちらも「事件」の発生である。新聞の社会面記事になりそうなものばかりだ。げんに「火事」は新聞に報道された。

和子は下田の弱点を知っていた。彼が何を恐れているかを。――下田は名誉を守らねばならない。彼の実体が、社会面記事によって暴露され、その名誉が泥だらけとなる。彼の相互銀行の信用につながっているだけに、これは痛烈な打撃である。

下田が、和子を監督しなければならぬ高柳秀夫の怠惰に憤激する。その責任の追及は、どのような形をとったか。

一方、手に負えなくなった和子は、これを消さなければならない。

――山越は、こういう思案に、列車の走る間じゅう耽《ふけ》っていた。ああでもない、こうでもないと材料を組み直し組み直して、最後に得た結論だった。自信があった。絶対だ。狂いはない。

甲府に着いた。

わき目もふらずに甲府地方法務局へ急いだ。窓口に、東山梨郡内牧町から五原村にわたる百八十万坪の登記簿の閲覧を請求した。

係員が登記簿を持ってきた。開いた。

前に無かった文字が書きこんである。

《八月二十三日、東洋商産株式会社より渋谷区恵比寿五ノ六五、寿永開発株式会社に代物弁済により所有権を移転》

山越は唸った。

この文字は、自由が丘の山口和子の家と登記簿の記入がまったく同じではないか。

「代物弁済により」寿永開発に「所有権を移転」したのも同じ二十三日だ。

ただ和子の家が第三者に売却されたのに、この山林にはそれが無いだけである。

寿永開発は同月同日に和子の家と、東山梨郡の山林百八十万坪とを代物弁済として取り上げたのだ。

あの山林が、どうしてこんなことになったのか。山口和子の家のことでは法務局目黒出張所で聞いた。ここの係員に訊くまでもないと思ったが、山越は以前にもらった登記簿の複写を係員に見せた。

「抵当権というのは、貸金の抵当《かた》でしょう？　東洋商産が寿永開発にいくら借金を負っていたかわからないが、百八十万坪も抵当に取られるんだから、莫大な金額です。しかも、それはよほど以前からの借金です。してみれば東洋商産のその負債はいっぺんではなく、前からの借金の累積ということになるが、それならなぜ寿永開発は東洋商産に金を貸すたびに以前からこの山林に一部ずつ抵当権を設定登記しなかったのでしょうか？」

係員は首をひねっていたが、

「それはたぶん、この寿永開発が抵当権設定登記の留保をしていたんでしょうな」

と、法務局目黒出張所の答えとまったく同じであった。

「抵当権設定登記の留保というのは、法規の条文にあるんですか」

「法規にはまったくありません。それは貸付方の好意によるものです」

「好意……ね」

「つまり、登記簿に抵当権設定が明記されているとなると、その社の対外的な信用にも影響して困るだろう、そこで抵当権を設定するのを留保してやっているんですね」

「なるほど」

「むろん、そうだからといって、抵当権を設定していないということではなく、おそらく寿永開発は、東洋商産から委任状などを取っていて、いつでも抵当権設定ができる、借金を皆済しないときは、これを代物弁済として取得するぞという契約ができているのでしょうなあ」

山越は、新しい記載のある登記簿の謄本をもらった。

「封筒を上げましょう」

係員は親切に、甲府地方法務局の活字がウラに印刷された大型茶色封筒を呉れた。

「どうもありがとう」

と山越は礼を云って、そこを出た。

もう一度、考えるために、彼は近くの喫茶店に入った。コーヒーを飲みながら、思索し、考えぬいた。

一つの構図が出来上がった。

あとはこの「構図」を証明することであり、確認であった。

彼はこの店の化粧室に入って、短い口髭を付けた。頭に櫛を入れて髪の形をちょっと変えた。鏡に映るわが顔が別人になった。下田忠雄の「知恵」に倣《なら》ったのである。

レジの女が、いつのまにこんな客が来ていたかと眼をまるくしていた。

喫茶店を出ると、前に客待ちしていたかっこうのタクシーが寄ってきた。山越を見て、彼を吸い寄せるようにドアを開けた。客待ちのタクシーによくある風景だ。山越は一も二もなくそれに乗った。

「どちらへ？」

「湯山温泉を知っている？」

「はい。湯山温泉なら、馬場荘でしょうか」

「うん。よく知っているね」

「湯山は馬場荘しかありませんから」

帽子を眼深にかぶった若い運転手は、撫で肩のやさ男だった。

タクシーは走った。運転手は、バックミラーで客の顔をときどきのぞいた。山越は気にもとめない。

運転手と雑談を交わすどころではなかった。

――仕事だ、仕事だ、大きな仕事になるぞ。

笛吹川の奥まったところ、山峡《やまあい》に湯山温泉の農家が見え、馬場荘が現れてきた。前に来たときは七月だったが、いまは全山の木立に秋がはじまっている。二時すぎだった。

馬場荘の玄関前に来た。

「運転手さん。ここで、しばらく待っていてくれるかい？」

「かしこまりました。どうぞ、ごゆっくり」

山越は、運転手の言葉づかいの叮重《ていちょう》なのに、すこしびっくりした。東京のタクシーにはこんなていねいな運転手は居ない。近ごろまた運転手の態度が悪くなっていて、客に対する口のききかたも乱暴である。

さすがに地方のタクシーだと思った。もう一度運転手を見返ると、東京のホテルのボーイをしていてもおかしくないようなスマートな身体つきだった。

タクシーは馬場荘の駐車場に入った。

玄関はがらんとしている。ロビーのかっこうになっている板の間の正面に小さな窓口、右手に土産物売場、左手が大広間で、その間が廊下、突き当りが裸女を垣間見《かいまみ》た浴室である。この前と変りはない。

紺の上っ張りを着た中年の女が出てきた。前回は事務室の中にいた女だ。こっちは顔に見おぼえがあるが、相手はチョビ髭の男を知らない。この前にさんざん冷遇した客とはわからないのだ。

山越は、東京の興信所の者だが、結婚の話で男性のほうから女の素行調査を頼まれたので、ご協力ください、と叮嚀に頼んだ。チョビ髭がいかにも興信所の所員に見えたらしく、名刺を出すまでもなく女は信用した。

「その女性には前から恋人が居て、この夏、その恋人の男とこちらに泊まったという噂があるので、そのことを確かめに来たんですがね」

山越が云うと、

「そんなことを云われても、ウチにはアベックのお客さまが多いですから、わかりませんねえ」

と、この旅館の女中頭らしい女は答えた。

「その女性は、和服で来ているはずです」

「和服ですか」

いまどき、和服でくる女はそう多くはないとみえ、彼女はすこし考える様子だった。

「それから男性のほうですがね、少々年配なんですよ。そうそう、ここにその人の写真があります」

ポケットからとり出して見せたのが、石田ハルに示したのと同じ写真だった。下田忠雄の禿げ上がった額に、豊かな髪が黒々と付いている。

「あ、この方ね」

女は、写真を一目見るなり云った。

「いらっしゃいましたよ。和服の若い女性といっしょに。そうそう、たしかにこの七月でした」

ここに来ただけの収穫はあった。――

「やっぱりそうでしたか」

〝興信所の所員〟は溜息を吐いてみせた。

「近ごろの娘さんは、わからないですねえ。で、両人は、なんという名前でここに泊まっていましたか？」

いろごと

宿泊客の名は、旅館としても第三者には教えたがらないものである。が、山越が興信所の所員を名乗り、結婚問題のことで女性の身元調査に来たと云ったので、ほかのこととは違うと思ったか、馬場荘ホテルの女中頭は、

「ちょっと待ってください、いま宿帳を見てきます。まあお上がりください」

と云って、山越を上にあげ、土産物売場の前の椅子をすすめ、自分はいったん奥へ引込んだ。例の正面小窓の中が事務室と称する帳場だが、その中で女中頭の姿がちらちらと動いた。宿帳を繰っているらしかった。

椅子にかけて待っている山越の前に、やがて女中頭は戻ってきた。

「わかりました」

彼女は眼尻に皺《しわ》を集めて云った。自分もそのへんの椅子を持ってきて山越と向かい合いに腰を下ろした。

「ほう、わかりましたか」

山越はさっそく手帖と鉛筆とをかまえた。

「男の方は、中村太郎さんという名前です」

「中村太郎？」

名からしていかにも架空臭いと思ったが、

「住所は？」

「東京都練馬区豊玉二ノ四ノ十五となっています」

「ほうほう。で、職業と年齢は？」

「職業は電気器具商です」

「ふむ、電気器具屋さんね」

「年齢は、五十二歳と記入してあります」

五十二歳？　髪毛の多いカツラの装いで、下田忠雄は十歳も若く称していたのだ。

「この馬場荘には、前からたびたび来ていたお客さんですか」

「いいえ。初めてでしたよ」

「一見《いちげん》の客でしたか」

「でも、お得意先の寿永開発さんのご紹介でしたから、わたしどももていねいに扱って、〝笛吹の間〟にお通ししました。ウチでは特別室で、四階の角部屋になっています」

その部屋は、玄関を出るとすぐに見上げることができる。白亜のホテル式建物で、この前来たときと同じように昼間の窓はどれもカーテンが閉じられてあった。

「電気器具屋さんでも大きいんですね？」

「それはどうだか知りませんが、寿永開発さんに出入りの人だそうです」

「なるほど、なるほど」

寿永開発の紹介というと、社長の立石恭輔か、社員の宮田かと訊こうとしたが、これはあやうく言葉を呑んだ。危険極まりない。この前、偽名でこの旅館に電話を入れて探ったことが知れそうであった。あのとき、電話に出たのはこの女かもしれなかった。

だが、これで下田忠雄と寿永開発の関係がいっそうよくわかったと思った。

「ところで、女性のほうですが、名前は何と宿帳に記入してありますか」

「名前はありません」

「え？」

「男性の方が記入すれば、同伴者の名前は省略してよいことになっています。どこの旅館でもみなそうしています」

「ううむ」

山越は唸った。

「他一名……と書く、あれですか」

「そうです」

女中頭の返事を聞いて、山越はスリッパの先を見つめた。とっさに次の質問が決まった。

「問題は、その女性のほうなんですがねえ、結婚しようとする相手側から調査を依頼されているのは。ぼくのほうには彼女の年齢がわかっているのですが、こちらではいくつくらいに見えましたか」

少々苦しいさぐりかたであった。

「さあ、二十六、七にはみえましたよ。若づくりしてらっしゃいましたから、ほんとうは、もうすこしいってるんでしょう？」

女中頭から逆にきかれた。

「三十です」

いい加減なことを云った。

「じゃ、こんど結婚なさるのだったら、初婚じゃなくて、再婚？」

「そう」

「道理で、落ちついてらっしゃると思いましたわ」

「そうですか」

「それに、色っぽい方でしたわ。美人ですものね」

「そんなに色っぽい？」

「わたしは、芸者さんかと思ったくらいです。粋《いき》な柄の和服がとてもよく似合うんです。着付だって垢ぬけていていて、素人さんとは違いました。それも、ウチなんかに入ってくる甲府近辺の妓《こ》と違って、東京の赤坂か新橋の一流どこのひとと変らないくらいでした」

「おやおや、それはたいへんだ」

云いながら山越は、胸の中で、誰だろうと思案していた。

女中頭が色っぽいといったので、山越はこの浴室でぬすみ見した桃色の湯文字と、磨《す》りガラスに映る豊かな女体の輪廓が、またしても浮んだ。

「で、その二人はどのくらいここに逗留していましたか」

「いま、宿帳を見たんですが、七月十五日から十七日までの三日間でした」

この前、自分が第一回の登記簿閲覧に甲府へ来て、東山梨郡内牧町に回り百八十万坪の山林の一部を瞥見《べっけん》し、そうしてこの馬場荘で昼食をとったのは七月十六日であった。あの日は、下田と考えてよい男と彼女とが二泊三日逗留していたその中日《なかび》にあたっていたのか。

そういえば、使用済みの「寿永開発御一行様」の掛け札が廊下の横に捨てられてあったが、東京から例の偽名電話で訊ねたとき、その一行の宴会・宿泊は七月十日だといっていた。その五日後に、下田が彼女を伴《つ》れてここへ泊まりにきたというのだから、関連はある。

「その二泊三日のあいだのことですがね、その男性と女性との仲はどうでしたか」

山越はふたたび質問をはじめた。

「そうですねえ……」

女中頭は複雑な微笑を浮べて躊《ため》らっていた。

「どうかありのままを教えてください。結婚の身元調査ですから、正直に報告したほうが依頼者によろこばれます。それで縁談がダメになれば、将来のためにかえっていいと思われるでしょうから」

この言葉に、

「そうですわねえ」

と、女中頭はうなずいて答えた。

「じゃ、云いますけど、とてもお仲がむつまじかったですわ。というよりも濃厚でしたね」

「仲が濃厚だった？　だって、男は六十……いや、五十二というのに」

「そりゃあ若い人が顔負けでしたよ。〝笛吹の間〟の係女中は、朝でも、昼でも、うかつにその部屋に入って行けなかったんです」

女中頭の顔には卑猥《ひわい》なうす笑いが浮んでいた。

「そんなでしたか」

「朝と昼ですから、女中もちょっとお声をかける程度でドアを開け、中に入って障子を引くんですが、そのとき眼にした場面にびっくり仰天して、顔から火が出るような思いで逃げ帰るんです」

「というと、アレがはじまっているということ？」

山越にもその場面が想像された。

「ええ、そうなんですって。それも声を上げてね。まるで枕絵のよう……恥しくて女の口からは云えませんわ」

「それが滞在中は毎日」

「毎日も毎日、一日に何度もありました」

「うわァ、濃厚どころの騒ぎじゃないな」

「朝も、女中が昨夜お客さまに云いつけられたとおりにお床を上げに九時ごろに部屋に行くと、その床の中で、もうはじまっているんですって」

「ちょっと待ってください。そんなとき、ドアには内側から鍵がかかってないのですか」

「いつも、鍵をかけてないのです」

「色ごとに夢中になって、鍵をかけるのを忘れるのかな」

「いいえ、こっちを見てくれといわぬばかりだそうですわ」

「あ、それじゃあ……？」

「そうなんです。そういう変った趣味の人が世の中には居るでしょ。そばの人に見られていないと昂奮が足りないというのが……」

「そうか」

山越はまた唸るよりほかなかった。

「わたしのほうも旅館が商売ですから、いろんなアベック客を泊めますが、あんなあつかましい人は初めてです」

「それじゃあ女性のほうが可哀想だな。年上の男は、若い女を得てねっとりと可愛がっているんでしょうが、女性のほうはたまったものじゃありませんね」

女中頭の反応を試してみた。

「いいえ、それがね、女性のほうもけっこうそういう可愛がられかたをよろこんでいる様子だったそうですよ」

「どうしてそれがわかりますか」

「だって、そんな変ったことをする男が嫌いだったら、すぐに逃げ帰るか、さもなかったら、いやいやながら辛抱しているといった沈んだ顔になるでしょう？」

「そうじゃなかったのですか」

「女性はとても明るい顔をしてましたよ。そのへんをお二人づれで散歩するにも、女性はうれしそうに男の人の肩にしなだれかかって甘えていましたよ。あれじゃあ、お風呂の中でもどんなことをしてたかわかったもんじゃありませんわ。ウチじゃあとで浴槽を大掃除しましたよ」

山越の眼にはまたしても浴室のぼやけた裸像があらわれてきた。

「そりゃね、女性のほうはお金を持っている年上の男性をつかまえて、お金目当てのサービスかもしれませんが、それにしてはうまいものですわねえ」

女中頭は額に縦皺をつくって云った。

「ねえ、興信所さん」

「はあ」

「あんな娼婦のような女が、これからほかの男性と再婚だなんて、とんでもないわ。厚顔無恥にも、ほどがあるわ。身元調査の依頼先には、わたしの云ったとおりを報告してくださいよ」

「わかりました。……それで、その後、両人はここへ来ませんか」

「来ません。いくら寿永開発さんの紹介でも、こんどはこっちから断わります」

「ははあ」

「それにね、あの男、お金持らしいくせにケチなんですよ。チップもずっと少なかったんです」

女中頭は顔をしかめた。

山越はあつく礼を云って馬場荘を出た。山越を見て、駐車場で待っていたタクシーが動き出した。山越の前に車をとめると、

「どうぞ」

と運転手は彼に頭を下げた。若いのに相変らずていねいだった。山越は感心した。

「待ってください」

とそのとき、叫んで小走りに彼をめざしてハンドバッグを振り回して来る若い女がい

た。馬場荘の裏手からだった。長めの断髪と大きな花模様のワンピースと、その下に忙しく動く白い脚とが、まず彼の眼についた。

駆けてきたその女はタクシーに乗ろうとする山越にぺこんとおじぎをした。

「すみません。大月方面へいらっしゃるんでしたら、いっしょに乗せていただけませんかしら？」

息をはずませて云った。

「ああいいですよ。ぼくも大月まで行くところです。どうぞ」

上りの特急は甲府を出ると最初は大月にしか停まらない。

「よかったわ。助かります」
二十四、五の、ぱっと派手な感じのする美しい女だった。
山越のあとから乗りこんで座席にならんで坐ったとき、かなり強い芳香が彼の鼻先にきた。

「どうもすみません。ここは塩山駅行のバスの本数が少ないもんですから、ご無理をおねがいしました。わたしも塩山から電車で大月へ行くところでした」

彼女はうれしそうにもう一度礼を云った。

「どうせ一人乗るも二人乗るも同じです。このとおり座席がひろびろと空いてるんですから」

「助かります」

「あなたは、馬場荘の方ですか」

「そうです」

彼女はこっくりとうなずいた。

「ご主人のお嬢さんですか」

「とんでもありません。女中です」

「女中さん？　おどろいたなあ」

あらためて彼女の横顔を見た。眼が黒々と大きく、鼻筋が徹《とお》っている。唇は厚いほうだが、それがかえって肉感的であった。

「でも臨時なんです。最近、あの馬場荘に手伝いに来たばかりなんです」

歯切れがいいうえに、声に艶《つや》があった。

運転手は無言である。客席に口をはさまないのがエチケットだ。

タクシーは、笛吹川上流沿いの悪い道を走った。車がゆらぐと、

「失礼」

と運転手は云った。礼儀正しいのだ。だが、動揺は女の腕や腰の弾力を彼へ直接《じか》に当らせた。彼女のほうはそれを気にしないのか、その位置から離れることはなかった。

「あなたは、こちらの生れ？」

「そうです。この近くの五原《いっぱら》村落合の生れなんです」

「五原村？　あの広大な山林のある？」

「おや、ご存知ですか」

彼女は意外そうに山越の横顔を見た。

「いや、人から聞いただけです」

「とても田舎ですわ。わたしね、ほんとのことをお話ししますと、一年前まで新宿のバーで働いていたんです」

「新宿のバーで？」

「ええ、区役所通りにバーがいっぱいならんでいるでしょ？」

「ある、ある」

「その一軒のお店に居たんです。身体をこわしてこっちへ帰ってきましたが、だいぶんよくなったので、馬場荘さんにすすめられて二週間前から手伝うようになったんです」

道理で、と山越はひそかにうなずいた。この綺麗さといい、もの怯《お》じしない態度といい、そして魅力といい、新宿でホステスをしていたと聞いて、すべて合点がいった。

そう知ってしまえば、山越もかなり遠慮がなくなった。

「いつまで馬場荘で働くつもりですか」

「わたしも、じつはなるべく早く東京へ出たいの。でも、もう新宿はいやだから、こんどは銀座へ出ようと思っています。けど、銀座は初めてだし、知ったお店がないので、ためらっているんです」

「あなたのようなきれいな人でしたら、どの店のママでも飛びつきますよ」

「あら、お上手ね」

彼女は睨《にら》む真似をした。若いけれど、それも色気たっぷりの眼つきだった。

「でも、事情のわからないお店にいきなり飛びこむのは怕《こわ》いんです。どんなお店だかわからないんですもの。どなたかご存知の方があるといいんですが、こっちの田舎に居ては、そんな方も居られないし……」

困っているようないいかたであった。

「ぼくでよかったら、銀座に知合いの店があるから紹介しますよ」

山越は思い切って云った。

「あらァ」

彼女は歓声を上げた。

「それ、ほんとうですか」

「ウソなんか云いませんよ」

「うれしい」

車が大きく動揺したひょうしに、彼女は身を山越にすり寄せてきた。

運転手は前方を見つめたままで、知らぬ顔をしていた。

同乗の女

「あなたの名前は、なんというんですか」

新宿でホステスをしていたという若い身体を脇腹にぴたりと付けられて、山越は胸がはずんだ。タクシーの動揺とともに、女の弾力が伝わってくる。香水の匂いと体臭とが混合して、鼻さきに漂う。

「わたし？」

にっこりして、

「梅野ヤス子と申します。どうぞよろしく」

と、軽く頭を下げる調子もホステスの色気だった。

塩山の町が過ぎる。ブドウ棚が流れていた。房を包んだ紙袋が無数に下がっている。農家の前の売店と、「ブドウ狩り」の看板。バスやマイカーできた観光客が多かった。

「ねえ、わたし、ほんとうに銀座で働きたいんです。いいお店、お世話してくださるって、ほんとう？」

梅野ヤス子と自分の名を云った女は、山越の顔を横からのぞきあおぐようにした。

「嘘は云いません」

銀座の、いくつかの小さなバーが山越の胸に浮んだ。彼の収入としてはそんな店しか知らなかった。義理にも「いいお店」とはいえないが、こんな可愛い女の子だったらそこを足場にして、どんな大きな店へでも移れる。

「ねえ、そのときは、わたしに連絡してくださる？」

「そうするけど、住所はどこ？」

「湯山温泉の馬場荘でいいんです。馬場荘方、梅野ヤス子」

「待って。手帖に付けておく」

内ポケットの手帖を出すとき、封筒がガサガサと音を立てた。甲府地方法務局でもらった東山梨郡百八十万坪の登記コピーが入っている。大事なものだ。

彼女の云うままに書き留めた手帖をポケットに戻したとき、また封筒がごそごそと鳴った。

「さっき興信所と云ってらしたようだけど、ずいぶん書類を持ってらっしゃるのね？」

その音を耳にしたか彼女はいった。

「どうして？」

「だって、内ポケットが封筒でふくれてるじゃありませんか」

「………」

「それはみんな調査資料ですか」

「うん。まあね」

「いま、調査されてるのは、どんなこと？」

「それは仕事上の秘密で云えないな」

「たいへんだけど、何か面白そうだわ。わたし、好奇心が強いの」

「仕事となると、面白いものじゃないよ」

「ほんとね。わたしも馬場荘で働くのは、もうクサクサしたわ。臨時の手伝いに出たばかりだけど。やっぱりバーの水が性《しよう》に合っているの。なるべく早くお世話してね」

「せっかくこうして縁ができて頼まれたんだから、希望にこたえるよ」

女の言葉が親しそうになったので、山越の云い方もだんだんくだけたものになった。

「ありがとう。わたし、あなたのお名刺をいただきたいわ」

山越は困ったが、

「名刺はね、今日もいろいろな人に会って渡したから、生憎《あいにく》と切らしてしまったよ。ごめんね」

と、言いわけすると、彼女はさらに云った。

「じゃ、お名前と住所とを教えて」

山越は詰まった。が、これは当然の質問なので答えないわけにはゆかなかった。

「ぼくの名は原田……原田一郎というんだがね」

追及急だった。が、女の身にしてみれば、彼を頼りにするのだから、しごく当り前であった。

「興信所の名前とアドレスは？」

「大日本興信所、住所は東京都千代田区丸ノ内一丁目……」

とっさに例の口まかせの嘘がすらすらと出た。

梅野ヤス子は、ハンドバッグからとり出したメモ帖にそれを書きつけようとした。山越は、あわてて、とめた。

「けど、わが社は固い会社だからね。それに法人や個人の信用調査を専門にしているので、女性の手紙がくるのは困るよ」

「じゃ、男名前にするわ」

「だめ、だめ。女の筆跡ですぐにわかる」

「電話をかけてもいけないの？」

「それは余計に困るよ」

「どうしたら、いいかしら？」

「じゃ、こうしよう、ぼくからあんたに手紙を出すなり電話するなりするよ。馬場荘にね。ぼくの知ってる銀座の店のママと約束が出来ないことには、きみから連絡を受けても、仕方がないからね」

「それも、そうね」

彼女は素直にうなずいた。

タクシーは勝沼の街を通っていた。ここもブドウ園が多かった。「ブドウ狩り」の立看板と都会から来た客の群れと。

タクシーが道を曲るたびに、ストッキングの膝頭《ひざがしら》が山越のズボンの腿《もも》にふれた。肉体がじかに当ってくる思いであった。だが、彼女はそれを気にせず、あわてて離れもしなかった。むしろ意識的に押しつけてくる感じであった。

山越は動悸《どうき》が速くなった。いま、誘いの一言《ひとこと》を吐けば、女はモーテルでも何処へでも随《つ》いてきそうだった。彼女は銀座の店に世話してもらいたい一心で、積極的に身をすり寄せている。自然の動作とは思えなかった。

梅野ヤス子は、顔も可愛らしいが、身体も発達していた。やはり田舎育ちの体格であった。新宿のバーで働いていたというから、彼女の身体はこれまで何人もの男に賞翫《しょうがん》されているにちがいなかった。しかし、すれている感じはしなかった。むしろ純真な女のようであった。

身体をすり寄せてくるのは、バーでおぼえた客あしらいのテクニックであろうが、山越には、それがまんざら媚態の技巧だけとは思えなかった。バーをやめて田舎に帰って以来の禁欲からくる彼女の欲求不満も相当手伝っているように感じられた。馬場荘へ臨時女中として手伝いに来ていたといっても、お運びなどの雑用に追い使われていたのであろう。

山越は次第に隣りに坐っている女に欲望を感じてきた。男の場数《ばかず》をある程度に踏んできて、しかも純真さを失わない女。その若い肉体を得たときの想像が、息苦しいくらいに逼《せま》ってきた。

どうしてこんな気持になったのだろう。馬場荘の女中頭の話がたぶんに刺戟となっている。下田忠雄と三十女との愛欲描写は、まるで枕絵を見るようであった。

「ねえ、きみと話をもう少しつづけてみたいね。大月まであと三十分かそこらで着くだろう」

タクシーは勝沼のインターチェンジに近づいていた。西に甲府の街が光っていた。その手前のけばけばしい建物の集りは石和《いさわ》温泉であった。石和は、温泉が出てから急に歓楽境に発展した。

「二十分くらいよ」

梅野ヤス子は云った。

「話をするには、どこか静かな家《うち》がいいね。ぼくも疲れたから、すこし憩《やす》みたいよ」

この意味は、むろん梅野ヤス子に通じた。彼女は急にうつむいてしまった。

「ね、いいだろう？」

山越は誘いにかかった。

「今日はダメよ」

彼女は下をむいたまま云った。

「え、どうして？　ぼくだって今日中に東京へ帰らなければならないから、泊まることはできない。だから、二時間か三時間ぐらいの休憩だ。ね、かまわないだろう？」

　山越は押しつけようとした。

「でも、今日はダメ。……生理だもの。困るわ」

　低い声で彼女は云った。

　う、という声が山越の咽喉から洩れた。

　すると梅野ヤス子は手を山越の膝にかけて揺すぶった。

「嘘じゃないわ。逃げるための口実じゃないわ。なんだったら、その証拠を見せてあげてもいいわ」

「………」

「わたしだって、あなたとどこかで過したいわ。だって、あなたは親切な人だもの。見ず知らずのわたしのために職場を見つけてくださるんだものね。いい人だわ。わたし、好きになっちゃった」

「………」

「でも、今日はアレだし、いけないわ。それにね、わたし、二時間とか三時間とかいうせわしなさがイヤなの。同じことなら、一晩ゆっくりと過したいの」

「そうか」

　悪い気はしなかった。

「東京の店が決まったら、あなたはわたしのいる馬場荘に連絡してくださるわね？」

「ああ」

「お手紙？　それとも電話？」

「電話にしよう」

山越は、すぐの成就《じょうじゅ》にならなかったので少々気落ちしたが、愉しみを先に延ばすことにした。それを考えると、ふたたび気分が昂《たか》ぶった。

「お名前は、やっぱり原田さんで？」

「原田は本名だから、ちょっと気がさすね。きみの親戚の姓を借りよう」

「大塚という叔父が居るわ。母の妹の嫁《とつ》ぎ先よ」

「大塚さんの名を借りよう。そしたら、きみもその姓を忘れないだろうし、ぼくの仮の名というのがすぐにわかるだろう？」

「いいわ。……あなたは頭脳《あたま》がいいわ。とっさに、そんな知恵が浮ぶんだもの。やっぱり興信所に勤めてらっしゃるだけあるわ」

梅野ヤス子は、彼が大日本興信所に勤めていると正直に信じたようだった。山越は心の中で苦笑した。

中央高速道路にタクシーは乗って東へ走った。トンネルが多かった。彼女は身体をさらに彼へ当ててきた。

「ねえ」

「うん？」

「電話だけじゃなく、わたしを迎えに来てね」

「ぼくがきみを迎えに行くのか」

「そうしてちょうだい。だって、そのとき、いっしょに泊まればいいじゃないの」

山越の耳の傍で熱い息を吹きかけた。彼女は太腿を押し付けてきた。

「それもそうだな」

山越は、気持がうずうずしてきた。もう遠慮せずに女の肩に手をかけた。ゴムのような弾みが掌に伝わった。彼女は猫のようにじっとしていた。

「迎えは馬場荘かね？」

「バカね、そんなのじゃないの。石和の温泉ホテルに泊まりましょうよ」

「石和にはまだ行ったことがない」

「それじゃ、わたしが石和駅であなたを待ってるわ。だから、電話のとき、新宿発何時何分の列車で発つと云って。特急は石和に停まらないのがあるから、甲府駅からタクシーで来ても十分かそこいらだわ。急行なら石和に停まるわよ。その時間に合せて、わたし石和駅の待合所で待っているから。そのあとは、わたしが、ホテルでも旅館でも案内するわ」

「グッド・アイデアだな」

「え？」

「いい考えだというわけさ。ぜひ、そうするよ」

「約束してくださるわね？」

「むろんさ」

「うれしい」

トンネルの中に入ったとき、肩を抱かれていた女が急に顔を伸ばし、山越の頰に唇を付けてきた。

山越は彼女を胸の前に横抱きに倒して、その唇をぞんぶんに吸いたかったが、トンネルの通過があまりに速かった。――

大月駅前に着くとタクシーの中で最後の手の握り合いをした。

山越が新宿行のキップを買うと、梅野ヤス子も見送りのための入場券を求めていっしょにホームに出た。大月の市街が下のほうに見える。

上り特急は十分後に来る。ホームに立っている男たちの眼が梅野ヤス子にそれとなく、あるいは露骨に向かっていた。それほど彼女は目立った。山越は内心得意であった。

列車の到着を報らせるアナウンスがはじまった。

彼女は、つと山越の傍に寄ってきた。

「じゃ、石和にいらっしゃるのを待ってるわ」

「その前に馬場荘に電話する。ぼくの名は？」

「ふ、ふふ。大塚さんでしょ」

った。

「アタリだ。間違いない」

「あなたこそ、その名前を忘れちゃイヤよ」

「忘れるものか」

列車が入ってきた。まわりの眼がなかったら、それこそ抱いてキスしてやるところだった。

山越がすわった座席の窓まで彼女はホームを歩いて、笑いながらのぞいた。窓が閉まっているので互いの声は聞えなかった。列車が発車すると、彼女は手を振った。その顔も姿勢もきれいだった。ほかの乗客たちが彼女を一斉に見ていた。

山越が座席に落ちつくと、こんどはまわりの乗客が珍しいものでも見るように彼の顔をじろじろと眺めた。

――風采の上がらぬ中年男が、あんな若くて美しい女を独占している。怪しからぬとも奇妙だともいう非難めいた視線であった。

どう思われようとかまうものかと、それこそ何年かぶりに青春の血がたぎっていた。

――石和で梅野ヤス子と早く再会したい。そのときは彼女に適当な宝石でも買って与えよう。金はできる。金儲けの目算はあった。

山越には、ぐいぐいと押しつけてくる梅野ヤス子の膝頭の感覚が消えていなかった。

――

「ブドウ狩り」の字が眼にあった。これは女狩りか。いやいや、次第によっては彼女の面倒を見てやってもいいのだ。下田忠雄の愛人のことが胸に浮ぶ。

梅野ヤス子を獲得するためにも、金儲けの計画を具体的に立てねばならなかった。その実行も東京に帰ってすぐのことだ。二、三日中には実現させたかった。

山越は、自分の計画について、頭の中でそれを組み立てたり崩したり、また組み立て直したりしていた。

窓の外に夕闇が濃くなっていた。八王子の街の灯が輝いていた。

よし、やるぞ！

山越は拳《こぶし》を握りしめた。

金儲けの構想

朝十時ごろ、蒲団を引き剝《は》がれ、びっくりして山越は眼をさました。

枕もとに女房が凄い眼つきで立っていた。

「何をするんだ？」

蒲団の端を引き寄せようと手をかけると、その前に彼の洋服が叩きつけられた。

「昨日は朝早く出て行って晩まで、どこで何をしていたのよ？」

「なに？」

「そんな、とぼけた顔をしないで。ちゃんと本当のことを云ったら、どう？」

「だから、甲府へ仕事に行って……」

「ウソもいい加減に云うがいいわよ。女と何処で会っていたの？」

「女？」

「まだ白ばくれている。あんたのこの洋服を顔に当ててみるがいいよ」

山越は昨夜、家に帰ってから、自分で洋服を洋服ダンスの中に掛けておいた。女房は彼の脱いだ洋服を始末することが滅多になかった。

なのに、どうした気まぐれか、今朝にかぎって洋服ダンスからそれをとり出して手入れにかかったものとみえる。起き上がって寝床に坐った彼の前に、自分の上着もズボンもくしゃくしゃになってほうり出されていた。

山越は女房に云われたとおりその上着を鼻に当てた。香水の匂いがしていた。これだな、と思った。梅野ヤス子の移り香だ。

「ふん、どこの女なの？　安香水の匂いがまだぷんぷんしてるじゃないか」

梅野ヤス子の身体から発散する匂いが強烈だった。

「それだけじゃないよ。上着の左肩をよく見なさい。そこに付いている白いものは何んなのよ？」

山越は眼を凝らした。黒い洋服に白い粉が、汐をふいたようにべっとりと現れていた。

「白粉《おしろい》じゃないか！」

女房の怒りの声が上から落ちた。

湯山温泉から大月までタクシーの中で梅野ヤス子は身体を寄せていた。勝沼のインターチェンジから中央高速道路に入ってからはその凭《よ》りかかってくる動作が大胆となり、左肩にぐっと頰を乗せていた。頰の白粉がそのとき付いたとみえる。

これだけの証拠を見せられては彼もごまかしが云えなかった。

「さあ、昨日はどこの女と浮気してきたのよう？　白状しなさいよ」

「浮気なんかしない」

山越はおだやかに答えた。

「白ばくれる気なのね？　じゃ、この香水と白粉はどうしたの？」

「昨夜《ゆうべ》は、フィナンシャル・プレス社の人といっしょに仕事でバーに行ったんだ。そのとき、悪酔いしたホステスがおれにからみついてきた。香水も白粉もそのときに付いたんだ。おれは知らなかった」

「バーにも仕事があるの？」

「おれたちの仕事はどこへでも行かなきゃならんのだ」

「見えすいた嘘を云わないでよ。これだけの香水の匂いが付いて、白粉が肩に塗られているからには、よっぽどその女と抱き合ったにちがいないわ。ふん、いい気なもんね、女房に貧乏暮しをさせて、自分ひとりが女と遊んで歩くなんて」

「おれの云ってることが信用できないのか」

「当てになるもんか」

「勝手にしろ」

山越は立ち上がった。

「あんたのしてることは、わかってるわ。あんたが持って帰る少ない金で、わたしがやりくり算段してるのに、そんな勝手なことをしてるなんて、我慢できないわよ。口惜しい」

女房が動物のような声を上げて両手を突き出し、顔を掻きむしりに来た。山越はそれを防いで二、三度揉み合った末、力いっぱい突き放した。仰向けざまに倒れた女房が、喚《わめ》きながら起き上がってくるのに、こんどは平手打ちを喰わした。女房は目眩《めまい》したように顔を掩《おお》ってうつぶせ、肩を波打たせて大声で泣いた。古いアパートなので物音も声も隣りの部屋にもろに聞える。隣室のドアがこっそり開く音がした。

山越は、皺だらけにされたズボンをはき、ワイシャツを着て、これもくしゃくしゃにされた上着をつけた。

女房の泣き声がぴたりと熄《や》んだ。涙で濡れた真赤な顔を山越へ捻《ね》じむけると、

「またバーの女に会いに行くのか？」

と凄い眼で睨みつけた。

「これから仕事だ」

「まだ、そんな嘘をついてる。云っとくけどね、あんたには女とイチャつく資格はないわよ。稼ぎがちっともないくせに」

「ばか。いまにまとまった金が入るんだ。今日からの仕事はそのためだ」

山越はネクタイの結び目を直しながら云った。

「おまえにもその札束をやる。そのときに眼をまわすな」

「嘘だ、嘘だ」

女房は叫んだが、その眼が変っていた。半信半疑の表情だった。

「嘘か本当か今にわかる。つまらん嫉妬《やきもち》もいい加減にしろ」

こういう女房の狂乱状態では、家で原稿も書けなかった。山越は昨夜机の抽出《ひきだ》しに入れた登記簿のコピーをとり出すと内ポケットに入れ、靴を匆々《そうそう》に突っかけた。

それを女房がうしろから野良猫のような眼で見送っていた。

コンクリートの通路に出ると、隣室のドアがあわてて閉まった。


山越は池袋駅前に来た。ふと本屋の店頭をのぞいてみると、出たばかりの「フィナンシャル・プレス」の今月号がならべられてあった。社員でない取材者の山越は、雑誌の見本を貰ったり貰わなかったりする。自分の取材した記事が掲載されている号しか社は呉れない。今度の号には取材したものがあるのにまだ見本を渡してくれなかった。社長清水四郎太はケチであった。

表紙に刷りこまれた文字には「相互銀行界の巨峰・下田昭明相銀社長の研究」とあった。ははあ、やってるな、と山越は思った。巨峰だなんて、まるで塩山で見たブドウの品種のようだ。「研究」とはいっても要するに讃辞である。目次を見ると、「相互銀行から一般銀行への道は全相銀界の悲願。下田社長の信望と手腕のみがこの重い扉を開く」と、ウタイ文句が添えられてあった。

山越はすぐ読みたくて一冊を買った。

女房との喧嘩から朝めしを抜きにして飛び出して来たので、腹が減った。駅前の横丁にモーニングサービス付きのコーヒー店があるので、トーストを食べ、コーヒーを飲みながら、清水社長兼主幹の「評論」をゆっくり拝読することにした。

その小さな喫茶店に入って注文すると、コーヒーだけ若い男が持ってきた。

「トーストは付かないのか」

「すみません。モーニングサービス時間の十一時が過ぎましたので」

十一時半になっていた。仕方がないので金をとられるトーストを追加注文した。

雑誌を開いた。「相互銀行界の巨峰・下田昭明相銀社長の研究」をさっそく追うことにした。

まずいちばんに眼に飛びこんだのは、下田忠雄社長の大きな顔写真である。山崩れの跡のような禿げ上がった前額部。これが何よりも下田の特徴だ。その顔写真は、昭明相銀の自由が丘支店でも下北沢支店でも陳列窓にバラの造花に飾られてあった。パンフレットにもそれがあった。山越にはさんざん見飽きた顔だが、この禿げ上りの額こそ重要なのだ。

ようやく山越は記事を読みはじめた。

内容は予想したとおりであった。要するに提灯《ちようちん》記事である。下田のこれまでの業績を讃え、手腕を最大限に評価している。相互銀行は、昭和二十六年の「相互銀行法」に基づいて、それまでの無尽会社が数社合併して各地に設立された。それからおよそ三十年ほど経っている。その間に相互銀行は飛躍的な発展を遂げた。昭和五十五年十二月末現在で、相互銀行は七〇行以上、店舗数は約三九〇〇、五十六年三月末の資金量は二七兆一五九億円にも達している。資金量においても業務内容の充実においても、もはや一般の銀行となんら異なるところがない。いつまでも相互銀行を異端児扱いにしているのは、わが国金融界のために得策でない。よろしく「相互銀行法」を全廃して、早急に相銀を一般銀行として「認知」すべきである。そのほうがわが国金融界に活《かつ》を入れる所以《ゆえん》である。

これまで相銀界は挙《こぞ》ってこれを大蔵省に陳情運動をし、政党方面にも働きかけてきたが、未だ実現しない。この大蔵省の重い扉を開け、相銀界の悲願を達する人物としては、昭明相互の社長下田忠雄氏その人を措《お》いて他にない。さらに特筆したいのは、目下丸の内に建設中の全国相銀会館は、下田社長が会長をしている全相銀連盟の最大の事業の一つだが、地下二階、地上三十五階の最新近代ビルである。完成間近だが、これも下田連盟会長によってのみはじめてなし遂げられる偉業である。

——要旨は、ざっとこういったところだった。

トーストをかじり、コーヒーを啜《すす》っては山越は八ページばかりの記事を読み終った。

清水四郎太よ、下田忠雄からいくら貰ったのか。

山越はひとりで声が出た。おそらく三百万円くらいの「広告料」をせしめたにちがいあるまい。

清水四郎太は、昨日まで賞めた財界の人物を今日になって貶《けな》し、昨日批判した人物を今日は賞讃する。すべて対手のカネの出し方次第であった。

ただ、彼はその長い経験から財界・業界のことに通暁し、理論を持ち、文章に熟達している。その独特のレトリックによってその意図が包みこまれているだけである。

正午近くになった。

山越は、喫茶店前の公衆電話で、手帖に記《つ》けた寿永開発の番号へダイヤルした。

「寿永開発でございます」

若い女の声が云った。交換台ではなく、女事務員のようだった。

「こちらは昭明相互銀行の秘書室ですが……」

山越は事務的な声で云った。

「いつもお世話になります」

女事務員はすぐに挨拶した。

これで寿永開発と昭明相銀との間に取引関係のあることがわかった。

「そちらにウチの社長の下田がお邪魔してないでしょうか」

「あの、下田社長さんですか」

女事務員は、問い返したのではなく、いきなり下田社長がそっちへ行ってないかと訊いたものだから、度を失っているのだ。そういうどぎまぎした声だった。

「あの、少々お待ちください」

彼女は、すぐ横に居るらしい誰かに電話の内容を伝えていた。待たされている間、山越は耳を澄ました。受話器に伝わる微かな音で、向うの事務所の広さ、働いている人間の数を推定しようとした。事務所は狭い。大きな事務室にありがちな、空洞内の反響《こだま》にも似たざわざわとした音がないのだ。多くの人間がそこにいるような気配もまったくない。

女事務員が話している相手は、彼女と机をならべているらしい。それも受話器に入ってくる男の声でわかる。

これらがほんの数秒間で得た山越の直感であった。

男の声が出た。

「もしもしお待たせしました。昭明の社長秘書室ですね？」

張りのある声だった。

「そうです」

「わたしは立石です」

あ、立石恭輔だ。——いつぞやの晩、銀座の「クラブ・たまも」で、遠くの席から眺めた光景が眼に戻った。黒縁の眼鏡をかけた赭《あか》ら顔の、四十七、八の男。肩がずんぐりともり上がっていた。

寿永開発の社長が自分で電話に出た。

「下田社長はお見えになってませんよ。あの、今日、こっちのほうにお出でになる予定だったのでしょうか……」

そこまで聞けば充分だった。

「失礼しました」

山越は電話を切った。

社長の席が、女事務員の居るすぐ近くにあった。他の社員ではなく、社長がじきじきに電話に出た。

狭い事務室。大勢の社員が居る気配がない。受話器が伝えた背後の空気に加えて、立石社長の直接の声。

これは何を意味するか。寿永開発というのがきわめて小規模な、ペーパー・カンパニーにもひとしい会社だということだ。

「クラブ・たまも」で遇ったときは立石を中心に五人の男がいた。その中に「宮田」が入っていた。これはあきらかに寿永の社員だ。ほかの男たちは寿永の客ででもあったのか。

さっきの電話に「宮田」が出なかったのは、外出でもしているのか。とにかく立石社長に社員が若干名。女事務員一名。電話一つで商売をしているような会社。——収穫は予想以上にあった、と山越は思った。さあ、これから原稿書きだ。場所をどこにしようか。

銀座並木通りの「風鳥堂」がいい。あそこは場所も広い。図書館だと、もう学生や生徒が机を占領しているだろうし、うるさい。「風鳥堂」なら静かで、商売も鷹揚《おうよう》だ。コーヒー一ぱいにケーキ一皿くらいで二時間は頑張れる。そこで書く原稿は金になる。清水四郎太のように三百万円とはゆくまいが、百五十万円くらいにはなるはずだ。いや、原稿の内容は、清水四郎太のような提灯記事よりは先方にとってはるかに衝撃を与えるはずであった。

百五十万円入ったら、うるさい女房に五十万円は渡さなければなるまい。あとの百万円は自分が自由に使う。

梅野ヤス子の顔と、タクシーの中で彼女が押しつけてきた膝のナマな触感が蘇ってきた。勝沼から見えた石和の温泉ホテルの、きらきらした建物も。——

原稿書き

銀座の風鳥堂は、並木通りの四つ角にある。店の一部で羊羹《ようかん》などを売るが、店内の喫茶部は広い。もともと江戸時代から聞えた和菓子の老舗《しにせ》であった。

客の坐る席はボックス式でゆったりとしている。通りに面しては大きなガラス窓があり、四つ辻の西半分にあたる街頭風景をとり入れていた。

二時ごろ、山越はその窓に近いボックスの席に腰を下ろした。コーヒーを注文した。これから一時間以上は、ここに根を生やすつもりだった。

コーヒーを飲みながら、山越は文章の構想を練った。眼はガラス窓にむかっている。この辺は高級商店が多いが、歩いている男たちはおよそ詰まらなそうな表情をしていた。金のありそうな顔ではなかった。

≪そもそも相互銀行は、その創設の当初からして無尽会社の性格を引き継いでいるように、大衆の貯蓄銀行たる機能を果すにあった。相互銀行なる名称も、大衆が相互に資金を活用し合うという趣旨からである。また中小企業専門銀行たる特質上、同一人に対する融資限度を自己資本の五分の一以内にしているのも、大衆の預金支払を確実にするためである。相互銀行は、内外為替業務を除いて、なんら一般銀行業務と変ってないとはいえ、この中小企業ならびに大衆の貯蓄銀行たる特殊性は不変である。ところが、業界トップグループにある昭明相互銀行の下田忠雄社長の営業方針を見るに……》

——こういう書き方だと持って回り過ぎるかな、と山越は頭に浮んだ自分の文章を胸で検討した。

なにも論文を書くわけではない。大上段に振りかざすこともないのだ。端的に下田の心臓を刺す文句であればいい。もっと個人的な弾劾《だんがい》の強い文章でなければならない。雑誌に発表するのではないのだ。これは取引の材料であった。

山越はコーヒーを一口飲む。煙草を吸う。外を眺める。面白くもない顔の通行人が流れている。

せまい通路を隔てた対い側にならぶ三つのテーブルの一つには、会社の外交員らしい三十男二人が語り合っている。あまり景気のいい話ではないようである。一つの席には四人の中年婦人。しゃべり合っては笑っている。ここに居ない友人の陰口らしかった。もう一つには老紳士と四十前後の婦人がいた。

客席の前の列はボックスの背で客の頭しか見えなかった。窓ぎわに沿ってならぶ席はテーブルだけで、一つにはアベックが話しこみ、一つには年寄りが新聞を読み、一つには母子連れがイスにかけている。いま、店内の舞台装置は、ざっとこういった人物配置であった。

《寿永開発株式会社なるものが渋谷区恵比寿の某ビルの中にある。名前からして不動産業のようだが、社長に社員が二、三名どまり、女事務員一人という構成である。沿線の駅前ならどこにでも見かけるような、出入り口のガラス戸にアパートの貸部屋、借家、売家などの物件を書いた紙がベタベタと貼ってあるあの小さな不動産屋と似たような人数である。あるいはまた社長以下僅かな社員は外交に出かけ、女事務員が電話番をしているという、いわば電話一本で商売をしている心細い巷《ちまた》の不動産屋が「寿永開発」のイメージに浮ぶだろう。ところがどうして、この「寿永開発」なるものはそんなイメージとは大違い、たいへんな商売をしているのである。……》

――よし、これでゆこうと山越は思った。

ポケットからメモ帖と、ザラ紙の八つ切《ぎり》の一束《たば》をとり出した。ジャーナリストはザラ紙でないと原稿の感じがしないのだ。市販の原稿紙などを使うのはシロウト臭いのである。書くのも万年筆やボールペンなどでなく、軟かい鉛筆で、それも文字を大きく書く。

上着の内ポケットには甲府地方法務局からもらった東山梨郡の山林百八十万坪の移転登記の複写が入っている。重要な証拠資料であった。

山越はメモ帖をひろげる。いままで調査したことが数ページにわたって、こまかな字でいっぱい書きこんであった。苦心の取材メモである。原稿の冒頭は腹案どおりにした。

そのメモを見ながら鉛筆をすすめた。

《……「寿永開発」のたいへんな商売とは何か。以下、順を追って云おう。

読者は八月二十日の午後から夜にかけて、有楽町の「シャンゼリゼー映画劇場」で、銀座の「クラブ・ムアン」のママ山口和子さんが二階の指定席で何者かに殺害された事件をご記憶であろう。場所が華やかな映画劇場、被害者が銀座の美人ママというので、センセーションを起した。警視庁と所轄築地署の懸命な捜査にもかかわらず、犯人は未だに挙がっていない。

ところで、この山口和子さんの家は、目黒区自由が丘の閑静な住宅街にあって、瀟洒《しょうしゃ》な構えである。和子さんは一人暮しで、住込みの家政婦を置いていた。この土地は和子さんが買い受けて新築したもの。暮しも贅沢だった。銀座の一流クラブのママなら相当な収入があるから、土地を買うのも家の新築も豊かな暮しも当然だと読者は思われるだろう。が、さにあらず、実は人知れぬ事情があった。それについては後述する。……》

《後述する》という一句は、下田忠雄をぎくりとさせるはずであった。当人には気がかりで、早いとこアトを読みたいだろう。待て待て。叙述には順序がある。

老紳士と中年女性が出て行って、その席はすぐに子供をまじえた家族づれでふさがった。四人の中年女はまだ話に夢中になっている、外交員二人は不景気話が終り、レジで払う伝票を両人で取り合っている。店内は満席だった。レジのところで女子学生らしいのが四人待っていて、外交員の立ったあとのテーブルを狙っていた。

山越は四人も坐れる席をひとり占めにしていた。こっちは退《の》かないぞ、と股をひろげた。

山越はメモをのぞいては、あとの文章に鉛筆を走らせる。

《ところで、この自由が丘の山口和子さんの家には、彼女が「シャンゼリゼー映画劇場」で不慮の死を遂げた直後に長谷川勇三郎さんという人が移り住んだ。長谷川さんの話によると、この土地建物は「寿永開発」から買いうけたもので、売買価格は一億二千万円、日付が八月二十八日の売買契約書を記者に見せてくれた。二十八日といえば、山口和子さんが映画劇場で何者かに殺害された僅か八日後である。

記者は、以前にある必要から法務局目黒出張所へ行って山口和子さん所有のその土地建物の登記簿を閲覧したことがある。そのときはあきらかに和子さんの所有と記載されていて、これが抵当にはいっさい入っていなかった。なのに、それがいつの間に「寿永開発」の手に渡って長谷川勇三郎さんに転売されたのか。

長谷川さんの話を聞いた記者は、ふたたび法務局目黒出張所を訪れ、同土地建物の登記簿を閲覧した。ところが、おどろくなかれ、この土地建物はとっくに「寿永開発」が抵当として押えていたものであった。では、なぜに記者が前回に閲覧したときに、登記簿に抵当なしとなっていたのか。

同法務局出張所の係員の話によると、「寿永開発」は以前に抵当としてこれを押えていたが、なお抵当権の設定登記を留保していた。抵当権設定登記留保は当事者間の話合いによるものであって、それならば登記簿には抵当権設定の記載がないという。このウラの事情がわからない者は登記簿を見るかぎりキレイであるのを知る。

ところが山口和子さんは、前記のように映画劇場で八月二十日に殺害された。その直後の八月二十三日に「寿永開発」が同土地建物の抵当権設定に踏み切ったのは、負債者の和子さんの死亡により貸付金の回収が不能になったため、債権者の寿永開発が「代物弁済により所有権の移転」の登記をしたのであろうということだった。しかも寿永開発が間髪を入れぬ迅速さで、八月二十八日、長谷川勇三郎さんにこれを転売したのである。

……》

――山越はここまで書いてきて、鉛筆を措《お》き、煙草に火をつけて読み返した。

四人の中年婦人は賑やかに出て行き、待っていた三人の青年があとを占めた。窓ぎわの客も三組入れ代った。ただ、若いアベックの一組だけはまだ残っていた。そのうしろに、ガラス窓の街頭風景が動いている。ガラスが一点の曇りなく磨かれているので、店内が外の一部と連結しているようであった。

女子学生四人は、アイスクリームを舐《な》めながら、おしゃべりしている。その一人の横顔が梅野ヤス子に似ていた。山越は鉛筆を休める間に、その顔をそれとなく眺めた。女の膝頭の感触が蘇った。テーブルの下に女子学生のうすいストッキングの脚が伸びていた。

いま、邪念を起してはならない。山越は頭を振ってふたたび鉛筆を握った。

《これに関連してのことだが……》

山越はつづきを書きはじめた。

《記者は、以前に必要あって東洋商産株式会社の資産を調査したことがある。同社は先般倒産し、社長の高柳秀夫氏が奥多摩湖の西、山梨県側の山林中で自殺した。これは新聞にも報道された。記者が調査したのは同社の倒産前であった。このときの調査により同社が山梨県東山梨郡内牧町杣科《そましな》から同郡五原《いつはら》村落合にまたがる百八十万坪という広大な山林を資産として所有していることがわかった。この山林を同社の創立者である先々代社長が購入したことは前会長の江藤達次氏も確言しているところである。記者が以前に甲府に出張し、甲府地方法務局の登記簿を閲覧した時点では、東洋商産所有のこの山林は他より抵当権の設定がなく、登記簿の摘要欄は真白であった。当時記者は、業績不振を伝えられる同社でも、高柳社長が創始者を偲《しの》んでこの山林だけは抵当にも入れずに無キズのままに資産として確保しているものと信じていた。

ところが前述の山口和子さんの土地建物の件があるので、記者はもしやと思い、ふたたび甲府へ赴き、同市の法務局の登記簿を閲覧したところ、予想は的中し、百八十万坪の東洋商産所有の山林は……》

ここで、山越は登記簿のコピーを上着の内ポケットからとり出して記載事項を本文のつづきに写した。

《「八月二十三日、東洋商産株式会社より渋谷区恵比寿五ノ六五、寿永開発株式会社に代物弁済により所有権を移転」と登記簿にあるではないか。またしても寿永開発による所有権移転だ。自由が丘の山口和子さんの土地建物の場合とまったく同じではないか。東山梨郡の山林も、自由が丘の土地建物の所有権移転が行なわれたのと同じ八月二十三日にはもう「東洋商産株式会社より寿永開発株式会社に代物弁済により所有権移転」とあって、百八十万坪の広大な山林は、寿永開発の所有になっていた。……》

喫茶店の奥のボックスにも客の入れ替えがしきりと行なわれていた。山越は、横を通るボーイに長尻をじろりと睨まれても気にしなかった。執筆の調子は佳境に入っていた。

《……こうなると、寿永開発が電話一本の小さな不動産屋的商売ではなく、百八十万坪もの土地を担保に金融を行なっている大きな商売をしていることがわかった。いったい寿永開発はそれだけの金融ができる自己資金を持っていたのだろうか。それとも他より融資を受けたもので金融を行なっていたのだろうか。しかも、所有権の移転が山口和子さんの死の日と極めて近いのをみれば、寿永開発の措置は、山口和子さんの死となんらかの関連があったことが、読者にも容易に推測されよう。記者もまたそのように推定した。……》

山越は片手で頬杖をついて、あとの文章を考える。もう一時間以上ここに粘《ねば》っていた。客の顔ぶれはすっかり替り、それもまた次々と替りつつある。窓ぎわのアベックのあとには中年男がひとりで坐った。コーヒーをゆっくりと飲みながら、外の通りを眺めている。

《ここで、前に山口和子さんのところで（後述）とした点に戻ろう。誰かと待合せしているらしかった。

和子さんにはパトロンがいた。銀座のクラブのママにパトロンがいるのは普通のことで珍しくはない。しかしそれが東洋商産の高柳社長だったとあっては、東洋商産倒産の話題にぐっと近くなる。

東洋商産はメインバンクを持たず、各銀行と等距離を置くのを社是としてきた。主要銀行に介入されるのを嫌ったからだ。営業成績が順調なときはそれでもよいが、不振がつづくと手持ち資金が窮迫する。そのときは主要銀行をもたぬ悲しさ、融資の支援がない。ところが、表むきには「等距離銀行」以外に借り入れ先がないと思われた同社に特別融資先があった。某相互銀行である。これあるために、倒産危機の東洋商産が持ちこたえられてきたのだ。

某相互銀行の社長は、東洋商産に直接融資せずに、自己のトンネル会社の寿永開発を使ってこれに融資していた。同社長は法皇といわれるくらいに自己の相互銀行に絶大な権力を持つワンマンであった。法皇の称号は、彼がクリスチャンであることにもよる。げんに同相銀の標語にもキリスト教の字句を使っているくらいだ。だが、彼はエセ信者であった。商売にキリスト教を利用しているだけであった。

トンネル会社の寿永開発を使っての東洋商産に対する某相銀の融資の抵当は、前記東山梨郡の百八十万坪の土地であった。が、これは高柳東洋商産社長の懇請を容れた某相銀社長が登記簿に記載しない「抵当権設定登記留保」とした。このことは東洋商産に対する恩恵であると同時に、某相互銀行社長の気持次第では、いつでも百八十万坪の土地を召し上げるという威嚇《いかく》でもあった。

某相互銀行社長はトンネル会社の寿永開発によって私腹を肥やしている。その手口はいずれ公開する。

その社長には愛人として山口和子さんがいたと云えば、大部分の読者は耳を疑うであろう。高柳社長がパトロンではなかったのかと。然《しか》り、高柳社長は某相互銀行社長の影武者だったのだ。その証拠も記者は握っている。高柳社長は某相銀社長の「恩恵」「威嚇」によってその道化役を引きうけていたにすぎない。では、なぜその相銀社長はそのような隠れミノをつくらねばならなかったのか。それは、その相銀の象徴ともなっている篤信のカトリック教徒という金色の看板にキズが付き、ひいてはその化けの皮が剝がれることによって自己の相銀のイメージダウンになるからだ。そのため偽装パトロンにさせられたのが高柳東洋商産社長だったのだ》

山越は、ひと息入れて、あとをつづけた。

《この際、ずばりと云おう。山口和子さんの映画館での殺害事件は、某相銀社長と関係がある。寿永開発による山口さんの土地建物の没収も、東山梨郡百八十万坪の東洋商産の資産が寿永開発に所有権が移ったのも、すべて某相銀社長の差し金である。なぜなら、寿永開発は彼そのものだからである。高柳東洋商産社長の自殺という悲劇も、某相銀社長の専横のまき添えであった。

なぜ、某相銀社長はそのような挙に出たか。すべては彼の愛情というよりも獣欲が、

山口和子さんを去って、別な、新しい愛人に移ったことに原因している。……》

窓ぎわの男はまだ一人で席に坐っている。デートの相手が容易に来ないらしく、ときどき腕時計を見ては辛抱強く待っていた。

（下巻につづく）

初出　「週刊文春」（一九八一年五月二十八日号〜一九八三年三月十日号）
本書は、『松本清張全集47』（二〇〇八年十月第五刷　文藝春秋刊）を底本とした。

文春文庫

彩《いろど》り河《がわ》　上

長篇《ちょうへん》ミステリー傑作選《けっさくせん》

定価はカバーに
表示してあります

2009年10月10日　新装版第1刷

著　者　松本清張《まつもとせいちょう》

発行者　村上和宏

発行所　株式会社　文藝春秋

東京都千代田区紀尾井町 3-23　〒102-8008

TEL 03・3265・1211

文藝春秋ホームページ　http://www.bunshun.co.jp

文春ウェブ文庫　http://www.bunshunplaza.com

落丁、乱丁本は、お手数ですが小社製作部宛お送り下さい。送料小社負担でお取替致します。

印刷・凸版印刷　製本・加藤製本

Printed in Japan

ISBN978-4-16-769724-2

松本清張
生誕百年記念

長篇ミステリー傑作選

巨大なスケール、人物の多彩さ、息もつかせぬ物語。清張作品の白眉は長篇小説だ。選り抜きの現代ミステリー十作。とにかく読んで面白い！二〇〇九年四月より毎月刊行

点と線（風間完・画）

福岡の海岸に男女の死体が。汚職事件渦中の官僚と愛人の心中か？「東京駅ホームの四分間」でミステリーの記念碑的作品となった名作に、風間完氏のカラー挿絵を加えた特別版

棲息分布　上下

会長が死に際に後継と名指した男は、巨額融資をきっかけに会社に乗り込んできた井戸原だった。会社乗っ取りをめぐる謀略と攻防。ロッキード事件をも連想させる巨悪の謎とは？

絢爛たる流離

三カラットのダイヤの指輪は、次々に持ち主を変え、運命を狂わせながら、華麗な流転を重ねる。昭和という時代の推移と、人間の底なしの欲望のドラマを描く十二の連作

火の路　上下

飛鳥を訪れた古代史研究者・通子が巻き込まれた殺人事件。それは古墳時代から、イランの砂漠に聳える沈黙の塔、そして拝火教の謎へと結びつく。古代ロマン溢れるミステリー

聖獣配列 上下

クラブママ・可南子が迎賓館で一夜を共にしたのはアメリカ大統領だった。隠し撮りの写真には重大な機密が。それをネタに米国を強請《ゆす》ろうとする可南子を待ち受ける巨大な罠！

波の塔 上下

お互いの身の上も知らずに愛し合うようになった二人。だが、運命の皮肉は、二人の仲を無慈悲に打ち砕く。現代社会の悪の構造の中に、切ない恋を描き出した異色ロマン

彩り河 上下

ロックの鳴り響く真昼の映画館で高級クラブのママが殺された。追うように自殺した商社社長。ライバルだった元役員と業界記者が財界・金融界の腐敗の構造をあばく大型推理

空《くう》の城

日本経済に衝撃を与えた安宅産業の崩壊。石油部門への進出を焦って国際商戦に翻弄され倒産した総合商社を題材にして、徹底した現地取材と卓抜な洞察力で描く経済小説

十万分の一の偶然

婚約者を奪った交通事故の凄惨な写真で、ニュース写真賞を受賞した奴がいる。シャッターチャンスは十万分の一。これは果たして偶然なのか？　真実への執念を描く長篇推理

球形の荒野 上下

第二次大戦の停戦工作をめぐって日本人外交官が〝生〟を奪われた。その娘は美しく成長して、戦後社会を平和に生きている。二人を結ぶ線上に謎の殺人事件が発生した

（　）内は解説者。品切の節はご容赦下さい。

松本清張
十万分の一の偶然

婚約者を奪った交通事故の凄惨な写真で受賞した奴がいる。ニュース写真年間最高賞に輝く〝激突〟。シャッターチャンス十万分の一の偶然という謎の解明に挑む執念を描く長篇推理。

ま-1-66

松本清張
疑惑

二十五も年上の夫に多額の保険をかけ、車ごと海に沈めたのは稀代の悪女〝鬼クマ〟と断定する地方紙記者。非難の渦中で国選弁護人が一人奮闘する推理サスペンス。「不運な名前」併録。

ま-1-67

松本清張
彩り河（上下）

ロックの鳴り響く真昼の映画館で高級クラブのママが殺された。追うように自ら縊死した商社社長。ライバルだった元役員と業界記者が財界・金融界の腐敗の構造をあばく大型推理。

ま-1-69

松本清張
西海道談綺（全四冊）

密通を怒って上司を斬り、妻を廃坑に突き落として出奔した男の数奇な運命。直参に変身した恵之助は隠し金山探索の密命を帯びて日田へ。多彩な人物が織りなす伝奇長篇。（三浦朱門）

ま-1-76

松本清張
草の径

元老西園寺公望、謀略家スパイMなど、強烈な個性の晩景を見事に捉えた珠玉の連作短篇小説。「老公」「モーツァルトの伯楽」「ネッカー川の影」「『隠《こも》り人《びと》』日記抄」「夜が怖《こわ》い」他、全七篇収録。

ま-1-82

松本清張
無宿人別帳

罪を犯し、人別帳から除外された無宿者。自由を渇望する男達の逃亡と復讐を鮮やかに描いた連作時代短篇。「町の島帰り」「海嘯《つなみ》」「おのれの顔」「逃亡」「左の腕」他、全十篇収録。（中島　誠）

ま-1-83

松本清張
神々の乱心（上下）

昭和八年、「月辰会研究所」から出てきた女官が自殺した。不審の念を強める特高係長と、遺品の謎を追う華族の次男坊。やがて遊水池から、二つの死体が……。渾身の未完の大作千七百枚。

ま-1-85

（　）内は解説者。品切の節はご容赦下さい。

松本清張
文豪
逍遙の死と妻を巡る異説を展開する「行者神髄」。紅葉＝鏡花師弟の確執に迫る「葉花星宿」。一葉を想う緑雨を描く「正太夫の舌」。強烈な個性の栄光と悲惨を描く連作小説。（平岡敏夫）
ま-1-87

松本清張
球形の荒野（上下）
第二次大戦の停戦工作をめぐって日本人外交官が〝生〟を奪われた。その娘は美しく成長して、戦後社会を平和に生きている。二人を結ぶ線上に謎の殺人事件が発生した。（半藤一利）
ま-1-88

松本清張
象徴の設計
近衛兵の反乱＝竹橋事件に強い衝撃をうけた陸軍卿山県有朋。自由民権運動を弾圧し、軍人勅諭を完成させて軍隊の精神的支柱を構築した内政家有朋を描く歴史長篇！（綱淵謙錠）
ま-1-90

松本清張
鬼火の町
朝霧の大川に浮かぶ無人の釣舟。漂着した二人の男の水死体。川底の女物煙管は謎を解く鍵か。反骨の岡っ引藤兵衛、颯爽の旗本、悪同心、大奥の女たちを配して描く時代推理。（寺田　博）
ま-1-91

松本清張
かげろう絵図（上下）
徳川家斉の寵愛を受けるお美代の方と背後の黒幕、石翁。腐敗する大奥・奸臣に立ち向かう脇坂淡路守。密偵、誘拐、殺人……。両者の罠のかけ合いを推理手法で描く時代長篇。（島内景二）
ま-1-92

松本清張
宮部みゆき　責任編集
松本清張傑作短篇コレクション（全三冊）
松本清張の大ファンを自認する宮部みゆきが、清張の傑作短篇を腕によりをかけてセレクション。究極の清張ワールドを堪能できる決定版。「地方紙を買う女」など全二十六作品を掲載。
ま-1-94

松本清張
日本の黒い霧（上下）
占領下の日本で次々に起きた怪事件。権力による圧迫で真相は封印されたが、その裏には米国・ＧＨＱによる恐るべき謀略があった。一大論議を呼んだ衝撃のノンフィクション。（半藤一利）
ま-1-97

（　）内は解説者。品切の節はご容赦下さい。

松本清張
昭和史発掘 8

戦勝気分に酔いしれる若き将校たち。しかし、それも束の間のこと、天皇の意志と奉勅命令の詭計で一転、悲劇の終幕へとむかう。「奉勅命令」「崩壊」「特設軍法会議」の全三篇を収録する。

ま-1-106

松本清張
昭和史発掘 9

青年将校らは非公開・弁護人なし・上告なしの秘密審理に屈する。首謀者は悉く死刑となり、更に日本は暴走・瓦解の道へ。「秘密審理」「判決」「終章」。全巻完結。（加藤陽子）

ま-1-107

松本清張
虚線の下絵

名声を得た友人と対照的に肖像画家として生計をたてる男。会社の重役相手に注文取りに奔走する妻。妻の色香に疑念を抱いた夫は……。男女の業を炙り出す短篇集。（岩井志麻子）

ま-1-108

松本清張
事故
別冊黒い画集(1)

村の断崖で発見された血まみれの死体。五日前の東京のトラック事故。事件と事故をつなぐものは？　併録の「熱い空気」はTVドラマ「家政婦は見た！」第一回の原作。（酒井順子）

ま-1-109

松本清張
陸行水行
別冊黒い画集(2)

あの男の正体が分らなくなりました――。古代史のロマンと推理の面白さが結晶した名作「陸行水行」。清張古代史の原点である。他に「形」「寝敷き」「断線」全四篇を収録。（郷原　宏）

ま-1-110

松本清張
危険な斜面

男というものは絶えず急な斜面に立っている。爪を立てて上に登っていくか、下に転落するかだ――。「危険な斜面」「二階」「巻頭句の女」「失敗」「拐帯行」「投影」収録。（永瀬隼介）

ま-1-111

松本清張
私説・日本合戦譚

菊池寛の『日本合戦譚』のファンだった松本清張が、「長篠合戦」「川中島の戦」「関ヶ原の戦」「西南戦争」など、戦国から明治まで天下分け目の九つの合戦を幅広い資料で描く。（小和田哲男）

ま-1-112

（　）内は解説者。品切の節はご容赦下さい。

明野照葉
輪（RINKAI）廻
義母との確執で離婚した香苗は、娘とともに実母のもとに帰る。やがて愛娘の体には痣や瘤ができ始める。「累」の恐怖を織り込んだ明野ホラーの原点。第七回松本清張賞受賞作。（髙山文彦）
あ-42-1

芦辺　拓
紅楼夢の殺人
ところは中国、贅を尽くした人工庭園「大観園」。類稀なる貴公子と美しき少女たちが遊ぶ理想郷で、謎の連続殺人が……。『紅楼夢』を舞台にした絢爛たる傑作ミステリー。（井波律子）
あ-45-1

我孫子武丸
弥勒《みろく》の掌《て》
妻を殺され汚職の疑いをかけられた刑事と、失踪した妻を捜し宗教団体に接触する高校教師。二つの事件は錯綜し、やがて驚愕の真相が明らかになる！　これぞ新本格の進化型。（巽　昌章）
あ-46-1

愛川　晶《あきら》
六月六日生まれの天使
記憶喪失の女と前向性健忘の男が、ベッドの中で出会った。二人の奇妙な同居生活の行方は？　究極の恋愛と究極のミステリが合体。あなたはこの仕掛けを見抜けますか？（大矢博子）
あ-47-1

伊野上裕伸
震えるメス
医師会の闇
青山記念病院の救急外来に自動車事故の重症患者が運び込まれた。治療が施されていく過程で蠢く様々な思惑。患者を無視し、欲望のままに行動する医師たちを描いた問題作。（山前　譲）
い-41-2

伊野上裕伸
特別室の夜
資産家やヤクザの組長、有名俳優の妻などなど、ひと癖ある面々が特別室に入院する高級老人病院で次々と起こる事件、そして患者の不審な死。老人医療の暗部をえぐる迫真のミステリー。
い-41-3

池上　司
雷撃深度一九・五
密命を帯びた米重巡洋艦インディアナポリスをグアム―レイテ線上で撃沈すべく待ち受ける海軍伊号第五八潜水艦。太平洋戦争における艦艇同士の最後の闘いが開始された。（香山二三郎）
い-45-1

（　）内は解説者。品切の節はご容赦下さい。

イニシエーション・ラブ
乾《いぬい》　くるみ

甘美で、ときにほろ苦い青春のひとときを瑞々しい筆致で描いた青春小説――と思いきや、最後の二行で全く違った物語に！「必ず二回読みたくなる」と絶賛の傑作ミステリ。（大矢博子）

い-66-1

リピート
乾　くるみ

今の記憶を持ったまま昔の自分に戻る「リピート」。人生のやり直しに臨んだ十人の男女が次々に不審な死を遂げて……。『イニシエーション・ラブ』の著者が放つ傑作ミステリ。（大森　望）

い-66-2

死神の精度
伊坂幸太郎

俺が仕事をするといつも降るんだ――七日間の調査の後その人間の生死を決める死神たちは音楽を愛し大抵は死を選ぶ。クールでちょっとズレてる死神が見た六つの人生。（沼野充義）

い-70-1

黄金の石橋
内田康夫

軽井沢のセンセの策略で、俳優・榎木孝明の依頼を受け、浅見光彦は鹿児島へ。榎木の母を恐喝する男が言う「金の石橋」とは？絡み合った謎の背景には、哀しい過去が。（自作解説＋榎木孝明）

う-14-1

氷雪の殺人
内田康夫

利尻島で一人の男が変死を遂げ、浅見光彦に謎のメッセージと一枚のＣＤが託される。事件の背後に蠢《うごめ》く謀略を追う光彦と兄・陽一郎の前に巨大な「国」の姿が立ち現れてくる。（自作解説）

う-14-2

箱庭
内田康夫

一葉の写真と脅迫状が兄嫁に届いた。セピア色の写真の中で、微笑む女学生姿の兄嫁と友人。相談をうけた浅見光彦は、広島の厳島へ。文芸ミステリーの名作。（自作解説＋郷原　宏）

う-14-3

贄門島《にえもんじま》（上下）
内田康夫

房総の海に浮かぶ美瀬島に伝わる怪しげな風習「生贄送り」とは？　父の死も絡んだ島の謎に挑む浅見に忍びよる危機。現代社会の底知れぬ闇をえぐる傑作長篇ミステリー。（自作解説）

う-14-4

内田康夫
遺骨
殺害された製薬会社の営業員が、密かに淡路島の寺に預けていた骨壺。それを持ち去った謎の女性。更に寺に現れた偽の製薬会社社員。浅見光彦、医学界の巨悪に立ち向かう！　（三橋　暁）
う-14-6

内田康夫
十三の冥府（上下）
『都賀留三郡史』の真偽を確かめるために青森を訪れた浅見光彦は、同書にまつわる不可解な死に遭遇。偽書説を唱える人の相次ぐ死は、神の祟りなのか？　傑作ミステリー。（自作解説）
う-14-7

海月ルイ
子盗《ことと》**り**
京都の旧家に嫁いだ美津子は子供に恵まれず、夫とともに産院から新生児を奪おうとして看護師の潤子に見咎められる。情念が交錯する第十九回サントリーミステリー大賞受賞作。
う-17-1

海月ルイ
プルミン
公園で遊んでいた四人の小学一年生は見知らぬ女から乳酸飲料のプルミンを貰い、それを飲んだ雅彦が死んだ。他の子を苛めていた彼は復讐されたのか。母親達の闇を描く傑作ミステリー。
う-17-2

海月ルイ
十四番目の月
京都で起きた幼女誘拐事件。犯人との接触はなかったはずだが、二千万円の身代金は消えた。犯人はどうやって金を奪ったのか。女の中に潜む光と闇を描く傑作ミステリー。　（吉田伸子）
う-17-3

歌野晶午
葉桜の季節に君を想うということ
元私立探偵・成瀬将虎は、同じフィットネスクラブに通う愛子から霊感商法の調査を依頼された。その意外な顛末とは？　あらゆる賞を総なめにした現代ミステリーの最高傑作。
う-20-1

奥泉　光
モーダルな事象
桑潟幸一助教授のスタイリッシュな生活
しがない短大助教授・桑潟のもとに童話作家の遺稿が持ち込まれた。出版されるや瞬く間にベストセラーとなるが関わった編集者が次々と殺される。渾身のミステリー大作。（高橋源一郎）
お-23-2

文春文庫　ミステリー

（　）内は解説者。品切の節はご容赦下さい。

垣根涼介
ヒートアイランド
渋谷のストリートギャング雅《みやび》の頭《ヘッド》、アキとカオルは仲間が持ち帰った大金に驚愕する。少年たちと裏金強奪のプロフェッショナルたちの息詰まる攻防を描いた傑作ミステリー。（大沢在昌）
か-30-2

垣根涼介
サウダージ
故郷を捨て過去を消し、ひたすら悪事を働いてきた一匹狼の犯罪者と、コロンビアからやって来た出稼ぎ売春婦。ふたりは大金を摑み、故郷に帰ることを夢みた。狂愛の行きつく果ては――。
か-30-3

加納朋子
螺旋《らせん》階段のアリス
脱サラして憧れの私立探偵へ転身した筈が、事務所で暇を持て余していた仁木の前に現れた美少女・安梨沙《ありさ》。人々の心模様を「アリス」のキャラクターに託して描く七つの物語。（柄刀　一）
か-33-1

加納朋子
虹の家のアリス
育児サークルに続く嫌がらせ、猫好き掲示板サイトに相次ぐ猫殺しの書きこみ、花泥棒……脱サラ探偵・仁木と助手の美少女・安梨沙が挑む、ささやかだけど不思議な六つの謎。（倉知　淳）
か-33-2

笠井　潔
魔
ストーカーや拒食症、家族崩壊など現代社会を揺るがす「魔」の正体に迫る私立探偵・飛鳥井。驚愕の謎解きと詩情溢れる文体が圧倒的な余韻を残す、ミステリーの最高峰。（小森健太朗）
か-36-1

北方謙三
やがて冬が終れば
獣はいるのか。ほんとうに、自分の内部で生き続けてきたのか。私自身が獣だった。昔はそうだった。私の内部の獣が私になり、私が獣になっていた。ハードロマン衝撃作。（生江有二）
き-7-2

北方謙三
冬の眠り
人を殺して出所した画家仲木のもとに女子大生暁子が訪れる。仲木の心に命への情動が甦りその裸を描き、抱く。そこに奇妙な青年が……。人間の悲しみと狂気を抉《えぐ》り出す長篇。（池上冬樹）
き-7-6

（　）内は解説者。品切の節はご容赦下さい。

北方謙三
擬態
四年前、平凡な会社員立原の躰に生じたある感覚……。今や彼にとって人間性など無意味なものでしかなく、鍛え上げた肉体は凶器と化していく。異色のハードボイルド長篇。（池上冬樹）
き-7-7

北方謙三
鎖
俺に多額の負債を押しつけて消えた奴。突然現れた奴は何者かに狙われていた。だが俺には見殺しにできない訳がある。闘いに挑む男の心情を描くハードボイルド傑作長篇。（池上冬樹）
き-7-8

北方謙三
白日
孤独な天才面打ち師京野は、舞台で観た若い女の面《おもて》に衝撃を受ける。挫折と苦悩の中で鑿を棄てた京野が再び蘇る日……男の魂に巣食う〝母なる地獄〟とは。異境を拓く傑作長篇。（池上冬樹）
き-7-9

北村　薫
水に眠る
同僚への秘めた想い、途切れてしまった父娘の愛、義兄妹の許されぬ感情……。人の数だけ、愛はある。短篇ミステリの名手が挑む十一篇の愛の物語。山口雅也ら十一人による豪華解説付き。
き-17-1

北村　薫
街の灯
昭和七年、士族出身の上流家庭・花村家にやってきた若い女性運転手〈ベッキーさん〉。令嬢・英子は、武道をたしなみ博識な彼女に魅かれてゆく。そして不思議な事件が……。（貫井徳郎）
き-17-4

北森　鴻
闇色《あんしょく》のソプラノ
夭折した童謡詩人・樹来たか子の「秋ノ聲」の〈しゃぼろん、しゃぼろん〉という不思議な擬音の正体は？　神無き地・遠誉野《とよの》で戦慄の殺人事件が幕を開ける。長篇本格推理。（西上心太）
き-21-1

北森　鴻
顔のない男
惨殺死体で発見された空木精作は、交友関係が皆無の〈顔のない男〉だった。彼が残したノートを調べる二人の刑事は新たな事件に遭遇する。空木は一体何者だったのか？（二階堂黎人）
き-21-2